Wie Leuchtfeuer in der Nacht

————————————

Nora Roberts

Liebesglück auf der Blumeninsel

Seite 5

————————————

Nora Roberts

Wohin die Zeit uns treibt

Seite 157

Die Originaltitel erschienen 1982 und 1990 unter den Titeln
Island of Flowers und *Without A Trace* bei Silhouette Books, Toronto

1. Auflage 2021
© 1982 by Nora Roberts
© 1990 by Nora Roberts
Neuausgabe
Copyright © 2021 für die deutschsprachige Ausgabe by MIRA Taschenbuch
in der HarperCollins Germany GmbH, Hamburg

Umschlaggestaltung: Zero Werbeagentur, München
Umschlagabbildung: Edwin Verin, Alexander Demyanenko, Piyato,
PhuchayHYBRID / Shutterstock
Gesetzt aus der Stempel Garamond
von GGP Media GmbH, Pößneck
Druck und Bindung von GGP Media GmbH, Pößneck
Printed in Germany
ISBN 978-3-7457-0163-0
www.mira-taschenbuch.de

Nora Roberts

Liebesglück auf der Blumeninsel

Roman

Aus dem amerikanischen Englisch von
Sonja Sajo-Lucich

1. Kapitel

Die Ankunft auf dem Honolulu International Airport entsprach ganz den Beschreibungen aus einem Reisekatalog. Laine wäre es lieber gewesen, mit der Menge zu verschmelzen, aber es schien, dass jeder, der in der Touristenklasse reiste, auch als solcher abgestempelt wurde. Hübsche Mädchen in farbenfrohen Sarongs, mit bronzener Haut und strahlend weißem Lächeln verteilten *leis* als Willkommensgruß an die Reisenden.

Laine ließ sich den bunten Blütenkranz um den Hals legen und nahm den Begrüßungskuss auf die Wange geduldig hin, bevor sie sich weiter einen Weg durch die Menschenmenge bahnte und nach einem Informationsschalter Ausschau hielt. In dem Gedränge blieb sie am Koffergurt eines Mitreisenden hängen. Das grelle Hemd mit dem üppigen Blumenmuster und die beiden Kameras, die zusammen mit dem *lei* um seinen Hals hingen, ließen keine Zweifel aufkommen, dass dieser Mann fest entschlossen war, seinen Urlaub hier zu genießen. Unter anderen Umständen hätte sein Aufzug Laine ein Lächeln entlockt, aber die Anspannung, unter der sie stand, verhinderte jeden Anflug von Humor. Zum ersten Mal seit fünfzehn Jahren betrat sie amerikanischen Boden. Doch das schwelgerisch grüne Land mit den imposanten Klippen und Stränden, die sie beim Landeanflug erblickt hatte, hatte keineswegs das Gefühl einer Heimkehr in ihr ausgelöst.

Das Amerika, an das Laine sich erinnerte, bestand nur aus

einzelnen Bildern, Szenen aus der Perspektive eines sieben-
jährigen Kindes. Amerika, das war eine knorrige alte Ulme
vor dem Fenster ihres Kinderzimmers. Eine endlose grüne
Wiese, gesprenkelt mit den goldenen Tupfen der Butterblu-
men, ein Briefkasten am Ende einer gewundenen Auffahrt.
Aber vor allem verkörperte der Mann Amerika, der sie mit
seinen Erzählungen mitgenommen hatte zu Dschungeln und
Wüsten und einsamen Inseln.

Hier dagegen wuchsen Orchideen statt Margeriten. Und
die anmutigen Palmen und ausladenden Farne waren Laine
ebenso fremd wie der Vater, den zu finden sie um die halbe
Welt gereist war. Es schien ein ganzes Menschenleben her zu
sein, seit die Scheidung ihrer Eltern sie ihrer Wurzeln beraubt
hatte.

Das ungute Gefühl, dass die Adresse, die sie in den Papieren ihrer Mutter gefunden hatte, ins Nichts führen würde,
nagte an ihr. An dem verknitterten kleinen Zettel ließ sich
nicht ausmachen, von wann diese Adresse stammte. Sie
wusste nicht, ob Captain James Simmons überhaupt noch
auf Kauai lebte. Außer der Anschrift hatte es keine weiteren
Hinweise gegeben, keine Briefe, keine Postkarten, nichts, das
darauf schließen lassen würde, dass diese Adresse überhaupt
noch Gültigkeit hatte. Das Praktischste wäre gewesen, ihrem Vater zu schreiben, und Laine hatte eine ganze Woche
lang mit sich gekämpft. Letztendlich war ihre Entscheidung
für ein persönliches Treffen gefallen. Ihr gesamtes Erspartes
würde gerade mal für eine Woche Kost und Logis ausreichen,
und auch wenn sie wusste, dass diese Reise unvernünftig
war – wider besseres Wissen war sie losgeflogen. Noch etwas
anderes mischte sich in ihre Bedenken: die Angst vor der Zurückweisung, die am Ende dieser Reise stehen mochte.

Was anderes erwartest du denn? fragte sie sich. Warum sollte der Mann, der sie als Kind zurückgelassen hatte, sich dafür interessieren, was für eine Frau sie geworden war?

Sie lockerte die Finger, die sich um den Henkel ihrer Handtasche verkrampft hatten, und schwor sich zu akzeptieren, was immer sie erwarten mochte. Laine hatte schon vor langer Zeit gelernt, das hinzunehmen, was das Leben ihr bot. Und sie hatte gelernt, ihre Gefühle eisern unter Kontrolle zu halten.

Abrupt setzte sie den weißen Sonnenhut auf die flachsblonden Locken und hob das Kinn. Mit einer Anmut, die ihr nicht bewusst war, ging sie durch die Menge. Niemand hätte hinter dieser würdevollen Haltung ihre Unsicherheit ahnen können. Sie wirkte elegant und souverän im eisblauen Reisekostüm, das sie geerbt hatte und das ihrer schlanken Figur so viel mehr schmeichelte als den üppigen Kurven ihrer Mutter.

Die junge Frau am Informationsschalter war in ein angeregtes Gespräch mit einem Mann vertieft. Laine stand etwas abseits und betrachtete abwesend die kleine Szene. Der Mann war geradezu einschüchternd groß. Ihre Schülerinnen hätten ihn sofort *séduisant* genannt, hinreißend. Schwarze Locken bildeten den reizvoll unordentlichen Rahmen für ein markantes Gesicht, und die tief gebräunte Haut wies ihn als jemanden aus, der die hawaiische Sonne gewöhnt war. Sein Profil strahlte etwas Verwegenes aus, eine elementare Sinnlichkeit, die Laine zwar erkannte, aber nicht genauer bestimmen konnte. Vielleicht lag es daran, dass seine Nase offensichtlich einmal gebrochen worden war, doch anstatt das anziehende Profil zu zerstören, bereicherte diese Asymmetrie die Ausstrahlung nur. Er war leger gekleidet, in ausgewaschenen Jeans und mit einem Jeanshemd, das die breite Brust und sehnigen Arme noch betonte.

9

Leicht irritiert bemerkte Laine, wie leicht es ihm fiel, charmant zu wirken, die Lässigkeit, mit der er am Schalter lehnte, das selbstsichere Lächeln, das um seine Lippen spielte. Ich kenne diese Art von Männern, schoss es ihr missbilligend durch den Kopf. Das sind die gleichen, die auch um Vanessa herumschwirrten, wie die Geier um Aas. Und als nur noch ein Schatten an die einstige Schönheit ihrer Mutter erinnerte, war der gierige Schwarm davongestoben, um sich nach jüngerer Beute umzusehen. In diesem Augenblick verspürte Laine tiefe Dankbarkeit, dass ihr Kontakt zum männlichen Geschlecht bisher sehr eingeschränkt gewesen war.

Er drehte sich um und bemerkte Laine. Mit einer hochgezogenen Augenbraue erwiderte er ihren Blick fragend. Unsinnigerweise war sie wütend auf ihn, deshalb wandte sie die Augen nicht ab.

Die schlichte Eleganz des Kostüms betonte die Anmut ihrer jugendlichen Figur. Der Hut beschattete ein feines, fast aristokratisch geschnittenes Gesicht mit ernstem Mund und Augen, die an das Blau des Morgenhimmels denken ließen. Die Wimpern waren so dicht und lang, dass er an deren Echtheit zweifelte. Er ließ sich von der äußeren Erscheinung blenden und schätzte sie als kühle, distanzierte Person ein.

Träge und bewusst unverschämt lächelte er. Laine hielt dem Blick immer noch stand und schaffte es tatsächlich, nicht zu erröten. Die Frau hinter dem Schalter, die bemerkt hatte, dass die Aufmerksamkeit ihres Gesprächspartners nicht mehr ihr galt, unterdrückte den Ärger und wandte sich dienstbeflissen an den nächsten Kunden.

„Kann ich Ihnen helfen?"

Den großen Mann ignorierend, trat Laine an den Schalter. „Ja, bitte. Ich muss nach Kauai. Können Sie eine Transportmöglichkeit arrangieren?" Die Andeutung eines französischen Akzents schwang mit, als sie sprach.

„Natürlich, gern. Ein Charterflug nach Kauai geht in …", sie sah auf die Uhr und wandte sich wieder lächelnd an Laine, „… zwei Stunden."

„Ich fliege jetzt gleich ab."

Laine warf einen überraschten Blick auf den Mann neben sich. Sie stellte fest, dass seine Augen grün waren, grün wie chinesische Jade.

„Sie sollten nicht länger als nötig auf dem Flughafen herumhängen." Sein träges Lächeln wurde zu einem breiten Grinsen. „Außerdem ist meine kleine Sportmaschine weder so überfüllt noch so teuer wie die Chartermaschine."

Laines arrogant hochgezogene Augenbraue und der abschätzige Blick hatten vorher ihre Wirkung erzielt, jetzt nicht mehr. „Sie verfügen über ein Flugzeug?", fragte sie kühl.

„Stimmt genau, ich habe ein Flugzeug." Er hatte die Hände in den Hosentaschen vergraben, und selbst in dieser lässigen Haltung überragte er Laine immer noch um Haupteslänge. „Außerdem kann ich mal eine Abwechslung gebrauchen, anstatt immer nur diese Touristen zu transportieren, die von Insel zu Insel hüpfen."

„Dillon …", begann die junge Frau hinter dem Schalter, doch er unterbrach sie mit einem charmanten Lächeln.

„Rose hier kann das bestätigen. Ich fliege für die ‚Canyon Airlines' auf Kauai." Er lächelte Rose gewinnend an.

„Dillon, ich meine, Mr. O'Brian ist ein sehr guter Pilot." Rose räusperte sich und warf ihm einen viel sagenden Blick zu. „Wenn Sie nicht warten möchten, so kann ich Ihnen versichern, dass Sie einen angenehmen Flug mit ihm haben werden."

Der Meinung war Laine nun ganz und gar nicht. Sein breites Lächeln und seine amüsiert funkelnden Augen ließen sie viel eher annehmen, dass der Flug alles andere als angenehm sein würde. Aber ihr Budget war nicht groß, und sie musste zusehen, dass sie das Wenige, was sie hatte, zusammenhielt.

„Nun gut, Mr. O'Brian, ich werde Ihre Dienste in Anspruch nehmen." Er hielt ihr die flach ausgestreckte Hand entgegen, und Laine sah kurz darauf hinunter, bevor sie, erbost über seine Unverschämtheit, den Blick wieder zu seinem Gesicht hob. „Sobald Sie mir Ihren üblichen Preis genannt haben, Mr. O'Brian, werde ich nach der Landung für den Flug bezahlen."

„Ich wollte eigentlich nur Ihren Gepäckschein", erwiderte er lächelnd. „Das gehört zum Service, Lady."

Bemüht, sich ihre Verlegenheit nicht anmerken zu lassen, kramte Laine in ihrer Handtasche nach dem Ticket.

„Dann lassen Sie uns gehen." Er nahm ihr den Schein aus der Hand und fasste sie am Ellbogen, während er über die Schulter zurückrief: „Bis zum nächsten Mal, Rose."

„Willkommen auf Hawaii", antwortete Rose aus purer Gewohnheit, dann seufzte sie und zog einen Schmollmund, während sie Dillon nachsah.

Laine bemühte sich um Haltung, während sie neben ihm hertrottete. „Mr. O'Brian, ich kann nur hoffen, dass ich nicht bis nach Kauai joggen muss."

Er hielt an und grinste. Dieses freche Grinsen, so stellte sie fest, schien seine bevorzugte Waffe zu sein, und bis jetzt hatte sie noch nicht herausgefunden, wie sie sich dagegen verteidigen sollte.

„Ich dachte, Sie hätten es eilig, Miss …" Er las den Namen auf dem Gepäckschein. Das Lächeln erstarb. Als er sie jetzt ansah, war aller Humor aus seinem Blick verschwunden, Feindseligkeit funkelte aus seinen Augen. „Laine Simmons?" Es war keine Frage, es war eine Anschuldigung.

„Sie haben richtig gelesen."

Dillon kniff die Augen zusammen. „Sie wollen zu James Simmons?"

Erstaunt riss sie die Augen auf. Ihre kühle Fassade bröckelte mehr und mehr. Sie unterdrückte den Impuls, die tausend Fragen auszusprechen, die ihr durch den Kopf schossen, nicht zuletzt, weil sein Griff an ihrem Arm so fest geworden war, dass es schmerzte. „Ich wüsste nicht, was Sie das anginge, Mr. O'Brian. Oder kennen Sie meinen Vater?" Es fiel ihr schwer, das letzte Wort auszusprechen.

„Ja, ich kenne ihn, wahrscheinlich sehr viel besser als Sie. Nun, Prinzessin", er ließ sie abrupt los, als sei ihm die Berührung widerwärtig, „es wird sich herausstellen müssen, ob fünfzehn Jahre später besser sind als nie. ‚Canyon Airlines' steht zu Ihrer freien Verfügung." Er verbeugte sich übertrieben. „Schließlich kann ich von der verlorenen Tochter des Besitzers kein Geld verlangen."

Laine folgte ihm schweigend, bestürzt über seine plötzliche Feindseligkeit und verwirrt durch die Neuigkeiten, die sie erfahren hatte.

Ihrem Vater gehörte also eine Fluglinie. James Simmons war ihr nur als Pilot in Erinnerung, der immer von einem eigenen Flugzeug geträumt hatte. Wann war aus diesem Traum Realität geworden? Und warum ging von dem Mann, der jetzt die eleganten Lederkoffer ihrer Mutter so achtlos in die kleine Maschine schleuderte, eine solche Ablehnung aus, seitdem er ihren Namen erfahren hatte? Genau in dem Augenblick, in dem sie den Mund öffnete, um zu fragen, drehte er sich um und warf ihr einen gereizten Blick zu.

„Steigen Sie ein, Prinzessin. Achtundzwanzig Minuten müssen wir einander ertragen." Er legte ihr die Hände um die Taille und hievte sie, als wäre sie leicht wie eine Feder, ins Cockpit. Als er sich hinter das Steuer setzte und die Motoren anwarf, wurde sie sich seiner beeindruckenden Nähe viel zu sehr bewusst. Sie versuchte, sich auf andere Gedanken zu bringen, indem sie sich ganz darauf konzentrierte, den Sicherheitsgurt anzulegen.

Schon bald lag das Meer unter ihnen. Weiße Strände erstreckten sich endlos, Berge erhoben sich, zerklüftet und rau, majestätisch wie ewige Herrscher der Inseln. Je mehr die kleine Maschine an Höhe gewann, desto unwirklicher sah alles aus. Braun-, Grün- und Blautöne, durchsetzt mit Gelb und Rot, wirkten in ihrer Tiefe fast unecht.

„Kauai ist ein Naturparadies." Dillon klang wie ein Touristenführer. Entspannt lehnte er sich in den Schalensitz zurück. „Im Norden fließt der Wailua River bis zur Fern Grotto. Die Pflanzen, die dort wachsen, sind einzigartig. Es gibt kilometerlange Strände, Zuckerrohr- und Ananasplantagen. Die Opeakea Falls, Hanalei Bay und Na Pali Coast sind auch sehr sehenswert. Im Süden", fuhr er fort, „liegt der Kokie Nationalpark und Waimea Canyon. In den Gärten von Olopia und Menehune kann man die tropische Pflanzenwelt bewundern. Auf dieser Insel wird kaum Wassersport betrieben. Warum, zum Teufel, sind Sie also hier?"

Die Frage, so unpassend in der sachlichen Litanei, ließ Laine zusammenzucken. „Um … um meinen Vater zu sehen."

„Damit haben Sie sich wirklich Zeit gelassen", murmelte

Dillon und musterte Laine durchdringend. „Wahrscheinlich waren Sie einfach zu sehr damit beschäftigt, diese noble Schule zu besuchen, was?"

Laine runzelte die Stirn, als sie an die Klosterschule dachte, die fünfzehn Jahre lang ihr Zuhause gewesen war. Dillon O'Brian konnte nicht bei Trost sein, und es hatte keinen Zweck, einem Irrsinnigen zu widersprechen. „Ihr Verständnis freut mich", entgegnete sie kühl. „Schade, dass Ihnen eine solche Erfahrung gänzlich fehlt. Es ist wirklich erstaunlich, wie fein man Manieren schleifen kann."

„Nein danke, Prinzessin. Ehrlichkeit, wenn auch rau, ist mir lieber."

„Wovon Sie ja ausreichend besitzen, nicht wahr?"

„Oh, ich komme zurecht." Er lächelte dünn. „Das Inselleben kann manchmal etwas unzivilisiert sein. Ich bezweifle, dass es Ihnen zusagen wird."

„Ich bin anpassungsfähig, Mr. O'Brian." Sie zuckte mit einer Schulter. „Ich kann auch eine gewisse Zeit lang über Unhöflichkeit hinwegsehen. Achtundzwanzig Minuten dürften gerade noch innerhalb meiner Grenzen liegen."

„Sagen Sie, Miss Simmons, wie ist das Leben auf dem Kontinent denn so?"

„Einfach wunderbar." Sie hob das Kinn und sah ihn unter der Hutkrempe hervor an. „Die Franzosen sind so weltgewandt, so galant. Man fühlt sich so …", sie imitierte die Eleganz, die ihrer Mutter so natürlich war, und warf bewusst ein französisches Wort ein, „… *chez soi* bei Leuten mit den gleichen Interessen und Neigungen."

„Wie wahr." Dillons Ton triefte vor Ironie. „Auf Kauai werden Sie sicher nicht viele Gleichgesinnte finden."

„Vielleicht nicht." Laine verdrängte den Gedanken an ihren Vater und warf den Kopf zurück. „Aber vielleicht finde ich Kauai ebenso reizvoll wie Paris."

„Ich bin sicher, die Männer haben Ihnen besonders gefallen."

Als Laine an die wenigen Männer dachte, mit denen sie in ihrem Leben Kontakt gehabt hatte, wäre sie fast in lautes Lachen ausgebrochen, aber nur ein kleines Lächeln erschien auf ihrem Gesicht. „Die Männer meines Bekanntenkreises", in Gedanken entschuldigte sie sich bei Pater Renier, „sind alle sehr höflich und kultiviert, haben die beste Ausbildung genossen, sind intelligent und feinfühlig und haben Geschmack. Eigenschaften, die ich bei den amerikanischen Herren bisher noch nicht in diesem Ausmaß feststellen konnte."

„Ah. Ist das wahr?", fragte Dillon leise.

„Ja, Mr. O'Brian, in der Tat."

„Na, dann wollen wir doch Ihre Erwartungen in uns nicht enttäuschen, oder?" Er stellte den Autopiloten ein, und bevor Laine bewusst wurde, was er vorhatte, hatte er sie in seine Arme gerissen und drückte seine Lippen auf ihren Mund.

Sie war gefangen. Ihre Versuche, sich zu befreien, wurden von seinen starken Armen abgewehrt – und von ihren eigenen betäubten Sinnen. Seine Nähe überwältigte sie. Als seine Zunge zwischen ihre Lippen drang und er den Kuss vertiefte, überkam sie eine Schwäche, sodass sie sich nur an sein Hemd klammern konnte.

Dillon hob den Kopf und runzelte die Stirn, als er die Verletzlichkeit auf dem jungen Gesicht sah. Die Augen aufgerissen, starrte sie ihn an, verstört über die unbekannten Gefühle, die sie empfand. Er zog sich von ihr zurück, schaltete wieder auf Handbetrieb und konzentrierte sich auf das Steuern. „Es

16

scheint, als hätten Ihre französischen Liebhaber Sie nicht auf die amerikanische Technik vorbereitet."

Verletzt und wütend über ihre eigene Schwäche, drehte Laine sich im Sitz zu ihm hin. „Ihre Technik, Mr. O'Brian, ist ebenso grobschlächtig wie alles andere an Ihnen."

Er grinste nur. „Seien Sie dankbar, Prinzessin, dass ich Sie nicht einfach aus dem Flugzeug gestoßen habe. Gegen diesen starken Drang kämpfe ich schon seit zwanzig Minuten – bisher ohne Erfolg."

Im gleichen Moment drückte er die Nase der Maschine abrupt nach unten. Die Wasseroberfläche kam immer schneller auf sie zu, während das kleine Flugzeug in engen Kreisen nach unten stieß. Das Meer und der Himmel verschmolzen zu einem Strudel aus Blau und Weiß. Laine klammerte sich an den Sitz und schloss die Augen. Sich zu beschweren war unmöglich. Das Herz klopfte ihr im Hals, und sie konnte nur hoffen, dass ihr Magen durchhielt. Schließlich flog die Maschine wieder gerade dahin, und Dillon lachte lauthals.

„Sie können die Augen jetzt wieder öffnen, Miss Simmons. Wir landen in einer Minute."

Das Flugzeug mochte wieder gerade fliegen, aber in ihrem Kopf wirbelte immer noch alles durcheinander. Laine atmete tief durch. „Mr. O'Brian, Sie sind der widerwärtigste Mensch, dem ich je begegnet bin", presste sie eisig hervor.

„Danke, Prinzessin." Scheinbar geschmeichelt, begann er vor sich hin zu summen.

Laine zwang sich, die Augen offen zu halten, während sie zum Landeanflug ansetzten. Sie sah das Grün der Pflanzen und das Blau der See, dann die kleine Bergkette, und schließlich setzten sie auf und rollten auf der Landebahn aus. Verwundert bemerkte sie die erstaunliche Anzahl von Sportmaschinen und Passagierflugzeugen, die vor einer großen Flugzeughalle standen. Das muss ein Fehler sein, dachte sie, das kann unmöglich alles meinem Vater gehören.

„Machen Sie sich nur keine Hoffnungen, Prinzessin", knurrte Dillon grob, als er ihren erstaunten Blick sah. „Sie haben Ihren Anteil längst erhalten. Selbst wenn der Captain unter einer Anwandlung von Großzügigkeit leiden sollte – sein Partner hat da auch noch ein Wörtchen mitzureden. Wenn Sie auf leichte Beute aus sind, müssen Sie sich etwas anderes aussuchen."

Während Laine ihn noch erbost anstarrte, war er aus dem Cockpit gesprungen und lief um das Flugzeug herum. Selbstbewusst griff er Laine um die Taille und hob sie heraus.

„Achten Sie also genau darauf, was Sie tun."

Laine trat von ihm zurück, sobald sie Boden unter den Füßen spürte. Seine Augen hielten sie gefangen, und sie wusste, dass seine letzten Worte eine Drohung gewesen waren. „Mr. O'Brian, würden Sie mir bitte sagen, wo ich meinen Vater finde?"

Er musterte sie schweigend, und für einen Moment glaubte sie, er würde sich weigern und einfach weggehen. Dann zeigte er hinter sich auf ein flaches, weißes Gebäude.

„Sein Büro ist da drinnen", knurrte er und marschierte mit weit ausholenden Schritten davon.

2. Kapitel

Es war ein Holzhaus, umgeben von Fächerpalmen und Anthurien. Ihre Hand zitterte, als Laine die Tür öffnete und eintrat. Ihr Herz klopfte wild, und sie hatte das Gefühl, als würden ihre Beine jeden Moment unter ihr nachgeben. Was sollte sie zu dem Mann sagen, der sie fünfzehn Jahre lang mit ihrer Einsamkeit allein gelassen hatte? Welche Worte waren die richtigen, um die Kluft zu überbrücken und all die Sehnsüchte auszudrücken, die sie nie verlassen hatten? Würde sie Fragen stellen müssen, oder konnte sie vergessen? Jedes Warum zurückdrängen und einfach akzeptieren?

Ihr Bild von James Simmons war so lebendig, als wäre ihr letztes Treffen erst gestern gewesen. Er ist älter geworden, erinnerte sie sich, ich bin auch älter geworden. Sie war nicht mehr das Kind, das gebannt an den Lippen seines Idols hing, sie war eine Frau, die ihren Vater besuchte. Vielleicht war das sogar ein Vorteil.

Das Vorzimmer war leer. Laine nahm nur kurz die Korbmöbel und Kokosteppiche wahr. Sie sah sich um, verloren und unsicher. Und dann, wie von einem Geist aus der Vergangenheit, hörte sie die Stimme ihres Vaters durch eine offen stehende Tür. Zögernd ging sie darauf zu und sah ihren Vater an seinem Schreibtisch sitzen, telefonierend.

Die Spuren, die das Alter auf seinem Gesicht hinterlassen hatte, waren nicht zu übersehen, aber ihre Erinnerung hatte sie nicht getäuscht. Seine Haut war dunkler geworden in der

Sonne, die Linien tiefer, doch die Züge waren immer noch die gleichen. Seine buschigen Augenbrauen waren jetzt grau, wölbten sich jedoch immer noch genauso eindrucksvoll über den braunen Augen, die Nase sehr gerade über dem schmalen Mund. Auch das Haar war grau geworden, aber noch voll, und die Geste, mit der er sich jetzt durch das Haar fuhr, war ihr nur zu vertraut.

Sie presste die Lippen zusammen, als er den Hörer zurücklegte, und schluckte. „Hallo, Cap", sagte sie leise.

Ruckartig blickte er sich um, und sie sah die Überraschung auf seiner Miene, die Flut der Gefühle in seinem Blick, und irgendwo, zwischen dem Anfang und dem Ende, sah sie den Schmerz. Er erhob sich, und leicht verwirrt stellte sie fest, dass er nicht so groß war, wie ihre Kinderaugen ihn für sie gemacht hatten.

„Laine?" Die Frage kam zögernd, zweifelnd, mit einer Zurückhaltung, die ihren Impuls, zu ihm zu rennen und ihn zu umarmen, erstickte. Sie spürte, dass er sie nicht mit offenen Armen empfangen würde, und diese Zurückweisung drohte ihr vorsichtiges Lächeln zu zerstören.

„Schön, dich zu sehen." Sie hasste diese unpersönliche Floskel, noch während sie die Worte sprach. Mit ausgestreckter Hand ging sie in den Raum hinein.

Es dauerte einen Moment, bevor er die Hand nahm. Er hielt sie nur kurz. „Du bist erwachsen geworden." Er musterte sie langsam, sein Lächeln erreichte seine Augen nicht. „Du siehst deiner Mutter ähnlich. Wo sind die Zöpfe geblieben?"

Das Lächeln erhellte ihr Gesicht so sehr, dass auch der Blick ihres Vaters wärmer wurde. „Die trage ich schon lange nicht mehr. Es war niemand da, der daran zog." Sie sah, wie seine Miene sich wieder verschloss. Verkrampft suchte Laine nach etwas, um das Gespräch in Gang zu halten. „Du hast also endlich deinen Flugplatz. Du musst sehr glücklich sein. Ich möchte gern mehr davon sehen."

„Das lässt sich sicher machen." Seine Stimme klang höflich und unpersönlich, und jedes Wort war wie eine Ohrfeige für sie.

Laine ging zum Fenster und starrte mit tränenblinden Augen hinaus. „Es ist wirklich sehr beeindruckend."

„Danke. Wir sind auch stolz darauf." Er räusperte sich. „Wie lange wirst du auf Hawaii bleiben?"

Ihre Finger klammerten sich Halt suchend an die Fensterbank. Selbst ihre schlimmsten Ängste hatten sie nicht auf diesen Schmerz vorbereitet. „Ein oder zwei Wochen vielleicht." Sie bemühte sich um den gleichen unpersönlichen Ton. „Ich habe nichts Genaues geplant. Ich … ich bin direkt hierhergekommen." Laine drehte sich um. Sie hielt es nicht länger aus und begann draufloszuplappern. „Hier gibt es doch ein paar Dinge, die man sich ansehen sollte. Der Pilot, der mich hergebracht hat, sagte, wie schön Kauai sei. Er erzählte von Gärten und Parks." Es war anstrengend, das Lächeln nicht ersterben zu lassen. „Vielleicht könntest du mir ein Hotel empfehlen?"

Er forschte in ihrem Gesicht. „Solange du hier bist, kannst du gerne bei mir wohnen."

Sie begrub ihren Stolz und nahm das Angebot an. Sie hätte es sich nicht leisten können, lange irgendwo anders zu bleiben. „Das ist sehr nett von dir. Danke."

Er nickte und sammelte ein paar Unterlagen auf dem Tisch zusammen. „Wie geht es deiner Mutter?"

„Sie ist tot", murmelte Laine. „Seit drei Monaten."

Cap blickte auf, und Laine sah den Schmerz über sein Gesicht huschen. „Das tut mir leid, Laine. War sie sehr krank?"

„Es war …", sie schluckte, „… ein Autounfall."

„Ich verstehe." Wieder räusperte er sich, und wieder klang seine Stimme völlig unpersönlich. „Du hättest mich benachrichtigen sollen. Ich wäre gekommen, um dir zu helfen."

„Wirklich?" Sie drehte sich wieder zum Fenster. Sie erinnerte sich an die Panik, die Leere, den Berg von Schulden, die Zwangsversteigerung … „Ich habe es auch so geschafft."

„Laine, warum bist du gekommen?" Auch wenn seine Stimme weicher geworden war, blieb er hinter der Barriere seines Schreibtischs stehen.

„Um meinen Vater zu sehen." Ihre Worte offenbaren keinerlei Gefühlsregung.

„Cap."

Laine drehte sich in die Richtung, aus der die Stimme gekommen war, und sah Dillon in der Tür stehen.

„Chambers will noch mal mit dir reden, bevor er auf die Hauptinsel fliegt."

Cap machte eine unbeholfene Geste. „Laine, das ist Dillon O'Brian, mein Partner. Dillon, meine Tochter."

„Wir kennen uns bereits." Dillon lächelte kurz.

Laine brachte ein Nicken zu Stande. „Ja, Mr. O'Brian war so nett, mich hierher zu fliegen. Es war eine … sehr anregende Reise."

„Schön." Cap ging zu Dillon und legte ihm eine Hand auf die Schulter. „Bring Laine nach Hause, ja? Damit sie sich einrichten kann. Sie muss müde von der Reise sein."

Dillon nickte. „Es wird mir ein Vergnügen sein."

„Ich bin in ungefähr zwei Stunden da." Cap betrachtete Laine mit einem seltsam starren Blick.

„Fein." Von dem aufgesetzten Lächeln begannen ihre Wangen zu schmerzen. Cap schien zu zögern, doch dann drehte er sich um und ging, ließ sie und Dillon allein.

Ich werde nicht heulen, schwor Laine sich. Nicht vor diesem Mann. Wenn ihr auch nichts anderes geblieben war, so hatte sie noch immer ihren Stolz.

„Wann immer Sie so weit sind, Miss Simmons."

Sie schob sich an Dillon vorbei aus dem Raum und sah über ihre Schulter zu ihm zurück. „Ich kann nur hoffen, dass Sie vernünftiger Auto fahren, als Sie fliegen, Mr. O'Brian."

„Dann lassen Sie es uns am besten gleich herausfinden."

Ihr Gepäck stand draußen vor der Eingangstür. Dillon nahm den Koffer und warf ihn in den Kofferraum eines Kombis.

„Ich hatte gehofft", setzte er an, während er die Reisetasche hinterherschleuderte, „dass ich Ihr Gepäck und Sie wieder dahin zurückbefördern würde, woher Sie gekommen sind, aber diese Hoffnung hat sich ja wohl zerschlagen." Er glitt auf den Fahrersitz und ließ den Motor an, ohne sich um Laine zu kümmern, die auf der Beifahrerseite einstieg. Er fuhr so abrupt an, dass sie in die Polster gedrückt wurde.

„Was haben Sie zu ihm gesagt?", verlangte er zu wissen, während er sich routiniert in den Verkehr einfädelte.

„Die Tatsache, dass Sie der Geschäftspartner meines Vaters sind, berechtigt Sie nicht, auch Kenntnis über seine persönlichen Gespräche zu erhalten", erwiderte sie eisig.

„Jetzt hören Sie mal zu, Prinzessin. Ich stehe nicht Däumchen drehend dabei und sehe zu, wie Sie in Caps Leben hineinplatzen und alles durcheinanderbringen. Es gefiel mir nicht, wie er aussah, als ich ins Büro kam. Keine zehn

Minuten, und Sie haben es bereits geschafft, ihn zu verletzen. Ich rate Ihnen, bringen Sie mich nicht dazu, den Wagen anzuhalten, damit ich Sie überzeugen kann, es mir zu sagen." Seine Stimme wurde dunkler. „Sie werden meine Methoden sicherlich für sehr unzivilisiert halten."

Plötzlich wurde Laine bewusst, wie müde und erschöpft sie war. Sie war zu ausgelaugt, um sich auf Wortgefechte einzulassen. Die vielen Nächte, in denen sie nur stundenweise Schlaf gefunden hatte, Tage voller Sorgen und unendlichem Druck und die lange, anstrengende Reise forderten ihren Tribut. Mit einer müden Geste zog sie den Hut vom Kopf, lehnte sich gegen die Rückenlehne und schloss die Augen. „Mr. O'Brian, es lag nicht in meiner Absicht, meinen Vater zu verletzen. In den zehn Minuten haben wir erstaunlich wenig gesprochen. Vielleicht hat die Nachricht, dass meine Mutter gestorben ist, ihn mitgenommen. Aber er hätte es so oder so herausgefunden."

Er warf ihr einen Blick zu, erstaunt über die plötzliche Zerbrechlichkeit, die in ihrem Gesicht zu sehen war. Das seidige Haar, nicht mehr unter dem Hut versteckt, schmiegte sich an ihre helle Haut. Und zum ersten Mal sah er die Schatten um ihre Augen. „Wie lange ist das her?"

Erstaunt, so etwas wie Mitgefühl in seiner Stimme gehört zu haben, öffnete sie die Augen. „Drei Monate. Sie ist mit dem Wagen frontal in einen Telefonmast gerast. Man sagte mir, sie sei sofort tot gewesen." Man hatte ihr auch erklärt, dass Vanessa wohl nichts gespürt hatte. Betäubt durch Unmengen von Champagner.

Dillon sagte nichts mehr, und Laine war dankbar dafür. Sie hatte sich genügend leere Worte des Beileids anhören müssen, sein Schweigen tröstete sie mehr. Nachdenklich studierte sie sein Profil, dann wandte sie den Blick wieder auf die Landschaft.

Der salzige Duft des Pazifiks lag in der Luft. Das Wasser war kristallklar, die weißen Strände erstreckten sich in endlosen Weiten. Krüppelkiefern wuchsen im Sand, hohe Topffruchtbäume breiteten ihre Wedel aus und boten einladenden Schatten. Als sie weiter landeinwärts fuhren, tauchte das Meer nur ab und zu zwischen den prächtigen Farbschattierungen des Landes auf, deren Hintergrund ein volles, sattes Grün bildete. Die Sonne sandte ihre Strahlen von einem azurblauen Himmel, und die heimischen Blüten zeigten sich in ihrer vollen Pracht.

Dillon bog auf eine Auffahrt ein, die von zwei dicken Palmen markiert war. Als das Haus in Sicht kam, fühlte Laine endlich so etwas wie Freude. Es war einfach, mit klaren Linien, die Wände kühl und weiß. Ein zweigeschossiger Bau, der solide wirkte, trotz der großen Fenster. Die Sonne spiegelte sich in dem Glas, und zum ersten Mal seit ihrer Ankunft fühlte Laine sich willkommen.

„Es ist wunderschön."

„Sicher nicht so luxuriös, wie Sie erwartet haben", erwiderte Dillon, als er vor der Haustür hielt. „Aber Cap mag es." Der kurze Waffenstillstand war offensichtlich zu Ende. Dillon stieg aus und konzentrierte sich auf ihr Gepäck.

Laine beschattete ihre Augen mit der Hand und betrachtete das Haus ihres Vaters. Eine kurze Treppe führte auf eine breite Veranda. Dillon war die Stufen schon emporgestiegen und ins Haus gegangen, Laine folgte ihm.

„Bei mir werden die Türen zugemacht! Ich will keine Fliegen hier drinnen haben!"

Laine blickte auf und sah eine Frau von enormem Umfang

mit dem leichten Schritt eines jungen Mädchens die Treppe herunterkommen. Sie trug einen farbenfrohen *muumuu*, das schwarze, glänzende Haar war zu einem straffen Knoten gewickelt, ihre Haut hatte die Farbe von dunklem Honig. Ihr Alter war nicht zu schätzen, sie hätte genauso gut dreißig wie sechzig sein können. Ihre schwarzen Augen funkelten, als sie auf der letzten Stufe stehen blieb und Laine prüfend musterte.

„Wer ist das?", fragte sie an Dillon gewandt, die Arme über dem ausladenden Busen verschränkt.

„Caps Tochter." Dillon stellte Koffer und Reisetasche ab.

„Cap Simmons' Tochter also." Sie schürzte die Lippen und kniff die Augen zusammen. „Hübsches Ding, aber zu blass und spindeldürr. Isst du nichts?" Sie umfasste Laines Gelenk mit Daumen und Zeigefinger.

„Doch, natürlich, ich …"

„Nicht genug", unterbrach sie und wickelte sich spielerisch eine goldene Locke um ihren Finger. „Mmh, nett, sehr hübsch. Warum trägst du dein Haar so kurz?"

„Ich …"

„Du hättest viel eher, schon vor Jahren kommen sollen. Aber jetzt bist du ja hier." Sie tätschelte Laines Wange. „Du bist müde. Ich werde dir dein Zimmer fertig machen."

„Danke, ich …"

„Und dann gibt es etwas zu essen." Sie nahm beide Gepäckstücke und hievte sie die Treppe hinauf.

„Das ist Miri", teilte Dillon der perplexen Laine mit. „Sie führt das Regiment über das Haus."

„Das kann ich sehen." Unsicher griff Laine nach ihrem Haar und fragte sich, ob es wirklich zu kurz war. „Sollten Sie ihr nicht helfen?"

„Miri würde mich die Treppe hinauftragen, ohne auch nur außer Atem zu kommen. Außerdem werde ich mich hüten, mich in etwas einzumischen, das sie als ihre Aufgabe ansieht." Er nahm Laine beim Arm. „Kommen Sie, ich mache uns einen Drink."

Dillon fühlte sich hier offensichtlich zu Hause. Wie selbstverständlich machte er sich an einer kleinen Vitrine zu schaffen, während Laine sich in dem hellen Zimmer umsah. Auch hier herrschten klare Linien vor, die maskuline Schlichtheit wirkte solide und gemütlich zugleich.

„Was möchten Sie?"

Dillons Stimme riss sie aus ihren Betrachtungen. Sie ließ den Hut auf ein Tischchen fallen, hier drinnen schien er fehl am Platz und regelrecht frivol. „Nichts, danke."

„Wie Sie wollen." Er goss sich einen großzügigen Drink ein und setzte sich in einen Sessel. „Wir geben hier nicht viel auf Formalitäten, Prinzessin. Solange Sie hier wohnen, werden Sie mit einer schlichteren Art des Lebens vorliebnehmen müssen."

Mit geneigtem Kopf legte sie ihre Handtasche neben den Hut. „Ich hoffe doch, man darf sich vor dem Essen die Hände waschen?"

„Sicher." Auf ihren Sarkasmus ging er nicht ein. „Wasser haben wir hier genug."

„Und wo leben Sie, Mr. O'Brian?", fragte sie.

„Hier." Er streckte die Beine aus und grinste zufrieden, als er ihre überraschte Miene sah. „Zumindest für eine Woche, vielleicht auch zwei. An meinem Haus werden gerade Reparaturarbeiten durchgeführt."

„Das ist sehr bedauerlich. Für uns beide."

„Sie werden es überleben, Prinzessin." Er prostete ihr zu.

„Ich bin sicher, Sie haben reichlich Erfahrung im Überleben."

„Die habe ich tatsächlich, Mr. O'Brian. Allerdings bin ich sicher, dass Sie nicht das Geringste davon wissen."

„Immerhin haben Sie Mut, das muss ich Ihnen lassen." Er kippte den Drink in einem Zug hinunter und funkelte sie wütend an. „Weshalb sind Sie hier? Um noch mehr Geld aus ihm rauszuholen? Sind Sie wirklich so gierig?" Er sprang auf, war mit zwei großen Schritten bei ihr und packte sie bei den Schultern. „Haben Sie noch nicht genug aus ihm herausgequetscht? Ohne ihm je etwas zurückzugeben? Sie haben sich noch nicht einmal die Mühe gemacht, auch nur einen einzigen seiner Briefe zu beantworten. Jahrelang kein Ton von Ihnen. Was, zum Teufel, wollen Sie jetzt von ihm?"

Dillon hielt abrupt inne. Alle Farbe war aus ihrem Gesicht gewichen, sie war weiß wie ein Laken, die Augen groß vor Schock. Sie begann zu schwanken, und er musste sie festhalten, damit sie nicht fiel. „Was ist plötzlich los mit Ihnen?"

„Ich … ich glaube, ich hätte jetzt doch gern einen Drink."

Die Furche auf seiner Stirn wurde tiefer, doch er führte sie zu einem Sessel und ging dann zu dem kleinen Schrank, um ihr einen Drink einzuschenken. Laine nahm das Glas mit einem gemurmelten Dank an, dann schüttelte sie sich, als der ungewohnte Brandy in ihrer Kehle brannte. Aber immerhin hörte das Zimmer auf, sich zu drehen, und ihre Sicht wurde wieder klarer.

„Mr. O'Brian … soll ich das so verstehen, dass mein Vater mir geschrieben hat?"

„Sie wissen ganz genau, dass er das getan hat", warf er ihr ärgerlich vor. „Er kam auf die Insel, nachdem Ihre Mutter und Sie ihn verlassen hatten, und er hat geschrieben. Regelmäßig. Vor fünf Jahren hat er es dann aufgegeben, aber Geld hat er immer noch geschickt." Dillon lehnte sich lässig an die Vitrine. „Oh ja, das Geld, regelmäßig bezahlt, bis Sie letztes Jahr einundzwanzig wurden."

„Sie lügen!"

Dillon sah erstaunt zu ihr hinüber. Sie war aufgesprungen, die Wangen flammend rot. „Da schau an, die Eisprinzessin taut auf." Sein Blick wurde kühler. „Ich lüge nie. Ich finde die Wahrheit viel spannender."

„Er hat mir nie geschrieben! Kein einziges Mal!" Aufgebracht ging sie auf ihn zu. „Und meine Briefe sind alle zurückgekommen, weil er mir nie gesagt hat, dass er fortgezogen war."

„Erwarten Sie ernsthaft, dass ich Ihnen diese Geschichte abkaufe? Da haben Sie sich den Falschen ausgesucht. Ich habe die Briefe gesehen, die er jeden Monat geschickt hat, zusammen mit den Schecks." Er strich mit einem Finger über den Kragen ihres Kostüms. „Die haben Sie ja auch gut angelegt."

„Ich sage Ihnen doch, ich habe keine Briefe bekommen!" Laine schlug seine Hand weg. „Seit meinem siebten Lebensjahr habe ich nichts mehr von meinem Vater gehört!"

„Miss Simmons, ich selbst habe mehr als einen aufgegeben, auch wenn ich sie lieber in den Ozean geworfen hätte. Auch Pakete waren dabei, Geschenke, Puppen ... Sie müssen eine ansehnliche Sammlung an Porzellanpuppen haben. Später dann Schmuck. Vor allem an Ihren achtzehnten Geburtstag kann ich mich noch genau erinnern – es waren Opalohrringe, in Form von Blüten."

„Ohrringe ...", flüsterte Laine. Der Raum begann sich wieder zu drehen. Sie biss sich auf die Lippen und schüttelte die Schwäche ab.

„Richtig." Er goss sich noch einen Brandy ein. „Alles ging immer an die gleiche Adresse: Rue de la Concorde 17, Paris."

Wieder wurde sie blass, sie hob die Hand und massierte ihre Schläfe. „Das ist die Adresse meiner Mutter", murmelte sie tonlos. „Ich war in der Schule ..." Sie setzte sich wieder, bevor ihre Beine unter ihr nachgaben.

„Stimmt." Dillon ging mit seinem Glas zu dem Sessel zurück. „Eine sehr lange und kostspielige Ausbildung."

Laine dachte an die Klosterschule mit dem einfachen Essen, den derben Laken und dem Dach, durch das der Regen tropfte. Sie presste die Finger auf die Augen. „Mir war nicht bewusst, dass mein Vater für meine Ausbildung aufkam. Vanessa ... meine Mutter sagte immer, sie habe ein Einkommen. Ich habe nie gefragt." Ihre Stimme klang dumpf. „Sie muss die Briefe meines Vaters versteckt haben."

Dillon brauste ungeduldig auf. „Ist das die Geschichte, die Sie Cap auftischen wollen? Sie sind wirklich sehr überzeugend."

„Nein, Mr. O'Brian. Das ist jetzt wohl auch nicht mehr wichtig, oder? Ich bezweifle, dass er mir mehr glauben würde als Sie." Sie straffte sich. „Ich werde diesen Besuch kurz halten und dann nach Paris zurückkehren." Sie fühlte sich wie betäubt und fragte sich, ob der Brandy dafür verantwortlich war oder etwas anderes. „Ich bleibe nicht länger als eine Woche, und ich wäre Ihnen dankbar, Mr. O'Brian, wenn Sie meinem Vater gegenüber nichts von unserem Gespräch erwähnen würden. Das würde die Dinge nur noch komplizierter machen."

Dillon lachte trocken auf. „Ich habe nicht die Absicht, auch nur das geringste Wort von diesem Märchen weiterzuerzählen."

„Bitte, Mr. O'Brian." Erstaunt darüber, wie dringend sie klang, blickte Dillon zu ihr hinüber. „Geben Sie mir Ihr Wort."

Lange sah er sie an, dann stimmte er zu: „Sie haben darauf mein Ehrenwort, Miss Simmons."

Sie nickte langsam, dann stand sie auf und griff nach Hut und Tasche. „Ich würde mich jetzt gern auf mein Zimmer zurückziehen. Ich bin müde."

Noch lange nachdem Laine den Raum verlassen hatte, starrte er nachdenklich in seinen Drink.

3. Kapitel

Laine betrachtete die Frau im Spiegel. Ein bleiches Gesicht, die Augen übergroß mit dunklen Rändern, blickte ihr entgegen. Sie griff nach dem Rouge und tupfte sich künstliche Farbe auf die Wangen.

Natürlich hatte sie die Schwächen ihrer Mutter gekannt, den Egoismus, die Oberflächlichkeit. Als Kind war es immer einfach gewesen, diese Fehler zu übersehen und sich stattdessen auf die sporadischen, aufregenden Besuche der lebendigen, strahlenden Frau zu freuen. Eiscreme und hübsche Kleider waren ein so überwältigender Kontrast zu Schuluniformen und Haferbrei. Je älter Laine wurde, desto seltener wurden auch die Besuche. Es wurde normal, dass sie die Schulferien bei den Nonnen verbrachte. Durch den Abstand war es leicht, den wahren Grund zu erkennen: Eine erwachsene Tochter mit straffer Haut und festen Oberschenkeln war eher eine Zumutung denn etwas, worauf man stolz sein konnte. Eine erwachsene Tochter war der Beweis für das eigene Altern und die eigene Sterblichkeit.

Sie hat immer Angst gehabt, etwas zu verlieren, dachte Laine. Ihr Aussehen, ihre Jugend, ihre Freunde, ihre Männer. All die Pasten und Cremes, all die Tiegel und Töpfe, die Tönungen, die Gesichtsmasken.

Laine schloss die Augen. Ja, sie erinnerte sich, es hatte da eine Sammlung von Porzellanpuppen gegeben. Zwölf insgesamt, alle aus verschiedenen Ländern. Und die Ohrringe …

Wütend schleuderte Laine ihre Haarbürste durch das Zimmer. Diese wunderschönen, zierlichen Opalohrringe, die sie an Vanessa bewundert hatte ...

Was hatte sie noch vor ihr geheim gehalten? Mit leerem Blick starrte Laine durch das Fenster, ohne die Blütenpracht der Insel wahrzunehmen. Wie hatte ihre Mutter nur all die Geschenke für sich behalten können? Und nicht nur das. Sie hatte ihren Vater von ihr ferngehalten. Jahrelang hatte sie ihr erzählt, er habe sie vergessen, hatte ihr seine Briefe vorenthalten. Oh, wie sehr sie Vanessa dafür verabscheute. Nicht wegen des Geldes, sondern wegen all der Lügen. Und mit den regelmäßigen Schecks hatte sie ihren Lebensstil finanzieren können, die Wohnung in Paris, die Kleider, die Partys. Und sie hatte Laine als Druckmittel benutzt, nur deshalb hatte sie sie mitgenommen ...

Laine spürte, wie die Tränen unter den geschlossenen Lidern hervorliefen. Oh Gott, wie muss Cap mich hassen! Mich verdammen, wegen meiner Undankbarkeit, meiner Kaltherzigkeit. Er wird mir niemals glauben. „Du siehst deiner Mutter ähnlich", hatte er gesagt ...

Sie öffnete die Augen und betrachtete ihr Gesicht im Spiegel. Ja, es stimmte, sie sah aus wie ihre Mutter, die hohen Wangenknochen, die feinen Gesichtszüge. Aber sie war nicht stolz auf dieses Erbe. Sie musste Cap unweigerlich an seine Frau erinnern. Er würde genauso über sie denken wie dieser Dillon O'Brian. Aber vielleicht, vielleicht gelang es ihr ja, in einer Woche zumindest so etwas wie eine Freundschaft zwischen Cap und sich aufzubauen, etwas von dem zu retten, das sie früher verbunden hatte. Aber Cap durfte auf keinen Fall denken, sie sei nur wegen des Geldes gekommen. Nie durfte er erfahren, wie schlecht es finanziell um sie stand. Sie musste vorsichtig sein. Sehr, sehr vorsichtig.

Von unten drangen Stimmen herauf. Männerstimmen. Für jemanden, der seine Zeit meistens in weiblicher Gesellschaft verbrachte, war es ein angenehmer Klang, wie sie feststellte. Eine Mischung aus tiefen Tönen – der warme Bass ihres Vaters und Dillons lässig gedehnte Sprechweise. Sie hörte jemanden herzhaft auflachen, als sie ihr Zimmer verließ und sich anschickte, die Treppe hinunterzugehen. Leise stieg sie die Stufen hinab und ging auf die offen stehende Tür zu.

„Als ich den Vergaser ausgebaut hatte, starrte er nur darauf und stieß unzählige Verwünschungen aus. Schließlich habe ich das Ding selbst repariert."

„Und mit Sicherheit schneller als jeder andere." Caps vergnügtes Glucksen drang zu ihr, als Laine an die Tür trat.

Sie hatten es sich gemütlich gemacht. Dillon lag halb auf dem Sofa, ihr Vater saß in einem der Sessel, eine qualmende Pfeife neben sich im Aschenbecher. Beide sahen so zufrieden mit sich, der Gesellschaft des anderen und dem Leben aus, dass Laine impulsiv beschloss, sich zurückzuziehen und die beiden in Frieden zu lassen. Sie kam sich wie ein unerwünschter Eindringling vor.

Doch Dillon bemerkte die Bewegung aus den Augenwinkeln, als sie einen Schritt zurück machte. Sein Blick hielt sie gefangen, wie seine Hände es stärker nicht hätten tun können. Sie hatte sich umgezogen, trug jetzt statt des eleganten Kostüms ein einfaches weißes Kleid. Das schlichte Stück betonte ihre Jugend und ihre schlanke Figur. Dillon betrachtete sie, ohne zu lächeln.

Cap war Dillons Blick gefolgt. Die Zwanglosigkeit fiel von ihm ab, und er erhob sich steif. „Hallo, Laine. Bist du etwas ausgeruhter?"

Sie zwang sich, die Augen von Dillon auf ihren Vater zu

richten. „Ja, danke. Das Zimmer ist sehr hübsch … Es tut mir leid, ich will nicht stören …"

„Nein … äh, komm und setz dich doch. Wir haben nur übers Geschäft geredet. Möchtest du etwas trinken?" Cap ging zum Barschrank und deutete auf die Gläser.

„Nein, danke." Sie bemühte sich um ein Lächeln. „Dein Heim ist wirklich sehr schön. Vom Fenster in meinem Zimmer kann ich auf das Meer blicken." Laine ging auf das Sofa zu und ließ sich so weit entfernt wie möglich von Dillon darauf nieder. „Es muss wunderbar sein, wenn man jederzeit schwimmen gehen kann."

„Ich komme nicht mehr so oft ins Wasser wie früher." Cap setzte sich wieder und klopfte seine Pfeife aus. „Früher habe ich viel getaucht. Jetzt macht Dillon für mich weiter." Laine hörte die Wärme in der Stimme ihres Vaters und sah auch den innigen Blick, mit dem er den jüngeren Mann betrachtete.

„Mit der See ist es das Gleiche wie mit dem Himmel." Dillon griff nach seinem Glas. „Beide bedeuten Herausforderung und Freiheit zugleich." Er prostete Cap zu. „Ich habe Cap beigebracht, wie man die Tiefen erforscht, er hat mich das Fliegen gelehrt."

„Ich denke, ich bin da mehr erdverbunden." Laine zwang sich, Dillon anzusehen. „Ich habe keine große Erfahrung, weder mit dem Fliegen noch mit der See."

Dillon schwenkte die Eiswürfel im Glas, in seinen Augen lag eindeutig eine Herausforderung. „Aber Sie können doch schwimmen, oder?"

„Ein bisschen."

„Schön. Dann werde ich Ihnen das Schnorcheln beibringen." Er trank einen Schluck und setzte sein Glas ab. „Direkt morgen früh."

Seine Arroganz stieß ihr wie ein spitzer Dorn ins Fleisch. „Ich möchte Ihre Zeit nicht unnötig in Anspruch nehmen, Mr. O'Brian."

Ihr eisiger Ton ließ Dillon völlig ungerührt. „Kein Problem. Bis zum Nachmittag steht bei mir sowieso nichts an. Du hast doch noch eine Extra-Ausrüstung, Cap, oder?"

„Sicher, liegt im Hinterzimmer." Cap war so offensichtlich erleichtert, dass es Laine verletzte. „Es wird dir Spaß machen, Laine. Dillon ist ein guter Lehrer, und er kennt sich in diesen Gewässern bestens aus."

Laine lächelte Dillon höflich zu und hoffte darauf, dass er den Wink verstehen würde. „Ich bin sicher, Sie wissen, wie sehr ich Ihre Mühe zu schätzen weiß, Mr. O'Brian."

Er hatte den Hieb verstanden, wie seine Antwort bewies: „Genauso sehr, wie ich Ihre Gesellschaft zu schätzen weiß, Miss Simmons."

„Essen ist fertig." Bei Miris lautstarker Ankündigung zuckte Laine zusammen. „Du." Die Haushälterin zeigte vorwurfsvoll mit einem Finger auf Laine. „Du wirst essen, nur herumstochern gibt es nicht. Viel zu mager", brummte sie ungnädig in sich hinein, als sie sich umdrehte und davonrauschte.

Gemeinsam machten sie sich auf den Weg zum Esszimmer. Überrascht bemerkte Laine, dass Dillon sie am Arm festhielt. Er wartete, bis Cap außer Hörweite war.

„Kompliment. Ihr Auftritt war wirklich sehenswert. Die Verkörperung der Unschuld."

„Ich zweifle nicht daran, dass Sie mich am liebsten dem nächstbesten Gott zum Opfer vorwerfen würden, aber ich würde doch wenigstens gern meine letzte Mahlzeit einnehmen dürfen."

„Miss Simmons." Er verbeugte sich übertrieben, während der Griff an ihrem Arm noch fester wurde. „Selbst ich habe einige Manieren gelernt. Darf ich die Lady dann zum Dinner geleiten?"

„Wenn Sie sich anstrengen, gelingt es Ihnen vielleicht sogar, mir dabei nicht den Arm zu brechen", zischte sie und biss die Zähne zusammen. Als er ihr im Esszimmer den Stuhl zurechtrückte, sah sie ihn kalt an. „Danke, Mr. O'Brian", murmelte sie und glitt auf den Sitz. Was für ein widerlicher Kerl!

Mit einem höflichen Kopfnicken ging Dillon zu seinem Platz auf der anderen Seite des Tisches. „Ach, übrigens, Cap, dieses kleine Passagierflugzeug, das wir für die Maui-Route benutzen … irgendetwas stimmt damit nicht. Ich möchte es mir noch mal ansehen, bevor es wieder in die Luft geht."

„Was glaubst du, woran es liegt?"

Und schon begann ein Gespräch, das sich nur noch um technische Dinge, um Höhenmesser und Kraftstoffpumpen drehte – ein Gespräch, von dem Laine kein einziges Wort verstand und erst recht nicht mitreden konnte. Schweigend aß sie von dem köstlichen Fischgericht, das Miri serviert hatte.

Während des Mahls hatte Laine Muße, ihren Vater zu betrachten. Ihr wurde klar, dass er nicht mit Absicht so ruppig und steif war, sondern dass das, was wie Unhöflichkeit erscheinen mochte, nur das Resultat langer Jahre des Alleinlebens war. Er hatte nur noch mit Männern zu tun, war an den Umgang mit Frauen nicht mehr gewöhnt. Er hatte einfach den Schliff verlernt.

Und doch … Während Dillon vorsätzlich grob und rüpelhaft war, war es doch die unbewusste Schroffheit ihres Vaters, die sie sehr viel mehr verletzte.

Später an diesem Abend, in ihrem Zimmer, war Laine rastlos und nervös. Sie fühlte sich wie eingesperrt. Im Haus war alles still. Der Mond stand am Himmel, die laue Nachtluft wehte ins Zimmer und bewegte die hauchdünnen Vorhänge an den Fenstern.

Sie hielt die Einsamkeit in diesen vier Wänden nicht mehr aus. Leise schlich sie die Treppe hinunter und schlüpfte in die Nacht hinaus. Ziellos wanderte sie umher, hörte die Rufe der Nachtvögel, eine seltsame und unbekannte Melodie, die sich mit dem Rauschen des Meeres vermischte. Sie streifte ihre Schuhe ab und ging durch den feinen Sand zum Wasserrand, dort, wo die Wellen leise ans Ufer schwappten, um sich ebenso anmutig in die endlose, mitternachtsblaue Fläche zurückzuziehen. Tief atmete Laine den berauschenden Duft der Nacht ein.

Aber der Zutritt zu diesem Paradies wurde ihr verweigert. Dillon und ihr Vater hatten sie ausgeschlossen. Die Geschichte wiederholte sich. Wie oft war sie in Paris von ihrer Mutter abgeschoben worden. Wieder mal ein lästiger Eindringling, ein hinderlicher Klotz am Bein, der nur stört, dachte Laine bitter. Sie fragte sich, wie lange sie diese lächelnde Fassade durchhalten könnte. Sie gehörte genauso wenig in die Welt ihres Vaters, wie sie in Vanessas Welt gehört hatte. Die Knie mit den Armen umschlungen, setzte sie sich in den Sand und weinte um all die verlorenen Jahre.

„Ich habe kein Taschentuch, Sie werden also ohne auskommen müssen."

Dillons Stimme jagte ihr einen Schauer über den Rücken, und sie zog die Beine noch fester an. „Bitte, gehen Sie."

„Wo liegt das Problem, Prinzessin?" Er klang gereizt und ungeduldig, und hätte Laine mehr Erfahrung gehabt, hätte sie von dem männlichen Unbehagen gegenüber Frauentränen gewusst. „Wenn die Dinge nicht laufen wie geplant, nützt Heulen auch nichts."

Sie hielt ihr Gesicht zwischen den Knien versteckt. „Lassen Sie mich in Ruhe. Gehen Sie, ich will allein sein."

„Sie sollten sich besser gleich daran gewöhnen", erwiderte er kalt, „ich werde Sie ständig im Auge behalten, bis Sie sich wieder auf den Weg zurück nach Europa machen. Cap ist ein zu gutmütiger Mann, um dieser Unschuldstour lange zu widerstehen."

Laine sprang auf und begann mit den Fäusten auf seine Brust zu trommeln. „Er ist mein Vater, verstehen Sie das endlich! Mein Vater! Ich habe das Recht, bei ihm zu sein! Ich habe das Recht, ihn kennenzulernen!"

Ihr plötzlicher Ausbruch hatte ihn überrascht, und er taumelte tatsächlich einen Schritt zurück, bevor er sie bei den Handgelenken packen konnte und sie festhielt. „Da ist ja tatsächlich Feuer unter dem Eis! Sie können es ja noch immer mit der Geschichte von den Briefen, die Sie angeblich nie erhalten haben, versuchen. Damit kommen Sie sicher weiter."

„Ich will kein Mitleid von ihm!" Laine schob und drückte und strampelte, obwohl es keinerlei Wirkung zeigte. Dillon hielt sie mühelos. „Selbst Hass ist besser als Gleichgültigkeit, aber bevor er Mitleid für mich empfindet, bin ich ihm lieber gleichgültig! Ich werde zwei Wochen bei meinem Vater verbringen, und niemand, auch Sie nicht, wird mir das verderben!" Sie warf den Kopf zurück. Tränen rannen über ihr Gesicht, aber es waren vor allem Tränen der Wut. „Und jetzt lassen Sie mich gefälligst los! Ich will nicht, dass Sie mich anfassen!" Sie begann zu treten und versuchte zu boxen, so heftig, dass sie beide fast auf dem Sand gelandet wären.

„Das reicht jetzt!" Er legte die Arme um sie, sodass sie sich nicht mehr bewegen konnte, und er benutzte seinen Mund, um sie zum Schweigen zu bringen.

Ein Strudel erfasste sie, riss sie mit, tiefer und tiefer, bis jedes Zeitgefühl und jeder klare Gedanke in dem Wirbel mit unterging. Sie schmeckte ihre eigenen salzigen Tränen auf den Lippen, vermischt mit einem aufregenden Duft, der zu ihm gehörte. Sie spürte die versengende Hitze, die jäh in ihr hoch schoss, und kämpfte mit aller Kraft dagegen an. Doch der Kuss hörte nicht auf, versprach ihr etwas, das sie nicht kannte, nicht verstand. Sie wurde schwach in Dillons Armen, ihre Lippen gaben nach und wurden weich.

Dillon hielt sie leicht von sich ab, und ohne dass sie es wusste, legte sie den Kopf an seine Brust. Sie erschauerte, als er mit seiner Hand sanft durch ihr Haar fuhr, und schmiegte sich an ihn. Sie fühlte sich plötzlich nicht mehr allein, nicht mehr einsam ...

„Wer bist du wirklich, Laine Simmons?", hörte sie ihn murmeln. Er legte die Hand sanft unter ihr Kinn. „Sieh mich an." Es klang wie ein Befehl, und er musterte sie durchdringend mit zusammengekniffenen Augen.

Ihre Augen glänzten, Tränen hingen an ihren Wimpern, die kühle Fassade, hinter der sie sich versteckt hatte, war gefallen und hatte nur noch Verletzlichkeit zurückgelassen.

Dillon seufzte ungeduldig. „Eis, Feuer und jetzt Tränen. Nein, nicht", hielt er sie zurück, als sie ihren Kopf wieder senken wollte. Er schüttelte langsam den Kopf. „Ich wusste es, vom ersten Augenblick an. Du wirst nichts als Schwierigkeiten machen. Aber nun bist du hier, und wir werden uns irgendwie arrangieren müssen."

„Mr. O'Brian ..."

„Dillon. Machen wir uns nicht mehr lächerlich als nötig."

„Dillon", wiederholte Laine ergeben. „Im Moment bin ich wirklich nicht in der Lage, vernünftig über Konditionen zu reden. Lass mich für heute in Ruhe, morgen können wir dann einen Vertrag aushandeln."

„Nein. Die Bedingungen sind sehr simpel. Weil es nur meine sein werden."

„Das hört sich wirklich sehr vernünftig an." Sie war dankbar, dass ihr Sinn für Ironie stärker war als ihre Tränen.

„Solange du hier bist, werde ich immer in deiner Nähe sein, wie ein Schatten. Oder wie ein Schutzengel, wenn dir das lieber ist. Solltest du dir auch nur einen falschen Schritt bei Cap leisten, werde ich dazwischengehen, bevor du auch nur blinzeln kannst."

„Ist mein Vater so hilflos, dass er Schutz braucht? Vor der eigenen Tochter?" Wütend wischte sie sich die Tränen vom Gesicht.

„Auf dieser Welt existiert kein einziger Mann, der nicht vor dir geschützt werden müsste, Prinzessin." Er neigte den Kopf und studierte nachdenklich ihr Gesicht. „Wenn das hier nur Show ist, bist du wirklich eine gute Schauspielerin. Sollte es nicht gespielt sein, so werde ich mich zu gegebener Zeit entschuldigen."

„Die Entschuldigung kannst du dir sparen. Hoffentlich bleibt sie dir im Hals stecken, und du erstickst daran!"

Dillon warf den Kopf zurück und lachte laut auf. Zornig hob sie die Hand …

„Oh nein." Dillon umklammerte ihr Handgelenk mit eisernem Griff. „Verdirb den Moment nicht. Ich müsste diese Ohrfeige zurückgeben, und du siehst wunderbar aus, wenn du wütend bist. Diese überschäumende Wut gefällt mir sehr viel besser als diese kühle und beherrschte Mademoiselle aus Paris. Hör zu, Laine", man sah ihm an, dass er sich das Lachen verkniff, „schließen wir Waffenstillstand – zumindest in der Öffentlichkeit. Wenn wir allein sind, können wir ja wieder in den Ring steigen. Sagen wir, eine Runde pro Tag?"

„Das würde dir so passen." Laine wand ihre Hand aus seinem Griff und warf ihr Haar zurück. „Bei deiner Größe und deinem Gewicht hast du erhebliche Vorteile."

„Stimmt." Er grinste. „Du wirst dich damit abfinden müssen. Und jetzt komm." Er nahm ihre Hand, eine freundliche Geste, die Laine verdutzte. „Ab ins Bett, du musst morgen früh aufstehen. Ich mag es nicht, wenn man den Morgen vertrödelt."

„Ich werde morgen nicht mitkommen. Wahrscheinlich hast du vor, mich zu ertränken und meine Leiche in irgendeiner Höhle zu verstecken."

Dillon seufzte frustriert. „Laine, sollte ich dich morgen früh aus den Federn zerren müssen, wirst du eine ganze Menge mehr lernen als nur das Schnorcheln. Also, kommst du jetzt mit zum Haus zurück, oder muss ich dich über meine Schulter werfen?"

„Könnte man deine Arroganz in Energie umwandeln, wäre diese ganze Insel versorgt!" Damit drehte sie sich um und rannte davon.

Dillon sah ihr nach, bis sie in der Dunkelheit verschwunden war. Dann bückte er sich und hob ihre Sandalen auf.

4. Kapitel

Ein goldener Morgen kündigte sich an. Laine war wie immer früh wach geworden. Sie brauchte einen Moment, bis sie wusste, wo sie war. Was sie am meisten irritierte, war die Stille. Kein Gekicher, keine Schritte, die draußen auf dem Flur vorbeihuschten. Nur der melodische Gesang eines Vogels drang durch das Fenster ihres Zimmers. Mit einem Seufzer lehnte sie sich in die Kissen zurück und wünschte, sie könnte noch ein wenig schlafen. Aber die Gewohnheit, früh aufzustehen, war einfach übermächtig. Also schlug sie die Decke beiseite und ging ins Bad.

Eine Freundin hatte ihr einen Bikini geliehen, und mit gerunzelter Stirn betrachtete Laine die beiden Stoffstückchen, die ihr als „gesittet" beschrieben worden waren. Als sie den Bikini anzog und sich im Spiegel begutachtete, befand sie jedoch, dass viel zu viel von ihr zu sehen war und viel zu wenig von Kleidung.

„Sei nicht albern", murmelte Laine ihrem Spiegelbild tadelnd zu. „Alle Frauen tragen diese Dinger, und außerdem werde ich mit meiner Figur kaum viel Aufmerksamkeit erregen."

Spindeldürr. Mager. Laine zog eine Grimasse, als sie sich an Miris wenig schmeichelhaftes Urteil erinnerte, und zerrte ein weiteres Mal an den dünnen Trägern des Oberteils. Nun, daran lässt sich eben nichts ändern, dachte sie. Außerdem würden körperliche Reize ihr nicht dabei helfen, besser mit Dillon O'Brian zurechtzukommen.

Sie stieg in weiße Jeans und zog ein T-Shirt mit rundem Ausschnitt über. Während sie die Treppe hinunterging, hörte sie all die kleinen Geräusche, die ihr sagten, dass das Haus zum Leben erwachte. Sie bewegte sich vorsichtig, zaghaft. Besorgt, vielleicht die morgendliche Routine zu stören.

Die Sonne fiel durch die großen Fenster im Esszimmer und tauchte den Raum in goldenes Licht. Laine erblickte die Farne und leuchtenden Blüten vor dem Haus und beschloss in Gedanken, diesen perfekten Tag durch nichts zerstören zu lassen. Später, an einem kalten, nieseligen Morgen in Paris, konnte sie sich immer noch an die Ablehnung, an die Demütigung erinnern, aber heute schien die Sonne und verlieh dem Tag etwas Verheißungsvolles.

„Das Frühstück ist gleich fertig." Miri kam aus der angrenzenden Küche. Trotz ihrer Leibesfülle wirkte sie geradezu graziös mit ihrem schwebenden Gang und würdevoll trotz ihrer grellbunten Kleidung.

„Guten Morgen, Miri." Laine lächelte. „Ein wunderbarer Morgen, nicht wahr?"

„Er wird deiner Haut Farbe verleihen." Miri strich mit einem Finger über Laines bloße Arme und schnaubte. „Vor allem Rot, wenn du nicht vorsichtig bist. Aber jetzt iss was. Du musst mehr Fleisch auf die Knochen kriegen." Sie deutete gebieterisch auf einen Stuhl, und gehorsam setzte Laine sich.

„Miri, wie lange arbeiten Sie eigentlich schon bei meinem Vater?"

„Zehn Jahre." Miri schüttelte den Kopf und schenkte Laine eine Tasse Kaffee ein. „Eine viel zu lange Zeit für einen Mann, um ohne eine Frau zu sein, wenn du mich fragst." Sie kniff die Augen zusammen. „Deine Mutter … war sie eigentlich auch so mager?"

„Nein, so könnte man es nicht sagen, aber … ich meine …" Laine zögerte. Was würde Miri wohl als nicht „zu mager" bezeichnen?

Die Haushälterin lachte schallend auf, ihr ausladender Busen wogte unter den pink- und orangefarbenen Blumen. „Du willst nicht sagen, dass sie nicht so fraulich war wie ich." Sie schlug sich auf die vollen Hüften. „Du bist ein hübsches Mädchen." Laine war sprachlos über die liebevolle Geste, als Miri ihr über das Haar strich. „Und du bist viel zu jung, als dass in deinen Augen eine solche Traurigkeit liegen sollte." Sie seufzte. „Ich werde dir jetzt dein Frühstück bringen. Ich erwarte, dass du alles aufisst."

„Bring meine Portion direkt mit, Miri." Dillon schlenderte herein, braun gebrannt und lässig in abgeschnittenen Jeans und weißem T-Shirt. „Guten Morgen, Prinzessin. Gut geschlafen?" Er ließ sich auf dem Stuhl Laine gegenüber nieder und schenkte sich einen Kaffee ein. Seine Bewegungen und seine Augen verrieten, dass er hellwach war. Er musste zu den wenigen Menschen gehören, die morgens keine Anlaufzeit brauchten, sondern den Tag ausgeruht und energiegeladen begannen.

Auch fiel Laine auf, dass er der attraktivste und anziehendste Mann war, den sie je getroffen hatte. Mit Mühe kämpfte sie gegen die plötzliche Sehnsucht an und achtete darauf, dass ihr Ton genauso lässig klang wie seiner. „Guten Morgen, Dillon. Es scheint ein schöner Tag zu werden."

„Auf dieser Seite der Insel sind wir damit gesegnet." Er fuhr sich mit den Fingern durchs Haar und richtete damit eine äußerst charmante Unordnung an. „Auf der Windseite der Insel regnet es fast jeden Tag." Er nahm einen großen Schluck von seinem Kaffee, und Laine ertappte sich dabei, wie sie auf seine langen, starken Finger starrte.

„Stimmt etwas nicht?"

„Wie bitte?" Laine blinzelte verlegen. „Nein … Ich dachte nur gerade daran, dass ich eine Tour über die Insel machen sollte, solange ich hier bin", improvisierte sie hastig. „Ist dein Haus … wohnst du hier in der Nähe?"

„Ja, nicht weit entfernt." Dillon setzte die Tasse wieder an, trank und studierte Laine dann über den Rand hinweg.

„Frühstück." Miri balancierte ein beladenes Tablett vor sich her, als sie den Raum betrat. „Du wirst essen." Mit strenger Miene schaufelte sie Unmassen an Essen auf Laines Teller. „Und dann verschwindet ihr aus dem Haus, damit ich sauber machen kann. Du!" Sie deutete mit dem ausgestreckten Zeigefinger auf Dillon. „Du wirst darauf achten, dass du mir keinen Sand ins Haus schleppst!"

Er antwortete in der Landessprache und grinste jungenhaft. Miris lautes Lachen hallte noch nach, als sie schon längst wieder in der Küche verschwunden war.

Laine starrte erschreckt auf den voll beladenen Teller vor sich. „Das kann ich niemals im Leben essen."

Dillon schob sich eine Gabel Rührei in den Mund. „Du solltest es wenigstens probieren. Miri ist fest entschlossen, dich aufzupäppeln. Du kannst es gebrauchen", fügte er hinzu, während er Butter auf eine Toastscheibe strich. „Außerdem sollte man Miri besser nicht in die Quere kommen. Stell dir einfach vor, es sei Bouillabaisse. Oder Schnecken."

Die Spitze war nicht zu überhören gewesen, und Laine versteifte sich unwillkürlich. „Ich beklage nicht die Qualität des Essens, sondern die Menge."

Dillon zuckte nur stumm mit den Achseln, und Laine machte sich verbissen daran, die Mengen auf dem Teller schrumpfen zu lassen. Eine Viertelstunde verging, ohne dass einer der beiden ein Wort gesagt hätte, bis Dillon schließlich laut klappernd seine Gabel fallen ließ, aufstand und Laine von ihrem Stuhl hochzog.

„Du siehst aus, als würdest du umfallen, wenn du auch nur noch einen Bissen isst. Komm, ich erlöse dich, bevor Miri wieder auftaucht."

Laine biss die Zähne zusammen und hoffte, dass ihr gemurmelter Dank ergeben genug klang.

Dillon warf sich eine prall gefüllte Tasche über die Schulter. „Wo ist dein Badeanzug?"

„Den habe ich an." Eilig folgte sie ihm zum Haus hinaus, bemüht, mit ihm Schritt zu halten. Dann ging es weiter über einen ausgetretenen Feldweg. Am Rande wuchsen Farne, exotische Blumen strömten ihren aromatischen Duft aus. Wieder einmal fragte Laine sich, ob es auf der Welt noch einen anderen Platz gab, an dem die Farben so klar waren und das Grün in so vielen Schattierungen existierte. Die salzige Luft des Meeres vermischte sich mit den Wohlgerüchen der Pflanzen, eine Feldlerche stieß in den blauen Himmel und war bald nicht mehr zu sehen. Schweigend liefen Laine und Dillon nebeneinander her. Die Sonne brannte bereits jetzt vom Himmel.

Nach zehn Minuten war Laine außer Atem. „Ich hoffe, es ist nicht mehr weit. Ich habe schon seit Jahren nicht mehr an einem Zehnkampf teilgenommen."

Dillon wandte sich zu ihr, und sie wappnete sich bereits für seine bissige Erwiderung. Doch er verringerte nur sein Tempo. Mit sich zufrieden, lächelte Laine vor sich hin. Sie hatte einen kleinen Sieg bei Dillon O'Brian errungen. Aber wenige Augenblicke später wurde jegliches Triumphgefühl unwichtig.

Die Bucht lag abgeschieden und friedlich da, eingerahmt von Palmen und blühenden Hibiskussträuchern. Ein einzigartiges Juwel, selbst für Kauai. Das Wasser schimmerte und glitzerte wie silbriger Tau in den frühen Morgenstunden.

Mit einem kleinen, entzückten Aufschrei rannte Laine auf den weißen, feinen Sand und zog Dillon mit sich. „Ist das schön!" Mit ausgebreiteten Armen drehte sie sich um die eigene Achse, als wolle sie diesen Ort umarmen. „Mein Gott, es ist perfekt! Absolut umwerfend!"

Sie sah das Lächeln, das über sein Gesicht huschte, kurz nur und plötzlich, aber erfrischend wie eine milde Brise. Und für einen kostbaren Moment herrschte Einverständnis zwischen ihnen, die Spannung war nicht mehr da. Ein Einverständnis, wie es zwischen Mann und Frau bestand, einfach und natürlich. Es kam so unerwartet und war doch so tröstlich.

Doch genauso plötzlich standen wieder Falten auf Dillons Stirn. Er ließ die mitgebrachte Tasche in den Sand fallen und ging davor in die Hocke. „Das Schnorcheln ist leicht zu erlernen", sagte er, während er Schnorchel und Masken aus der Tasche kramte. „Wichtig ist vor allem, dass man entspannt ist, ohne dass dabei die Aufmerksamkeit nachlässt." Er erging sich in sachlichen Anweisungen, dozierte über Atemtechnik und Verhaltensregeln.

Laine runzelte die Stirn. „Es besteht kein Grund, so schulmeisterhaft zu sein." Sein hochmütiger Ton ärgerte sie. „Ich habe einen Kopf und benutze ihn auch zum Denken. Nach der vierten oder fünften Erklärung habe sogar ich es verstanden."

„Umso besser." Er reichte ihr die Tauchutensilien. „Dann versuchen wir es im Wasser." Mit einer schnellen Bewegung zog er sich das T-Shirt über den Kopf und setzte seine Maske auf.

Seidige Härchen schimmerten auf seiner gebräunten Brust,

samtige Haut spannte sich über den breiten Brustkorb, die Shorts betonten die schmalen Hüften und schmiegten sich um muskulöse Oberschenkel. Erstaunt stellte Laine fest, wie ihr Magen zu flattern begann und eine unbekannte Wärme durch ihre Adern floss. Hastig senkte sie den Blick und studierte angelegentlich den Sand zu ihren Füßen.

„Zieh dich aus."

Laine riss die Augen auf und wich einen Schritt zurück.

„Oder möchtest du angezogen ins Wasser gehen?", fügte Dillon wissend hinzu.

Am liebsten wäre sie vor Verlegenheit im Boden versunken, trotzdem tat sie ihr Bestes, sich so unbefangen wie möglich zu geben. Er wartete am Wasserrand auf sie, während sie T-Shirt und Jeans ordentlich zusammenfaltete. Als sie neben ihn trat, musterte er sie ausgiebig von Kopf bis Fuß, bis sein Blick auf ihrem Gesicht zu ruhen kam.

„Halte dich dicht neben mir", wies er sie an. „Wir bleiben an der Wasseroberfläche, bis du dich eingewöhnt hast." Geduldig half er ihr, die Maske aufzuziehen.

Zusammen wateten sie in den Ozean. An den flachen Stellen war das Wasser so klar, dass das Sonnenlicht bis auf den Boden durchdrang. Seetang wiegte sich sanft in den leichten Wellen. Prompt vergaß Laine alles, was Dillon ihr erklärt hatte, und verschluckte sich. Prustend und hustend kam sie zum Stehen.

„Du wirst dich besser konzentrieren müssen." Dillon stand an ihrer Seite und klopfte ihr fest auf den Rücken. Dann zog er wieder seine Maske herunter. „Alles in Ordnung? Bist du so weit?"

Sie atmete noch ein paarmal tief durch, nickte und tauchte wieder unter Wasser.

Schritt für Schritt erkundete sie die Unterwasserwelt, Dillon an ihrer Seite. Er bewegte sich im nassen Element schwerelos und elegant, wie ein Vogel in der Luft. Mittlerweile hatte Laine auch die Handzeichen zu verstehen gelernt. Neugierige Fische schwammen an sie heran und betrachteten sie aus unbeweglichen Augen. Sie fragte sich, wer hier wen studierte.

Das Sonnenlicht tauchte alles in glitzernde Helle, ließ Muscheln und Steine perlmuttern schimmern. Auch wenn der Meeresboden voller Leben war, so war es doch eine stille, ganz eigene Welt. Laine fühlte sich unbeschreiblich frei. Die blassen Zweige einer Koralle boten kleinen, tiefblauen Fischen ein Versteck. Ein Einsiedlerkrebs huschte davon, sein Haus auf dem Rücken. Zwei Seesterne klammerten sich an einen Felsbrocken, und ein Seeigel ruhte ungestört im Sand.

In dieser abgeschlossenen Welt genoss Laine die Gesellschaft dieses unberechenbaren Mannes neben ihr. Immer wieder machte sie ihm begeisterte Zeichen, wie viel Freude sie an dieser neuen Umgebung empfand. Ihre Beziehung hatte sich von einer Sekunde auf die andere verändert, Laine war sich dessen noch nicht einmal richtig bewusst. In diesem Moment waren sie nichts anderes als ein Mann und eine Frau, die gemeinsam durch die von der Sonne erleuchtete Unterwasserwelt glitten. Impulsiv nahm Laine eine große Muschel auf, die von ihrem einstigen Bewohner längst verlassen worden war. Sie zeigte sie Dillon, dann tauchte sie auf und schüttelte ihr Haar, sodass die Tropfen bis auf Dillons Maske spritzten. Lachend schob sie sich die Schnorchelmaske auf die Stirn.

„Oh, das war wunderbar! So etwas habe ich noch nie erlebt!" Sie steckte sich die feuchten Strähnen hinters Ohr.

„Diese Farben! Das Grün und das Blau, so viele Schattierungen! Wenn man da unten ist, meint man, ganz allein auf der Welt zu sein."

Die Begeisterung hatte Farbe auf ihre Wangen gezaubert, ihre Augen strahlten so blau wie das Meer. Ihr Haar, nass und dunkelgolden, lag wie ein Helm um ihren Kopf, betonte ihre feinen Gesichtszüge noch mehr, ließ sie wie die einer kunstvollen Statue erscheinen. Dillon betrachtete sie lächelnd und schob seine Maske hoch.

„Ich hätte ewig dort unten bleiben können", fuhr Laine begeistert fort. „Es gibt so viel zu sehen, so viel zu berühren, zu fühlen. Sieh doch nur die Muschel, die ich gefunden habe." Sie zeichnete mit den Fingerspitzen die konisch gedrehte Linie nach. „Sie ist wunderschön. Wie heißt sie?"

Dillon nahm die Muschel und betrachtete sie genauer, dann gab er sie Laine zurück. „Hier nennt man sie Notenschnecke. Überall am Strand findet man kleine Teile davon."

„Ob ich sie behalten kann? Oder gehört diese Bucht etwa jemandem?"

Dillon lachte. Ihre Begeisterung freute ihn. „Ja, das hier ist Privatbesitz. Aber ich kenne den Eigentümer. Ich glaube nicht, dass er etwas dagegen hätte."

„Es heißt doch immer …" Sie hob die Muschel an ihr Ohr. „Oh, ich kann tatsächlich das Meeresrauschen hören!", rief sie entzückt wie ein kleines Kind. Dann verfiel sie ins Französische, sprach schnell und aufgeregt und hielt Dillon die Muschel hin. Sie musste diese wunderbare Entdeckung einfach mit jemandem teilen. „Dillon, *écoute!*"

Der lachte, so wie er auch mit ihrem Vater gelacht hatte. „Tut mir leid, Prinzessin, aber bei deinen letzten Sätzen konnte ich dir leider nicht mehr folgen."

„Oh, wie dumm von mir, entschuldige. Aber ich habe schon so lange kein Englisch mehr gesprochen." Sie strich sich das nasse Haar aus dem Gesicht und lächelte ihn offen an. „Es ist unglaublich, ich kann wirklich das Meer hören, wenn ich sie mir ans Ohr halte ..." Ihre Stimme erstarb, als sie erkannte, dass das Lachen in seinen Augen einem anderen Ausdruck Platz gemacht hatte. Einem Ausdruck, bei dem ihr Herz wild gegen ihre Rippen zu klopfen begann. Ihr Verstand warnte sie, schnellstens den Rückzug anzutreten, aber ihr Körper gehorchte ihr nicht. Alle Willenskraft schwand, als Dillon den Arm um ihre Taille legte und sie zu sich heranzog. Gebannt sah sie in sein Gesicht, und wie aus eigenem Willen öffneten sich ihre Lippen leicht, empfingen seinen Mund bereitwillig.

Zum ersten Mal spürte sie die Hand eines Mannes über ihre bloße Haut streicheln. Die einzige Barriere zwischen ihren beiden Körpern war das warme, seidige Wasser, das sie umspülte. Es war, als würde sich unter der Wärme der Sonne ihr Herz öffnen, und sie war bereit zu geben, akzeptierte seinen fordernden Kuss, schmiegte sich den Zärtlichkeiten seiner Hände entgegen, bis sie meinte, seine und ihre Haut würden zu einem Ganzen verschmelzen. So wollte sie verharren, bis die Sonne unterging und die Welt aufhörte, sich zu drehen.

Zögernd löste Dillon die Lippen von ihrem Mund, hörte auf, sie zu streicheln, ohne jedoch seine Arme von ihr zurückzuziehen. Ihr Seufzer war eine Mischung aus Protest und Glückseligkeit über den neu entdeckten Schatz.

„Entweder", Dillon studierte nachdenklich ihr Gesicht, „bist du eine erstklassige Schauspielerin, oder du bist frisch aus dem Kloster in die Welt entlassen worden", murmelte er.

Sofort schoss ihr verräterische Röte ins Gesicht, und sie versuchte aus dem Wasser zum Strand zurückzufliehen, doch Dillon hielt sie am Arm fest und drehte sie wieder zu sich herum.

„Das ist auch etwas, das ich seit Jahren nicht mehr gesehen habe." Mit zusammengezogenen Augenbrauen betrachtete er ihre roten Wangen. „Prinzessin, du erstaunst mich. So oder so", fuhr er fort, und sein Lächeln war spöttisch, aber nicht mehr verächtlich, „ob nun kalkulierend oder unschuldig, du erstaunst mich. Noch einmal", sagte er dann noch und zog sie wieder in seine Arme.

Dieses Mal war der Kuss sanft, zärtlich. Und der Zärtlichkeit hatte sie noch weniger entgegenzusetzen als der Leidenschaft. Ihr Körper ließ sich willig führen, sie legte die Hände auf Dillons Schultern, fühlte, wie die Muskeln sich unter ihren Fingern anspannten, während sein Mund hungrig an ihren Lippen sog. Ihre Unschuld machte sie zu einer sinnlichen Verführerin. Dillon schob sie sacht von sich und blickte nachdenklich auf ihre geschwollenen Lippen, in ihre glänzenden Augen.

„Du bist eine gefährliche Frau", sagte er schließlich und stieß laut den Atem aus. „Setzen wir uns in die Sonne." Ohne ihre Antwort abzuwarten, nahm er sie bei der Hand und zog sie mit sich an den Strand.

Auf dem warmen Sand breitete er ein großes Badetuch aus und ließ sich darauffallen. Als Laine zögerte, zog er sie zu sich herunter. „Ich beiße nicht, Prinzessin", sagte er leise. „Ich knabbere höchstens ein bisschen." Genüsslich räkelte er sich in der Sonne.

Laine fühlte sich seltsam befangen. Die Muschel in der Hand, saß sie regungslos neben ihm auf dem Badelaken.

Nicht nur versuchte sie zu verstehen, was es war, das sie in Dillons Armen empfunden hatte, sondern auch, weshalb sie so empfunden hatte. Es war wichtig, und sie hatte das bestimmte Gefühl, dass es für den Rest ihres Lebens wichtig bleiben würde. Wie ein Geschenk, aber sie konnte es nicht benennen. Plötzlich durchströmte sie ein unbändiges Glücksgefühl, wie in dem Augenblick, als sie sich die Muschel ans Ohr gehalten hatte. Und sie lächelte strahlend auf die perlmutterne Form in ihrer Hand herunter.

„Du siehst diese Muschel ja geradeso an, als wäre sie dein Erstgeborenes."

Sie drehte den Kopf und sah Dillon verschmitzt grinsen. Und ihr wurde klar, dass sie nie im Leben glücklicher gewesen war. „Es ist mein erstes Souvenir. Außerdem habe ich noch nie nach versunkenen Schätzen getaucht."

„Dann stell dir mal vor, wie viele Haie du aus dem Weg drängen musstest, bevor du den Schatz heben konntest."

Laine rümpfte die Nase. „Vielleicht bist du ja nur neidisch, weil du keinen Schatz gefunden hast. Vielleicht war es egoistisch von mir, nicht auch einen für dich mitzubringen."

„Ich werd's überleben."

„In Paris findet man keine Muscheln." Sie fühlte sich herrlich frisch und leicht. „Die Kinder werden diese hier wie einen wirklichen Schatz behandeln."

„Die Kinder?"

Laine untersuchte vertieft ihre Beute mit den Fingerspitzen. „Meine Schüler. Die meisten von ihnen haben so etwas noch nie gesehen, höchstens vielleicht eine Abbildung in einem Buch."

„Du unterrichtest?"

Sie war viel zu sehr in das Studium ihrer wunderschönen

Muschel vertieft, als dass sie das Erstaunen in Dillons Stimme gehört hätte. „Ja", antwortete sie abwesend, „Englisch für französische Schüler und Französisch für die englischen Internatsschüler. Nach meinem Examen bin ich geblieben, als Lehrkraft. Wo hätte ich auch sonst hinsollen? Es war immer mein Zuhause. Dillon, können wir noch einmal hierher kommen? Vielleicht finde ich ja noch mehr solcher Muscheln, vielleicht ein oder zwei, die ein wenig anders sind. Die Mädchen würden ganz begeistert sein, viel Abwechslung haben sie nicht."

„Und deine Mutter?"

„Was?" Sie tauchte aus ihrer Versunkenheit auf und bemerkte den harten, fragenden Blick, der auf ihr lag. „Entschuldige, was sagtest du?" Sein plötzlich veränderter Tonfall verdutzte sie.

„Ich fragte, wo deine Mutter war."

„Als ich zur Schule ging? In Paris." Sie verstand seinen plötzlichen Ärger nicht und suchte nach einem Weg, das Thema zu wechseln. „Dillon, meinst du, wir könnten noch einmal zum Flughafen fahren? Ich würde ihn mir gern genauer ansehen. Denkst du, wir ...?"

„Hör auf", unterbrach er sie.

Sein barscher Ton ließ sie zusammenfahren. In Windeseile hatte sie sich in ihre Rüstung zurückgezogen. „Ich bin nicht taub. Es gibt keinen Grund, so zu brüllen."

„Spar dir diese hochtrabende Tour, Prinzessin. Ich will Antworten von dir."

Laine sah in seine grimmige Miene und stand auf. „Tut mir leid, Dillon", sagte sie und trat ein paar Schritte zurück. Äußerlich blieb sie völlig ruhig. „Ich bin wirklich nicht in der Stimmung für ein Kreuzverhör."

Mit einer blitzschnellen Bewegung war Dillon auf den Füßen und bei ihr. Er packte sie unsanft bei den Armen. „Du kannst wirklich eiskalt sein, nicht wahr? Von einer Sekunde auf die nächste setzt du ein anderes Gesicht auf. Ich weiß nur noch nicht, welches davon die Maske ist. Wer, zum Teufel, bist du?"

„Ich bin es leid, dir sagen zu müssen, wer ich bin", erwiderte sie tonlos. „Ich weiß nicht, was du von mir hören willst. Wer soll ich denn für dich sein?"

Ihre Antwort und ihr leiser Ton verärgerten ihn nur noch mehr. Er schüttelte sie leicht. „Was soll diese Szene?"

Sie fühlte sich heftig gegen ihn gerissen, doch bevor er sie auf seine Art bestrafen konnte, rief jemand seinen Namen. Mit einem gemurmelten Fluch ließ Dillon sie los und drehte sich zu der Gestalt um, die gerade unter den Palmen hervortrat.

Laine hatte den Eindruck, dass eine Inselnymphe aus dem Grün und über den Sand schwebte.

Ihre Haut war golden, sie trug einen Sarong aus Scharlachrot und Mitternachtsblau. Das dunkle Haar fiel ihr schimmernd bis auf die Hüften, bewegte sich fließend bei jedem Schritt. Dichte Wimpern umrahmten mandelförmige Augen, ein geheimnisvolles Lächeln umspielte die schönen Lippen in dem perfekt geschnittenen Gesicht. Die Gestalt hob eine Hand zum Gruß, und Dillon antwortete.

„Hallo, Orchid."

In dem Moment, als die Erscheinung ihre Lippen auf Dillons Mund legte, wusste Laine, dass diese ätherische Schönheit sterblich war.

„Miri sagte mir, dass du schnorcheln gegangen seist. Also wusste ich, dass ich dich hier finden würde." Ihre Stimme schwang durch die Luft wie sanfte Musik.

„Laine Simmons, Orchid King", stellte Dillon die beiden Frauen einander vor. Laine murmelte etwas Unverständliches. Sie kam sich plötzlich unscheinbar und fehl am Platze vor. „Laine ist Caps Tochter."

„Oh, ich verstehe." Laine fühlte sich einer genauen Musterung unterzogen und bemerkte auch das abschätzende Lächeln. „Wie schön, dass Sie endlich mal zu Besuch gekommen sind. Wie lange bleiben Sie?"

„Eine Woche, oder auch zwei." Laine hatte ihre Haltung wieder gefunden und sah Orchid offen in die Augen. „Sie leben auf der Insel?"

„Ja, obwohl ich häufig unterwegs bin. Ich gehöre zum Flugpersonal. Ich bin gerade vom Festland zurück und habe ein paar Tage Urlaub. Also will ich die Luft gegen das Wasser eintauschen." Sie lächelte Dillon an und hakte sich wie selbstverständlich bei ihm unter. „Du gehst doch noch mal hinein? Ich würde gern ein wenig Gesellschaft haben."

Laine wurde Zeuge von Dillons Charme. Dazu brauchte es nicht mehr als ein Lächeln, um die volle Wirkung zu entfalten.

„Sicher, ich habe noch ein paar Stunden Zeit."

„Ich werde besser zum Haus zurückgehen", sagte Laine hastig. Sie fühlte sich wie das fünfte Rad am Wagen. „Für heute habe ich genug Sonne gehabt, ich muss vorsichtig sein." Sie hob ihr T-Shirt auf und zog es über. „Danke für deine Zeit, Dillon." Sie bückte sich und sammelte ihre anderen Sachen ein. „Nett, Sie kennengelernt zu haben, Miss King."

„Ganz meinerseits. Wir werden uns bestimmt noch sehen." Orchid löste ihren Sarong und enthüllte damit einen winzigen Bikini und einen perfekten Körper. „Wir sind hier sehr freundlich auf unserer kleinen Insel, nicht wahr, Cousin?"

Auch wenn es üblich auf der Insel war, sich mit „Cousin"
anzureden, die Art, wie Orchid dieses Wort aussprach, deutete auf eine sehr viel engere Beziehung hin.

„Ja, sehr freundlich", stimmte Dillon zu und drückte ihren
Arm.

Mit einem gemurmelten Abschiedsgruß zog Laine sich zurück. Als sie gerade in den Palmenhain getreten war, hörte sie
Orchid lachen und drehte sich noch einmal um. Rechtzeitig
genug, um zu sehen, wie die schöne Hawaiianerin die Arme
um Dillons Nacken schlang und mit einladend geöffneten
Lippen seinen Kopf zu sich herunterzog.

5. Kapitel

Auf dem Weg zurück zum Haus hatte Laine ausreichend Muße, um über die verschiedenen Gefühle nachzudenken, die Dillon O'Brian in der kurzen Zeit, die sie ihn jetzt kannte, in ihr geweckt hatte. Zuerst waren es Ärger, Feindseligkeit und Ablehnung gewesen. Jetzt, so wurde ihr klar, waren ein gewisser Argwohn und eine unbestimmte Verlegenheit hinzugekommen, die ihrer Unerfahrenheit im Umgang mit Männern entstammte. Aber heute Morgen hatte es auch Augenblicke der Harmonie, des Einvernehmens gegeben. Sie hatte sich in seiner Gegenwart wohl gefühlt. Es war das erste Mal gewesen, dass sie die Gegenwart eines Mannes völlig frei und unbeschwert genossen hatte, wie sie sich zerknirscht eingestand.

Vielleicht lag es auch nur einfach an der neuen Erfahrung unter Wasser, dass sie so auf Dillon reagiert hatte. Es schien wie das Natürlichste auf der Welt, als wären ihre Körper und ihre Lippen füreinander geschaffen worden. In seinen Armen hatte sie sich frei gefühlt, leicht und heiter. Etwas in ihr war erwacht. Als wäre eine unsichtbare Wand um sie herum eingestürzt, die bisher Sinne und Gefühle eingeschlossen gehalten hatte.

Laine blieb stehen und pflückte eine leuchtend rote Hibiskusblüte von einem Strauch. Gedankenverloren drehte sie sie zwischen den Fingern, während sie wieder weiterging. Ihre zarten neuen Gefühlsregungen waren erst durch Dillons

Unmut und dann durch das Auftauchen der exotischen Inselschönheit zerstört worden.

Orchid King. Laine runzelte die Stirn. War der Name der Frau, die am Flughafenschalter so offensichtlich mit Dillon geflirtet hatte, nicht Rose gewesen? Anscheinend hatte Dillon eine Vorliebe für Frauen mit Blumennamen.

Sie schüttelte sich leicht. Nun, das ging sie nichts an. Ohne dass es ihr bewusst war, zerrupfte sie die schöne Blüte. Außerdem schien Dillon sehr freizügig mit seinen Küssen zu sein, er teilte sie ebenso bereitwillig aus, wie er sie entgegennahm. Mich hat er nur geküsst, weil ich im Moment gerade anwesend war, dachte sie. Orchid King hat bestimmt eine Menge mehr zu bieten als ich. Neben ihr wirke ich wie ein fahles Mauerblümchen neben einer prachtvollen Orchidee. Wenn er mich nicht sowieso schon verachten würde, so würde ich ihm neben ihr gar nicht auffallen. Aber ich will ihm ja auch gar nicht auffallen. Ganz bestimmt nicht. Diesem unerträglichen Mann.

Die Augenbrauen zusammengezogen, schaute sie auf die zerpflückte Blüte in ihren Händen. Mit einem Seufzer warf sie sie fort und beschleunigte ihren Schritt.

In ihrem Zimmer legte sie die Muschel auf den Tisch und zog sich um. Sie fühlte sich rastlos, als sie nach unten ging. Bisher hatte sie nach einem streng regulierten Zeitplan gelebt, es war ihr zur zweiten Natur geworden. Freizeit hatte es kaum gegeben. Sie dachte daran, wie oft sie sich gewünscht hatte, eine oder zwei Stunden für sich zu haben, doch jetzt, da sie mit ihrer Zeit tun und lassen konnte, was sie wollte, wünschte sie sich, sie hätte eine Aufgabe. Etwas, das sie ablenkte. Sie wollte nicht nachdenken müssen, über sich, ihre Lage, ihre Zukunft.

Bisher hatte niemand sie durch das Haus geführt, und so beschloss sie nach kurzem Zögern, ihrer Neugierde nachzugeben und allein durch das Haus zu wandern. Wie sie feststellte, lebte ihr Vater ein einfaches Leben, ohne viel Dekoration oder unnützen Kram, aber sehr bequem und komfortabel. Überall gab es Bücher und Unmassen von Magazinen und Journalen über die Luftfahrt, vor den Fenstern hingen Bambusvorhänge, gewebte Matten ersetzten Teppiche, die Räume waren einfach möbliert, aber mit allem Nötigen und geschmackvoll ausgestattet.

In ihrer Vorstellung begann sich das Bild eines Mannes zu formen, der ein einfaches Leben vorzog, der Ruhe und Routine liebte. Und die Freiheit über den Wolken. Laine begann zu begreifen, warum die Ehe ihrer Eltern scheitern musste. Zwei völlig entgegengesetzte Lebensstile – der ihres Vaters, geradlinig und genügsam, der ihrer Mutter, die den Pomp liebte und gern in Luxus schwelgte. Ihre Mutter war nie zufrieden in der Welt ihres Vaters gewesen, und er wäre sich mit Sicherheit verloren in ihrer vorgekommen.

Neugierig nahm sie einen schwarzen Bilderrahmen vom Schreibtisch. Ein Schnappschuss: Ein jüngerer Cap Simmons lachte offen in die Kamera, den Arm um Dillon gelegt. Schon als Heranwachsender hatte Dillon dieses Lächeln gehabt, herausfordernd, seiner selbst sicher. Die Zuneigung, die die beiden füreinander hegten, war auch auf dem Foto deutlich zu erkennen, fast greifbar. Man sah es an dem Blick, an dem Lächeln der beiden, daran, wie sie nebeneinanderstanden. Ein Stich durchzuckte Laine, als ihr bewusst wurde, dass die beiden wie Vater und Sohn wirkten. Die Jahre, die die beiden miteinander geteilt hatten, würden ihr nie gehören.

„Es ist einfach nicht fair." Mit beiden Händen umklammerte sie das Foto und schloss die Augen. Aber konnte sie Cap einen Vorwurf daraus machen, dass er einen Menschen gebraucht hatte? Konnte sie Dillon vorwerfen, dass er zur rechten Zeit am rechten Ort gewesen war? Schuldzuweisungen brachten nichts ein, die Vergangenheit war vorbei. Es war an der Zeit, sich dem Neuen, der Zukunft zuzuwenden.

Mit einem schweren Seufzer stellte Laine das Foto zurück und verließ das Zimmer. Sie ging den Korridor entlang und fand sich schon bald in der Küche wieder, umgeben von blitzblanken Küchengeräten und schimmernden Kupfertöpfen. Miri stand am Herd. Sie drehte sich um und lächelte Laine zu.

„Ah, du kommst zum Mittagessen." Miri kniff die Augen zusammen und betrachtete Laine genauer. „Du hast Farbe bekommen."

Laine sah an ihren bloßen Armen herunter. „Ja, tatsächlich", sagte sie erfreut. „Aber ich bin nicht wegen des Mittagessens hier." Sie lächelte. „Ich habe mir das Haus angesehen."

„Gut. Jetzt wird gegessen. Setz dich dorthin." Miri fuchtelte mit dem Fleischmesser umher und zeigte auf den langen Holztisch. „Und dein Bett wirst du nicht mehr machen. Das ist meine Aufgabe." Miri stellte ein Glas Milch vor Laine hin und schnaubte pikiert.

„Oh, Entschuldigung. Es ist eine Angewohnheit von mir."

„Solange du hier bist, gewöhnst du es dir ab, verstanden?" Miri ging wieder zum Kühlschrank. „Hast du in dieser teuren Schule auch immer dein Bett gemacht?"

„So teuer war die Schule gar nicht." Mit wachsendem Schrecken sah Laine auf das riesige Sandwich, das Miri für sie zubereitete. „Nur ein kleines Kloster außerhalb von Paris."

„Du hast in einem Kloster gelebt?" Miri hielt mit dem Aufstocken des Sandwiches ein und beäugte Laine skeptisch.

„Nein, nicht direkt, eher am Rand eines Klosters. Nur, wenn ich nicht bei meiner Mutter zu Besuch war. Miri …", Laines Hoffnung schwand, als die Haushälterin den Teller vor sie auf den Tisch stellte, „… das kann ich unmöglich alles aufessen."

„Iss einfach, Spindelchen. War dein Morgen mit Dillon nett?"

„Oh ja, sehr nett." Mit dem Mut der Verzweiflung machte Laine sich an das Sandwich. „Ich hätte nie geahnt, dass es so viel unter Wasser zu sehen gibt. Dillon ist ein großartiger Führer."

„Ah, diese Tour also." Miri schüttelte den Kopf wie über einen zwölfjährigen Jungen. „Immer ist er entweder im Wasser oder in der Luft. Er sollte seine Füße öfter auf dem Boden halten." Miri überprüfte Laines Fortschritte mit dem Essen mit Argusaugen. „Er beobachtet dich."

„Ja, ich weiß", murmelte Laine. „Wie ein Bewährungshelfer. Ich habe übrigens Miss King kennengelernt", erzählte sie weiter. „Sie kam zur Bucht."

„Orchid King." Miri murmelte leise etwas vor sich hin.

„Sie ist wirklich sehr schön. Sie und Dillon kennen sich wohl schon lange, nicht wahr?" Laine überraschte sich selbst, dass sie diese Frage stellte.

„Ziemlich lange. Aber bis jetzt ist ihr der Fisch noch nicht ins Netz gegangen. Denkst du, dass Dillon gut aussieht?"

„Gut aussieht?", wiederholte Laine, ohne Miris listiges Lächeln wahrzunehmen. „Ja, sicher, er ist ein sehr attraktiver Mann. Das heißt, soweit ich es beurteilen kann. Ich kenne nicht viele Männer."

„Du solltest ihn öfter anlächeln", riet Miri weise. „Eine kluge Frau gibt einem Mann mit einem Lächeln zu verstehen, was sie will."

„Bisher hat er mir noch keinen Grund gegeben, dass ich ihn anlächeln möchte. Außerdem", sie biss in ihr Sandwich und war überrascht, wie sehr diese Vorstellung sie ärgerte, „scheint er bereits ausreichend von allen möglichen Frauen angelächelt zu werden."

„Dillon schenkt seine Aufmerksamkeit vielen Frauen. Er ist eben ein sehr großzügiger Mann." Miri gluckste vergnügt. „Er hat nur noch nicht die richtige Frau gefunden, die ihn knauserig werden lässt. Nun, du …", Miri tippte sich mit dem Finger gegen den Nasenflügel, „… du kämst gut mit ihm zurecht. Er könnte dir etwas beibringen, und du könntest ihm etwas beibringen."

„Ich? Dillon etwas beibringen?" Laine lachte leise auf. „Man kann nicht etwas lehren, von dem man nichts versteht. Außerdem, Miri, habe ich Dillon gestern erst getroffen. Bis jetzt hat er mich nur verwirrt. Ich weiß nie, was ich von ihm zu erwarten habe." Sie seufzte und ahnte nicht, wie viel sie damit verriet. „Männer sind seltsam, Miri. Ich verstehe sie überhaupt nicht."

„Verstehen?" Miris sonores Lachen erschallte in der Küche. „Was gibt es denn da zu verstehen? Du sollst nicht verstehen, du sollst genießen. Ich hatte drei Männer, und nicht einen habe ich verstanden. Aber", sie lächelte verträumt, „ich habe viel Spaß gehabt. Du bist noch sehr jung. Das allein weckt das Interesse eines Mannes, vor allem, wenn er erfahrene Frauen gewöhnt ist."

„Ich glaube nicht … ich meine, ich will ja auch gar nicht …" Sie merkte, dass sie stammelte, und riss sich zusammen. „Ich glaube nicht, dass Dillon an mir interessiert wäre. Er scheint eine sehr enge Beziehung zu Miss King zu haben. Außerdem", sie zuckte die Schultern, „traut er mir nicht."

„Nur eine dumme Frau lässt die Vergangenheit die Gegenwart überschatten." Miri setzte sich und legte die Fingerspitzen aneinander. „Du sehnst dich nach der Liebe deines Vaters, Spindelchen? Die wirst du bekommen, es braucht nur Zeit und Geduld. Du willst Dillon?" Sie wehrte Laines Protest mit einer resolut erhobenen Hand ab. „Du wirst lernen müssen, mit den Waffen einer Frau zu kämpfen." Sie erhob sich wieder. „Und jetzt raus aus meiner Küche. Ich habe noch zu arbeiten."

Gehorsam erhob Laine sich. An der Tür blieb sie zögernd stehen. „Miri … Sie sind schon so lange bei meinem Vater, kennen ihn gut … und lehnen mich nicht ab? Weil ich nach all diesen Jahren so einfach hier auftauche?"

„Ablehnen?" Miri fuhr sich mit der Zunge über die vollen Lippen. „Ein so schlechtes Gefühl ist nur Zeitverschwendung. Und ich würde nie ein Kind ablehnen. Du warst noch ein Kind, als du mit deiner Mutter weggingst. Jetzt bist du erwachsen, und du bist hier. Was ist daran abzulehnen?"

Laine fühlte Tränen in ihren Augen brennen. Sie atmete tief durch. „Danke, Miri", murmelte sie und huschte zur Tür hinaus.

Oben in ihrem Zimmer legte sie sich aufs Bett und starrte an die Decke. So wie mit Dillons Umarmung eine Tür zu unbekannten Gefühlen aufgestoßen worden war, hatten Miris Worte neue Gedanken herangebracht. Und all diese Gedanken wirbelten in ihrem Kopf. Zeit und Geduld, hatte sie gesagt, würden die Tochter dem Vater näherbringen. Aber ich habe doch nur so wenig Zeit, dachte Laine niedergeschlagen, und ebenso wenig Geduld. Wie sollte sie in wenigen Tagen die Liebe ihres Vaters erringen können? Und die Dillons, hörte sie die dünne Stimme ihres Herzens und wehrte sich dagegen. Es war nichts anderes als das Erwachen ihres unerfahrenen Körpers, sagte sie sich. Es konnte gar nichts anderes sein …

Das Klopfen an der Tür riss sie aus ihren Gedanken. Sie erhob sich vom Bett und ging, um zu öffnen, während sie mit den Fingern ihr Haar ordnete.

Dillon stand draußen, in Jeans und T-Shirt, und sah frisch und hellwach aus, während sie sich schlaftrunken und bleiern fühlte.

„Habe ich dich geweckt?"

„Nein, ich …" Sie sah auf die Uhr und stellte überrascht fest, dass zwei Stunden vergangen waren, seit sie sich auf dem Bett ausgestreckt hatte. Sie musste tatsächlich eingeschlafen sein. „Doch, es scheint so. Die Zeitverschiebung hat mich wohl endlich eingeholt. Ich habe gar nicht gemerkt, dass ich eingenickt bin." Sie blinzelte, um wach zu werden.

„Sie sind echt, nicht wahr?"

„Wie bitte?" Lag es an der Müdigkeit, dass sie nicht verstand, wovon er redete?

„Die Wimpern." Er sah sie so durchdringend an, dass sie seinem Blick nur mit Mühe standhalten konnte. Dann lehnte er sich lässig an den Türrahmen. „Ich bin auf dem Weg zum Flughafen. Du wolltest ihn dir doch ansehen."

„Ja, gerne." Seine Umsicht überraschte sie.

„Also dann", sagte er trocken mit einer einladenden Geste.

„Oh, ja, natürlich … Ich bin in einer Minute fertig. Ich will mich nur eben kämmen …"

„Du siehst gut genug aus." Dillon nahm sie bei der Hand und zog sie hinter sich her.

Draußen vor dem Haus drückte er ihr einen Helm in die Hand und schwang sich auf ein Motorrad. Ungläubig starrte Laine die Maschine an.

„Wir fahren damit?"

„Ja. Ich fahre selten mit dem Auto, wenn ich beim Flughafen vorbeischauen will."

„Jetzt wäre es vielleicht angebracht. Ich habe noch nie auf so einer Maschine gesessen."

„Prinzessin, alles, was du tun musst, ist, dich festzuhalten." Dillon nahm ihr den Helm aus der Hand und setzte ihn ihr auf. Dann trat er den Anlasser herunter. „Komm, kletter rauf."

Ohne recht nachdenken zu können, fand Laine sich Augenblicke später auf der kraftvollen Maschine wieder, die Arme um Dillons Hüfte geschlungen. Es war ein wunderbares Gefühl. Sie fuhren am Fluss entlang, der Wind wehte ihr das Haar aus dem Gesicht, und sie fühlte Dillons harte Muskeln unter ihren Händen. Laine verspürte eine nie gekannte Freiheit, ein Gefühl, das sie wild und mächtig überkam. Und sie dachte daran, dass Dillon ihr in einem einzigen Tag Erfahrungen möglich gemacht hatte, an die sie nicht einmal im Traum gedacht hatte. Ich habe nie geahnt, wie eingeschränkt mein Leben ist, sinnierte sie. Ganz gleich, was auch passiert – wenn ich von hier fortgehe, wird nichts mehr so sein wie früher.

Am Flughafen lenkte Dillon die Maschine geschickt über den Parkplatz zur Hinterseite und parkte in der Nähe der Halle. „Wir sind da, Prinzessin. Absitzen."

Laine stieg ab und mühte sich mit ihrem Helm ab, bis Dillon ihr mit zwei schnellen Handgriffen half. „Da." Er legte den Helm auf den Sitz. „Hast du es überstanden?"

„Ehrlich gesagt, ich habe sogar Spaß dabei gehabt."

„Ja, das Motorradfahren hat so seine Vorteile." Er strich ihr über die Arme und zog sie dann zu sich heran, um mit spielerischer Leichtigkeit mit den Lippen über ihren Mund zu fahren. Ein wohliger Schauer rann ihr über den Rücken, und sie blieb still stehen, ohne sich zu rühren. „Später …", murmelte er und zog sich von ihr zurück. „Dies hier werde ich zu einem geeigneteren Zeitpunkt und auf ausgiebigere Art und Weise fortsetzen. Aber im Moment habe ich ein paar Dinge zu erledigen." Seine Hände lagen an ihrer Hüfte, seine Daumen beschrieben sanfte Kreise auf ihrer Taille. „Cap wird dich herumführen, er erwartet dich. Findest du dich hier zurecht?"

Ihr wilder Herzschlag verwirrte sie, und sie trat einen Schritt zurück, um den Körperkontakt zu beenden. Ihren Puls beruhigte das nicht. „Soll ich in sein Büro gehen?"

„Ja. Er wird dir alles zeigen. Und Laine, achte darauf, was du tust." Der Blick aus Dillons grünen Augen wurde mit einem Mal eiskalt und sein Ton scharf. „Solange ich mir deiner nicht absolut sicher bin, solltest du dir nicht den kleinsten Fehler erlauben."

Sie starrte ihn ungläubig an. Seine Worte hatten ihren Pulsschlag sofort sinken lassen. „Ich fürchte", sagte sie schließlich leise, „ich habe bereits einen großen Fehler gemacht."

Damit drehte sie sich um und ging davon.

6. Kapitel

Laine ging auf das kleine, von Palmen umgebene Gebäude zu und dachte an all die Dinge, die sie während der letzten vierundzwanzig Stunden erlebt hatte. Sie hatte ihren Vater wiedergesehen und hatte von der jahrelangen schrecklichen Täuschung ihrer Mutter erfahren. Und in dieser kurzen Zeit, die die Sonne brauchte, um einmal auf- und wieder unterzugehen, hatte sie die Freuden und Sehnsüchte einer Frau kennengelernt. Dillon hatte neue, magische Empfindungen in ihr geweckt, obwohl ihr Verstand ihr sagte, dass ihre Gefühle nur das Resultat einer ersten körperlichen Anziehungskraft waren. Schließlich war es ausgeschlossen, dass man sich von einem Tag auf den anderen verliebte, und schon gar nicht in einen Mann wie Dillon O'Brian.

Noch ganz in Gedanken versunken, betrat Laine den Empfangsraum. Im gleichen Augenblick kam Cap aus seinem Büro, ihm folgte eine dunkelhaarige junge Frau mit einem Notizblock in der Hand.

„Frage Dillon noch mal wegen der Kraftstofflieferung, bevor du das rausschickst. Er hat jetzt noch ein Meeting. Sollte er nicht in seinem Büro sein, wirst du ihn wahrscheinlich in der kleinen Halle finden." Als er Laine erblickte, lächelte er und verlangsamte seine Schritte. „Hallo, Laine. Dillon sagte mir, du möchtest dir den Flughafen ansehen."

„Ja, sehr gern. Wenn du überhaupt Zeit hast …"

„Natürlich habe ich Zeit. Sharon, das ist meine Tochter. Laine, meine Sekretärin Sharon Kumocko."

Laine sah die unverhohlene Neugier in Sharons Augen, als sie einander begrüßten. Ihr Vater hatte befangen geklungen, und Laine spürte sein Zögern, als er ihren Arm nahm, um sie hinauszuführen. Sie fragte sich, ob ihre Kindheitserinnerungen, in denen ihr Vater und sie sich so nahe gestanden hatten, ihr nur einen Streich spielten.

„Es ist kein sehr großer Flughafen", begann Cap zu erzählen, als sie in die Sonne hinaustraten. „Unsere Kunden sind hauptsächlich Leute, die von einer Insel zur anderen wollen. Wir haben auch eine Pilotenschule. Darum kümmert sich vor allem Dillon."

„Cap." Laine blieb stehen und sah ihrem Vater ins Gesicht. „Ich weiß, dass ich dich in eine unangenehme Lage gebracht habe. Ich hätte erst schreiben sollen, anfragen sollen, ob ich herkommen kann, anstatt einfach so hier aufzutauchen. Das war sehr gedankenlos von mir."

„Laine …"

„Bitte, lass mich ausreden." Hastig fuhr sie fort: „Mir ist auch klar, dass du dein eigenes Leben hast. In den letzten fünfzehn Jahren hattest du schließlich ausreichend Zeit, dir dein Zuhause aufzubauen und Freunde zu finden. Du hast deine Routine, und ich möchte nicht stören. Du musst mir glauben, ich möchte wirklich nicht im Weg stehen, und ich will auch nicht, dass du wegen mir …" Sie machte eine hilflose Geste, als ihr die Worte ausgingen. „Ich wünschte, wir könnten einfach Freunde sein."

Cap hatte sie während ihrer impulsiven Rede aufmerksam betrachtet. Jetzt lächelte er sie an, mit so viel Wärme, wie in keinem Lächeln zuvor zu finden gewesen war. „Weißt du", sagte er mit einem Seufzer, „es ist ziemlich erschreckend, wenn plötzlich eine erwachsene Tochter vor einem steht. Ich fürchte, ich habe dich immer noch als den ungezähmten Wildfang mit Zöpfen in Erinnerung. Die elegante Frau, die gestern in mein Büro kam und mit leichtem französischen Akzent spricht, ist eine Fremde für mich. Noch dazu", er fuhr ihr sacht übers Haar, „ist sie jemand, der Erinnerungen zurückbringt. Erinnerungen, die ich längst begraben und vergessen gedacht hatte." Wieder seufzte er und steckte die Hände in die Hosentaschen. „Ich verstehe nicht viel von Frauen, habe nie viel von ihnen verstanden. Deine Mutter war die schönste und verwirrendste Frau, die ich je gekannt habe. Als du noch klein warst, habe ich mit dir die Freundschaft gesucht, die ich mit ihr nie haben konnte. Du warst das einzige weibliche Wesen, das ich verstand. Ich habe mich oft gefragt, ob deshalb unsere Ehe in die Brüche ging."

Mit geneigtem Kopf forschte Laine in seinem Gesicht. „Warum hast du sie überhaupt geheiratet? Mir scheint, ihr hattet nicht viel gemeinsam."

Cap lachte auf. „Du kanntest sie nicht, wie sie vor zwanzig Jahren war. Sie hat sich sehr verändert. Bei manchen Menschen ist das eben so." Er richtete den Blick auf einen unsichtbaren Punkt in der Ferne. „Ich habe sie geliebt. Ich habe sie immer geliebt."

„Entschuldige." Tränen brannten hinter ihren Lidern, und Laine senkte den Blick. „Ich wollte die Dinge nicht noch schlimmer machen."

„Das tust du nicht. Wir hatten ein paar sehr schöne Jahre." Er wartete, bis Laine den Blick wieder hob, dann nahm er ihren Arm und begann weiterzugehen. „Sag mir, Laine, war deine Mutter glücklich?"

Sie dachte einen Moment nach, dachte an die Stimmungsschwankungen, die Wechsel zwischen himmelhoch jauchzend und zu Tode betrübt. Und an die Unzufriedenheit, die immer unter der Oberfläche geschwelt hatte. „Ich denke, Vanessa war so glücklich, wie sie eben sein konnte. Sie liebte Paris."

„Vanessa?" Cap runzelte die Stirn. „Hast du so deine Mutter genannt?"

„Ja, sie meinte, ‚Mutter' würde sie zu alt machen. Sie hasste es, älter zu werden … Aber ich bin froh, dass du mit deinem Leben glücklich bist. Fliegst du noch, Cap? Ich weiß noch, wie sehr du es geliebt hast."

„Ja, ich erfülle immer noch mein Pensum." Er nahm sie bei den Armen und drehte sie herum, sodass sie vor ihm stand. „Laine, noch eine Frage, dann sollten wir es für eine Weile ruhen lassen. Sag, bist du glücklich in deinem Leben?"

Die direkte Frage überraschte sie, machte sie verlegen. Sie wandte den Blick und sah einer Chartermaschine zu, die zur Landung ansetzte. „Ich war immer sehr beschäftigt. Die Nonnen legen großen Wert auf die Ausbildung."

„Das beantwortet nicht meine Frage." Er zog die buschigen Augenbrauen zusammen. „Oder vielleicht doch", murmelte er dann.

„Ich bin zufrieden", sagte sie mit einem Lächeln. „Ich habe viel gelernt, und ich kann mich über mein Leben nicht beklagen. Ich denke, das ist mehr, als so mancher von sich behaupten kann."

„Vielleicht wenn er so alt ist wie ich", widersprach Cap. „Aber nicht für eine so junge und hübsche Frau, wie du es bist, Laine. Nein, das reicht nicht, und es überrascht mich, dass du dich damit zufriedengibst." Sein strenger, vorwurfsvoller Ton machte sie noch unsicherer.

„Cap, ich habe einfach noch nicht die Möglichkeit ... die Zeit gehabt, Träumen nachzujagen." Sie hob die Hände und spreizte die Finger, eine sehr französische Geste. „Vielleicht sollte ich damit anfangen."

Seine Miene wurde wieder freundlicher. „Na schön, belassen wir es dabei."

Also führte Cap Laine über den Flughafen und erklärte alles genauestens. Laine hörte aufmerksam zu, zufrieden, einfach nur seiner Stimme zu lauschen, den Stolz zu hören, der aus seinen Worten sprach. Manchmal stellte sie eine Zwischenfrage, die er geduldig beantwortete, auch wenn ihre Unwissenheit und ihre naiven Vorstellungen ihn zum Lachen brachten.

„Du hast gesagt, der Flughafen sei nicht groß", sagte sie schließlich, als die Führung beendet war und sie bei einer der Rollbahnen standen. „Aber er ist riesig."

„Der Flugverkehr hält sich in Grenzen, aber wir geben unser Bestes, damit alles genauso gut wie am Honolulu International läuft."

„Welche Aufgaben übernimmt Dillon hier eigentlich?" Da sie sich selbst davon überzeugt hatte, dass es nur ganz normales Interesse sei, erlaubte Laine sich diese Frage. Trotzdem war Caps vage Antwort frustrierend.

„Oh, Dillon macht eigentlich alles. Er hat ein Händchen fürs Organisieren. Er löst Probleme, bevor sie welche werden können. Und er kann so gut mit Menschen umgehen, dass sie gar nicht merken, wie sie genau das tun, was er für nötig hält. Außerdem kann er jedes Flugzeug auseinandernehmen und wieder zusammensetzen." Cap lächelte kopfschüttelnd. „Ich wüsste nicht, was ich ohne ihn getan hätte. Ohne seinen Unternehmungsgeist und seine Tatkraft hätte ich mich wahrscheinlich damit zufriedengegeben, Straßen zu kehren."

Tatkraft. Unternehmungsgeist. Laine wiederholte diese Worte in Gedanken. „Aber scheint er nicht eher sehr …", sie suchte nach dem richtigen Ausdruck und entschloss sich für einen Allgemeinplatz, „… lässig zu sein?"

„Das Inselleben bringt automatisch eine gewisse Lässigkeit mit sich. Dillon ist hier geboren." Cap steuerte Laine auf eine der kleineren Hallen zu. „Nur weil ein Mann mit seinem Leben zufrieden ist und sich nicht ständig in Pose wirft, heißt das nicht, dass ihm Intelligenz oder Kompetenz fehlen. Dillon verfügt über beides. Er verfolgt seine Ambitionen eben nur auf seine eigene Art."

Cap sah auf seine Uhr. „In ein paar Minuten habe ich ein Treffen mit jemandem. Ich werde dich zu Dillon bringen. Es sei denn, du möchtest, dass ich jemanden bitte, dich zum Haus zurückzufahren."

„Nein, das ist nicht nötig", versicherte sie. „Ich kann mich auch allein noch ein wenig umsehen. Ich möchte dir nicht noch mehr Mühe machen."

„Du machst mir keine Mühe. Es hat mir Spaß gemacht, dich herumzuführen. Du bist immer noch so wissbegierig wie früher. Früher hast du mich auch immer nach dem Wie und Warum gefragt, und du hast immer genau zugehört. Ich glaube, du warst gerade fünf, als du verlangtest, dass ich dir das Kontrollbord einer Boing 707 erkläre." Sein vergnügtes Glucksen war genau so, wie sie es aus ihrer Kindheit in Erinnerung hatte. „Dein Gesichtchen wurde so ernst, ich hätte schwören können, dass du alles verstanden hattest, was ich dir erzählte." Er nahm ihre Hand zwischen seine beiden, dann lächelte er an ihrer Schulter vorbei jemandem zu. „Ah, Dillon. Kannst du dich um Laine kümmern? Billet kommt gleich zu mir."

„Da habe ich wohl den angenehmeren Teil der Aufgabe."

Laine drehte sich um und fand Dillon lässig an ein Flugzeug gelehnt. Er wischte sich die Hände an dem weiten Overall ab, den er trug.

„Wie war das Meeting mit dem Gewerkschaftsvertreter?"

„Alles bestens. Morgen hast du den Bericht vorliegen."

„Gut." Cap wandte sich wieder an Laine. „Wir sehen uns heute Abend." Nach kurzem Zögern streichelte er sanft ihre Wange, dann ging er davon.

Dillon hatte die Szene mit düsterer Miene beobachtet. Der grimmige Gesichtsausdruck entging Laine nicht, als sie sich, immer noch lächelnd, zu ihm umdrehte. „Oh bitte. Es war nur eine kleine Geste."

Dillon zuckte die Achseln und wandte seine Aufmerksamkeit wieder dem Flugzeug zu. „Hat dir die Führung gefallen?"

„Oh ja." Ihre Schritte hallten in der hohen Halle wider, als sie auf Dillon zuging. „Allerdings muss ich gestehen, dass ich das meiste von dem, was er mir erklärt hat, nicht verstanden habe. Technische Daten, Windkonditionen und Kraftstoffsysteme …" Sie runzelte die Stirn. „Ich habe es nicht gewagt, ihm zu sagen, dass ich keine Ahnung habe."

„Cap ist dann am glücklichsten, wenn er über Flugzeuge reden kann", bemerkte Dillon abwesend. „Es ist nicht wichtig, dass du nichts verstanden hast, wichtig ist nur, dass du zugehört hast. Gib mir doch mal den Schraubenschlüssel, ja?"

Laine schaute hilflos auf die Werkzeuge, dann griff sie nach etwas, das ihrer Meinung nach ein Schraubenschlüssel sein könnte. „Das Zuhören hat mir Spaß gemacht. Hier, ist das ein Schraubenschlüssel?"

Dillon drehte den Kopf und starrte auf den Gegenstand, den sie in der Hand hielt. Kopfschüttelnd kam er unter dem Flugzeug hervor und nahm sich das richtige Werkzeug selbst. „Das hier, Prinzessin, ist ein Schraubenschlüssel."

„Ich habe nicht gerade viel Zeit unter Autos oder Flugzeugen verbracht, weißt du", verteidigte sie sich zerknirscht. Dann aber wuchs ihr Ärger. Orchid King würde er wohl kaum darum bitten, ihm Werkzeug anzugeben. „Cap sagte mir, dass du hier auch eine Pilotenschule aufgezogen hast. Gibst du Flugstunden?"

„Manchmal."

Sie nahm all ihren Mut zusammen. „Würdest du mich vielleicht unterrichten?"

„Wie bitte?" Dillon sah über seine Schulter zu ihr.

„Könntest du mir beibringen, wie man ein Flugzeug steuert?" Sie fragte sich, ob es sich für ihn genauso lächerlich anhörte wie für sie selbst.

„Vielleicht." Er musterte die feinen Gesichtszüge, sah die Entschlossenheit in ihren Augen. „Vielleicht", wiederholte er. „Warum willst du es lernen?"

„Cap hat immer davon geredet, dass er es mir eines Tages beibringen würde. Ich war damals natürlich noch ein Kind, aber ..." Sie stieß ungeduldig den Atem aus und hob entschlossen ihr Kinn. „Weil ich glaube, dass es Spaß machen würde", sagte sie trotzig.

Der plötzliche Wechsel von Verlegenheit zu Bestimmtheit amüsierte Dillon. Er lachte auf. „Na schön, eine von euch nehme ich morgen mit in die Luft."

Laine verstand nicht, was er andeuten wollte, aber da hielt er ihr auch schon den Schraubenschlüssel hin, damit sie ihn weglegen sollte. Leicht angewidert starrte sie auf den ölverschmierten Griff. Dillon spürte ihr Zögern und murmelte etwas unter angehaltenem Atem, worüber sie lieber nicht länger nachgrübeln wollte. Mit einem ungeduldigen Seufzer richtete er sich auf, zog einen Overall von einem Haken an der Wand und hielt ihn ihr hin.

„Hier, zieh das über. Es wird noch etwas dauern, also kannst du dich genauso gut nützlich machen."

„Ich bin sicher, du kommst auch ohne mich bestens zurecht."

„Stimmt, zieh ihn trotzdem an." Er sah zu, wie Laine in den Overall stieg und den Reißverschluss hochzog. „Meine Güte, du ertrinkst ja regelrecht darin!" Er ging in die Hocke und begann die Hosenbeine aufzukrempeln, während sie ungehalten auf seinen Kopf herunterstarrte.

„Ich glaube, ich bin eher eine Belastung denn eine Hilfe", murrte sie.

„So sehe ich das auch", erwiderte er munter und rollte die Ärmel auf. „Du hättest nicht so schnell mit dem Wachsen aufhören sollen. Du siehst aus wie eine Zwölfjährige." Er zog den Reißverschluss bis zum Ende und grinste sie an. Und dann plötzlich glaubte sie, dass seine Miene etwas anderes ausdrückte – Zärtlichkeit, aber da schnaubte er auch schon ungeduldig, drehte sich ab und verschwand wieder unter dem Flugzeug. „Also gut", sagte er brüsk. „Gib mir den Schraubenzieher. Das ist der mit dem roten Griff."

Was ein Schraubenzieher war, wusste Laine. Also legte sie Dillon das Werkzeug in die hingehaltene Hand. Sie gab sich alle Mühe, nicht zu unwissend zu wirken.

Er arbeitete konzentriert, redete kaum, verlangte nur hin und wieder ein weiteres Teil. Laine begann Fragen zu stellen, was genau er da machte. Dabei verspürte sie nicht das Bedürfnis, seinen Erklärungen zu folgen. Es machte ihr einfach Spaß, seine Stimme zu hören. Da er völlig in seiner Arbeit aufging, hatte sie Muße, ihn genau zu studieren, ohne dass er es bemerkte. Die ausdrucksvollen Augen, die markante Linie von Kinn und Wangen, die bronzefarbene Haut seiner Arme, unter der bei jeder Bewegung die Muskeln spielten. Der erste Schatten von Bartstoppeln hatte sich über sein Gesicht gezogen, das Haar kräuselte sich vorwitzig im Nacken, und in seiner Konzentration auf die Arbeit hatte er eine Augenbraue leicht in die Höhe gezogen.

Dillon wandte sich zu ihr und sagte etwas, aber sie konnte nur dastehen und starren. Denn die Erkenntnis, die sie in diesem Moment durchzuckte, war überwältigend.

„Stimmt was nicht?"

Dillons Stimme drang an ihr Ohr, sie schüttelte sich leicht und schluckte. „Nein, ich … Was wolltest du? Entschuldige, ich habe nicht aufgepasst." Sie beugte sich über den Werkzeugkasten, als läge darin der Mittelpunkt der Welt. Schweigend nahm Dillon, was er brauchte, und machte sich wieder an die Arbeit an der Maschine. Laine stand immer noch wie in Trance.

Es ist Liebe, dachte sie. Aber Liebe sollte nicht so unvermittelt, so unerwartet und mit solcher Intensität kommen. Liebe sollte sich langsam entwickeln, erwachsen aus freundschaftlichen Gefühlen und Zärtlichkeit für den anderen. Liebe sollte nicht mit der Wucht eines Schwertes zuschlagen, ohne Warnung, ohne Gnade. Wie konnte man lieben, wenn man nicht verstand? Dillon O'Brian war ein Rätsel, ein Mann, dessen Stimmungen ohne Grund immer wieder wechselten. Und was wusste sie schon von ihm? Er war der Partner ihres Vaters, ein Mann, der sich im Meer und am Himmel auskannte, der deren Freiheit liebte. Zudem war er ein Mann, der eine Schwäche für Frauen hatte.

Aber wie, so überlegte sie weiter, bekämpft man die Liebe, wenn man sie gar nicht kennt? Vielleicht hing alles nur vom richtigen Gleichgewicht ab. Sie lockerte die angespannten Schultern. Ja, es ist ein Drahtseilakt, sagte sie sich, ich muss nur die Balance halten, um nicht abzustürzen.

„Du scheinst meilenweit weg zu sein, nur nicht hier." Dillon zog einen ölverschmierten Lappen aus der Hosentasche und grinste, als Laine beim Klang seiner Stimme erschrocken zusammenzuckte. „Du bist wirklich ein lausiger Mechaniker, Prinzessin. Und unachtsam dazu." Er rieb mit dem Tuch über ihre Wange, auf der ein schwarzer Ölfleck prangte. „Da drüben an der Wand ist ein Waschbecken. Geh und wasch dir die Hände. Ich werde hier später weitermachen. Die Treibstoffpumpe macht Probleme."

Laine tappte in die angezeigte Richtung davon. Sie ließ sich Zeit damit, das Schmieröl von Gesicht und Händen zu entfernen, brauchte diese Zeit, um ihre Fassung wiederzugewinnen. Sie hängte den Overall zurück an den Haken und schlenderte durch die Halle, während Dillon Werkzeuge und Material zusammenräumte. Überrascht stellte sie fest, dass der Abend bereits dämmerte. Entlang den Rollbahnen flammten blinkende Lichter auf. Sie spürte Dillons Blick auf ihrem Rücken und drehte sich zu ihm.

„Bist du fertig?", fragte sie, um Gelassenheit bemüht.

„Nicht ganz. Komm her." Etwas in seinem Ton ließ sie weiter zurückweichen, anstatt seiner Aufforderung zu folgen. Er zog die Augenbrauen in die Höhe. „Ich sagte, komm her", wiederholte er, diesmal mit sanfter Drohung.

Laine entschied, dass es besser war, freiwillig zu ihm zu

gehen. Für ihre Ohren hallten ihre Schritte wie Donnerschläge in der hohen Halle wider. Sie betete darum, das Echo ihrer Schritte möge das wilde Klopfen ihres Herzens übertönen, als sie vor ihn trat. Schweigend und regungslos stand sie da, während Dillon sie zärtlich anblickte. Langsam legte er seine Hände auf ihre Taille und zog sie näher zu sich heran. Sein Griff war fest, und sein Blick hielt sie gefangen.

„Küss mich", flüsterte er. Protestierend schüttelte sie den Kopf, und doch war sie unfähig, sich von ihm zu lösen. „Laine, ich sagte, küss mich." Dillon zog sie noch näher heran, bis ihre Hüften seinen Körper berührten. Seine Augen blickten fordernd, sein Mund war so verführerisch … Zögernd hob sie die Arme, um die Hände auf seine Schultern zu legen, und stellte sich auf die Zehenspitzen. Sie hielt die Augen offen, während ihre Gesichter einander immer näher kamen, so nahe, bis ihrer beider Atem sich vermischte. Sacht berührte sie seine Lippen.

Er wartete ab, bis sie mutiger wurde, wartete, bis sie die Arme um seinen Nacken schlang und sie diejenige war, die ihn näher an sich heranzog. Dann erst verstärkte er den Druck seiner Lippen, entlockte ihr einen stillen Seufzer, als er seine Hand unter ihre Bluse gleiten ließ und behutsam die sanfte Haut ihres Rückens streichelte. Laine murmelte seinen Namen an seinen Lippen und schmiegte sich an ihn, sehnte sich nach ihm, wollte ihn. Die Hitze der Leidenschaft verbrannte sie, ihre Lippen lernten viel schneller als ihr Verstand. Wie aus eigenem Willen suchte ihr Mund nach Freuden, die ihr unbekannt waren. Die Welt versank in einem Strudel, in diesem Moment gab es nur noch Dillon und sie und ihr Verlangen nach ihm.

Er schob sie von sich ab. Keiner von ihnen sprach, sie schauten einander nur stumm in die Augen. Dillon steckte ihr eine lose Haarsträhne hinters Ohr. „Ich bringe dich jetzt besser nach Hause."

„Dillon …" Sie brach ab, wusste nicht, was sie sagen sollte, was überhaupt zu sagen wäre. Sie schloss die Augen, weil ihr die Worte fehlten.

„Komm, Prinzessin, du hattest einen langen Tag." Er legte seine Hand an ihren Nacken und ließ seine Finger kreisen. „Im Moment haben wir nicht die gleiche Ausgangsposition, und ich kämpfe lieber fair."

„Kämpfen?", brachte Laine hervor und öffnete die Augen. „Das ist es also für dich? Ein Kampf?"

„Der älteste aller Kämpfe." Seine Mundwinkel zuckten, doch das Lächeln schwand, bevor es überhaupt zustande kam. Und plötzlich fasste er ihr Kinn und hielt es fest. „Wenn wir in die nächste Runde gehen, könnte es passieren, dass ich mich nicht mehr um Regeln kümmere."

7. Kapitel

Als Laine am nächsten Morgen nach unten kam, saß ihr Vater allein am Frühstückstisch.

„Guten Morgen, Spindelchen", rief Miri, bevor Cap Gelegenheit hatte, etwas zu sagen. „Setz dich hin und iss. Ich habe dir Tee gemacht, da du den Kaffee gestern verschmäht hast."

Laine wusste nicht, ob sie verlegen oder amüsiert sein sollte, aber sie gehorchte folgsam wie ein Kind und setzte sich. „Danke, Miri."

„Sie ist ganz eingenommen von dir", schmunzelte Cap, nachdem die Haushälterin sich in die Küche zurückgezogen hatte. „Seit du hier bist, ist sie so davon besessen, dir ein paar Pfunde anzufüttern, dass sie völlig vergessen hat, mir vorzuhalten, dass ich eine Frau brauche."

Laine grinste trocken. „Ich bin immer froh, wenn ich helfen kann. Übrigens habe ich mir gestern das Haus angesehen. Ich hoffe, es macht dir nichts aus."

„Nein, natürlich nicht." Er lächelte zerknirscht. „Ich hätte dir alles zeigen sollen. Ich fürchte, meine Manieren sind ein wenig eingerostet."

„Es hat mir nichts ausgemacht. Um ehrlich zu sein", sie erwiderte sein Lächeln, „dass ich allein hier herumschlendern konnte, hat mir völlig neue Eindrücke gegeben. Du sagtest, du hättest mein Heranwachsen verpasst, all die verschiedenen Stadien meiner Entwicklung, und mich immer noch als Kind gesehen. Nun", sie hielt kurz inne, „ich habe auch etwas verpasst. Ich hatte nur meine Kindheitserinnerungen. Gestern aber habe ich einen kleinen Blick auf den wahren James Simmons werfen können, so wie er heute ist."

„Und? Bist du enttäuscht?", fragte er humorvoll.

„Nein, beeindruckt", verbesserte Laine. „Ich habe einen Mann erkannt, der mit sich und seinem Leben sehr zufrieden ist, dem von denen, die ihm nahe stehen, Liebe und Respekt entgegengebracht werden. Ich glaube, mein Vater muss ein sehr netter Mann sein."

Er lächelte, überrascht und erfreut, und schenkte sich Kaffee nach. „Das ist ein ziemlich großes Kompliment von einer erwachsenen Tochter."

Laines Blick ruhte einen Moment auf Dillons Platz. „Ist Dillon heute nicht hier?"

„Wie bitte? Oh … Nein, er hat heute Morgen ein Meeting. Eigentlich hat er heute sogar sehr viel zu tun."

„Ach so." Sie bemühte sich, nicht zu enttäuscht zu klingen. „Der Flughafen scheint euch beide sehr beschäftigt zu halten."

„Allerdings." Cap sah auf seine Armbanduhr. „Ich habe auch gleich einen Termin. Es tut mir leid, dich so einfach dir selbst überlassen zu müssen, aber …"

„Nein, bitte", unterbrach sie ihn. „Du musst mich nicht unterhalten. Ich bin sicher, hier gibt es einige Dinge zu tun, mit denen ich mich beschäftigen kann."

„Gut, wir sehen uns dann heute Abend." Cap erhob sich, blieb an der Tür aber noch einmal stehen. „Miri kann bestimmt veranlassen, dass dich jemand in die Stadt fährt. Du könntest einen Einkaufsbummel machen."

„Ja, danke. Vielleicht werde ich das tun." Sie sah ihm nach, dann fiel ihr Blick wieder auf Dillons leeren Stuhl, und sie seufzte leise.

Laine musste herausfinden, dass Miri sich jede Hilfe im Haushalt strikt verbot. Also folgte Laine dem Rat der Haushälterin, holte Schreibzeug und Briefpapier und ging an den Strand.

Die Bucht lag genauso unglaublich schön und perfekt da wie gestern, das kristallklare Wasser glitzerte in der Sonne, der Sand war weiß und warm. Laine setzte sich auf das mitgebrachte Badelaken, nahm den Briefblock und versuchte die Schönheit ihrer Umgebung in Worte zu fassen. Die Briefe, die sie schrieb, waren lang und ausführlich, aber sie erwähnte nichts von ihren neuen Emotionen.

Während sie dasaß und schrieb, stieg die Sonne höher und höher. Die Luft war mild und würzig. Von der Ruhe und der Sonne schläfrig geworden, rollte Laine sich auf dem Laken zusammen und schlief ein.

Rote Nebel tanzten vor ihren geschlossenen Augen, und im Halbschlaf fragte sie sich, wie es der Oberschwester wohl gelungen sein mochte, so viel Hitze aus dem alten Heizsystem herauszuholen. Als eine Hand sie leicht an der Schulter rüttelte, kämpfte sie sich aus den Tiefen des Schlafs empor. *„Un moment, ma sour"*, murmelte sie schlaftrunken. *„J'arrive."* Sie hob die Lider und schaute direkt in Dillons Gesicht.

„Es scheint eine Gewohnheit von mir zu werden, dich aufzuwecken." Er richtete sich auf und betrachtete sie. „Du solltest mehr Verstand haben. Weißt du nicht, dass Menschen mit deinem Hauttyp nicht in der Sonne einschlafen dürfen? Zum Glück hast du keinen Sonnenbrand bekommen."

Noch ganz benommen setzte Laine sich auf. Sie verspürte das seltsame Schuldgefühl, das einen überkommt, wenn man bei einem Nickerchen ertappt wird. „Ich weiß gar nicht, wieso ich eingeschlafen bin. Wahrscheinlich, weil es hier so ruhig ist."

„Ein wahrscheinlicherer Grund könnte Erschöpfung sein." Er musterte sie genauer. „Immerhin werden die Ränder unter deinen Augen schwächer."

„Cap meinte, du hättest heute Morgen viel zu tun." Laine fühlte sich unwohl unter dem forschenden Blick und beschäftigte sich angelegentlich mit ihrem Briefpapier.

„Ja, stimmt, hatte ich. Du schreibst Briefe?"

Sie sah zu ihm auf und kaute an ihrem Stift. „Ja."

„Wie nett." Seine Mundwinkel zuckten, als er sie mit Schwung auf die Füße zog. „Und ich dachte, du wolltest lernen, wie man ein Flugzeug fliegt."

„Oh!" Ihr Gesicht leuchtete auf. „Ich dachte, du hättest es vergessen. Hast du nicht zu viel zu tun? Cap hat doch …"

„Nein, ich habe es nicht vergessen, und ich habe auch nicht zu viel zu tun", unterbrach er sie und hob die Decke auf. „Hör auf zu stammeln. Du benimmst dich ja wie eine Zwölfjährige, der man eine Zuckerwatte auf der Kirmes versprochen hat."

Keine Stunde später saß Laine neben Dillon im Cockpit der kleinen Sportmaschine, und Dillon begann mit seinen Instruktionen. Er hatte nicht erwartet, dass Laine manches wusste, aber sie erklärte ihm, dass dies noch aus ihrer Kindheit stammte, als Cap ihr voller Begeisterung einiges über Flugzeuge beigebracht hatte.

„Irgendwann werde ich dich auch noch in der Düsenmaschine mitnehmen …"

„Hast du denn noch ein anderes Flugzeug?", fragte Laine erstaunt.

„Nun, andere Leute sammeln Briefmarken", erwiderte

Dillon trocken. „Eigentlich ist Fliegen genauso leicht wie Autofahren, und dabei ist hier oben sehr viel weniger Verkehr. Man muss nur wissen, welche Hebel und Knöpfe man bedienen muss, und immer wieder den Höhenmesser kontrollieren."

„Vielleicht kannst du mir auch das Autofahren beibringen", schlug Laine vor, während sie auf die verschiedenen Anzeigetafeln sah.

„Du kannst nicht Auto fahren?", fragte Dillon ungläubig.

„Nein. Ist das ein Verbrechen in diesem Land? Glaub mir, es gibt Leute, die halten mich für recht intelligent. Ich bin sicher, ich kann es lernen."

„Mag sein", murmelte Dillon. „Wie kommt es, dass du nie den Führerschein gemacht hast?"

„Weil ich nie ein Auto hatte. Wie hast du dir die Nase gebrochen?" Auf sein verdutztes Gesicht hin musste sie grinsen. „Siehst du, meine Frage ist genauso bedeutungslos wie deine."

Sie freute sich, als er lachte, gerade so, als hätte sie einen kleinen Sieg errungen.

„Welches Mal meinst du?"

Diesmal war es an ihr, verdutzt dreinzublicken.

„Ich habe sie mir nämlich zweimal gebrochen. Beim ersten Mal war ich zehn und bin mit meinem ersten Flugzeug, das ich aus Pappkarton entworfen hatte, vom Garagendach geflogen. Ich hatte das Antriebssystem wohl nicht richtig berechnet. Ich brach mir den Arm und die Nase, und man sagte mir, ich solle froh sein, dass ich mir nicht den Hals gebrochen hatte."

„Dem kann ich nur zustimmen", sagte Laine. „Und das zweite Mal?"

„Da war ich ein wenig älter. Es gab da eine Reiberei wegen eines Mädchens. Meine Nase musste herhalten. Dem anderen fehlten danach zwei Zähne."

„Älter vielleicht, aber nicht unbedingt weiser?", erwiderte sie schmunzelnd. „Und? Wer hat das Mädchen bekommen?"

Dillon grinste. „Keiner. Wir beschlossen damals, dass es die ganze Sache nicht wert war, und sind zusammen ein Bier trinken gegangen, um unsere Wunden zu lecken."

„Oh, wie galant!"

„Du hast diesen Charakterzug doch sicher schon bei mir bemerkt. Es liegt einfach in meiner Natur. Aber jetzt nimm den Steuerknüppel, und zieh eine Schleife ..."

Während der nächsten halben Stunde war Dillon ganz Fluglehrer. Er erklärte genau und überraschte Laine mit seinem umfangreichen Wissen und seiner Geduld. Er beantwortete all ihre Fragen, bruchstückhafte Erinnerungen aus Lektionen in ihrer Kindheit, ruhig und gelassen, so als akzeptiere er den Wissensdurst nicht nur, sondern als würde er es von ihr erwarten. Sie zogen Bahnen durch einen strahlend blauen Himmel, streiften bauschige Wolken, flogen über den Waimea Canyon hinweg und über die schaumgekrönten Wellen der See. Laine begann zu verstehen, wie ähnlich sich die See und der Himmel waren, erkannte die Freiheit in beiden. Sie begann auch zu verstehen, warum Dillon den Himmel und das Wasser so liebte, die Herausforderung, Neues zu entdecken.

„Hinter uns kommt ein Sturm auf", kündigte Dillon ungerührt an. „Er wird uns gleich einholen." Er drehte sich mit einem schwachen Lächeln zu ihr um. „Mach dich darauf gefasst, durchgerüttelt zu werden, Prinzessin."

Laine sah über ihre Schulter zurück auf die dunklen Wolken. „Kannst du denn da durchfliegen?", fragte sie scheinbar lässig, aber ihr Magen verkrampfte sich.

„Ich weiß nicht so recht."

Sie riss den Kopf herum und starrte ihn erschreckt an. Dann aber sah sie das amüsierte Funkeln in seinen Augen und schnaubte. „Du hast wirklich einen sehr seltsamen Sinn für Humor, Dillon." Sie hielt den Atem an, als die Wolken sie einschlossen. Von einem Augenblick zum anderen steckte die Maschine in dunklem Nebel. Schwerer Regen prasselte heftig an die Scheiben. Die Maschine sackte ein Stück ab, und Laine fühlte Panik in sich aufsteigen.

„Weißt du, Wolken haben mich immer fasziniert. Nichts anderes als Dampf und Feuchtigkeit, und doch sind sie beeindruckend." Beim Klang seiner ruhigen Stimme wurde Laines hämmernder Pulsschlag langsamer. „Sturmwolken sind die interessantesten, aber um es so richtig zu erleben, gehören noch Blitze dazu."

„Ich glaube, ich kann auch ohne sehr gut leben", murmelte sie.

„Das sagst du nur, weil du noch nie einen Blitz von hier oben gesehen hast. Von hier aus kann man den Blitz in die Wolken fahren sehen. Das Farbenspiel ist einfach unvorstellbar."

„Bist du schon oft durch einen Sturm geflogen?" Laine sah zum Fenster hinaus, doch außer schwarzen Wirbeln war nichts zu erkennen.

„Oft genug. Die Front dieses Sturms wird auf uns warten, wenn wir landen. Aber er wird nicht lange anhalten." Die Maschine bockte wieder, und Laine sah Dillon fassungslos an, als dieser grinste.

„Du genießt so etwas, nicht wahr? Die Herausforderung, die Gefahr?"

„Trainiert die Reflexe." Er grinste sie an, ohne die geringste Spur von Spott. „Und es hält die Langeweile fern." Diesmal war es sein Lächeln, das ihren Herzschlag aussetzen ließ. „Es gibt genügend Routine im Leben. Der Job, die Rechnungen, Versicherungspolicen, das gibt Stabilität. Aber manchmal will man Achterbahn fahren, an einem Rennen teilnehmen oder auf einer Riesenwelle surfen. Das ist der Spaß im Leben. Man muss nur aufpassen, dass man Spaß und Stabilität schön im Gleichgewicht hält."

Ja, dachte Laine, Vanessa hatte das nie begriffen. Sie hatte immer schon nach dem nächsten Spiel gesucht, anstatt das zu genießen, das sie gerade spielte. Vielleicht lege ich deshalb so großen Wert auf Stabilität, weil ich mich dagegen abgrenzen wollte. Viel zu viele Bücher, viel zu wenig Eigeninitiative.

Plötzlich fühlte Laine sich völlig entspannt. „Ich bin seit Jahren nicht mehr Achterbahn gefahren", sagte sie mit einem kleinen Lächeln. „Ich glaube, es wird langsam Zeit. Oh, sieh nur!" Sie presste das Gesicht ans Fenster und schaute hinaus. „Eine Figur wie aus Macbeth! Düster und gruselig. Oh Dillon, ich würde zu gern einen Blitz sehen! Wirklich!"

Er lachte erfreut über ihre Begeisterung. „Ich werde sehen, was ich tun kann."

Der Landeanflug begann. Die Wolken wirbelten und wurden dünner, während das Flugzeug an Höhe verlor. Jetzt schienen sie Laine wie graue Spinnweben, die die Sportmaschine zerriss. Der Boden kam in Sicht, als sie endgültig aus der Wolkendecke herausstießen. Die Erde war regendurchtränkt, die Farben frisch und leuchtend. Als sie aufsetzten, verwandelte Laines Freude sich in ein vages Gefühl von Enttäuschung. So musste sich ein Kind fühlen, das die letzte Kerze auf dem Geburtstagskuchen ausblies.

„Ich nehme dich in ein paar Tagen noch einmal mit, wenn du möchtest", sagte Dillon, als die Maschine immer langsamer wurde und schließlich stoppte.

„Ja, bitte, ich würde sehr gern noch einmal fliegen. Ich weiß gar nicht, wie ich dir danken soll für …"

„Mach deine Hausaufgaben", unterbrach er sie und schaltete den Motor aus. „Ich werde dir ein paar Bücher mitgeben, darin steht alles Nötige über die Instrumente."

„Jawohl", sagte sie so bereitwillig, dass Dillon ihr einen argwöhnischen Blick zuwarf, bevor er sich aus dem Cockpit schwang. Da Laine nicht so erfahren war, dauerte es etwas länger, bis sie sich aus dem Gurt befreit hatte. Und bevor sie es selbst versuchen konnte auszusteigen, wurde sie bereits aus der Maschine gehoben.

Im strömenden Regen standen sie eng beieinander, Dillon hielt sie leicht an der Hüfte, und Laine spürte die Wärme seines Körpers durch den dünnen Stoff ihrer Bluse dringen. Dunkle nasse Strähnen fielen ihm in die Stirn, und unwillkürlich hob sie die Hand und strich sie zur Seite. Es war so natürlich, von ihm gehalten zu werden, als hätte sie schon unzählige Male in seinen Armen gelegen – und als würde sie noch unzählige Male in seinen Armen liegen. Ihre Liebe für ihn wollte überschäumen.

„Du wirst nass", murmelte Laine und legte die Hand an seine Wange.

„Du auch." Sein Griff wurde fester, aber er zog sie nicht zu sich heran.

„Das ist mir egal."

Dillon stützte sein Kinn auf ihr Haar. „Miri wird mir die Hölle heißmachen, wenn du dir wegen mir eine Erkältung zuziehst."

„Mir ist aber nicht kalt."

„Du zitterst aber." Abrupt nahm Dillon ihren Arm und begann zu laufen. „Du bleibst in meinem Büro, bis du wieder trocken bist. Dann bringe ich dich zum Haus zurück."

Laine übersah das Gelände und erinnerte sich von der Führung mit ihrem Vater daran, wo Dillons Büro lag. Der Regen war in feinen Niesel übergegangen. Sie strich sich das feuchte Haar aus der Stirn und grinste Dillon herausfordernd an. „Wer zuerst da ist!", rief sie und rannte auch schon los.

Lachend und atemlos holte er sie an der Tür ein. Ganz unbefangen schlang Laine die Arme um seinen Nacken, und sie beide lachten gemeinsam.

„Du bist ganz schön schnell", bemerkte Dillon.

„Man lernt schnell zu sein, wenn man einen Schlafsaal mit vielen anderen teilt. Beim morgendlichen Sturm auf das Bad gibt es keine Gnade." Sie glaubte sein Lächeln aus irgendeinem Grund schwinden zu sehen, als eine Stimme sie unterbrach.

„Oh, ich wollte nicht stören, Dillon."

Laine sah eine junge Frau mit klassischen Gesichtszügen auf sie zukommen, das schwarze Haar zu einem Knoten gebunden, der ihren langen, schlanken Hals betonte. Die junge Frau beäugte Laine mit unverhohlener Neugier. Verlegen machte Laine sich aus Dillons Armen frei.

„Ist schon in Ordnung, Fran. Das ist Laine Simmons, Caps Tochter. Fran ist mein Taschenrechner."

„Er will sagen, Sekretärin", verbesserte Fran seufzend. „Im Moment allerdings fühle ich mich mehr wie ein Anrufbeantworter. Du hast mindestens ein Dutzend Anfragen auf dem Schreibtisch liegen."

„Irgendetwas Wichtiges?" Dillon ging auf die Tür seines Büros zu.

„Nein." Fran lächelte Laine freundlich zu. „Nur ein paar Leute, die keine Entscheidung treffen wollen, bevor sie nicht von der Quelle der Weisheit gehört haben."

„Ich seh's mir mal an." Dillon ging in das Zimmer und kam mit einem Stapel Notizzettel und einem Handtuch zurück in den Vorraum. Das Handtuch warf er Laine zu, bevor er die Nachrichten durchsah.

„Nichts dabei, was nicht auch noch ein wenig warten kann", murmelte er.

„Das sagte ich dir bereits." Pikiert nahm Fran ihm die Zettel aus der Hand.

„Stimmt." Dillon grinste und tätschelte Fran die Wange. „Hast du Orchid gefragt, was sie will?"

Am anderen Ende des Raumes hielt Laine, die sich mit dem Handtuch das Haar trockenrubbelte, für einen Moment inne, um dann umso kräftiger zu reiben.

„Nein. Ich fürchte, bei ihrem dritten Anruf war ich auch nicht mehr unbedingt sehr freundlich zu ihr."

„Keine Sorge, Orchid steckt das weg", meinte Dillon leichthin, dann wandte er sich zu Laine um. „Fertig?" Er lächelte ihr erwartungsvoll zu.

„Ja."

Sie fühlte sich seltsam leer, als Dillon sie zum Gebäude herausführte. Nur mit Anstrengung gelang es ihr, auf der Fahrt zum Haus Orchid King aus ihren Gedanken zu verbannen.

Das Abendessen verlief in entspannter Atmosphäre. Die Sonne ging gerade unter, als Laine, ihr Vater und Dillon sich gemeinsam auf die Veranda setzten. Das Farbenspiel am

Horizont war faszinierend. Pinke und goldene Streifen durchzogen das leuchtende tropische Blau des Himmels, vereinzelte tief hängende Wolken färbten sich violett. Die Dämmerung hatte etwas Traumhaftes, Magisches – und etwas sehr Beruhigendes. Laine saß still in dem Korbstuhl und dachte an die Ereignisse der letzten Tage zurück. Der Unterhaltung der Männer hörte sie gar nicht zu, es war wie eine leise Hintergrundmusik. Sie stellte fest, dass sie zum ersten Mal, seit sie erwachsen war, voll und ganz entspannt war. Vielleicht lag es an dem Abenteuer, das sie heute erlebt hatte – und an den neuen Gefühlen und Erfahrungen.

Cap murmelte irgendetwas von Kaffee und stand auf. Als er an ihr vorbeikam, lächelte sie ihm abwesend zu, dann lehnte sie sich zurück und sah zum Himmel hinauf, wo die ersten Sterne funkelten.

„Du bist so still heute Abend."

Sie hörte das leise Knirschen, als er es sich in seinem Stuhl bequem machte.

„Ich dachte nur gerade daran, wie schön es hier ist." Sie stieß einen zufriedenen Seufzer aus. „Ich glaube, das muss das wunderbarste Fleckchen Erde auf der ganzen Welt sein."

„Schöner als Paris?"

Sie hörte den Anflug von Härte in seinem Ton und sah fragend zu ihm hinüber. Das erste Mondlicht legte sich sanft über ihr Gesicht. „Es ist ganz anders als Paris", sagte sie leise. „Einige Stadtteile von Paris sind lieblich und schön, mit der Zeit gewachsen. Andere wiederum sind elegant und nobel. Paris ist wie eine Frau, der man zeitlebens gesagt hat, wie bezaubernd sie ist. Aber die Schönheit hier ist anders, ursprünglicher. Diese Insel ist zeitlos schön und gleichzeitig unschuldig."

„Unschuld ermüdet manche Leute schnell."

„Schon möglich." Sie verstand nicht, warum er auf einmal so kühl und distanziert war.

„In diesem Licht siehst du deiner Mutter sehr ähnlich", sagte er plötzlich.

Laine spürte die Kälte über ihren Rücken kriechen. „Woher willst du das wissen?"

„Cap hat ein Foto von ihr." Dillons Gesicht lag im Schatten. „Du bist ihr Ebenbild."

„Das stimmt." Cap kam mit einem Tablett voller Kaffeebecher zurück, das er auf dem Glastisch absetzte. Als er sich aufrichtete, musterte er Laine mit sanftem Blick. „Es ist wirklich erstaunlich. Je nachdem, wie das Licht fällt, oder manchmal ist es auch ein Ausdruck auf deinem Gesicht, und du siehst genauso aus wie deine Mutter vor zwanzig Jahren."

„Ich bin nicht Vanessa!" Laine sprang von ihrem Stuhl auf, ihre Stimme zitterte vor Wut. „Ich habe nicht das Geringste mit Vanessa gemein!" Zu ihrem Verdruss begannen auch noch Tränen in ihren Augen zu brennen. Ihr Vater sah sie erstaunt an. „Ich bin nicht wie sie. Und ich lasse nicht zu, dass man mich mit ihr vergleicht!" Wütend auf die beiden Männer und auf sich selbst, rannte Laine ins Haus und knallte die Verandatür hinter sich zu. Auf dem Weg zur Treppe stieß sie mit der Haushälterin zusammen. Eine Entschuldigung murmelnd, hastete sie die Stufen hinauf und flüchtete in ihr Zimmer.

Laine hatte zum dritten Mal mit energischen Schritten ihr Zimmer durchquert, als Miri in der Tür auftauchte.

„Was soll dieses Gestampfe und Türenschlagen in meinem

Haus?", fragte sie mit strenger Miene, die Arme über der Brust verschränkt.

Laine ließ sich auf das Bett sinken, brach in Tränen aus und verachtete sich dafür.

Miri schnalzte mit der Zunge und murmelte etwas in ihrer Muttersprache. Sie kam durchs Zimmer, setzte sich, bettete Laines Kopf an ihrem wunderbar weichen Busen und wiegte sie wie ein kleines Kind. „Dieser Dillon", schnaubte sie leise.

„Aber es war ja gar nicht Dillon", schluchzte Laine, überwältigt von dem mütterlichen Trost. „Oder doch … es waren beide." Plötzlich brauchte Laine unbedingt Gewissheit. „Ich bin nicht wie sie, Miri. Kein bisschen."

„Natürlich nicht." Miri tätschelte Laines Kopf. „Wen meinst du denn?"

„Vanessa." Laine wischte sich mit dem Handrücken die Tränen vom Gesicht. „Meine Mutter. Beide haben mich angestarrt und gesagt, ich sehe genauso aus wie sie."

„Was denn? All diese Tränen, nur weil du jemandem ähnlich siehst?" Miri fasste Laine bei den Schultern und hielt sie vor sich. „Dafür verschwendest du deine Tränen? Ich habe dich für ein kluges Mädchen gehalten, aber jetzt benimmst du dich sehr, sehr dumm."

„Sie verstehen das nicht, Miri." Laine zog die Beine an und schlang ihre Arme um die Knie. „Ich will nicht mit ihr verglichen werden. Vanessa war egoistisch und eigensüchtig und unehrlich."

„Sie war deine Mutter", tadelte Miri so streng, dass Laine den Mund aufriss. „Du wirst mit Respekt und Achtung von ihr sprechen. Sie ist tot, was immer sie getan hat, ist Vergangenheit. Du musst loslassen." Sie schüttelte Laine leicht.

„Oder du wirst nie glücklich werden. Haben die beiden Männer gesagt, du seist egoistisch und eigensüchtig und unehrlich?"

„Nein, aber …"

„Was hat Cap Simmons gesagt?", verlangte Miri zu wissen.

Laine stieß die Luft aus. „Er hat gesagt, ich sehe aus wie meine Mutter."

„Und? Stimmt das oder nicht?"

„Ja, ich denke schon, aber …"

„Deine Mutter war also eine hübsche Frau, und du bist auch eine hübsche Frau." Miri legte einen Finger unter Laines Kinn. „Weißt du, wer du bist, Laine Simmons?"

„Ja, ich glaube schon."

„Gut, dann gibt es auch nichts, worüber du weinen müsstest." Sie tätschelte Laines Wange und erhob sich.

„Oh Miri." Laine lachte unter Tränen. „Ich habe mich wohl fürchterlich albern aufgeführt. Ich sollte nach unten gehen und mich entschuldigen."

Als sie aufstehen wollte, hielt die Hawaiianerin sie zurück. „Das wirst du nicht tun."

Laine sah sie verständnislos an. „Aber Sie haben doch gerade gesagt …"

„Ich sagte, dass du dich dumm benommen hast. Aber Cap Simmons und Dillon haben sich auch dumm benommen. Man sollte nie eine Frau mit einer anderen vergleichen. Eine Frau ist immer ein einzigartiger Mensch, immer etwas Besonderes. Bei Männern dauert es manchmal etwas länger, ehe sie mehr als nur das Gesicht sehen. Also", sie lächelte Laine breit an, „wirst du dich nicht bei ihnen entschuldigen, sondern sie sich bei dir entschuldigen lassen."

„Ich verstehe", sagte Laine und verstand überhaupt nichts mehr. Dann lachte sie auf. „Danke, Miri, ich fühle mich jetzt schon sehr viel besser."

„Gut. Dann geh jetzt zu Bett. Und ich werde Cap Simmons und Dillon die Leviten lesen." In Miris letzten Worten war eindeutig Vorfreude zu hören.

8. Kapitel

Am nächsten Morgen ging Laine die Treppe hinunter, ihr nil-grünes Sommerkleid umschmeichelte die sanften Rundungen ihres Körpers. Nach dem Vorfall am gestrigen Abend fühlte sie sich ein wenig befangen, und so blieb sie zögernd in der Tür zum Esszimmer stehen. Ihr Vater und Dillon saßen bereits beim Frühstück und waren in ein angeregtes Gespräch vertieft.

„Wenn Bo nächste Woche frei haben muss, kann ich seine Schichten bei den Charterflügen übernehmen." Dillon schenkte sich einen Kaffee ein, während er sprach.

„Du hast doch schon genug mit der Renovierung an deinem Haus zu tun, ohne dass du dir das auch noch auflädst." Cap warf Dillon einen strengen Blick zu. „Was ist eigentlich aus den Urlaubstagen geworden, die du dir nehmen wolltest?"

„Es ist ja nicht so, als wäre ich den ganzen Tag an den Schreibtisch gefesselt, oder?" Dillon grinste und zuckte mit den Schultern, als Cap ihn immer noch vorwurfsvoll anblickte. „Ich nehme mir nächsten Monat frei."

„Wo habe ich das bloß schon mal gehört?" Cap sah resignierend zur Decke auf.

Dillons Grinsen wurde breiter. „Habe ich dir schon gesagt, dass ich mich nächstes Jahr zur Ruhe setze?" Er nippte an seinem Kaffee. „Ich werde mit Hanggliding anfangen, während du den lieben langen Tag im Büro schuftest. An wem wirst du dann rumnörgeln können, wenn ich nicht mehr da bin?"

„Wenn du es schaffst, länger als eine Woche ohne deine Arbeit zu leben, dann gehe *ich* in Rente. Das Problem mit dir ist", Cap zeigte mit dem Kaffeelöffel in Dillons Richtung, „dass du jeden hast herausfinden lassen, wie gut du dich in all den Sachen auskennst. Das hast du jetzt davon. Jeder will sich erst mit dir kurzschließen, bevor er den nächsten Schritt macht. Du hättest dieses Flugzeugingenieursdiplom besser geheim halten sollen. Hanggliding", Cap gluckste und hob kopfschüttelnd seine Tasse. „Oh, hallo, Laine."

Laine zuckte zusammen, als er sie ansprach. „Guten Morgen", erwiderte sie. Sie konnte nur hoffen, dass ihr Temperamentsausbruch von gestern Abend die kleinen Fortschritte mit ihrem Vater nicht zerstört hatte.

„Ist es ungefährlich, dich hereinzubitten?", fragte er mit einem schiefen Lächeln und bedeutete ihr gleichzeitig, näher zu kommen. „Soweit ich mich erinnere, hattest du des Öfteren Wutanfälle, aber sie verpufften immer schnell."

Sie war erleichtert, dass er ihr keine steife Entschuldigung anbot, und setzte sich an den Tisch. „Deine Erinnerung täuscht dich nicht. Aber ich kann dir versichern, dass es heutzutage lange nicht mehr so häufig vorkommt." Sie lächelte Dillon unsicher zu, fest entschlossen, die Angelegenheit nicht noch weiter aufzubauschen. „Guten Morgen, Dillon."

„Morgen, Prinzessin. Kaffee?" Bevor sie antworten konnte, schenkte er ihre Tasse voll.

„Danke", murmelte sie. „Es ist schwer vorstellbar, aber ich glaube, der heutige Tag ist noch schöner als der gestrige. Wahrscheinlich werde ich mich nie daran gewöhnen, dass ich hier im Paradies lebe."

„Dabei hast du noch gar nichts gesehen", bemerkte Cap. „Du solltest in die Berge gehen, oder ins Innere der Insel. Die Mitte von Kauai ist einer der feuchtesten Flecken der Erde. Der Regenwald ist wirklich imposant."

„Auf dieser Insel gibt es eine endlose Vielfalt, nicht wahr?" Sie spielte mit ihrer Kaffeetasse. „Ich kann mir nicht denken, dass es irgendwo schöner ist als hier."

„Ich werde dich heute ein wenig herumführen", kündigte Dillon an.

Laine warf ihm einen scharfen Blick zu. „Ich möchte deinen Tagesablauf nicht durcheinanderbringen. Ich habe schon zu viel von deiner Zeit beschlagnahmt." Dillon gegenüber hatte Laine ihr Gleichgewicht noch nicht wieder gefunden.

„Für dich habe ich aber noch Zeit übrig." Abrupt stand er auf. „Ich muss ein paar Dinge erledigen, um elf bin ich wieder hier. Bis dann, Cap." Ohne Laines Antwort abzuwarten, marschierte er hinaus.

Miri kam und stellte einen voll beladenen Teller vor sie hin. Mit einem Seufzer machte Laine sich an die Mengen und fragte sich, wie sie wohl den Morgen hinter sich bringen sollte.

Sie fand bald heraus, dass der Vormittag sogar schnell verging. Mit geradezu königlicher Gnade hatte Miri sich dazu herabgelassen, Laine zu erlauben, die Vasen im Haus mit frischen Blumen zu füllen. Also verbrachte Laine die Morgenstunden im Garten. Es war kein Garten, wie sie ihn aus ihrer Kindheit in Amerika oder aus ihrer Zeit in Frankreich kannte. Nein, es war eine üppig bewachsene Fläche mit ausufernden Büschen, Sträuchern und Blumen. Die Pflanzen ließen sich nicht einfach auf ein Beet einschränken und gehorchten keiner Planung.

Im Haus gab Laine sich mit dem Arrangieren der Blumen ganz besondere Mühe. Ihre Gedanken wanderten zurück zu den Narzissen, die vor ihrem Fenster in der Klosterschule geblüht hatten. Sie fand es seltsam, dass sie nicht das geringste Heimweh verspürte. Weder fehlten ihr die sanften Stimmen der Schwestern noch die eifrigen ihrer Schülerinnen. Fast begann sie, Kauai als Zuhause zu betrachten. Der Gedanke an die Rückkehr nach Frankreich ließ in ihr ein kaltes, leeres Gefühl zurück.

Eine Vase mit üppig blühenden Jasminzweigen stellte sie in das Arbeitszimmer ihres Vaters. Dabei fiel ihr Blick auf das Foto von Cap und Dillon. Schon seltsam, dachte sie, dass ich sie beide so brauche. Mit einem Seufzer vergrub sie das Gesicht in den wohlriechenden Blüten.

„Machen Blumen dich unglücklich?"

Sie wirbelte herum und hätte dabei fast die Vase umgestoßen. Für einen Augenblick sahen Dillon und sie sich schweigend an. Sie spürte die Spannung, aber der Grund dafür und die Bedeutung waren ihr nicht klar.

„Hallo. Ist es etwa schon elf?"

„Schon fast zwölf. Ich habe mich verspätet." Dillon vergrub die Hände in den Taschen und sah sie forschend an. Die Sonnenstrahlen, die durch das Fenster hinter ihr einfielen, ließen ihr Haar golden aufleuchten. „Möchtest du noch etwas essen?"

„Nein, danke."

„Dann können wir gehen, oder?"

„Ja, ich werde nur Miri schnell Bescheid sagen."

„Das habe ich schon." Dillon kam durch das Zimmer und schob die große Glastür auf, um Laine den Vortritt zu lassen.

Während der Fahrt war Dillon äußerst schweigsam. Laine

überließ ihn seinen Gedanken und betrachtete die Landschaft. Grün bewachsene Bergketten erhoben sich zu beiden Seiten der Straße. Dann führte die Straße an einer Klippe entlang, die steil zum azurblauen Meer abfiel.

„Früher hat man Kukui-Ölfackeln die Klippen hinuntergeworfen, zum Amüsement der Adeligen", ließ Dillon sich nach Meilen des Schweigens vernehmen. „Die Legende erzählt, dass die Menehune hier lebten, das Elfenvolk." Er hielt an und zeigte auf einen zerklüfteten, schwarzen Felsen. „Das da drüben war ihre Treppe. Bei Mondschein haben sie Fischteiche angelegt."

„Und wo sind sie jetzt?"

Dillon beugte sich vor und öffnete die Wagentür auf ihrer Seite. „Oh, sie sind immer noch hier. Sie verstecken sich nur."

Zusammen gingen sie zum Rand der Klippen. Laine hatte ein mulmiges Gefühl im Magen, als sie von der schwindelnden Höhe auf die tief unten liegenden Felsbrocken schaute, die bis in das Wasser hineinreichten. Fast hatte sie das Gefühl, im freien Fall zu schweben.

Dillon verspürte offenbar keinerlei Höhenangst. Ruhig stand er da und schaute auf die See hinaus. Der Wind spielte in seinen Haaren. „Du hast die seltene Gabe zu wissen, wann es an der Zeit ist zu schweigen, ohne dass die Stille drückend wird."

„Du schienst in Gedanken versunken zu sein." Laine strich sich eine Haarsträhne aus dem Gesicht. „Ich dachte, du denkst gerade über ein Problem nach."

„So?" Er warf ihr einen halb belustigten, halb ärgerlichen Blick zu. „Ich wollte mit dir über deine Mutter reden."

Seine Worte kamen so unerwartet, dass Laine einen Moment brauchte, um darauf zu reagieren. „Nein." Sie wollte sich abwenden, doch er hielt sie am Arm zurück.

„Du warst so wütend gestern Abend. Warum?"

„Ich habe zu heftig reagiert, es war albern von mir. Aber manchmal verliere ich eben die Fassung." Sie sah an seinem Gesicht, dass er sich mit dieser Erklärung nicht zufriedengeben würde. Sie wollte ihm sagen, wie verletzt sie gewesen war, aber die Erinnerung an ihr erstes Gespräch im Hause ihres Vaters hielt sie davon ab. „Mein ganzes Leben hat man mich so genommen, wie ich bin." Sie wählte ihre Worte sehr sorgfältig. „Es stört mich, dass man mich mit Vanessa vergleicht, nur weil wir einige äußerliche Merkmale gemein haben."

„Du glaubst, das habe Cap getan?"

„Vielleicht, vielleicht auch nicht." Sie hob würdevoll ihr Kinn. „Aber du hast es ganz bestimmt gemacht."

„Meinst du?" Das war eine Frage, die ohne Antwort auskam, und Laine gab auch keine. „Warum bist du so verbittert über deine Mutter, Laine?"

Sie wandte sich wieder dem Meer zu. „Ich bin nicht verbittert. Nicht mehr. Vanessa ist tot, dieser Teil meines Lebens ist vorbei. Ich will nicht über sie reden, bis ich nicht meine eigenen Gefühle besser verstehe."

„Na schön."

Sie schwiegen beide eine Weile, eingeschlossen im Wind wie in einem Kokon.

„Du machst mir mehr Probleme, als ich vorausgesehen habe", murmelte Dillon schließlich.

„Ich verstehe nicht, was du meinst."

„Nein, wie solltest du auch." Er wandte sich ab und ging ein paar Schritte, dann blieb er stehen und bot ihr seine Hand. Laine sah die ausgestreckte Hand und fragte sich, was er mit dieser Geste wohl ausdrücken wollte. Aber es war nicht wirklich wichtig, also legte sie ihre hinein.

Als sie dann weiterfuhren, hatte Dillons Stimmung sich geändert, sie redeten ungezwungen miteinander. Die Landschaft um sie herum prangte in voller Blütenpracht. Dichtes Moos bedeckte die Felsen wie ein grüner Teppich. Jasmin blühte, und die Wedel des Zungenfarns waren so groß, dass sie jedem großzügigen Schutz vor Regen oder Sonne bieten würden. Sie hielten erneut, und als er ihr diesmal die Hand reichte, nahm Laine ohne Zögern an.

Geschickt führte er sie einen von Palmen beschatteten Pfad entlang. Laine hörte Wasser rauschen, noch bevor sie auf die Lichtung traten. Ihr stockte der Atem, als sie den kristallklaren Pool am Fuße des kleinen Wasserfalls erblickte, umgeben von dichten Bäumen.

„Oh Dillon! Was für ein wunderschöner Ort!" Sie rannte zum Rande des Beckens und hielt ihre Hand in das klare Wasser. Es fühlte sich an wie warme Seide. „Am liebsten würde ich herkommen und im Mondlicht schwimmen." Hell lachend spritzte sie ein wenig Wasser in die Luft. „Nur mit Blumen im Haar und sonst nichts auf der Haut."

„Das ist die einzige zulässige Art, wie man in einem von Mondlicht beschienenen Pool baden darf. Inselgesetz."

Wieder lachte sie und pflückte eine Hibiskusblüte von einem Strauch. „Aber wahrscheinlich gilt das nur, wenn ich schwarzes langes Haar und honigfarbene Haut hätte."

Dillon nahm ihr die Blüte aus den Fingern und steckte sie ihr hinters Ohr. Dann fuhr er Laine lächelnd mit einem Finger über die Wange. „Elfenbein und Gold passen sehr gut zusammen. Es gab mal eine Zeit, da hätte man dich mit Pomp und Gloria verehrt, und dann hätte man dich wahrscheinlich über die Klippen geworfen, als Opfergabe, um die rachsüchtigen Götter milde zu stimmen."

„Ich glaube nicht, dass eine solche Rolle mir stehen würde." Laine drehte sich einmal um ihre eigene Achse. „Ist dies ein verwunschener Ort? Es fühlt sich an, als wäre es so." Sie streifte ihre Schuhe ab und ließ die Füße ins Wasser baumeln.

„Wenn du es möchtest, dann ist es auch so." Dillon setzte sich im Schneidersitz neben sie. „Auf jeden Fall gehört dieser Ort nicht zu den klassischen Ausflugszielen."

„Es liegt ein Zauber in der Luft, genau wie in der kleinen Bucht. Fühlst du es auch, Dillon? Wie frisch und unberührt dies alles ist, oder bist du schon immun dagegen?"

„Gegen Schönheit werde ich nie immun werden." Er nahm ihre Hand und hauchte einen Kuss auf ihre Fingerspitzen. Sie spürte einen angenehmen Schauer, und ihre Augen wurden weit. Lächelnd küsste Dillon ihre Handfläche. „Du kannst mir nicht erzählen, dass du fünfzehn Jahre lang in Paris gelebt hast und dir nie jemand die Hand geküsst hat …"

Sein unbefangener Ton half ihr dabei, ihr Gleichgewicht wiederzufinden. „Nun, eigentlich küsst man mir immer die linke Hand. Du hast mich verwirrt, indem du meine rechte küsstest." Mit dem Fuß schleuderte sie einen Wasserstrahl in die Luft und sah den Tropfen zu, wie sie wieder herabfielen und mit dem Wasser des Beckens verschmolzen. „Ich werde mich an diesen Ort erinnern, wenn im Herbst der Nieselregen alles wie ein grauer Vorhang bedeckt und die Feuchtigkeit durch die Fenster kriecht", sagte sie mit Wehmut in der Stimme. „Wenn dann der Frühling kommt und die Luft lau ist und nach den ersten Knospen riecht, werde ich an die süßen Düfte dieser Insel denken. Und wenn ich im Sonnenschein an der Seine spazieren gehe, werde ich mir vorstellen, ich würde an diesem Wasserfall sein."

Der Regen setzte ohne Vorwarnung ein, ein Platzregen, angefüllt mit Sonnenlicht. Dillon rappelte sich hastig auf und zog Laine unter den Schutz einer kleinen Palmengruppe.

„Oh, aber der Regen ist ganz warm." Sie hatte sich ein wenig vorgelehnt und streckte ihre Hand unter dem schützenden Palmendach hervor. „Als würde er direkt von der Sonne kommen."

„Auf der Insel wird er ‚flüssiger Sonnenschein' genannt." Er zog sie zurück, als sie sich weiter hinauslehnte. „Du scheinst eine Vorliebe dafür zu haben, dich nass regnen zu lassen."

„Ja, sieht so aus." Fasziniert beobachtete sie, wie die Farben durch den Regen noch frischer und leuchtender wurden. „So vieles auf dieser Insel ist so natürlich geblieben, als hätte nie ein Mensch auch nur einen Blick darauf geworfen. Als wir an den Klippen standen, hatte ich Angst. Ich bin ein ziemlicher Feigling. Trotzdem war es ein atemberaubender Anblick. So erschreckend schön, dass ich nicht fortsehen konnte."

„Ein Feigling?" Dillon ließ sich auf dem weichen Boden nieder und zog Laine mit sich hinunter. Es war das Natürlichste von der Welt, dass sie ihren Kopf an seine Schulter legte. „Ich würde behaupten, dass du erstaunlich furchtlos bist. Während des Sturms gestern bist du nicht in Panik ausgebrochen."

„Nein, aber ich war hart am Rande einer Panik."

Er lachte belustigt auf. „Du hast auch meine kleine Show auf dem Flug hierher überstanden, ohne in Ohnmacht zu fallen. Du hast noch nicht einmal einen Aufschrei von dir gegeben."

„Da lag nur daran, weil ich wütend war." Sie sah hinaus in den dichten Regen. „Das war übrigens sehr garstig von dir."

„Ja, wahrscheinlich war es das. Manchmal bin ich eben unfreundlich."

„Eigentlich bist du öfter nett als unfreundlich. Obwohl … ich glaube, du willst nicht, dass man dich für einen netten Mann hält."

„Das ist aber ein sehr tief gehendes Urteil über mich, nach einer so kurzen Zeit des Kennens." Plötzlich runzelte er die Stirn. „Sag mal, deine Schule … was für eine Schule ist das eigentlich?"

„Eine Schule eben, wie jede andere auch, mit kichernden Mädchen und Regeln, die dazu da sind, gebrochen zu werden."

„Ein Internat?", hakte er nach.

Sie zuckte gleichmütig die Schultern. „Ja, ein Internat. Dillon, das ist ganz bestimmt nicht der richtige Ort, um über Stundenpläne und Unterrichtsstoff zu reden. Ich werde mich früh genug wieder damit befassen müssen. Hier an diesem verzauberten Ort will ich einfach nur so tun, als gehörte ich hierher. *Ah, regarde!*" Vor Begeisterung verfiel Laine ins Französische. „*Un arc-en-ciel!*"

„Das muss wohl Regenbogen heißen." Er sah zum Himmel auf.

„Zwei sogar. Wie ist das nur möglich?"

Beide Regenbogen spannten sich halbrund und perfekt in den schillernden Farben des Spektrums von einer Bergkette zur anderen.

„Doppelbögen sieht man hier sehr häufig", begann Dillon zu erklären. „Die Winde, die gegen die Berge wehen, bilden eine natürliche Barriere für den Regen, und wenn die Sonne …"

„Nein, nicht. Ich will's gar nicht wissen", unterbrach Laine ihn. „Es würde nur den Zauber brechen." Sie lächelte in der plötzlichen Erkenntnis, dass manche Geheimnisse des Lebens besser unerklärt blieben. „Ich will es nicht verstehen, ich will es einfach nur genießen", murmelte sie und beschloss, ihre Liebe so wie den doppelten Regenbogen einfach zu akzeptieren, ohne Fragen zu stellen. Sie legte den Kopf in den Nacken und lächelte Dillon an. „Küss mich, bitte."

Er hielt den Blick unverwandt auf ihr Gesicht gerichtet. Sachte begann er, ihre Wangen zu streicheln. Sanft ließ er die Finger über die zarte Haut gleiten, schweigend erforschte er die grazilen Formen ihres Antlitzes, fühlte die samtweiche Haut, die zarten Wangenknochen. Dann folgte er mit dem Mund dem Weg, den seine Finger gezeichnet hatten. Laine schloss die Augen. Nichts hatte sich je so gut angefühlt wie seine Lippen auf ihrer Haut. Langsam, leicht, Schmetterlingsflügeln gleich, glitt Dillon zu ihrem Mund, hauchte einen zarten Kuss darauf, der all ihre Sinne betörte, wanderte weiter zu der weichen Mulde am Hals, liebkoste ihr Ohrläppchen, bevor er zu ihrem Mund zurückkehrte. Seine Zunge streichelte, schmeckte, neckte ihre Lippen, und Laines Herzschlag rauschte in ihren Ohren. Seine Zärtlichkeiten brachten sie an den Rand des Wahnsinns, ihr Verlangen nach ihm wuchs. Voller Unschuld schmiegte sie sich an ihn, ohne zu wissen, wie verführerisch sie war.

Dillon fluchte leise und schob sie von sich fort. Sie hatte ihre Arme immer noch um seinen Nacken geschlungen, ihre Finger waren noch immer in seinem Haar verfangen. Ihre Augen blickten verhangen vor Leidenschaft. Sich ihrer Verführungskraft nicht bewusst, seufzte sie seinen Namen und küsste ihn zärtlich auf beide Wangen.

„Ich will dich", stieß Dillon plötzlich hervor, bevor er gierig Besitz von ihrem Mund nahm. Als er sie leidenschaftlich

an sich zog, bog Laine sich ihm entgegen, willig und hinge-
bungsvoll. Ihr Körper reagierte auf seine Berührungen, Hitze
durchströmte sie, ihr Blut floss heiß wie Lava durch ihre
Adern. Nie hatte ein Mann sie so berührt, nie hatte sie so
köstliche Empfindungen verspürt. Sie erschauerte vor Verlangen und murmelte immer wieder seinen Namen, so verängstigt durch diese neue Erfahrung wie in dem Moment, als
sie am Rand der Klippe gestanden hatte.

Dillon löste seine Lippen von ihrem Mund und hielt sie
fest in seinen Armen, seine Wange auf ihr Haar gelegt, ihren
Kopf an seine Brust gebettet. Sie konnte sein Herz wild
schlagen hören, und sie schloss vor Entzücken die Augen.
Doch plötzlich löste er sich von ihr, stand auf und drehte
Laine den Rücken zu.

„Der Regen hat aufgehört." Seine Stimme hörte sich seltsam belegt an, und er atmete tief durch, bevor er sich wieder
zu ihr umdrehte. „Wir sollten gehen."

Seine Miene war unergründlich. Laine sah ihn schweigend
an. Sie fand keine Worte, um die Kluft, die sich plötzlich zwischen ihnen aufgetan hatte, zu überbrücken. Dillon öffnete
den Mund, als wolle er etwas sagen, doch dann schwieg er
nur. Laine senkte den Blick. Dillon hob ihr Kinn leicht an,
schüttelte unmerklich den Kopf, dann küsste er sie kurz und
brüsk und führte sie aus dem Palmenhain heraus.

9. Kapitel

Die Sonne stand wie ein großer, goldener Ball am Himmel, während der Wagen den Highway entlangfuhr. Dillon machte leichte Konversation, als gehöre die Leidenschaft nur zu dem regenverhangenen Palmenhain. Während ihre Gedanken wie in einem Strudel wirbelten, gab Laine ihr Bestes, um sich Dillons Stimmung anzupassen.

Männer, so entschied sie, müssen das Verlangen ihres Körpers wohl besser unter Kontrolle haben als Frauen die Sehnsüchte ihres Herzens. Er hatte sie gewollt. Selbst wenn er es nicht offen gesagt hätte, so hätte sie es gewusst. Es war nicht zu ignorieren gewesen. Laine errötete, als sie daran dachte, wie willig sie reagiert hatte. Mit abgewandtem Gesicht überlegte sie, welche Möglichkeiten vor ihr lagen.

In einer Woche würde sie Kauai verlassen. Dann würde sie nicht nur ihren Vater aufgeben müssen, sondern auch den Mann, dem ihr Herz gehörte. Vielleicht ist es mir ja bestimmt, immer das zu lieben, was ich nicht haben kann, dachte sie mit einem stillen Seufzer. Miri hatte doch gesagt, sie solle mit den Waffen einer Frau kämpfen. Aber sie wusste gar nicht, wo sie damit anfangen sollte. Vielleicht mit Ehrlichkeit. Vielleicht sollte sie Dillon sagen, was sie für ihn empfand. Das könnte ein Anfang sein. Sie könnte eine Möglichkeit finden, länger hier zu bleiben, vielleicht sogar einen Job annehmen. Mit der Zeit würde Dillon vielleicht lernen, sie gern zu haben.

Bei diesem Gedanken hellte ihre Stimmung sich auf, und

sie achtete wieder auf ihre Umgebung. „Dillon, was wächst dort auf diesem Feld? Ist das Bambus?" Hohe Pflanzen standen auf den Feldern am Straßenrand.

„Nein, Zuckerrohr", antwortete er, ohne hinzusehen.

Begeistert lehnte Laine sich aus dem Wagenfenster und ließ sich den Wind ins Gesicht wehen. „Ich hatte ja keine Ahnung, dass es so hoch wächst."

„Bis zu über sechs Metern, aber es wächst nicht so schnell wie der Dschungel hier. Es dauert ungefähr anderthalb Jahre, bis es voll ausgereift ist."

„Es gibt hier so viel davon." Sie setzte sich wieder in den Sitz und strich sich das Haar zurück. „Es muss eine Plantage sein. Wenn man sich vorstellt, dass alles Land hier einer einzigen Person gehört … Die Ernte muss ja ein unglaubliches Unterfangen sein."

„In gewisser Hinsicht schon." Dillon bog vom Highway ab auf eine Landstraße. „Das Unterholz wird abgebrannt, dann werden die Pflanzen mit dem Mähdrescher geschnitten. Die Handernte ist zu zeitaufwendig, mit Maschinen geht es schneller und ist auch billiger, selbst wenn die Lohnkosten niedrig sind. Außerdem ist es eine elende Arbeit."

„Hast du so etwas je gemacht?" Sie sah ein kurzes Grinsen über sein Gesicht huschen.

„Ein- oder zweimal. Deshalb ziehe ich ja auch die Fliegerei vor."

Laine sah über die endlosen Felder und fragte sich, wann die Ernte wohl stattfinden würde. Sie stellte sich vor, wie große Traktoren über die Felder fuhren und Stiel um Stiel fiel.

Sie wurde aus ihren Gedanken gerissen, als ein strahlend weißes Haus in der Ferne auftauchte. Groß und prächtig, von imponierenden Säulen gestützt, stand es inmitten eines üppig grünen Rasens. Blühende Ranken fielen vom oberen Balkon hinab, wanden sich um Geländer und Pfosten. Graue Rollläden waren vor hohen, schmalen Fenstern heruntergelassen. Das Haus wirkte anheimelnd alt und gemütlich. Wäre nicht die exotische Flora gewesen, hätte Laine es für ein Herrenhaus aus dem alten Louisiana gehalten.

„Was für ein wunderbares Haus! Von dem Balkon kann man wahrscheinlich meilenweit sehen." Sie blickte überrascht zu Dillon, als er anhielt und ihr die Wagentür öffnete. „Aber das ist doch ein Privathaus, oder? Können wir denn einfach so hier herumwandern?"

„Sicher. Es gehört nämlich mir." Dillon stieg aus und beugte sich zu ihr. „Willst du mit offenem Mund sitzen bleiben, oder würdest du gerne mit ins Haus kommen?" Hastig schwang Laine die Beine aus dem Wagen. „Hattest du vielleicht eine Strohhütte mit Hängematte erwartet?"

„Nein, ich weiß nicht, was ich erwartet habe …" Mit einer ratlosen Geste deutete sie auf die weiten Felder. Eine ungute Vorahnung erfüllte sie. „Die Zuckerrohrplantage … ist das alles dein Land?"

„Es gehört mit zum Haus, ja."

Sie hatte einen Kloß in der Kehle und sagte nichts mehr, als Dillon die breite Steintreppe emporstieg und durch eine große Tür aus Mahagoniholz eintrat. Die Eingangshalle wurde von einer prunkvollen, halb geschwungenen Treppe aus schimmerndem Holz dominiert. Laine erhaschte nur einen kurzen Eindruck von Aquarellgemälden und Holzschnitten, bevor Dillon sie durch die Halle in den Salon führte.

Die Wände hier waren in einem warmen, hellen Cremeton

gehalten, wunderschöne, alte, dunkle Möbel standen auf erlesenen Teppichen. Die Zweige des Muskatnussbaums vor dem Fenster waren so gestutzt, dass sie den Blick auf den gepflegten Rasen frei ließen.

„Setz dich." Dillon zeigte auf einen Sessel mit hoher Lehne. „Ich hole uns etwas Kühles zu trinken."

Laine folgte seiner Aufforderung, dankbar dafür, dass er sich entfernte und ihr einige Augenblicke Zeit blieben, um sich zu sammeln.

Sie sah sich in dem Raum um. Überall ließ sich gediegener Wohlstand erkennen. Irgendwie war Laine nie in den Sinn gekommen, dass Dillon O'Brian reich sein könnte. Und jetzt wurde dieser Reichtum zu einer unüberwindbaren Barriere. Ihr Liebesbekenntnis würde nie als ehrlich anerkannt werden. Dillon würde überzeugt sein, dass nur sein Geld sie reizte.

Mit einem verzweifelten Seufzer erhob sie sich. Sie ging zum Fenster, sah hinaus und versuchte, mit ihren zerstörten Hoffnungen zurechtzukommen. Wie hatte er sie genannt? Eine erstklassige Schauspielerin. Sie lehnte die Stirn an die kühle Scheibe. Nein, dachte sie, ich bin eine armselige Schauspielerin. Ich wünschte, ich wäre nie hergekommen, hätte nie herausgefunden, wer er ist. Dann hätte ich mich länger meinen Hoffnungen hingeben können …

Als Dillon mit den Getränken zurückkehrte, drehte sie sich mit einem Lächeln zu ihm um. „Du hast ein wunderschönes Haus." Sie nahm das Glas entgegen, das er ihr anbot, und setzte sich wieder.

„Es erfüllt seinen Zweck." Er setzte sich ihr gegenüber. Bei ihrem überhöflichen Ton zog er erstaunt die Augenbrauen unmerklich in die Höhe.

„Hast du es gebaut?"

„Mein Großvater." Er lehnte sich zurück und betrachtete sie unentwegt. „Er war Seemann und kam zu der Überzeugung, dass Kauai nach der See der beste Ort sei."

„Das Haus wirkt auch so, als hätten Generationen hier gelebt." Laine nippte an ihrem Drink. „Aber für dich lag die Faszination in den Flugzeugen, nicht in der See oder dem Land, nicht wahr?"

Ihre distanzierte höfliche Art ließ Dillon die Stirn runzeln. „Die Felder werfen ein zu vermarktendes Produkt ab, schaffen Arbeitsplätze für die hiesige Bevölkerung, und das Land liegt nicht brach. Es ist eine ertragreiche Ernte für vergleichsweise wenig Aufwand." Dillon setzte sein Glas ab, und es schien, als sei er zu einem Entschluss gekommen. „Zwei Monate nachdem mein Vater gestorben war, traf ich Cap. Wir beide irrten irgendwie richtungslos umher, ich war wütend, Cap war …" Dillon brach ab und zuckte die Schultern. „Cap war eben so, wie er immer ist. Wir passten zusammen. Er hatte eine kleine Sportmaschine und brachte die Leute damit von Insel zu Insel. Ich war begierig darauf, das Fliegen zu lernen, und Cap brauchte jemanden, dem er es beibringen konnte. Ich brauchte einen Halt, und Cap hatte das Bedürfnis, Halt zu geben. Wir ergänzten uns perfekt. Ein paar Jahre später haben wir mit der Planung für den Flughafen begonnen."

Laine senkte den Blick auf die Flüssigkeit in ihrem Glas. „Es waren die Einnahmen deiner Plantage, die den Bau möglich gemacht haben, nicht wahr?" Die Intuition kam plötzlich und schnell wie ein Blitz. „Und die Bucht, in der wir schwimmen waren? Die gehört auch dir, oder?"

„Stimmt." Es klang simpel und klar, sie konnte keine Veränderung in seinem Blick erkennen.

„Und das Haus meines Vaters?" Sie schluckte den dicken Kloß, der sich in ihrer Kehle gebildet hatte. „Steht das auf deinem Land?"

Sie sah den Anflug von Verärgerung auf seiner Miene, doch der verging schnell, und Dillons Stimme klang sanft, als er sprach. „Cap liebte dieses Stückchen Land ganz besonders, also hat er es gekauft."

„Von dir?"

„Ja, von mir. Ist das ein Problem?"

„Nein", sagte sie. „Mittlerweile sehe ich die Dinge klarer", fuhr sie fort, „sehr viel klarer." Sie verschränkte die Finger ineinander. „Es scheint, du bist meinem Vater mehr Sohn, als ich ihm je Tochter sein kann."

„Laine …" Dillon stieß leise die Luft aus, dann stand er auf und begann ruhelos im Zimmer auf und ab zu marschieren. „Cap und ich, wir verstehen uns gut. Wir kennen uns jetzt seit fast fünfzehn Jahren, fast mein halbes Leben."

„Ich verlange keine Rechtfertigung von dir, Dillon. Es tut mir leid, falls du den Eindruck bekommen haben solltest." Sie stand auf und achtete darauf, dass ihre Stimme nicht zitterte. „Wenn ich nächste Woche nach Hause fliege, dann mit dem beruhigenden Wissen, dass mein Vater jemanden hat, auf den er sich verlassen kann."

Dillon hielt mitten im Schritt inne. „Nächste Woche? Du willst nächste Woche schon wieder zurück?"

„Ja." Sie wollte nicht daran denken, wie schnell die sieben Tage vergehen würden. „Wir hatten vereinbart, dass ich zwei Wochen bleibe. Es ist an der Zeit, dass ich zu meinem eigenen Leben zurückkehre."

„Du bist verletzt, weil Cap nicht so reagiert, wie du gehofft hattest."

Sein sanfter Ton und seine verständnisvollen Worte überrumpelten sie, sie hatte Mühe, die Fassung aufrechtzuerhalten und seinem Blick nicht auszuweichen. „Ich habe meine Meinung geändert … über viele Dinge. Dillon, bitte nicht", hielt sie ihn zurück, als er etwas sagen wollte. „Ich möchte jetzt lieber nicht darüber sprechen, das macht es nur noch schwieriger."

„Laine." Er legte ihr die Hände auf die Schultern, damit sie sich nicht abwenden konnte. „Du und ich, wir müssen über eine Menge Dinge reden, auch wenn diese Dinge schwierig sind. Du kannst nicht davor wegrennen …"

Das Klingeln an der Haustür unterbrach ihn. Mit einem gemurmelten Fluch ließ er seine Hände von Laines Schultern gleiten und ging in die Halle.

Eine helle singende Stimme drang bis in den Salon. Als Orchid King an Dillons Arm eintrat, begrüßte Laine sie mit einem höflichen Lächeln.

Ihr fiel auf, wie gut Orchid und Dillon nebeneinander aussahen, das perfekte Paar, das sich ergänzte. Laine kam sich plötzlich so unscheinbar vor wie eine graue Maus.

„Hallo, Miss Simmons." Orchid umklammerte Dillons Arm deutlich fester. „Nett, Sie mal wieder zu sehen."

„Hallo, Miss King." Verärgert über ihr Minderwertigkeitsgefühl, erwiderte Laine den Gruß mit der Kühle eines Frühlingsmorgens. „Sie sagten ja, die Insel sei klein."

„Ja, das stimmt." Sie lächelte, und Laine fühlte sich unwillkürlich an eine Katze erinnert, die zum Sprung ansetzt.

„Ich habe Laine heute Morgen ein wenig die Gegend gezeigt." Da Dillon Laine ansah, entging ihm der vernichtende Blick aus Orchids dunklen Augen.

„Sie hätten keinen besseren Führer finden können." Orchid drehte sich lächelnd zu Dillon um, eine Geste, mit der sie Laine eindeutig aus dem Gespräch ausschloss. „Ich bin froh, dich angetroffen zu haben, Dillon. Ich wollte dich nur noch mal daran erinnern, dass du auch bestimmt zu dem *luau* morgen Abend kommst. Ohne dich würde es keinen Spaß machen."

Ein Mundwinkel zuckte, die Andeutung eines Lächelns. „Ich werde da sein", sagte Dillon. „Wirst du tanzen?"

„Natürlich." Orchids Stimme klang wie das Schnurren einer Katze. „Tommy erwartet es."

Jetzt grinste Dillon offen und sah zu Laine. „Tommy ist Miris Neffe. Morgen veranstaltet er das alljährliche *luau*. Du wirst das traditionelle Inselfest und das Essen bestimmt interessant finden."

„Oh ja", stimmte Orchid raffiniert zu. „Kein Tourist sollte die Insel verlassen, ohne nicht an einem *luau* teilgenommen zu haben. Werden Sie noch andere Inseln außer Kauai besuchen?"

„Nein, das wird auf ein anderes Mal verschoben werden müssen. Ich fürchte, ich bin der Touristenrolle nicht gerecht geworden. Ich kam her, um meinen Vater zu besuchen."

Leicht ungeduldig zog Dillon seinen Arm aus Orchids Griff. „Ich muss nur kurz etwas mit meinem Vormann besprechen. Warum leistest du Laine nicht ein paar Minuten Gesellschaft, Orchid?"

„Aber natürlich." Sie warf das lange, schwarze Haar zurück. „Wie geht es denn voran mit der Renovierung?"

„Gut. In ein paar Tagen kann ich wohl wieder hierher ziehen, ohne ständig im Weg zu sein." Mit einem Nicken in Laines Richtung drehte er sich um und verließ den Raum.

„Miss Simmons, machen Sie es sich doch bequem." Orchid

schlüpfte sofort in die Rolle der Gastgeberin. Mit einer einladenden Handbewegung kam sie näher. „Darf ich Ihnen etwas zu trinken anbieten?"

Laine schäumte vor Wut. Trotzdem beherrschte sie sich. „Nein, danke. Dillon war bereits so nett."

„Es scheint, Sie verbringen sehr viel Zeit in Dillons Gesellschaft." Orchid ließ sich auf einem der Sessel nieder und schlug die langen, schlanken Beine übereinander. Sie wirkte wie das Sinnbild der verführerischen Attraktionen auf Hawaii. „Vor allem für jemanden, der eigentlich seinen Vater besucht."

„Dillon hat sich großzügigerweise um mich gekümmert." Laine nahm die gleiche Haltung ein und konnte nur hoffen, dass sie für ein weibliches Wortgefecht überhaupt gerüstet war.

„Oh ja, Dillon ist ein sehr großzügiger Mann." Orchids Lächeln hatte etwas von Besitzerstolz. „Man kann seine Großzügigkeit leicht missverstehen, wenn man ihn nicht so gut kennt wie ich. Er kann so umwerfend charmant sein."

„Charmant?" Laine wiederholte das Wort zweifelnd. „Nun, das ist eine Beschreibung, die mir nicht eingefallen wäre. Aber", sie machte eine bedeutungsvolle Pause, „Sie kennen ihn ja auch viel besser."

Orchid legte die Fingerspitzen aneinander und studierte Laine aufmerksam. „Miss Simmons, ich schlage vor, wir verzichten auf den Small Talk und reden offen, solange wir allein sind."

Während sie sich noch fragte, auf was sie sich da einließ, nickte Laine. „Dann bitte, Miss King, fangen Sie an."

„Ich gedenke Dillon zu heiraten."

„Ein bemerkenswerter Vorsatz", brachte Laine ruhig hervor, während ihr Herz sich zusammenzog. „Ich gehe davon aus, dass Dillon über Ihre Absicht im Bilde ist."

„Er weiß, dass ich ihn haben will." Orchid war irritiert über Laines unbeteiligte Antwort. „Und es gefällt mir nicht, dass Sie so viel seiner Zeit in Anspruch nehmen."

„Das ist bedauerlich, Miss King." Laine griff nach ihrem Glas und nippte daran. „Aber Sie wenden sich mit Ihrer Beschwerde an die falsche Person. Ich denke, ein Gespräch mit Dillon wäre da viel ergiebiger."

„Das wird sicherlich nicht nötig sein. Das können wir auch unter uns ausmachen." Orchid lächelte boshaft. „Meinen Sie nicht auch, dass Ihr plötzlicher Wunsch, das Fliegen zu lernen, ein wenig banal ist?"

Bei dem Gedanken, dass Dillon mit Orchid über sie, Laine, gesprochen hatte, schoss flammende Wut in ihr hoch. „Banal?"

Orchid winkte gelangweilt ab. „Für den Moment ist Dillon von Ihnen amüsiert, weil Sie etwas Neues für ihn sind, das genaue Gegenteil des Typs Frau, den er normalerweise vorzieht. Aber sein Interesse an Ihrem blassen Look wird nicht lange halten." Die melodische Stimme wurde hart. „Kühle Eleganz hält einen Mann nicht warm, und Dillon ist durch und durch ein Mann."

„Oh, das hat er bereits bewiesen", konnte Laine den Stich nicht zurückhalten.

„Ich warne Sie", zischte Orchid giftig. „Halten Sie sich auf Abstand. Ich kann Ihnen sehr viele Unannehmlichkeiten bereiten."

„Dessen bin ich sicher", erwiderte Laine kühl. Dann zuckte sie die Schultern. „Ich habe auch vorher schon Unannehmlichkeiten gehabt."

„Dillon kann sehr rachsüchtig sein, wenn er glaubt, man habe ihn getäuscht. Sie werden mehr als nur Ihren Einsatz verlieren."

„*Nom de Dieu!*", rief Laine aus. „So sehen Sie das also? Als Spiel mit hohem Einsatz?" Sie winkte verächtlich ab. „Fauchen und Kratzen, wie Katzen, die sich um die Maus streiten? Das ist Dillons nicht würdig."

„Das Spiel hat noch gar nicht begonnen." Orchid lehnte sich zurück, zufrieden, dass es ihr gelungen war, Laine zu reizen. „Wenn Ihnen die Regeln nicht gefallen, sollten Sie besser gehen. Ich habe nicht vor, Sie noch weiter zu dulden."

„Sie? Mich dulden?" Laines Stimme zitterte vor Wut. „Miss King, Ihr Mangel an Selbstbewusstsein ist ebenso bemitleidenswert wie Ihre Drohungen. Sie werden wohl kaum eine Frau dulden müssen, die in einer Woche sowieso abfliegt."

Orchid hatte sich bei diesen Worten erhoben, die Fäuste in die Seiten gestemmt.

„Was wollen Sie eigentlich von mir?", fuhr Laine fort. „Meine Versicherung, dass ich Ihre Pläne nicht durchkreuze? Die können Sie haben, ohne jeden Hintergedanken. Dillon gehört ganz Ihnen."

„Das ist aber sehr großzügig."

Laine schwang herum und sah Dillon mit verschränkten Armen im Türrahmen stehen. Seine grünen Augen glitzerten gefährlich.

„Oh, du bist aber schnell zurück", entfuhr es Orchid schwach.

„Anscheinend nicht schnell genug." Sein Blick haftete unverwandt auf Laine. „Was gibt es für ein Problem?"

„Nur ein kleines Gespräch unter Frauen." Orchid hatte

sich gefasst und glitt an seine Seite. „Laine und ich haben uns ein wenig miteinander bekannt gemacht."

„Laine, was ist hier los?"

„Nichts Wichtiges. Wenn es nicht zu viel Mühe macht, würde ich jetzt gerne zurückfahren." Ohne eine Antwort abzuwarten, griff sie nach ihrer Handtasche und wollte zur Tür gehen.

Dillon hielt sie zurück. „Ich habe dir eine Frage gestellt."

„Und ich habe dir die einzige Antwort gegeben, die zu geben ich bereit bin." Sie schüttelte seine Hand ab und sah ihm ins Gesicht. „Du hast kein Recht, mir Fragen zu stellen. Wozu auch? Ich bedeute dir nichts. Du hast kein Recht, mich zu kritisieren, wie du es vom ersten Augenblick an getan hast. Du hast kein Recht, dir ein Urteil über mich zu erlauben." Jetzt mischte sich Verzweiflung in ihre Wut. „Und du hast auch nicht das Recht dazu, mich zu verführen, nur weil es dich amüsiert."

Sie rannte davon, mit wehenden Haaren, und Dillon konnte nur noch sehen, wie die Tür ins Schloss geschlagen wurde.

10. Kapitel

Den restlichen Tag blieb Laine in ihrem Zimmer. Sie vermied es mit aller Kraft, an die Szene in Dillons Haus zu denken oder an die schweigsame Fahrt danach. Sie hätte nicht sagen können, was von beidem sie mehr mitgenommen hatte. Ihr fiel auf, dass Dillon und sie eigentlich nur wenige Stunden in wirklicher Harmonie verbracht hatten. Es war Zeit zu gehen. Also plante sie ihre Rückkehr nach Frankreich. Als sie ihre Finanzen überschlug, stellte sie fest, dass ihr gerade genug für das Rückflugticket geblieben war.

Ihr Erspartes war von den Schulden ihrer Mutter verschlungen worden, von dem wenigen, das übrig geblieben war, hatte sie das Flugticket bezahlt. Wie sollte sie nur ohne Geld in Paris zurechtkommen? Warum habe ich vorher nicht daran gedacht, sagte sie sich vorwurfsvoll. Jetzt stecke ich in einer unmöglichen Situation.

Laine rieb sich die Schläfen und dachte angestrengt nach. Ihren Vater wollte und konnte sie nicht um Geld bitten. Der Stolz verbot es ihr, sich bei Freunden etwas zu leihen und sich telegrafisch Geld anweisen zu lassen. Frustriert starrte sie auf die wenigen Banknoten, die ihr geblieben waren. Von allein werden sie nicht mehr, dachte sie, ich muss mir also etwas einfallen lassen.

Sie ging zu der Kommode und holte eine kleine Schatulle hervor. Minutenlang betrachtete sie das goldene Medaillon, das darin lag. Es war ein Geschenk ihres Vaters an ihre Mutter gewesen. Vanessa hatte ihr die Kette dann an ihrem sechzehnten Geburtstag geschenkt. Sie erinnerte sich nur zu gut daran, wie sehr sie sich gefreut hatte, endlich etwas von ihrem Vater zu besitzen, wenn auch nur auf indirektem Wege. Sie hatte das Medaillon immer getragen, bis sie den Flug nach Hawaii angetreten hatte. Die Kette würde ihrem Vater nur schmerzliche Erinnerungen bringen, deshalb hatte Laine sie abgenommen und in das Etui gelegt. Das Medaillon war das einzig Wertvolle, was sie besaß, und jetzt würde sie es verkaufen müssen.

Die Tür schwang auf, Laine versteckte die Schatulle hinter ihrem Rücken wie ein ertapptes Kind. Miri kam herein, in einem Wirbel von Farben. Als sie Laines schuldbewusstes Gesicht sah, hob sie argwöhnisch die Augenbrauen.

„Hast du etwas angestellt?"

„Nein."

„Dann sieh nicht so zerknirscht drein. Hier." Miri legte ein zusammengefaltetes Stück Stoff in schillerndem Blau und leuchtendem Weiß auf Laines Bett. „Das ist für dich. Das trägst du morgen zu dem *luau*."

„Oh." Laine starrte auf die exquisite Seide und stellte sich bereits vor, wie wunderbar der Stoff sich auf der Haut anfühlen musste. „Es ist herrlich. Aber ... ich kann nicht." Sie hob den Blick zu Miri. „Das kann ich unmöglich annehmen."

„Gefällt dir mein Geschenk nicht?", fragte Miri empört. „Du bist sehr unhöflich."

„Aber nein." Bestürzt, da sie Miri unabsichtlich beleidigt hatte, suchte Laine nach einer Erklärung. „Es ist wirklich wunderschön. Es ist nur, dass ..."

„Du solltest lernen, Danke zu sagen, anstatt zu streiten. Es wird dir gut stehen, Spindelchen." Miri musterte Laine

123

durchdringend, warf einen Blick auf die Seide und nickte dann zufrieden. „Morgen werde ich dir dann zeigen, wie man es wickelt."

Laine konnte nicht widerstehen, sacht strich sie mit der Hand über die kühle Seide. Miris hoheitsvoller Blick und die überwältigende Feinheit des Stoffes waren stärker als ihr Stolz. Mit einem Seufzer gab sie nach. „Danke, Miri, das ist sehr, sehr nett von Ihnen."

„So ist es schon besser." Miri tätschelte Laine das Haar. „Du bist ein hübsches Kind. Du solltest öfter lachen. Wenn man lacht, vertreibt man die Traurigkeit."

Das kleine Etui in ihrer Hand wurde plötzlich schwer wie ein Stein. Laine öffnete den Deckel. „Miri, vielleicht können Sie mir sagen, wo ich das verkaufen kann."

Miri zog einen Finger über die feine goldene Kette, dann hob sie die schwarzen Augen, und Laine sah wieder die schon vertraute tiefe Falte zwischen den Brauen. „Wieso willst du so etwas Hübsches verkaufen? Du magst es nicht?"

„Oh nein, ich mag es sogar sehr." Laine fühlte sich hilflos diesem durchdringenden Blick ausgeliefert und zuckte die Schultern. „Ich brauche das Geld."

„Geld? Wozu?"

„Für die Reise ... ich fliege nach Frankreich zurück."

„Es gefällt dir hier auf Kauai nicht?"

Bei dem entrüsteten Ton musste Laine lächeln. Sie schüttelte den Kopf. „Kauai ist wunderbar, nichts würde mir besser gefallen, als hier zu bleiben. Aber ich muss zurück zu meiner Arbeit."

„Was tust du da drüben eigentlich?" Mit einer einzigen Handbewegung hatte Miri ganz Frankreich gerade für unwichtig erklärt und ließ sich auf einen Stuhl nieder.

„Ich unterrichte." Laine schloss die Schatulle wieder.

„Sie bezahlen dich doch dafür, oder?" Miri schürzte die Lippen. „Was hast du mit dem Geld gemacht?"

Laine lief rot an, wie ein Kind, das getadelt wird, weil es zu verschwenderisch mit seinem Taschengeld umgegangen war. „Es gab da ... Schulden, die beglichen werden mussten, und ich ..."

„Du hast Schulden gemacht?"

„Nein, nicht direkt ich. Nun ..." Sie seufzte ergeben, als ihr klar wurde, dass Miri sich nicht von der Stelle rühren würde, ehe sie nicht eine zufriedenstellende Erklärung erhalten hatte. Also begann Laine zu erzählen, von dem Schuldenberg, vor dem sie nach dem Tod ihrer Mutter gestanden und der den Verkauf aller wertvollen Dinge nötig gemacht hatte. Während sie gestand, dass sie sogar ihre eigenen Ersparnisse aufgebraucht hatte, merkte Laine, wie gut es ihr tat, sich diese Dinge von der Seele zu reden. Miri unterbrach sie nicht ein einziges Mal. Und auch die letzten Reste von Zorn und Groll gegen ihre Mutter verblassten und lösten sich schließlich auf.

„Unter ihren persönlichen Papieren fand ich dann die Adresse meines Vaters", berichtete Laine weiter. „Ich nahm alles, was ich noch hatte, und kam hierher. Ich fürchte allerdings, dass ich nicht gut genug geplant habe, und um jetzt zurückzufliegen ..." Sie sprach den Satz nicht zu Ende, hob nur die Hände.

Miri nickte. „Warum hast du nichts zu Cap Simmons gesagt? Er würde nie zulassen, dass seine Tochter ihren Schmuck verkauft. Er ist ein guter Mann, er würde sich darum kümmern, dass du nicht in einem fremden Land sitzt und deine Pennys zählen musst."

„Er schuldet mir nichts."

„Er ist dein Vater." Miri sah Laine streng an.

„Aber er ist nicht verantwortlich für die Situation, die durch Vanessas Leichtsinn und durch meine eigene Impulsivität entstanden ist. Er würde nur denken, dass ... Nein." Sie schüttelte den Kopf. „Ich will nicht, dass er davon erfährt. Es ist sehr wichtig für mich. Sie müssen mir versprechen, ihm nichts von alldem zu sagen."

„Du bist wirklich ein eigensinniges Mädchen." Miri verschränkte die Arme und funkelte Laine an. „Na schön." Ihr Busen hob und senkte sich, als sie schwer seufzte. „Du musst tun, was du für richtig hältst. Morgen wirst du meinen Neffen Tommy kennenlernen. Bitte ihn, sich deinen Schmuck anzusehen. Er ist Juwelier, er wird dir einen fairen Preis machen."

„Danke, Miri." Laine lächelte erleichtert. Immerhin eine Sorge war ihr von den Schultern genommen.

Miri erhob sich, ihr *muumuu* erzitterte mit der Bewegung. „War dein Tag mit Dillon nett?"

„Wir sind bei seinem Haus vorbeigefahren", wich Laine aus. „Es ist wirklich beeindruckend."

„Ja, das stimmt", erklärte Miri und wischte eine unsichtbare Fluse von der Stuhllehne. „Meine Cousine kocht dort, aber nicht so gut wie ich."

„Miss King kam auch vorbei." Laine hatte es unbekümmert gesagt, aber Miri zog ihre Augenbrauen zornig zusammen.

„Hmpf", schnaubte sie.

„Es kam zu einem unangenehmen Gespräch zwischen uns, als Dillon kurz den Raum verließ. Und als er zurückkam ...", Laine hielt inne, „... da habe ich ihn angeschrien."

Miri lachte so herzhaft auf, dass sie sich den Bauch halten musste. „Ah, du kannst also schreien, Spindelchen? Das hätte ich zu gern gehört."

„Ich glaube nicht, dass Dillon sehr angetan war." Jetzt musste auch Laine grinsen.

„Ach, das." Miri winkte ab. „Er ist viel zu sehr daran gewöhnt, dass er bei den Frauen immer seinen Willen durchsetzt. Er sieht zu gut aus und hat zu viel Geld." Sie legte eine Hand auf ihren Bauch. „Er ist ein fairer Boss, und er arbeitet auch auf den Feldern mit, wenn Not am Mann ist. Und er ist clever." Sie tippte sich viel sagend mit dem Finger an die Schläfe. „Aber er war ein schlimmer Junge, hat viel Unsinn angestellt." Ihre Lippen zitterten, weil sie versuchte, bei den Erinnerungen das Lächeln zurückzuhalten. „Er ist immer noch ein schlimmer Junge", sagte sie dann fest und fand zu ihrer würdevollen Haltung zurück. „Er ist sehr klug und sehr wichtig hier. Aber", jetzt schwang ganz deutlich mütterliche Missbilligung in ihrer Stimme mit, „er versteht nichts von Frauen, ganz gleich, was er sich auch einbildet. Er kennt sich nur mit Flugzeugen aus." Sie streichelte Laine über den Kopf und zeigte dann auf die Seide. „Morgen ziehst du das an und steckst dir eine Blüte hinters Ohr. Es ist Vollmond."

Es war eine Nacht wie aus Samt und Seide. Von ihrem Fenster aus sah Laine das Mondlicht auf dem Meer tanzen. Diese Nacht ist perfekt für ein *luau*, entschied sie und ließ die sanfte Brise ihre bloßen Schultern streicheln.

Seit ihrem Streit hatte sie Dillon nicht mehr gesehen. Dennoch war sie fest entschlossen, sich diesen wunderbaren Abend nicht durch die unschöne Szene von gestern verderben zu lassen. Ihr blieben nur noch ein paar Tage mit ihm, und sie hatte sich vorgenommen, dafür zu sorgen, dass die Tage ungetrübt sein würden.

Sie wandte sich vom Fenster ab und betrachtete ein letztes Mal die Frau im Spiegel. Ihre nackten Schultern schimmerten wie geschliffener Marmor über dem tiefen Blau des Seidensarongs. Etwas an dieser Frau war anders, aber Laine hätte nicht sagen können, was genau und warum es so war. Ihr war nicht bewusst, dass sie in den wenigen Tagen auf Kauai die Wandlung vom Mädchen zur Frau vollzogen hatte.

Ein letztes Mal fuhr sie sich mit der Bürste durch das Haar, dann verließ sie leise ihr Zimmer. Sie konnte Dillons Stimme von unten hören, und sie folgte dem Klang. Auf einmal schien es ihr Jahre her zu sein, seit sie seine Stimme zuletzt gehört hatte.

„Im nächsten Monat steht die Ernte an, aber wenn ich den Plan früh genug bekomme, kann ich …"

Er verstummte, als Laine den Salon betrat, und unterzog sie einer genauen Musterung. Laine erschauerte, als seine Blicke die ihren trafen und sie sich ineinander zu verfangen schienen.

Cap sah von der Pfeife auf, die er gerade stopfte. „Sieh an, Laine." Er kam durch das Zimmer und überraschte sie damit, dass er ihre beiden Hände in seine nahm. „Was für ein wunderschöner Anblick."

„Gefällt es dir?" Sie lächelte und sah an sich herunter. „Ich habe mich noch nicht so recht daran gewöhnt."

„Der Sarong gefällt mir sehr gut, aber das meinte ich nicht. Ich habe von dir geredet. Meine Tochter ist eine schöne Frau, nicht wahr, Dillon?" Ein stolzes Lächeln blitzte in seinen Augen auf.

„Ja", hörte sie Dillon sagen. „Wirklich sehr schön."

„Ich bin froh, dass sie hier ist." Leicht drückte Cap Laines Finger. „Sie hat mir gefehlt." Er gab Laine einen Kuss auf die Wange und wandte sich zu Dillon um. „Los, ihr zwei, geht schon mal vor. Ich werde sehen, wie weit Miri ist. Bestimmt ist sie noch nicht fertig, aber wir kommen nach." Damit ging er hinaus.

Laine legte ihre Hand an die Wange, sie konnte kaum glauben, dass diese kleine Geste sie so tief berührt hatte.

„Fertig?"

Sie nickte nur stumm, brachte kein Wort hervor. Dann fühlte sie Dillons Hände auf ihren Schultern.

„Es ist nicht leicht, fünfzehn Jahre zu überbrücken. Aber der Anfang ist gemacht."

Sein verständnisvoller Ton erstaunte sie. Sie musste Tränen zurückblinzeln, bevor sie ihn ansehen konnte. „Danke", sagte sie leise. „Es bedeutet mir viel, dass du das gesagt hast." Sie stockte. „Dillon, wegen gestern …"

„Lass es uns einfach vergessen", unterbrach er sie lächelnd. Damit entschuldigte er sich und akzeptierte gleichzeitig ihre Entschuldigung. So war es leicht zurückzulächeln.

Für einen Augenblick lag sein Blick verlangend auf ihren Lippen, dann hob er ihre Hand und hauchte einen Kuss darauf. „Du bist unglaublich schön, wie eine Blüte an einem hohen, unerreichbaren Zweig."

Liebend gern hätte Laine erwidert, dass sie nicht unerreichbar war, doch die Verlegenheit verschloss ihr den Mund. Sie konnte Dillon nur ansehen.

„Komm, lass uns gehen." Dillon nahm sie bei der Hand. „Heute Abend solltest du alles wenigstens ein Mal ausprobieren." Sie stiegen in seinen Wagen. „Weißt du, du bist wirklich eine sehr zierliche Lady", sagte er neckend.

„Aber nur, weil du so einschüchternd groß bist." Sie war froh, dass sie so unbefangen miteinander umgehen konnten. „Was macht man eigentlich auf einem *luau*, Dillon? Ich fürchte, ich werde eine der Inseltraditionen verweigern müssen." Sie sah in den sternfunkelnden Himmel hinauf. „Aber ich werde auf keinen Fall rohen Fisch essen." Sie grinste leicht. „Ich weigere mich strikt."

„Heutzutage werfen wir Leute vom Festland nicht mehr wegen der kleinsten Beleidigung über die Klippen", gab er trocken zurück. „Aber du solltest dich auf jeden Fall am Hula versuchen." Er warf einen viel sagenden Blick auf ihre Hüften. „Auch wenn da nicht viel Hüfte vorhanden ist."

„Ich bin überzeugt, meine Hüften werden ausreichen." Laine warf ihm einen verschmitzten Blick zu. „Was ist mit dir, Dillon? Tanzt du auch?"

Er grinste sie breit an. „Ich sehe lieber zu. Man braucht jahrelange Übung, bis man den Hula richtig tanzen kann. Diese Tänzer sind wirklich sehr gut."

Sie drehte sich ein wenig in ihrem Sitz, damit sie ihn ansehen konnte. „Kommen viele Leute zu diesem *luau*?"

Dillon trommelte nachdenklich mit den Fingern auf das Steuerrad. „Ungefähr hundert werden es wohl sein."

„Hundert", hauchte Laine. Erinnerungen an die ausschweifenden Partys ihrer Mutter überkamen sie. Zu viele Leute, zu hohe Ansprüche, zu vorschnelle Urteile.

„Tommy hat eine große Verwandtschaft."

„Das ist bestimmt schön", murmelte sie und dachte schweigend an die Vorteile einer kleinen Familie.

11. Kapitel

Das dumpfe Dröhnen von Trommeln ließ die Luft erzittern, in der der Duft von gebratenem Fleisch hing. Fackeln flackerten auf hohen Stöcken, ihre gelb-roten Flammenzungen streckten sich zum samtschwarzen Himmel empor. Laine glaubte eine Zeitreise in die Vergangenheit angetreten zu haben. Auf dem Rasen tummelten sich die Gäste, manche in traditioneller Tracht, andere, wie Dillon, in lässigen Jeans. Überall ertönte Lachen, und das Gemisch von vielen verschiedenen Sprachen war zu hören. Laine sah sich um, entzückt und gefangen von der Szenerie.

Auf einer großen Bastmatte standen unzählige Schüsseln und Schalen aus Holz, angefüllt mit exotischen Spezialitäten. Mädchen mit langen, dunklen Haaren knieten davor und teilten das Essen aus. Die Wohlgerüche der Speisen stiegen verführerisch in die milde Nachtluft. Männer mit bloßer Brust, nur ein wadenlanges Wickeltuch um die Hüften, schlugen unablässig hohe, konisch geformte Trommeln.

Laine wurde Unmengen von Leuten vorgestellt, deren Namen und Gesichter sie sich unmöglich alle merken konnte. Also ließ sie sich von dem Geschehen treiben, mischte sich unter die freundliche Menge. Es herrschte eine fröhliche, unbeschwerte Atmosphäre, eine Lebenslust, die ihre Quelle in der Freude am puren Dasein hatte.

Auch ihr Cap war mittlerweile eingetroffen, und schon bald saß Laine zwischen ihrem Vater und Dillon und sah auf ihren mit unbekannten Delikatessen überhäuften Teller. Allgemeiner Applaus brandete auf, als das Spanferkel aus dem Erdofen, dem so genannten *imu*, gezogen und angeschnitten wurde. Gehorsam tunkte sie ihre Finger in *poi*, eine Sauce aus Taro-Wurzeln, und schmeckte. Dillon lachte auf, als sie ihre Nase krauszog.

„Wahrscheinlich muss man sich erst daran gewöhnen", sagte sie mit einem Achselzucken und wischte sich die Finger an einer Serviette ab.

„Hier, probier das mal." Dillon hob seine Gabel und schob Laine einen Bissen in den Mund.

Sie war überrascht, wie gut es schmeckte. „Das ist köstlich. Was ist es?"

„*Laulau.*"

„Das erklärt nicht unbedingt viel."

„Wenn es schmeckt, warum musst du wissen, was es ist?" Dieser Logik konnte sie nicht folgen, wie er unschwer an ihrer Miene erkennen konnte. „Es ist Schweinefleisch und Korallenfisch, zusammen in Blättern der Keulenlilie gedämpft. Hier, versuch das auch."

Dieses Mal akzeptierte Laine den Bissen ohne Zögern. „Oh, und was ist das?"

„Tintenfisch", antwortete er bereitwillig und brach in schallendes Gelächter aus, als sie eine Grimasse schnitt.

„Ich denke, ich werde mich auf Schwein und Ananas beschränken", sagte sie so würdevoll wie möglich.

„Auf diese Weise werden deine Hüften nie runder."

„Ich bin bereit, mein Leben ohne übermäßig runde Hüften fristen zu müssen. Was ist das für ein Getränk? Nein, wenn ich es mir recht überlege", fügte sie sofort an und hörte ihren Vater glucksen, „will ich es gar nicht wissen."

Sie mied den Tintenfisch, aber ansonsten genoss Laine das formlose Essen. Ab und zu setzten andere Gäste sich zu ihnen ins Gras, um ein wenig zu plaudern. Laine wurde ganz natürlich akzeptiert, und so fühlte sie sich schon bald rundherum zufrieden. Ihr Vater war nicht mehr steif, sondern locker und entspannt in ihrer Gegenwart. Und auch wenn ihn eine besondere Beziehung mit Dillon verband, fühlte sie sich doch nicht mehr wie ein Störenfried. Musik, Gelächter und die lauen Düfte der Nacht wehten um sie her, spannten sie ein, und sie meinte, noch nie so lebendig und zufrieden gewesen zu sein.

Plötzlich wurden die Trommeln lauter und schneller, strebten einem Crescendo zu, brachen dann unvermittelt ab. Ihr Dröhnen hallte noch nach, als Orchid in den Lichtschein einer Fackel trat, ihre Haut golden erleuchtet von den flackernden Flammen, ihr Blick stolz. Ihr perfekter Körper war nur von einem knappen Top und einem seidenen Wickeltuch bedeckt, das tief an ihren Hüften saß. Sie stand völlig regungslos, bis allgemeine Stille eingetreten war, dann begann sie langsam mit ihren Hüften einen Kreis zu beschreiben. Eine einzelne Trommel untermalte ihre Bewegungen.

Ihr schwarzes Haar, gekrönt von einem Blütenkranz, fiel ihr auf den Rücken. Ihre Hände und ihr Körper bewegten sich so geschmeidig, dass es eine hypnotische Kraft ausströmte, während die schimmernde Seide sich um ihre Schenkel schmiegte. Sinnlich und verführerisch folgten ihre Bewegungen jetzt dem Rhythmus der Trommel. Laine bemerkte, dass Orchid ihren Blick unverwandt auf Dillon gerichtet hielt. Das leise Lächeln, das sie ihm schenkte, war unmissverständlich. Mit dem Anschwellen des Trommelrhythmus wurden auch Orchids Bewegungen immer schneller und hemmungsloser, während ihr Lächeln unverändert blieb. Dann brach das Dröhnen abrupt ab, und Orchid verhielt wieder in regungsloser Stille.

Donnernder Applaus brandete auf. Orchid bedachte Laine mit einem triumphierenden Blick, dann nahm sie den Blütenkranz vom Kopf und warf ihn auf Dillons Schoß. Mit einem gurrenden, sinnlichen Lachen verschwand sie im Schatten der Büsche.

„Sieht aus, als hättest du eine Einladung bekommen", bemerkte Cap und schürzte die Lippen. „Ich frage mich, ob man diese Hüftdrehungen wohl mit unseren Geräten messen könnte."

Mit einem stummen Achselzucken nahm Dillon einen Schluck von seinem Drink.

„Würdest du dich auch gern so bewegen können, Spindelchen?" Laine drehte sich zu Miri um, die mit königlicher Würde auf einem Korbstuhl hinter ihnen saß. „Iss mehr, damit deine Knochen nicht klappern, dann bringe ich es dir bei."

Verlegen durch den Wunsch, so selbstvergessen tanzen zu können, mied Laine Dillons Blick. „Ich klappere durchaus nicht, aber ich denke, Miss King ist mit diesem Talent zum Tanzen geboren worden."

„Du könntest es lernen, Prinzessin." Dillon sah auf Laines gesenkte Wimpern und grinste. „Ich würde gern beim Unterricht dabei sein, Miri. Du weißt, ich habe ein sehr kritisches Auge."

Miri sagte etwas in ihrer Muttersprache, und lachend gab Dillon eine Antwort. „Komm mit", ordnete sie dann an Laine gewandt an und zog sie auf die Füße.

„Was haben Sie zu ihm gesagt?", wollte Laine neugierig wissen, als sie hinter Miris wehendem Sarong herlief.

„Ich habe ihm gesagt, dass er ein dicker, fetter Kater ist, der eine kleine Maus in die Ecke drängt.“

„Ich bin keine Maus“, protestierte Laine pikiert.

Miri lachte auf. „Das hat er auch gesagt. Er hat gesagt, du bist ein Vogel mit ganz weichem Gefieder und einem sehr, sehr scharfen Schnabel.“

„Oh.“ Sie wusste nicht, ob sie sich geschmeichelt fühlen oder beleidigt sein sollte, also schwieg sie.

„Ich habe Tommy Bescheid gesagt, dass du Schmuck zu verkaufen hast“, verkündete Miri. „Du wirst jetzt mit ihm reden.“

„Ja, natürlich“, murmelte Laine. In dieser verzauberten Nacht hatte sie das Medaillon völlig vergessen.

Schon blieb Miri vor dem Gastgeber stehen, einem drahtigen, dunkelhaarigen Mann mit einem warmen Lächeln und freundlichen Augen. Laine schätzte ihn auf Ende dreißig.

„Du wirst mit Cap Simmons’ Tochter reden.“ Miris Ton ließ nicht einmal den Gedanken an Einspruch aufkommen. Beschützend legte sie die Hand auf Laines Schulter. „Du wirst anständig zu ihr sein, oder ich ziehe dir die Ohren lang.“

„Ja, sicher, Miri“, stimmte Tommy demütig zu, aber seine lachenden Augen straften sein devotes Verhalten Lügen. Er sah Miri nach, wie sie majestätisch davonschritt, dann legte er einen Arm um Laines Schultern und führte sie zu den etwas abseits stehenden Palmen. „Miri ist die Matriarchin in unserer Familie“, sagte er lachend. „Sie regiert mit eiserner Hand.“

„Das habe ich auch schon gemerkt. Es ist unmöglich, ihr etwas abzuschlagen, nicht wahr?“ Die Geräusche des Festes wurden leiser, während sie sich weiter entfernten.

„Ich habe es noch nie versucht.“

„Mr. Kinimoko", begann Laine, „ich bin Ihnen sehr dankbar, dass Sie …"

„Sagen Sie Tommy, bitte. Dann darf ich Sie auch Laine nennen."

Sie lächelte zustimmend, und während sie immer weiter gingen, konnte sie das leise Rauschen des Meeres vernehmen.

„Miri sagte mir zwar, dass Sie ein Schmuckstück verkaufen wollen, aber sie hat es nicht genauer beschrieben."

„Es ist ein herzförmiges goldenes Medaillon, an einer Panzerkette." Tommys freundliche offene Art machte es ihr leicht, darüber zu reden. „Ich habe keine Ahnung, was es wert sein mag, aber …" Jetzt stockte sie doch. „Ich brauche das Geld."

Tommy studierte ihr feines Profil. „Ich nehme an, Cap soll nichts davon erfahren? Gut", fuhr er fort, als sie stumm den Kopf schüttelte. „Ich habe morgen früh etwas Zeit und könnte so gegen zehn bei Ihnen sein, um mir das Schmuckstück anzusehen. Das ist Ihnen sicher lieber, als wenn Sie zu mir ins Geschäft kommen müssen, oder?"

Es raschelte in den Blättern, und Laine sah für einen Augenblick in die Richtung. „Vielen Dank, das ist sehr nett von Ihnen." Die erste Hürde war genommen, und sie lächelte erleichtert. „Ich hoffe, ich mache Ihnen nicht zu viele Umstände."

„Ich kümmere mich gern um eine schöne *wahine*." Er nahm ihren Arm und führte sie zurück zum Klang der Trommeln und Gitarren. „Außerdem haben Sie doch Miri gehört. Sie wollen doch nicht, dass sie mir die Ohren lang zieht, oder?"

„Das kann ich unmöglich zulassen, ich würde es mir nie verzeihen. Ich werde Miri also sagen, dass Sie sich Cap Simmons' Tochter gegenüber anständig benommen haben, und Ihre Ohren werden keinen Schaden nehmen." Mit einem verschwörerischen Lachen beugte sie sich zu ihm vor, genau in dem Augenblick, als sie unter den Bäumen heraustraten.

„Deine Schwester sucht dich, Tommy."

Beim Klang von Dillons Stimme zuckte Laine schuldbewusst zusammen.

„Danke, Dillon. Dann übergebe ich Laine jetzt deiner Obhut. Pass gut auf sie auf", riet er ernst. „Sie steht unter Miris Schutz."

„Ich werde daran denken." Dillon sah Tommy nach, dann wandte er sich an Laine. „Es gibt eine alte hawaiische Tradition", sagte er langsam, und Laine hörte die Verärgerung in seiner Stimme, „die ich übrigens gerade erfunden habe: Wenn eine Frau mit einem Mann zusammen zu einem *luau* geht, verschwindet sie nicht mit einem anderen zwischen den Affenbrotbäumen."

„Werde ich jetzt den Haien zum Fraß vorgeworfen, weil ich die Regeln gebrochen habe?" Ihr Lächeln schwand, als Dillon mit grimmiger Miene einen Schritt auf sie zu machte.

„Nicht, Laine." Er legte seine Hand an ihren Nacken. „Ich habe nicht viel Übung in Selbstbeherrschung."

Sie gab ihrer Sehnsucht nach und ließ sich gegen ihn fallen. „Dillon", hauchte sie und bot ihm ihren Mund. Sie spürte seine Finger an ihrem Hals, spürte seinen stürmischen Herzschlag unter ihren Handflächen, als sie die Hände an seine Brust legte. Sie erschauerte vor Verlangen. Dillon stieß leise den Atem aus, und Laine sah das Funkeln in seinen Augen.

„Eine *wahine*, die bei Vollmond unter Bäumen wandelt, muss geküsst werden", murmelte er.

„Ist das auch eine alte hawaiische Tradition?", fragte sie leise.

Er legte seine Arme um ihre Hüfte und zog sie zu sich heran. „Ja, sie ist mindestens schon zehn Sekunden alt."

Sein Kuss war unerwartet zärtlich. Laine wurde weich und nachgiebig in seinen Armen, als Nebel der Lust sie einhüllten. Wie von weit her hörte sie den Ruf der Trommeln, deren Rhythmus sich stetig steigerte – wie ihr eigener Herzschlag. Mit den Händen massierte sie Dillons Schultern, dann schlang sie die Arme um seinen Hals. Viel zu früh beendete er den Kuss. Als er die Arme von ihr lösen wollte, hielt sie ihn fest.

„Mehr", flüsterte sie an seinen Lippen und zog seinen Kopf wieder zu sich herunter.

Laine fühlte sich heftig gegen ihn gezogen. Die Ungezügeltheit seines Kusses ließ jeden klaren Gedanken verschwinden, es gab nur noch sie und ihn und die Leidenschaft. Sie spürte sein Verlangen, spürte die Hitze in sich. Die Luft um sie herum schien zu vibrieren. In diesem Augenblick gehörte ihr Körper mehr ihm als ihr.

Als Dillon sich erneut von ihr löste, klang seine Stimme rau und unsicher.

„Wir sollten zurückgehen, bevor mir noch eine andere Tradition einfällt."

Am nächsten Morgen blieb Laine lange im Bett. Sie genoss die Sonnenstrahlen, die Wärme und die Erinnerung an den gestrigen Abend. Auf ihren Lippen konnte sie immer noch Dillon schmecken, und noch immer schien sein Duft an ihrer Haut zu haften.

Mit einem Seufzer beschloss sie, den Luxus ihres Betts aufzugeben und sich dem neuen Tag zu stellen. Sie zog gerade den Gürtel ihres Morgenmantels fest, als Miri ins Zimmer kam.

„Ah, du hast dich also endlich dazu durchgerungen, aufzustehen. Der Morgen ist schon fast vorbei", sagte Miri streng, doch ihr Blick war nachgiebig und voller Zuneigung.

„Das hat die schöne Nacht verlängert", erwiderte Laine lächelnd.

„Haben dir Spanferkel und *poi* geschmeckt?" Miri erlaubte sich nur die Andeutung eines Lächelns.

„Es war köstlich."

Jetzt lachte Miri offen. „Ich muss auf den Markt gehen. Mein Neffe ist hier, wegen deiner Kette. Soll er warten?"

„Oh." Die Realität kam viel zu schnell zurück. Laine fuhr sich durch das wirre Haar. „Ich wusste nicht, dass es schon so spät ist. Ich will ihm keine Umstände machen. Ich … ist noch jemand im Haus?"

„Nein, alle sind fort."

Laine sah an ihrem Morgenmantel hinab und beschloss, dass es ausreichen musste. „Ob er wohl nach oben kommen und sich das Medaillon ansehen könnte? Ich möchte ihn nicht warten lassen."

„Er wird dir einen fairen Preis anbieten", sagte Miri bestimmt, bevor sie zur Tür hinausschritt. „Wenn nicht, musst du es mir sagen."

Laine nahm die Schatulle aus der Schublade und klappte den Deckel hoch. Das Medaillon blinkte in der Sonne auf. Es gab keine Bilder darin, die zu entfernen gewesen wären, trotzdem öffnete sie das kleine Herz.

„Laine."

Sie brachte es fertig zu lächeln, als Tommy eintrat. „Hallo.

139

Wie gut, dass Sie gekommen sind. Verzeihen Sie mir, ich habe heute Morgen ziemlich lange geschlafen."

„Ein Kompliment für den Gastgeber des *luau*." Er verbeugte sich leicht.

„Es war mein erstes Fest dieser Art, aber ich bin sicher, es wird immer mein Lieblingsfest bleiben." Laine reichte ihm das Etui und wartete nervös ab, während er sich die Kette genauer ansah.

„Ein hübsches Stück", sagte er schließlich und betrachtete Laine durchdringend. „Laine, Sie wollen es doch gar nicht verkaufen, es steht Ihnen deutlich ins Gesicht geschrieben."

„Das stimmt." Sie wusste, dass sie bei ihm offen sein konnte. „Aber ich muss."

Tommy zuckte nur die Schultern und legte das Medaillon zurück. „Ich kann Ihnen hundert dafür geben, obwohl ich weiß, dass es für Sie einen viel höheren ideellen Wert hat."

Laine nickte und schloss den Deckel des Kästchens, das Tommy ihr zurückgereicht hatte. „Ich bin einverstanden. Nehmen Sie es bitte direkt mit. Mir wäre es lieber."

„Wie Sie wünschen." Tommy zog seine Brieftasche hervor und zählte einige Banknoten ab. „Ich habe Bargeld mitgebracht. Ich dachte mir, das ist bequemer für Sie als ein Scheck."

„Danke." Sie starrte mit leerem Blick auf die Scheine.

„Laine", Tommy legte ihr sanft eine Hand auf die Schulter. „Ich kenne Cap schon so lange … Ich leihe Ihnen das Geld auch."

„Nein." Als ihr bewusst wurde, wie scharf sie das Wort ausgesprochen hatte, lächelte sie entschuldigend. „Das ist wirklich sehr großzügig von Ihnen, aber so ist es besser."

„Na schön." Er nahm das Kästchen und ließ es in seine Tasche gleiten. „Ich werde das Stück trotzdem eine Weile behalten, nur für den Fall, dass Sie es sich noch einmal überlegen."

„Danke."

Er gab ihr zum Abschied die Hand. „Wenn Sie Ihre Meinung doch noch ändern sollten, sagen Sie einfach Miri Bescheid."

Wieder allein in ihrem Zimmer, ließ Laine sich auf das Bett sinken und starrte mit dumpfem Blick auf das Bündel Banknoten in ihrer Hand. Es gibt keinen anderen Weg, sagte sie sich. Es hat keinen Zweck, deprimiert zu sein, ich darf einfach nicht darüber nachdenken.

„Du scheinst ja einen sehr profitablen Morgen verbracht zu haben, Prinzessin."

Laines Kopf zuckte hoch. Dillon stand in der Tür, sein Blick war kalt wie Eis. Verächtlich musterte er ihren Aufzug, und automatisch griff sie an das Revers des Bademantels, um den Kragen fest zu schließen. Dillon kam auf sie zu und riss ihr die Geldscheine aus der Hand.

„Ich muss sagen, du hast Klasse, Prinzessin. Das sind wahrlich keine schlechten Einnahmen für einen Morgen. Wie hoch ist denn dein Stundenlohn?"

„Wovon redest du überhaupt?" Sie schien keinen klaren Gedanken fassen zu können. Sie wusste nur, dass sie ihm nicht von dem Medaillon erzählen konnte.

„Ist das etwa nicht klar?" Er warf die Scheine achtlos auf das Bett, seine Augen sprühten wütende Funken. „Ich denke, ich werde mich bei Orchid entschuldigen müssen. Als sie mir von eurem geheimen Treffen erzählte, habe ich sie ziemlich zusammengestaucht. Du arbeitest schnell, Laine. Du hast doch gestern kaum zehn Minuten mit Tommy verbracht. Du musst den Handel ja sehr vorangetrieben haben."

„Ich verstehe nicht, warum du so wütend bist." Warum regte er sich über den Verkauf ihres Medaillons so auf? „Miss King hat also gestern unser Gespräch belauscht." Plötzlich erinnerte sie sich wieder an das Rascheln in den Büschen. „Aber wieso hält sie es für nötig, über meine Angelegenheiten …"

„Wie ist es dir gelungen, Miri aus dem Haus zu schaffen, damit du deine kleine … geschäftliche Transaktion vornehmen kannst?" Die letzten Worte spie Dillon abfällig aus. „Sie ist sehr auf Moral bedacht. Wenn sie herausfindet, wie du dir dein Urlaubsgeld verdienst, wird sie dich hochkant aus dem Haus werfen."

„Was soll das eigentlich …?" Plötzlich dämmerte es ihr. Dillon wusste nichts von dem Verkauf eines goldenen Medaillons, er nahm an, sie habe sich selbst verkauft. Vor Entsetzen wurde ihr übel, alle Farbe wich aus ihrem Gesicht. „Du glaubst doch …" Sie sprach den Satz nicht zu Ende, als sie die Verachtung sah, die aus seinem Blick sprach. „Das ist absolut widerwärtig von dir, Dillon. Nichts von deinen bisherigen Beleidigungen und Unterstellungen kommt dem auch nur annähernd gleich." Ihre Stimme zitterte. „Ich werde mich nicht weiter derart von dir beleidigen lassen."

„So, tatsächlich?" Er packte sie am Arm und zog sie mit einem unsanften Ruck vom Bett hoch. „Hast du eine andere gute Erklärung parat für Tommys Besuch und das Bündel Banknoten, das du da in den Fingern hältst? Los, versuch's doch mal. Ich bin ganz Ohr."

„Ich schulde dir keine Erklärung, Dillon. Tommys Besuch und das Geld sind allein meine Angelegenheit. Die Tatsache, dass du Orchids unerhörter Verleumdung mehr glaubst als mir, dass du es für nötig befindest, herzukommen und mich zu kontrollieren, reicht völlig aus. Ich habe dir nichts mehr zu sagen."

„Ich kam nicht her, um dich zu kontrollieren." Drohend stand er vor ihr. „Ich kam her, weil ich dich abholen wollte. Du sagtest, du wolltest fliegen lernen, und ich sagte, ich würde es dir beibringen. Wenn du eine Entschuldigung hören willst, solltest du mir diese Sache hier erklären."

„Ich habe genug Zeit damit verschwendet, mich zu erklären. Mehr, als du verdienst. Fragen, immer nur Fragen und Hintergedanken und kein Deut Vertrauen." Ihre blauen Augen funkelten. „Ich will, dass du mein Zimmer verlässt. Und solange ich im Hause meines Vaters bin, will ich dich nicht mehr sehen."

„Du hast es tatsächlich geschafft." Sein Griff an ihrem Arm wurde so fest, dass es wehtat. „Ich habe dir doch tatsächlich alles abgenommen. Diese großen, unschuldigen Augen, diese zarte Verletzlichkeit, die Frau, die sich nichts sehnlicher als die Zuneigung ihres Vaters wünscht. Vertrauen?", knurrte er verächtlich. „Du hast mich an einen Punkt gebracht, wo ich dir sogar mehr vertraute als mir selbst. Du wusstest, dass ich dich besitzen wollte, und du hast es raffiniert ausgenutzt. All diese Seufzer, dieses Erschauern, das Dahinschmelzen, bis hin zu dem schamhaften Erröten." Er zog sie grob an sich heran. „Gestern Abend wäre ich fast verrückt vor Verlangen nach dir geworden, aber ich habe mich beherrscht und dir einen Respekt gezollt, den ich so noch für keine andere Frau gezeigt habe. Deine gespielte Unschuld kann einen Mann in den Wahnsinn treiben. Aber du hättest dir besser überlegen sollen, ob du diese Taktik auch bei mir anwendest. Das Spiel ist vorbei, Prinzessin. Ich werde mir jetzt holen, was mir zusteht." Hart und brutal presste er seinen Mund auf ihre Lippen, riss ihren Bademantel auseinander und strich grob mit fiebrigen Händen über ihr nacktes Fleisch.

Dann plötzlich stieß er sie schwer atmend von sich und fuhr sich mit zitternden Fingern durch das Haar.

„Das ist das erste Mal, dass ich mich einer Frau mit Gewalt aufgedrängt habe", verfluchte er sich leise. „Ich kann nicht mit dem umgehen, was du mir antust, Laine." Er starrte sie düster an, dann drehte er sich auf dem Absatz um und stürmte aus dem Zimmer.

Das Geräusch der leise zufallenden Tür hallte in Laines Ohren wie ein Donnerschlag.

12. Kapitel

Frühlingsregen fiel auf das erste zarte Grün. Laine stand am Fenster ihrer Kammer und beobachtete den erwachenden Morgen. Vor ihrer Tür hörte sie das Getrappel von Füßen und fröhliches Stimmengewirr. Die Mädchen waren auf dem Weg zum Frühstückssaal, unbeschwert plappernd in Englisch und Französisch. Doch dieses Mal entlockte der vertraute Lärm Laine nicht wie sonst ein Lächeln. Seit ihrer Rückkehr waren mittlerweile fast zwei Wochen vergangen, und das Lächeln fiel ihr immer noch schwer.

Miri hatte, als sie die gepackten Koffer gesehen hatte, streng nach einer Erklärung für Laines überstürzte Abreise verlangt, aber Laine war hart geblieben und hatte jede Antwort verweigert. Für ihren Vater hatte sie nur eine kurze Notiz hinterlassen, mit einer Entschuldigung und dem Versprechen zu schreiben, sobald sie wieder in Paris sei. Doch bis jetzt hatte Laine weder die Ruhe noch den Mut gefunden, um sich mit Stift und Papier hinzusetzen.

Die Bilder der letzten Begegnung mit Dillon verfolgten sie. Sie konnte immer noch die Düfte der Insel riechen, immer noch die warme, feuchte Luft, angereichert mit dem Salz des Meeres, auf ihrer Haut fühlen, sah immer noch den Mond über den Palmen aufgehen. Sie hoffte, diese Erinnerungen würden irgendwann verblassen. Kauai mit all seinen Verheißungen war Vergangenheit.

So ist es besser, versicherte sie sich und griff nach der Haarbürste. Besser für alle Beteiligten. Ihr Vater hatte sein Leben und würde damit zufrieden sein, in Briefkontakt mit ihr zu bleiben. Vielleicht würde er sie eines Tages sogar besuchen, aber sie würde niemals nach Kauai zurückkehren. Auch sie hatte ihr eigenes Leben, ihre Arbeit, die ihr vertraute Umgebung. Ihr Leben würde in ruhigen Bahnen verlaufen, ungestört von wilden Stürmen der Leidenschaft.

Sie schloss die Augen und schob Dillons Bild beiseite, das sich in ihre Erinnerung drängen wollte. Es ist noch zu früh, sagte sie sich. Zu früh, um ohne Schmerz an ihn denken zu können. Später vielleicht würde sie sich an ihn erinnern können, ohne dass es ihr das Herz zerriss. Bis dahin würde die tägliche Routine ihr das Vergessen leichter machen.

Der Regen hielt an. Mit einem rhythmischen leisen „Plop" tropfte das Wasser in die Schüssel, die Laine unter das Leck in der Decke des Klassenzimmers gestellt hatte. Das Schulgebäude war alt und sanierungsbedürftig, aber Reparaturen wurden immer vage für „demnächst" angesetzt. Bis dahin musste man sich eben behelfen. Feuchtigkeit kroch durch die geschlossenen alten Fenster, die Schülerinnen waren desinteressiert und unaufmerksam. Laine hielt die letzte Unterrichtsstunde des Tages vor einer Klasse heranwachsender englischer Mädchen, die französische Grammatik offensichtlich zu Tode langweilte. Es war Samstag, also nur ein halber Tag Unterricht, aber die Stunden zogen sich endlos dahin. Laine beschloss, dass sie den verregneten Nachmittag mit einem guten Buch vor einem gemütlichen Kaminfeuer verbringen würde.

„Eloise", Laine erinnerte sich an ihre Pflichten. „Sie können Ihr Schläfchen nach Unterrichtsende halten."

Das Mädchen hob die schweren Lider und lächelte zerknirscht, während ihre Klassenkameradinnen kicherten. „Ja, Mademoiselle Simmons."

Laine verkniff sich den frustrierten Seufzer. „In zehn Minuten seid ihr erlöst. Schließlich ist Samstag, also habt ihr morgen frei."

Immerhin hatte Laine mit dieser Information an das Gewissen einiger appelliert. Schultern streckten sich, man setzte sich gerader hin, die Augen nach vorn auf die Tafel gerichtet.

Laine nutzte das neu aufgekommene Interesse. „Also, lassen Sie uns noch einmal die Konjugation des Verbes ‚singen' durchgehen – ‚chanter'. *Ensuite, répétez! Je chante, tu chantes* …" Gehorsam erklang der Chor der hellen Stimmen.

Plötzlich stutzte Laine, als die Tür am hinteren Ende des Klassenzimmers aufging und sie den Mann erblickte, der eintrat und sich mit verschränkten Armen ruhig an die Wand lehnte.

Laine setzte sich hinter ihr Pult, während die Mädchen noch einmal wiederholten. Krampfhaft überlegte sie, was sie den Mädchen als Hausaufgabe hatte geben wollen.

„Sie werden für Montag Sätze bilden, in denen alle Konjugationsformen vorkommen. Und zwar sinnvolle Sätze."

„Ja, Mademoiselle Simmons."

Die Schulglocke ertönte und beendete den Unterricht.

„In den Gängen wird nicht gerannt", ermahnte sie die Mädchen, die plötzlich voller Energie Bücher und Schultaschen zusammenpackten, während Laine selbst auf ihrem Stuhl sitzen blieb und sich auf die Konfrontation vorbereitete.

Sie sah ihre Schülerinnen kichernd und flüsternd an Dillon vorbeihuschen, und sie sah auch sein vertrautes, jungenhaftes

Grinsen, das ihren Puls zum Jagen brachte. Und dann sah sie, wie er mit langen Schritten durch den Raum auf sie zukam.

„Hallo, Dillon." Sie sprach hastig, um ihre Verwirrung zu verbergen. „Du scheinst eine starke Wirkung auf meine Mädchen auszuüben."

Er betrachtete sie stumm, während sie darum kämpfte, das Lächeln auf ihrem Gesicht zu erhalten.

„Du hast dich nicht verändert", hob er schließlich an. „Ich weiß selbst nicht, warum ich Angst hatte, du könntest anders sein." Er steckte seine Hand in die Tasche, zog die Goldkette mit dem Medaillon hervor und legte sie dann vor Laine auf den Schreibtisch.

Laine konnte nicht sprechen, sie starrte nur auf das Schmuckstück. Tränen schwammen in ihren Augen, und impulsiv legte sie die Hand über das goldene Herz.

„Keine besonders wortreiche Entschuldigung, aber ich habe auch nicht viel Erfahrung damit. Herrgott noch mal, Laine", sein Ton wurde so abrupt ärgerlich, dass Laine schockiert den Kopf hob, „warum hast du mir nicht gesagt, dass du Geld brauchtest?"

„Um damit deine jämmerliche Meinung von mir noch zu bestätigen?"

Dillon trat an ein Fenster und starrte hinaus in den unablässig fallenden Regen. „Das hatte ich wohl verdient", murmelte er und stützte sich mit hängendem Kopf und gebeugtem Rücken auf die Fensterbank.

Seine Beschämung rührte sie. „Selbstvorwürfe bringen nichts ein, Dillon. Es ist vorbei, und manche Dinge sollte man nicht wieder aufrühren." Sie erhob sich, blieb aber hinter dem Pult stehen. „Ich danke dir dafür, dass du dir die Mühe gemacht hast, mir mein Medaillon zurückzubringen.

Es ist mir wichtiger, als ich mit Worten ausdrücken kann. Ich weiß nicht, wann ich dir die Kosten erstatten kann, aber …"

Dillon schwang herum. Die Wut, die Laine in seinem Gesicht sah, erschreckte sie. Unruhig begann er im Zimmer auf und ab zu gehen. Man konnte ihm ansehen, dass er um Beherrschung kämpfte. „Das Dach ist leck", sagte er schließlich.

„Nur wenn es regnet."

Er lachte kurz auf. „Vielleicht ist es nicht viel wert, aber … es tut mir leid. Nein." Er schüttelte den Kopf, als sie etwas sagen wollte. „Sei nicht so verdammt großmütig. Dann fühle ich mich nur noch schlechter." Er zögerte, bevor er fortfuhr: „Nach der brillanten Zurschaustellung meiner Dummheit bin ich in mein Flugzeug gestiegen. Ich konnte beim Fliegen schon immer besser nachdenken. Es mag sich widersprüchlich anhören, und wahrscheinlich fällt es dir schwer, es zu glauben, aber erst über den Wolken bin ich wieder auf den Boden der Realität gekommen. Ich selbst habe nicht an das geglaubt, was ich dir vorwarf. Schon nicht in dem Augenblick, als ich es sagte." Er fuhr sich müde mit der Hand über das Gesicht. „Ich weiß nur, dass ich von dem Moment an, als ich dich zum ersten Mal sah, irgendwie verrückt geworden bin." Ein schwaches Grinsen zuckte um seine Mundwinkel. „Ich kam zurück, um mich zu entschuldigen. Ich versuchte mir einzureden, dass ich all diese schrecklichen Dinge nur um Caps willen zu dir gesagt hatte. Aber das stimmt nicht."

„Dillon, ich …"

„Nein, unterbrich mich nicht." Er begann wieder auf und ab zu tigern, und sie schwieg. „Ich bin sowieso nicht sonderlich gut bei so etwas, also bitte sag nichts, und lass mich ausreden. Als ich zurückkam, wartete Miri bereits auf mich. Außer einer sehr detaillierten und wenig schmeichelhaften Analyse meines Charakters bekam ich zuerst nichts anderes aus ihr heraus. Schließlich sagte sie mir, dass du abgereist seist, als krönender Abschluss sozusagen. Und sie erzählte mir von dem Medaillon. Ich musste ihr schwören, kein Wort davon gegenüber Cap zu verlieren, schließlich hatte sie es dir auch versprochen." Er seufzte schwer. „Seit zehn Tagen bin ich in Frankreich und suche nach dir. Erst heute Morgen traf ich zufällig auf ein ehemaliges Dienstmädchen deiner Mutter. Es kostete einiges, bevor sie plötzlich Englisch sprechen konnte. Dann aber erfuhr ich alles über Schulden und Versteigerungen und die kleine Mademoiselle, die die Weihnachtsferien in der Klosterschule verbrachte, während Madame nach St. Moritz jettete. Sie hat mir auch den Namen der Schule genannt." Dillon hielt inne, nur das stetige Tropfen aus der Decke war zu hören. „Es gibt nichts, das du mir sagen könntest, was ich mir nicht schon selbst vorgeworfen habe, noch dazu wahrscheinlich sehr viel deftiger. Aber ich denke, du solltest zumindest die Möglichkeit dazu haben."

Er war zu Ende mit seiner Rede. Laine holte tief Luft. „Dillon, ich habe lange darüber nachgedacht, wie es für dich ausgesehen haben muss. Du kanntest nur die eine Seite, und deine Loyalität gehört meinem Vater. Jetzt, nachdem die Aufregung verflogen ist, fällt es mir schwer, diese Loyalität, diesen Beschützerinstinkt anzugreifen oder zu kritisieren. Und was am letzten Morgen geschehen ist ..." Sie schluckte und bemühte sich, ihre Stimme weiterhin gefasst klingen zu lassen. „Ich denke, es war für dich ebenso unangenehm wie für mich."

„Du würdest es mir sehr viel einfacher machen, wenn du mich anschreien oder mir wenigstens ein paar Schimpfnamen an den Kopf werfen würdest."

„Tut mir leid." Sie brachte ein schwaches Lächeln zustande. „Dafür muss ich schon sehr wütend werden, und hier ..." Sie zuckte die Schultern. „Die Nonnen betrachten Temperamentsausbrüche als ungehörig."

„Cap will, dass du nach Hause kommst."

Laines Lächeln erstarb. Ihre Augen blickten auf einmal stumpf und leer. Sie ging zum Fenster und sah hinaus. „Mein Zuhause ist hier."

„Nein, dein Zuhause ist auf Kauai. Cap will dich bei sich haben. Ist es denn fair, dass er dich zweimal verliert?"

„Ist es fair, von mir zu erwarten, dass ich mein bisheriges Leben hier aufgebe?", konterte sie bitter. „Rede du mir nicht von Fairness, Dillon."

„Laine, sei so wütend auf mich, wie du willst. Ich habe es verdient. Cap nicht. Was meinst du, wie er sich fühlt, seit er weiß, wie deine Kindheit verlaufen ist?"

„Du hast es ihm gesagt!" Sie wirbelte herum. Zum ersten Mal, seit er den Raum betreten hatte, sah Dillon ihre Maske der Selbstbeherrschung verrutschen. „Du hattest nicht das Recht dazu ..."

„Ich hatte jedes Recht der Welt", fiel er ihr ins Wort. „Genau wie Cap das Recht hat, es zu erfahren." Sie wollte sich abwenden, doch seine leisen Worte hielten sie zurück. „Er liebt dich, Laine. Hat all die Jahre nie aufgehört, dich zu lieben." Er schnaubte, ungeduldig mit sich selbst. „Wahrscheinlich habe ich mich deshalb so schäbig dir gegenüber verhalten. Fünfzehn Jahre lang hat diese Liebe zu dir ihm Schmerz bereitet. Aber die wenigen Tage, die du bei ihm warst, haben ihm seine Tochter wiedergegeben. Er hat nicht gefragt, warum du Briefe nicht beantwortet hast, hat dir nie irgendwelche Vorwürfe gemacht – so wie ich." Er schloss für einen

Moment müde die Augen. „Er liebt dich, ohne dass er Erklärungen oder Entschuldigungen braucht. Als er herausfand, dass du verschwunden warst, wollte er selbst nach Frankreich kommen, um dich zurückzubringen. Ich habe ihn gebeten, mich das übernehmen zu lassen. Weil es überhaupt erst meine Schuld war, dass du abgereist bist."

„Es geht hier nicht um Schuld, Dillon." Mit einem Seufzer ließ sie das goldene Medaillon in ihre Jackentasche gleiten. „Vielleicht hast du gut daran getan, es Cap zu sagen. Ich werde ihm gleich heute Abend noch schreiben. Es war falsch von mir, ohne Abschied zu gehen. Zu wissen, dass mein Vater wirklich wieder mein Vater ist, ist das größte Geschenk, das ich je erhalten habe. Ich möchte nicht, dass einer von euch beiden denkt, nur weil ich in Frankreich lebe, würde ich etwas gegen euch haben. Ich wünsche mir, dass Cap mich bald hier besuchen kommt. Würdest du meinen Brief an ihn bitte mitnehmen?"

Dillons Augen wurden dunkel, unterdrückter Ärger klang in seiner Stimme, als er sprach. „Es wird ihm nicht gefallen zu erfahren, dass du hier in dieser Schule begraben bist."

Laine drehte sich wieder zum Fenster. „Ich bin hier nicht begraben. Die Schule ist mein Heim, hier habe ich meine Arbeit."

Er starrte auf ihren Rücken, aber er konnte den Ansatz ihres Profils sehen, die feine Linie ihres Kinns. In dem dunkelblauen Blazer und dem weißen Plisseerock sah sie mehr aus wie eine Schülerin denn wie eine Lehrerin. „Ich werde ein paar Tage hierbleiben", hob er in sanftem Ton an, „und Tourist spielen. Ich könnte einen Führer brauchen, der die Sprache spricht und mir ein paar Sehenswürdigkeiten zeigt."

Laine schloss die Augen und dachte daran, wie viel ihr einige Tage in seiner Nähe bedeuten würden. „Das würde ich gern tun, Dillon, aber leider hat sich während meiner Abwesenheit die Arbeit auf meinem Schreibtisch angesammelt. Ich habe leider keine Zeit im Moment."

„Du bist fest entschlossen, es mir so schwer wie möglich zu machen, nicht wahr?"

„Nein, so ist es nicht." Laine drehte sich mit einem entschuldigenden Lächeln um. „Ein anderes Mal vielleicht. Es ist leider ein ungünstiger Zeitpunkt."

„Für mich gibt es kein anderes Mal. Ich gebe hier wirklich mein Bestes, um das Richtige zu tun, aber jetzt weiß ich nicht mehr weiter. Ich habe nie mit einer Frau wie dir zu tun gehabt, alle Regeln sind anders."

Erstaunt erkannte sie, dass er zum ersten Mal unsicher wirkte. Er machte einen Schritt auf sie zu, blieb stehen, schaute abwesend auf die Tafel mit den französischen Verben. „Begleite mich heute Abend zum Dinner."

„Nein, Dillon. Ich …"

„Wenn du noch nicht einmal mit mir essen gehen willst, wie soll ich dich dann überreden können, nach Hause zu kommen, damit ich diesen ganzen romantischen Freierunsinn abziehen kann? Jeder Blinde sieht doch, dass ich mich da nicht auskenne. Ich weiß nicht, wie lange ich das noch durchhalte. Ich liebe dich, Laine, und es macht mich verrückt. Komm zurück nach Kauai, damit wir heiraten können."

Es hatte ihr die Sprache verschlagen, es dauerte etwas, bis sie sich wieder gefasst hatte. „Dillon, hast du gerade gesagt, dass du mich liebst?"

„Ja. Ja, das ist genau das, was ich gesagt habe. Willst du es noch einmal hören?" Er legte die Hände auf ihre Schultern. „Ich liebe dich so sehr, dass ich noch nicht einmal so einfache

Dinge wie Schlafen und Essen fertigbringe. Ich muss die ganze Zeit an dich denken. Wie du am Strand standest und die Muschel an dein Ohr hieltest. Wie das Wasser aus deinen Haaren tropfte und deine Augen in der gleichen Farbe strahlten wie der Himmel. Das war der Moment, als ich mich rettungslos in dich verliebt habe. Ich wollte es nicht wahrhaben, aber jedes Mal, wenn ich in deiner Nähe war, wurde es nur noch schlimmer. Als du gingst, war mir, als wäre ich nicht mehr vollständig, als hätte ich einen Teil von mir selbst verloren. Ich kann ohne dich nicht sein."

„Dillon." Sein Name kam wie ein Hauch über ihre Lippen.

„Ich habe mir geschworen, dass ich dich nicht drängen werde." Er legte seine Stirn an ihre. „Ich wollte diese Dinge nicht alle auf einmal sagen, ich wollte dir geben, was immer du brauchst – Blumen, Kerzenlicht, Romantik. Du wärst überrascht, wenn du wüsstest, wie altmodisch ich sein kann. Komm mit mir zurück, Laine. Ich werde dir Zeit lassen, bevor ich dich zu drängen anfange, mich zu heiraten."

„Nein." Sie holte tief Luft. „Ich werde nicht mit dir zurückkehren. Nicht bevor du mich geheiratet hast." Sie schlang die Arme um seinen Nacken. „Ich werde dir nicht die Gelegenheit lassen, doch noch deine Meinung zu ändern. Die Blumen und das Kerzenlicht haben Zeit bis nach der Hochzeit."

Dillon beugte seinen Kopf und presste seinen Mund begierig auf ihre Lippen. „Abgemacht, Prinzessin", murmelte er schließlich. „Du wirst mit mir verheiratet sein, noch bevor dir klar wird, auf was du dich da einlässt. Es gibt Leute, die behaupten, ich hätte ein paar Schwächen … Zum Beispiel soll ich recht aufbrausend sein."

„Wirklich?" Ungläubig blickte Laine ihn an. „Ich kenne keinen beherrschteren und großmütigeren Mann als dich. Aber da wir gerade dabei sind …" Sie ließ die Finger an seinem Hals hinabgleiten und spielte mit dem Knopf seines Hemdes. „Ich muss auch etwas gestehen: Ich bin sehr eifersüchtig. Und falls ich noch einmal eine andere Frau nur für dich den Hula tanzen sehe, könnte es sein, dass ich sie von der nächsten Klippe stoße!"

„Das würdest du tun?" Dillon grinste selbstzufrieden und umfasste ihr Gesicht mit beiden Händen. „Dann sollte Miri wohl besser schnellstens damit anfangen, dir Unterricht zu geben. Ich warne dich, ich habe vor, bei jeder Stunde dabei zu sein."

„Oh, ich werde bestimmt schnell lernen." Laine stellte sich auf die Zehenspitzen und zog seinen Kopf näher zu sich heran. „Aber zuerst möchte ich lieber ganz andere Dinge lernen. Küss mich noch einmal, Dillon!"

Nora Roberts

Wohin die Zeit uns treibt

Roman

Aus dem amerikanischen Englisch von
Anne Pohlmann

Prolog

„Zieh das Tempo im Vorspiel an, Terence, Junge, du verschleppst es." Frank O'Hara stand auf der Markierung, rechts auf der Bühne, bereit, die Eröffnungsnummer durchzugehen. Das dreiabendliche Engagement in Terre Haute stellte weder den Höhepunkt seiner Karriere dar, noch war es der Gipfel seiner Träume. Aber er würde dem Publikum eine Vorstellung geben, die ihr Eintrittsgeld wert war. Jeder unbedeutende Auftritt war die Generalprobe zum großen Durchbruch.

Er zählte das Tempo ein, dann tanzte er in die Nummer mit der Begeisterung eines Mannes, der halb so alt wie er war. Nach dem Kalender lag Franks Alter bei vierzig, aber seine Füße würden immer sechzehn sein.

Die kleine Nummer hatte er sich ausgedacht in der naiven Hoffnung, sie würde zum Markenzeichen der O'Haras. Am Klavier versuchte sein ältestes Kind und einziger Sohn, etwas Leben in eine Melodie zu bringen, die er schon unzählige Male gespielt hatte – und träumte von der großen weiten Welt.

Aufs Stichwort wirbelte seine Mutter auf die Bühne und tanzte mit seinem Vater. Selbst nach endlosen Nummern, endlosen Theatern fühlte Terence immer noch den Stich der Zuneigung für sie. Genauso wie er nach endlosen Nummern, endlosen Theatern den mittlerweile vertrauten Stich der Frustration spürte.

Würde es immer so sein, zweitklassige Lieder auf zweitklassigen Klavieren zu hämmern, um die großen Träume seines Vaters zu erfüllen, die nicht einmal in der Hölle Hoffnung auf Erfüllung hatten?

Wie sie es den größten Teil ihres Lebens gemacht hatte, glich Molly ihre Schritte denen von Frank an. Sie hätte die Nummer mit verbundenen Augen tanzen können. Ihre Gedanken waren dabei ganz bei ihrem Sohn.

Der Junge ist nicht glücklich, dachte sie. Und aus dem Kind war ein Mann geworden, der danach strebte, seinen eigenen Weg zu gehen. Es war diese Tatsache, das wusste sie, die Frank so viel Angst einjagte, dass er sich weigerte, sie überhaupt zur Kenntnis zu nehmen.

Die Auseinandersetzungen waren häufiger geworden, hitziger. Bald, dachte sie, zu bald, wird etwas explodieren, und vielleicht bin ich nicht in der Lage, alle Stücke zu kitten.

Kick, Spitze, Ballen, neigen. Ihre drei Töchter steppten auf die Bühne. Da ihr Herz Franks nahe war, fühlte Molly, wie es vor Stolz anschwoll. Sein Stolz und seine Hoffnung gründeten sich darauf, dass er immer noch der jugendliche Träumer war, in den sie sich vor so langer Zeit verliebt hatte.

Während Molly und Frank von der Bühne tanzten, ging die Nummer glatt in den Eröffnungssong über. Die O'Hara-Drillinge – Caroline, Alana und Madeline – stürzten sich in die dreistimmige Melodie, als wären sie zum Singen geboren.

Praktisch waren sie es auch, dachte Molly. Aber wie Terence waren sie keine Kinder mehr. Caroline, die alle Carrie nannten, benutzte schon Köpfchen und Tricks, um die Männer im Publikum zu faszinieren. Alana, beständig und ruhig, kam gerade in die Jahre. Und es würde nicht mehr lange dauern, bis sie Madeline, Maddy, verloren. Als Mutter empfand

Molly sowohl Stolz als auch Bedauern beim Gedanken, dass ihre Jüngste einfach zu viel Talent hatte, um noch lange Teil einer umherziehenden Truppe zu sein.

Doch jetzt war es Terence, der ihr Sorgen machte. Er saß am verkratzten Klavier in dem schäbigen kleinen Club, die Gedanken Tausende von Meilen entfernt. Sie hatte die Broschüren gesehen, die er sammelte. Fotos und Geschichten von Orten wie Sansibar, Neuguinea, Mazatlán in Mexiko. Auf den langen Zug- oder Busfahrten von einer Stadt zur anderen erzählte Terence von den Moscheen und Höhlen und Bergen, die er sehen wollte.

Und dann fegte Frank diese Träume wie Staub zur Seite, klammerte sich verzweifelt an seine eigenen – und an seinen Sohn.

„Nicht schlecht, Schätzchen." Frank sprang zurück auf die Bühne und nahm seine Töchter in den Arm. „Terence, deine Gedanken sind nicht im Geringsten bei der Musik. Du musst Leben hineinpumpen."

„In dieser Nummer ist seit Des Moines überhaupt kein Leben mehr."

Vor einigen Monaten hätte Frank aufgelacht und seinem Sohn das Haar zerzaust. Doch jetzt spürte er den Stachel der Kritik, von Mann zu Mann. Eigensinnig reckte er das Kinn. „An dem Stück war noch nie etwas auszusetzen. Es ist dein Spiel, das zu wünschen übrig lässt. Zweimal hast du das Tempo verloren. Ich habe es satt, dich eingeschnappt vor den Tasten hocken zu sehen."

In der Rolle der Friedensstifterin trat Alana zwischen ihren Vater und Bruder. Die wachsende Spannung machte sich seit Wochen als Reizbarkeit bemerkbar. „Wir sind alle etwas müde."

„Ich kann für mich selbst sprechen, Alana. Und niemand hockt eingeschnappt vor den Tasten."

„Ha!" Frank stieß Mollys zurückhaltende Hand weg. Himmel, der Junge ist groß, dachte Frank. Groß und aufrecht und fast ein Fremder. Aber Frank O'Hara hatte immer noch das Sagen, und es war Zeit, dass sein Sohn sich daran erinnerte. „Du bist in mieser Laune, seit ich dir gesagt habe, dass ein O'Hara nicht einfach nach Hongkong abhaut oder der Himmel weiß wohin, wie ein Vagabund. Dein Platz ist hier, bei deiner Familie. Deine Verantwortung gehört der Truppe."

„Das ist nicht meine verdammte Verantwortung."

Frank zog die Augen zusammen. „Achte auf deinen Ton, Junge, du bist nicht so groß, dass ich dir nicht den Kopf waschen kann."

„Es wird Zeit, dass jemand dir gegenüber diesen Ton anschlägt." Jetzt brach aus Terence hervor, was er zu lange zurückgehalten hatte. „Jahr für Jahr spielen wir zweitklassige Songs in zweitklassigen Clubs."

„Terence." Maddy sprach ruhig und fügte einen bittenden Blick hinzu. „Nicht."

„Nicht was? Ihm nicht die Wahrheit sagen? Er hört sowieso nicht zu, aber ich habe es wenigstens ausgesprochen. Ihr drei und Ma habt sie lange genug vor ihm verschleiert."

„Anfälle von schlechter Laune sind so langweilig", meinte Carrie blasiert, obwohl ihre Nerven straff angespannt waren. „Verdrücken wir uns doch einfach jeder in seine Ecke."

„Nein." Vor Wut zitternd trat Frank von seinen Töchtern weg. „Dann mach weiter, sag, was du zu sagen hast."

„Ich habe es satt, mit dem Bus ins Nirgendwo zu fahren und sich vorzumachen, der nächste Halt sei die goldene Leiter. Du schleppst uns von Stadt zu Stadt, Jahr für Jahr."

„Euch schleppen?" Franks Gesicht lief rot an. „Ist es wirklich das, was ich tue?"

„Nein." Molly trat vor, den Blick fest auf ihren Sohn gerichtet. „Nein, wir fahren alle freiwillig, weil es das ist, was wir wollen. Wenn es einer von uns nicht will, hat er ein Recht, es zu sagen, aber nicht, grausam zu sein."

„Er hört nicht zu!", schrie Terence. „Es ist ihm egal, was ich will oder nicht. Ich habe es dir gesagt, ich habe es dir gesagt." Er fiel förmlich über seinen Vater her. „Jedes Mal, wenn ich versuche, mit dir zu reden, höre ich nur, wie wir die Familie zusammenhalten müssen, wie der große Durchbruch direkt hinter der Ecke liegt, obwohl da nichts anderes liegt als wieder ein lausiger Abendauftritt in einem dreckigen Club."

Es war der Wahrheit zu nahe, dem zu nahe, was ihm ein Gefühl des Versagens geben würde. Wo er doch seiner Familie nur das Beste und Glänzendste geben wollte. Erregung war die einzige Waffe, die Frank hatte. Und er benutzte sie.

„Du bist undankbar und selbstsüchtig und dumm. Ich habe mein ganzes Leben gearbeitet, um dir den Weg zu pflastern. Um dir Türen zu öffnen, damit du hindurchtreten kannst. Nun ist das nicht gut genug."

Terence spürte, wie die Tränen der Frustration in seinen Augen brannten, aber er wich nicht zurück. „Nein, es ist nicht gut genug, weil ich nicht durch deine Türen treten will. Ich will etwas anderes, ich will mehr, aber du bist so in deinen eigenen hoffnungslosen Träumen gefangen, dass du nicht merkst, wie ich sie hasse. Und je mehr du mich bedrängst, deinen Träumen zu folgen statt meinen eigenen, desto näher komme ich dazu, dich zu hassen."

Terence hatte das nicht sagen wollen, und er erschrak selbst über seine bitteren Worte. Sein Vater erblasste, wurde alt, schien zu verfallen. Wenn Terence die Worte hätte zurücknehmen können, er hätte es versucht. Aber es war zu spät.

„Dann folge deinen Träumen", sagte Frank mit einer vor Gefühlen rauen Stimme. „Geh, wohin sie dich führen. Aber komm nicht zurück, Terence O'Hara. Komm nicht zu mir zurück, wenn sie dich kaltlassen. Für dich wird kein gemästetes Kalb geschlachtet."

Er marschierte links von der Bühne ab.

„Er hat es nicht so gemeint", sagte Alana hastig und nahm Terences Arm. „Du weißt, er hat es nicht so gemeint."

„Beide haben es bestimmt nicht so gemeint." Hilflos blickte Maddy zu ihrer Mutter.

„Sie müssen sich nur abkühlen." Trotz ihres Hangs zum Dramatischen war Carrie erschüttert. „Komm schon, Terence, wir machen einen Spaziergang."

„Nein." Mit einem kleinen Seufzer schüttelte Molly den Kopf. „Ihr Mädchen geht jetzt, lasst mich mit Terence reden." Sie wartete, bis sie allein waren, dann setzte sie sich auf die Klavierbank. Sie fühlte sich alt und müde. „Ich weiß, du bist unglücklich", begann sie ruhig. „Und du verschließt vieles in dir. Ich hätte deswegen etwas tun müssen."

„Es ist nicht deine Schuld."

„Meine so sehr wie seine, Terence. Das, was du gesagt hast, hat ihn tief getroffen. Und die Narbe wird so schnell nicht verheilen. Ich weiß, einiges wurde in der Erregung gesagt, aber anderes war wahr." Sie blickte auf und musterte ihren erstgeborenen und einzigen Sohn. „Ich glaube, es war wahr, als du gesagt hast, du wirst ihn hassen, wenn er dich nicht gehen lässt."

„Ma …"

„Nein. Es war eine harte Bemerkung, es ist aber noch härter, wenn sie sich erfüllt. Du willst gehen?"

Er öffnete den Mund, bereit, wieder nachzugeben. Aber die Wut, die er für seinen Vater empfunden hatte, war noch zu frisch, und sie machte ihm Angst. „Ich muss gehen."

„Dann geh." Sie stand auf und legte die Hände auf seine Schultern. „Und mach es schnell und sauber, ansonsten wird er dich durch Charme oder Beschämung dazu bringen zu bleiben, und du wirst ihm das nie vergeben. Schlag deinen eigenen Weg ein. Wir sind da, wenn du zurückkommst."

„Ich liebe dich."

„Ich weiß. Und ich will, dass es so bleibt." Sie küsste ihn, dann eilte sie weg, da sie wusste, sie musste ihre Tränen zurückhalten, bis sie ihren Mann getröstet hatte.

In der Nacht packte Terence seine Sachen – Kleider, eine Flöte und Dutzende von Broschüren. Er hinterließ eine Nachricht, auf der nur stand: *„Ich schreibe."*

Er hatte ein paar Dollar in der Tasche, als er das Motel verließ und den Daumen ausstreckte.

1. Kapitel

Der Whisky war billig und hatte den Biss einer wütenden Frau. Terence zog die Luft durch die Zähne ein und wartete darauf zu sterben. Als er es nicht tat, goss er sich ein zweites Glas aus der Flasche ein, kippte zurück auf seinem Stuhl und sah hinaus auf die offene Weite des Golfs von Mexiko.

Die kleine Cantina bereitete sich aufs Abendgeschäft vor. In der Küche wurde gebrutzelt, und der starke Duft von Zwiebeln wetteiferte mit den Gerüchen von Alkohol und abgestandenem Tabak. Die Unterhaltungen wurden in rasend schnellem Spanisch geführt, was Terence verstand und ignorierte.

Er wollte keine Gesellschaft. Er wollte den Whisky und das Wasser.

Die Sonne war ein roter Ball über dem Golf. Die Wolken hingen tief und schimmerten in Pink- und Goldtönen. Das Feuer des Whiskys breitete sich angenehm heiß in seinem Körper aus. Terence O'Hara war im Urlaub, und den wollte er genießen.

Amerika war nur einen kurzen Flug entfernt. Vor Jahren schon hatte er aufgehört, es als Heimat zu empfinden – zumindest hatte er es sich eingeredet. Es war zwölf Jahre her, seit er weggegangen war, ein junger, idealistischer Mann, von Schuldgefühlen bedrängt, getrieben von seinen Träumen. Er hatte Hongkong und Singapur gesehen. Ein Jahr lang war er durch den Orient gereist, hatte sich mit Witz und Verstand und dem Talent durchgeschlagen, das er von seinen Eltern geerbt hatte. Er spielte in Hotelhallen und nachts in Strip-spelunken und saugte die fremden Eindrücke regelrecht auf.

Dann kam Tokio. Er spielte amerikanische Musik in einem miesen kleinen Club und hatte das Ziel, durch ganz Asien zu reisen.

Alles hing immer davon ab, zur richtigen Zeit am richtigen Ort zu sein. Oder, dachte Terence, wenn er sich schlecht fühlte, am falschen Ort zur falschen Zeit. Eine Kneipen-rauferei war mittlerweile gewöhnliche Begebenheit. Frank O'Hara hatte seinem Sohn mehr beigebracht, als musikalisch das Tempo zu halten. Terence wusste, wann er zuschlagen und wann er sich zurückziehen musste.

Er hatte sich nicht in der Absicht eingemischt, das Leben von Charlie Forrester zu retten. Und ganz bestimmt hatte er keine Ahnung gehabt, dass Forrester ein amerikanischer Agent war.

Schicksal, dachte Terence, während er die rote Sonne be-trachtete, die dichter an den Horizont sank. Es war Schicksal gewesen, dass er das Messer abwehrte, das für Charlies Herz bestimmt war. Und es waren die verwinkelten Wege des Schicksals, die ihn ins erbarmungslose Spiel der Spionage führten. Terence war tatsächlich durch Asien gekommen und weiter. Finanziert wurden die Reisen aber vom International Security System, dem ISS.

Jetzt war Charlie tot. Terence kippte das Glas auf seinen Freund und Ratgeber. Er war nicht durch die Kugel eines hinterhältigen Mörders gestorben oder durch ein Messer in einem dunklen Gang, sondern an einem Herzanfall. Charlies Körper hatte sich ganz einfach entschieden, dass seine Zeit abgelaufen war.

Also saß Terence O'Hara in einer kleinen Kneipe an der mexikanischen Küste und hielt seinen eigenen Körper wach.

Die Beerdigung war in vierzehn Stunden in Chicago. Weil er nicht bereit war, den Rio Grande zu überqueren, wollte Terence in Mexiko auf seinen alten Freund trinken und übers Leben nachdenken. Charlie würde es verstehen, entschied Terence, während er seine langen Beine in den schmuddeligen Kakihosen ausstreckte. Charlie war nie für Förmlichkeiten gewesen. Einfach den Job tun, einen Drink nehmen und mit dem nächsten weitermachen.

Terence zog eine zerdrückte Packung Zigaretten hervor und suchte in der Tasche seines schmutzigen Hemdes nach Streichhölzern. Seine Hände waren lang, mit breiten Handflächen. Mit zehn hatte er davon geträumt, Konzertpianist zu werden. Aber er hatte von vielem geträumt, was er werden wollte. Ein zerdrückter Strohhut beschattete sein Gesicht, als er das Streichholz anriss und ans Ende der Zigarette führte.

Er war sehr braun. Sein dunkelblondes Haar war dick, weil es ihm zu lästig war, es zurechtstutzen zu lassen, und es war lang genug, dass es sich unter dem Hut wild lockte. Sein Gesicht war feucht von der Hitze und schmal. Links am Kinn zeigte sich eine Narbe, klein und weiß – Begegnung mit einer abgeschlagenen Flasche. Seine Nase war seit seinem sechzehnten Lebensjahr ganz leicht schief. Ein Kampf um den guten Ruf eines Mädchens oder dessen Fehlen.

Sein Körper war im Moment fast dünn, verursacht durch einen ausgedehnten Krankenhausaufenthalt. Die letzte Kugel, die ihn erwischt hatte, hätte ihn fast umgebracht. Selbst ohne den Whisky und die Trauer wirkte er gefährlich. Kantig mit stechendem Blick – selbst jetzt, wo er privat im Urlaub war.

Seit drei Tagen hatte er sich nicht rasiert, und sein Bart war rau genug, um seinem Mund einen groben Zug zu geben. Der Kellner war froh, ihn mit seiner Flasche und seiner Einsamkeit allein zu lassen.

Als die Dämmerung fiel, wurde der Himmel ruhiger und die Cantina lärmender. Aus dem Radio dröhnte mexikanische Musik, gelegentlich von rauschenden Funkstörungen unterbrochen. Irgendjemand zerbrach ein Glas. Zwei Männer debattierten hitzig übers Fischen, über Politik und Frauen. Terence goss sich noch ein Glas ein.

Er sah sie in dem Augenblick, als sie eintrat. Nach alter Gewohnheit behielt er die Tür im Auge und registrierte sofort Einzelheiten, obwohl er scheinbar überhaupt nicht hinsah. Eine Touristin, die die falsche Richtung eingeschlagen hat, dachte er. Elfenbeinfarbene Haut mit einigen kleinen Sommersprossen, dazu rotes Haar. Nach einer Stunde unter der Yucatán-Sonne würde sie krebsrot verbrannt sein. Ein Jammer, dachte er und wandte sich wieder seinem Drink zu.

Er erwartete, dass sie im selben Moment verschwand, in dem sie erkannte, in welche Kaschemme sie geraten war. Stattdessen ging sie zur Bar. Terence legte die ausgestreckten Beine übereinander und vertrieb sich die Zeit, indem er sie musterte.

Ihre weiße Hose war fleckenlos, trotz der staubigen Hitze des Tages. Sie trug dazu ein dunkelrotes Hemd, das lose genug war, um kühl zu sein. Sie war schlank, doch mit genügend Kurven, um der weiten Hose Stil zu geben. Ihr Haar, fast in der Farbe der untergehenden Sonne, war in einem Zopf zurückgehalten. Ihr Gesicht sah er nur im Profil. Klassisch, entschied er ohne großes Interesse. Kameen-Eleganz. Champagner-Kaviar-Typ.

Er kippte den Rest seines Drinks hinunter und entschloss sich, sehr betrunken zu werden – um Charlies willen.

Er hatte gerade wieder die Flasche gehoben, als sich die Frau umdrehte und ihn direkt ansah. Unter dem Schatten seines Hutes begegnete Terence ihrem Blick. Als sie den Raum durchquerte und auf ihn zukam, goss er sich seinen Whisky ein.

„Mr. O'Hara?"

Über den Akzent zog er leicht eine Braue hoch. Eine Spur von Irland, dieselbe Spur, die bei seinem Vater bei Wut oder Freude durchkam. Terence trank seinen Whisky und sagte nichts.

„Sie sind Terence O'Hara?"

Es war auch eine Spur von Selbstbeherrschung in ihrer Stimme, stellte er fest. Und aus der Nähe konnte er Schatten unter außerordentlich grünen Augen sehen. Ihre Lippen waren zusammengepresst. Die Finger lagen fest um den Riemen eines Segeltuchbeutels, der ihr über der Schulter hing.

„Möglich. Warum?"

„Mir wurde gesagt, Sie seien in Mérida. Ich suche Sie schon seit zwei Tagen." Und er war alles andere, als sie erwartet hätte. Wenn sie nicht so verzweifelt wäre, hätte sie schon längst die Flucht ergriffen. Seine Kleider waren schmutzig, er roch nach Whisky und sah aus wie ein Mann, der einem das Fell über die Ohren ziehen konnte. Sie holte tief Luft und entschied sich, ihr Glück trotzdem zu versuchen. „Darf ich mich setzen?"

Mit einem Schulterzucken schob Terence mit dem Fuß einen Stuhl vom Tisch. Eine Agentin hätte sich ihm anders genähert.

Sie umklammerte die Stuhllehne und fragte sich, warum

ihr Vater glaubte, ein grober Trunkenbold könne helfen. Aber ihre Beine waren nicht so fest, wie sie sein sollten, also setzte sie sich. „Ich muss dringend mit Ihnen sprechen. Privat."

Terence sah an ihr vorbei in die Cantina. Sie war jetzt voll und wurde jede Minute lauter. „Warum erzählen Sie mir nicht, wer Sie sind, woher Sie wussten, dass ich in Mérida bin, und was zum Teufel Sie wollen?"

Sie presste die Finger aneinander. „Ich bin Dr. Fitzpatrick. Dr. Gillian Fitzpatrick. Charles Forrester hat mir gesagt, wo Sie sind, und ich will, dass Sie das Leben meines Bruders retten."

Terence sah sie an, als er die Flasche hob. Seine Stimme klang ruhig und ausdruckslos. „Charlie ist tot."

„Ich weiß." Sie glaubte, sie hätte ganz kurz etwas erkennen können, ein Aufblitzen von Menschlichkeit in seinem Blick. Jetzt war es weg, aber Gillian ging darauf ein. „Es tut mir leid. Wie ich verstanden habe, standen Sie sich sehr nah."

„Wieso meinen Sie eigentlich, ich glaube Ihnen, dass Charlie Ihnen gesagt hat, wo Sie mich finden können?"

Gillian wischte sich ihre feuchten Handflächen an der Hose ab, bevor sie in den Beutel griff. Schweigend reichte sie Terence einen versiegelten Umschlag.

Charlie hatte den Code benutzt, in dem sie sich gegenseitig während ihres letzten Auftrags informiert hatten. Wie immer war die Nachricht kurz.

„Hör der Lady zu. Lass die Organisation zunächst draußen. Setz dich mit mir in Verbindung."

In Verbindung kann ich mich mit dir nicht mehr setzen, dachte Terence, als er den Brief wieder zusammenfaltete. Mit dem Gefühl, dass Charlie, obwohl tot, immer noch seine Bewegungen steuerte, blickte er die Frau wieder an. „Erklären Sie."

„Mr. Forrester war ein Freund meines Vaters. Ich selbst kannte ihn nicht gut. Ich war viel weg. Ungefähr vor fünfzehn Jahren haben sie zusammen an einem Projekt namens Horizon gearbeitet."

Terence schob die Flasche zur Seite. Urlaub oder nicht, er konnte es sich nicht erlauben, seine Sinne noch weiter zu betäuben. „Wie ist der Name Ihres Vaters?"

„Sean. Dr. Sean Brady Fitzpatrick."

Er kannte den Namen. Er kannte das Projekt. Vor fünfzehn Jahren waren einige der führenden Forscher und Wissenschaftler beauftragt worden, ein Serum zu entwickeln, das den Menschen immunisiert gegen Verstrahlung – einer der hässlichsten Effekte eines Nuklearkrieges. Dem ISS unterstand die Überwachung und Durchführung des Projektes. Es hatte Hunderte von Millionen gekostet und sich als riesiger Reinfall erwiesen.

„Sie waren noch ein Kind."

„Ich war zwölf." Sie schreckte nervös zusammen, als es aus der Küche klirrte. „Natürlich, damals wusste ich nichts über die Arbeit, aber später …" Der Geruch von Zwiebeln und Alkohol war übermächtig. Sie wollte aufstehen, wollte am Strand entlanggehen, wo die Luft warm und klar war. Doch sie zwang sich fortzufahren. „Das Projekt wurde eingestellt, aber mein Vater hat daran weitergearbeitet. Er hatte andere Verpflichtungen, doch wann immer es möglich war, nahm er die Experimente wieder auf."

„Warum? Dafür gab's doch keine Mittel mehr."

„Mein Vater glaubte an Horizon. Das Konzept hat ihn fasziniert, nicht als Rechtfertigung, sondern als Antwort auf die

Verrücktheit, von deren Existenz wir alle wissen. Und was das Geld angeht – nun, mein Vater kann es sich leisten, dem nachzugehen, woran er glaubt."

Nicht nur ein Wissenschaftler, sondern ein reicher Wissenschaftler, dachte Terence, während er sie unter der Krempe seines Hutes hervor musterte. Sie sah aus, als sei sie in eine saubere Klosterschule in der Schweiz gegangen. Es war die Körperhaltung, die das normalerweise verriet. Niemand lehrte eine schickliche Körperhaltung besser als eine Nonne.

„Fahren Sie fort."

„Wie auch immer, mein Vater hat alle seine Aufzeichnungen und Ergebnisse vor fünf Jahren an meinen Bruder übergeben, nachdem er seinen ersten Herzanfall bekommen hat. In den letzten Jahren war mein Vater zu krank gewesen, um mit der intensiven Laborarbeit fortzufahren. Und jetzt …"

Für einen Moment schloss Gillian die Augen. Die Angst und die Reise forderten ihren Tribut. Als Wissenschaftlerin wusste sie, sie brauchte Essen und Schlaf. Als Tochter, als Schwester musste sie die Situation durchstehen. „Mr. O'Hara, könnte ich einen Drink haben?"

Terence schob Flasche und Glas über den Tisch. Die Frau interessierte ihn, sicher, aber er war nicht bereit, sich hineinziehen zu lassen. Vor langer Zeit hatte er gelernt, man konnte interessiert sein und sich trotzdem heraushalten.

Sie hätte Kaffee oder einen Brandy vorgezogen. Sie wollte den Whisky ablehnen, aber dann fing sie den Blick von Terence auf. Er wollte sie also auf die Probe stellen. Das war sie gewöhnt. Automatisch reckte sie das Kinn und straffte die Schultern. Sie goss sich einen Doppelten ein und kippte ihn auf einen Zug hinunter.

Sie hielt die Luft an. Ihre Kehle fühlte sich an wie brennendes Feuer. Während sie die Luft wieder herausließ, blinzelte sie die Feuchtigkeit aus ihren Augen. „Danke."

Zum ersten Mal blitzte das Licht des Humors in seinem Blick auf. „War mir ein Vergnügen."

Brennend und beißend, wie er war, half der Whisky doch. „Mein Vater ist sehr krank, Mr. O'Hara. Zu krank, um reisen zu können. Er hat sich an Mr. Forrester gewandt, war aber nicht in der Lage, selbst zu ihm nach Chicago zu fliegen. An seiner Stelle bin ich zu Mr. Forrester gegangen, und Mr. Forrester hat mich zu Ihnen geschickt. Mir wurde gesagt, Sie seien der beste Mann für den Job."

Terence zündete sich eine weitere Zigarette an. Seit er blutend im Dreck gelegen hatte, eine Kugel nur fünf Zentimeter von seinem Herzen entfernt, war er für nichts der beste Mann. „Und der wäre?"

„Ungefähr vor einer Woche ist mein Bruder gekidnappt worden, von einer Organisation, die als ‚Hammer' bekannt ist. Haben Sie von ihr gehört?"

Es war Übung, die seine Miene trotz Angst und Wut ausdruckslos hielt. Sein Kontakt zu dieser ganz besonderen Organisation hatte ihn fast getötet. „Ich habe von ihr gehört."

„Alles, was wir wissen, ist, dass sie meinen Bruder in seinem Haus in Irland gefangen genommen haben, wo er die Arbeit am Horizon-Projekt fortgesetzt und fast beendet hat. Sie wollen ihn in ihrer Gewalt behalten, bis er das Serum hat. Sie verstehen, was es bedeutet, wenn eine solche Gruppe die Formel besäße?"

Terence tippte die Asche von seiner Zigarette auf den Holzboden. „Man hält meine Intelligenz allgemein für ausreichend entwickelt."

Gehetzt packte sie sein Handgelenk. „Mr. O'Hara, wir können uns keine Späße darüber erlauben."

„Vorsicht mit der Mehrzahl." Terence wartete, bis sie sein Handgelenk wieder losgelassen hatte. „Ist Ihr Bruder ein kluger Mann, Dr. Fitzpatrick?"

„Er ist ein Genie."

„Nein, nein, ich meine, hat er einen halbwegs gesunden Menschenverstand?"

Wieder straffte sie die Schultern, weil sie am liebsten den Kopf auf den Tisch legen und heulen wollte. „Flynn ist ein ausgezeichneter Wissenschaftler und ein Mann, der unter normalen Umständen ganz gut selbst auf sich aufpassen kann. Aber jetzt ist er ernsthaft in Gefahr."

„Gut, weil nur ein Narr glauben kann, er bliebe am Leben, wenn er Hammer die Formel gibt. Sie nennen sich selbst Terroristen, Befreier, Rebellen. Was sie sind, ist ein Haufen zerrütteter Fanatiker, angeführt von einem reichen Verrückten. Sie bringen mehr Menschen irrtümlich um als wegen eines bestimmten Ziels." Stirnrunzelnd rieb er sich mit einer Hand über die Brust. „Sie haben genug im Kopf, um die Organisation zusammenzuhalten, und Berge von Geld. Aber grundsätzlich sind sie Idioten. Und es gibt nichts Gefährlicheres als einen Haufen engagierter Idioten. Mein Rat an Ihren Bruder wäre, ihnen ins Gesicht zu spucken."

Ihr schon blasses Gesicht wurde weiß wie ein Laken. „Sie haben sein Kind." Gillian stützte sich auf den Tisch, als sie sich erhob. „Sie haben seine sechsjährige Tochter mitgenommen." Damit floh sie aus der Cantina.

Terence blieb sitzen, wo er saß. Nicht meine Angelegenheit, erinnerte er sich, als er wieder nach der Flasche griff. Er war im Urlaub. Er war dem Tod von der Schippe gesprungen und beabsichtigte, sein Leben zu genießen. Allein.

Fluchend knallte er die Flasche zurück und ging Gillian nach.

Verzweifelte Wut trieb sie an. Sie hörte, wie er ihren Namen rief, aber sie hielt nicht an. Sie war ein Trottel gewesen, als sie daran geglaubt hatte, dass ein Mann wie er helfen könnte. Viel besser, sie versuchte selbst, in Verhandlung mit den Terroristen zu treten. Dabei würde sie zumindest kein Mitgefühl erwarten.

Als er ihren Arm packte, wirbelte sie herum. Die Wut gab ihr die Energie, die ihr der Mangel an Schlaf und Essen geraubt hatte.

„Ich habe gesagt, Sie sollen eine verdammte Minute warten."

„Sie haben mir schon Ihre wohlüberlegte Meinung dargelegt, Mr. O'Hara. Kein Bedarf an weiteren Diskussionen. Ich weiß nicht, was Mr. Forrester in Ihnen sah. Ich weiß nicht, warum er mich zu einem Mann geschickt hat, der lieber in einer schäbigen Kneipe Whisky kippt als Menschenleben rettet. Ich habe einen Mann mit Mut und Mitgefühl gesucht und einen abgehalfterten, schmutzigen Betrunkenen gefunden, der sich um nichts und niemanden sorgt."

Das saß, mehr, als er erwartet hätte. Fest hielt er ihren Arm umfasst. „Sind Sie fertig? Sie machen eine Szene."

„Mein Bruder und meine Nichte sind in der Gewalt einer Terroristengruppe. Meinen Sie, da macht es mir etwas aus, ob ich Sie in Verlegenheit bringe oder nicht?"

„Dazu gehört mehr als ein irischer Rotkopf, um mich in Verlegenheit zu bringen. Aber ich habe etwas dagegen, die

Aufmerksamkeit auf mich zu lenken. Alte Gewohnheit. Machen wir einen Spaziergang."

Sie war sehr nah daran, ihm den Arm zu entreißen. Ihr Stolz brannte darauf. Doch ihre Liebe siegte und ließ ihre Wut abflauen. Schweigend ging sie neben ihm die schmalen Planken hinunter, die zum Wasser führten.

Der Sand hob sich weiß gegen das dunkle Meer und einen noch dunkleren Himmel ab. Einige Boote waren vertäut, warteten auf die Fischer morgen oder die Touristen. Der Abend war ruhig genug, um die Musik aus der Cantina zu ihnen zu tragen, ein Lied über Liebe und die Untreue einer Frau.

„Sehen Sie, Dr. Fitzpatrick, Sie haben mich zu einem schlechten Zeitpunkt aufgetrieben. Ich weiß nicht, warum Charlie Sie zu mir geschickt hat."

„Ich auch nicht."

Er hielt lange genug an, um sich hinter dem Schutz seiner Hände eine Zigarette anzuzünden. „Was ich meine, ist, die Sache sollte vom ISS übernommen werden."

Sie war wieder ruhig. Es machte Gillian nichts aus, die Fassung zu verlieren. Aber sie wusste auch, mit Selbstbeherrschung war mehr zu erreichen. „Das ISS ist genauso hinter der Formel her wie Hammer. Warum sollte ich dem ISS das Leben meines Bruders und meiner Nichte anvertrauen?"

„Weil sie die Guten sind."

Gillian drehte sich dem Meer zu, und der Wind traf sie frontal. „Es ist eine Organisation, geführt von vielen Männern – einige sind gut, einige schlecht, ehrgeizig sind alle, und jeder hat seine eigenen Vorstellungen, was für den Frieden und die Ordnung notwendig ist. Im Augenblick gehört meine ganze Sorge meiner Familie. Haben Sie Familie, Mr. O'Hara?"

Er zog kräftig an seiner Zigarette. „Ja." Über der Grenze, dachte er. Er hatte sie seit sieben Jahren nicht mehr gesehen, oder waren es acht? Er hatte sie aus den Augen verloren. Er wusste nur, Carrie machte Filme in Los Angeles, Maddy begeisterte New York in einem neuen Musical, und Alana zog Pferde und Kinder in Virginia auf. Seine Eltern tourten immer noch herum.

„Würden Sie das Leben Ihrer Familienmitglieder einer Organisation anvertrauen? Die sie vielleicht, falls sie glaubt, es sei notwendig, fürs öffentliche Wohl opfert?" Sie schloss die Augen. Der Wind tat gut. „Mr. Forrester hat zugestimmt, dass ein Mann die Rettung meines Bruders und seines Kindes in die Hand nehmen sollte, dem sie wichtiger als die Formel sind. Er dachte, Sie seien der Mann."

„Er war auf dem Holzweg." Terence schnippte die Zigarette in die Gischt. „Charlie wusste, dass ich mit der Arbeit aufhören wollte. Auf diese Art wollte er mich im Spiel behalten."

„Sind Sie so gut, wie er gesagt hat?"

Mit einem Lachen rieb sich Terence übers Kinn. „Wahrscheinlich besser. Es war nie Charlies Art, anderen auf den Rücken zu klopfen."

Gillian drehte sich wieder um und musterte ihn. Auf sie wirkte er nicht wie ein Held, mit seinem stoppeligen Bart und den schmutzigen Kleidern. Aber es war Kraft in seiner Hand gewesen, als er ihren Arm genommen hatte, und sie spürte unterschwellige Gewalt. Er kann leidenschaftlich sein, wenn es um etwas geht, das er will, dachte sie. Unter normalen Umständen zog sie Männer mit kühlem, analytischem Verstand vor, die ein Problem mit Logik und Geduld angingen. Aber jetzt konnte sie keinen Wissenschaftler gebrauchen.

Terence steckte die Hände in die Tasche. Sie sah ihn an, als wäre er eine Laborratte, und das mochte er nicht. Vielleicht war es der Anklang an Irland in ihrer Stimme oder die Schatten unter ihren Augen, aber er konnte sich nicht dazu überwinden, einfach zu gehen.

„Sehen Sie, ich nehme Kontakt mit dem ISS auf. Innerhalb von vierundzwanzig Stunden werden einige der besten Agenten der Welt nach Ihrem Bruder suchen."

„Ich kann Ihnen hunderttausend Dollar geben." Sie hatte sich entschlossen. Sie hatte Vernunft zugunsten von Instinkt verworfen. Forrester hatte gesagt, dieser Mann könnte es. Ihr Vater hatte zugestimmt. Gillian warf ihre Wahl mit deren zusammen. „Die Summe steht nicht zur Verhandlung, weil das alles ist, was ich habe. Finden Sie meinen Bruder und meine Nichte, und mit hunderttausend Dollar können Sie sich stilvoll zurückziehen."

Er starrte sie einen Moment an, dann, einen Fluch hinunterschluckend, ging er aufs Meer zu. Die Frau war verrückt. Er bot ihr das Geschick der besten nachrichtendienstlichen Organisation der Welt an, und sie warf ihm Geld ins Gesicht. Eine ordentliche Summe.

Terence betrachtete die heranrollenden und sich zurückziehenden Wellen. Er hatte nie mehr als ein paar Tausender gehabt. Es lag einfach nicht in seinem Naturell. Aber hunderttausend Dollar konnten der Unterschied sein zwischen Aufhören und nur vom Aufhören reden.

Ein feiner Sprühregen flog ihm von der Gischt ins Gesicht. Er schüttelte den Kopf. Er wollte nicht hineingezogen werden. Er wollte nichts als in sein Hotel zurückgehen, sich ein Fünfsternemenü bestellen und mit vollem Bauch ins Bett legen. Er wollte einfach Ruhe. Zeit zum Überlegen, was er mit seinem Leben anstellen sollte.

„Wenn Sie unbedingt einen freien Mann wollen, ich kann Ihnen ein Dutzend Namen nennen."

„Ich will kein Dutzend Namen. Ich will Sie."

Etwas in der Art, wie sie es sagte, machte ihn nur noch entschlossener, sie loszuwerden. „Ich komme gerade aus neunmonatiger Untergrundarbeit. Ich bin ausgebrannt, Doc. Sie brauchen einen Jungen, schießwütig und gierig." Er fuhr sich mit den Händen übers Gesicht. „Ich bin müde."

„Das ist ein Vorwand." Die plötzliche Kraft in ihrer Stimme veranlasste ihn, sich umzudrehen. Sie stand aufrecht, lose Haarsträhnen flogen ihr ums Gesicht, das im Licht des aufgehenden Mondes hell wie Marmor war. In ihrer Wut und Verzweiflung war sie wirklich die erstaunlichste Frau, die er je kennengelernt hatte.

„Sie wollen nicht hineingezogen werden. Sie wollen nicht verantwortlich sein für das Leben eines unschuldigen Mannes und eines kleinen Kindes. Sie wollen davon nicht berührt werden. Mr. Forrester hat Sie als eine Art Ritter gesehen, als einen Mann der Prinzipien und des Mitgefühls, aber er hat sich geirrt. Sie sind die eigensüchtige Schale eines Mannes, der einen Freund wie ihn nicht verdient hat. Er war ein Mann, der sich gesorgt hat, der sich nur auf die Bitte um Hilfe hin bemühte und der wegen seiner eigenen Maßstäbe gestorben ist."

Terence riss den Kopf hoch. „Wovon zum Teufel sprechen Sie überhaupt?" Sein Blick fing das Licht auf und glänzte gefährlich. Mit einer schnellen, lautlosen Bewegung ergriff er Gillian bei beiden Armen. „Was zum Teufel soll das heißen? Charlie hatte einen Herzschlag."

Ihr schlug das Herz heftig in der Kehle. Sie hatte nie einen gefährlicheren Mann gesehen als Terence in diesem Augenblick. „Er hat versucht, mir zu helfen. Sie sind mir gefolgt. Drei Männer."

„Was für Männer?"

„Ich weiß nicht. Terroristen, Agenten, was auch immer. Sie sind ins Haus eingedrungen, als ich bei ihm war. Mr. Forrester hat mich hinter einer Geheimtür in seiner Bibliothek versteckt. Ich habe sie auf der anderen Seite gehört. Sie haben nach mir gesucht." Sie erinnerte sich noch ganz deutlich daran, wie heiß und erstickend es hinter der Tür gewesen war. Wie dunkel. Ihre Stimme bebte. „Es wurde sehr still. Die Stille hat mir viel mehr Angst gemacht, und ich wollte hinaus. Ich konnte den Mechanismus für die Tür nicht finden."

„Fünf Zentimeter unter der Decke."

„Ja, ich habe fast eine Stunde gebraucht, bevor ich ihn gefunden habe." Sie verschwieg, wie sie dabei gegen ihre Hysterie ankämpfen musste. „Als ich herauskam, war er tot. Wenn ich schneller gewesen wäre, hätte ich ihm vielleicht noch helfen können … Ich werde es nie sicher wissen."

„Das ISS sagte, Herzschlag."

„Das wurde diagnostiziert. Solche Sachen können durch eine einfache Injektion beigebracht werden. Wie auch immer, sie haben seinen Tod verursacht, als sie nach mir gesucht haben. Damit muss ich leben." Ohne es zu merken, packte sie Terence vorn am Hemd und krallte sich mit den Fingern fest. „Und Sie müssen es auch. Wenn Sie mir nicht aus Mitgefühl helfen oder wegen Geld, vielleicht tun Sie es aus Rache."

Er drehte sich wieder von ihr weg. Er hatte Charlies Tod akzeptiert. Ein Herzschlag, eine kleine Bombe im Gehirn, die zu einer bestimmten Zeit losging. Das Schicksal hatte gesagt: Charlie, du warst sechsundfünfzig Jahre und fünf

Monate auf der Welt, du hast das Beste daraus gemacht. Das hatte Terence akzeptiert.

Nun hörte er, es war nicht das Schicksal, es waren drei Männer. Er war Ire genug, um mit dem Schicksal zu leben. Aber es war möglich, Menschen zu hassen, sich an ihnen zu rächen. Das war etwas, worüber er nachdenken musste. Terence entschied, sich einen Topf mit schwarzem Kaffee zu besorgen und genau das zu tun.

„Ich bringe Sie zu Ihrem Hotel zurück."

„Aber …"

„Wir besorgen uns Kaffee, dann können Sie mir alles erzählen, was Charlie gesagt hat, alles, was Sie wissen. Dann verrate ich Ihnen, ob ich Ihnen helfe."

Wenn das alles war, was er zu geben hatte, dann nahm sie es. „Ich bin in Ihrem Hotel abgestiegen. Es schien mir praktisch zu sein."

„Gut." Terence nahm ihren Arm und ging los. Sie war nicht sehr fest auf den Beinen. Welches Feuer sie auch bis hierher getrieben hatte, es erlosch schnell. Sie schwankte einmal, und er verstärkte seinen Griff. „Wann haben Sie das letzte Mal gegessen?"

„Gestern."

Er schnaubte durch die Nase, was vielleicht ein Auflachen sein konnte. „Was für eine Art von Doktor sind Sie eigentlich?"

„Physikerin."

„Selbst eine Physikerin sollte etwas von Ernährung verstehen. Das funktioniert so: Man isst, man bleibt lebendig. Man isst nicht, man klappt zusammen." Er lockerte seinen Griff und legte den Arm um ihre Taille. Hätte sie noch Kraft, sie hätte dagegen protestiert.

„Sie riechen wie ein Pferd."

„Danke. Ich habe den größten Teil des Tages damit verbracht, im Dschungel herumzurennen. Welcher Teil von Irland?"

Müdigkeit breitete sich von ihren Beinen zu ihrem Gehirn hin aus. Sein Arm fühlte sich so stark, so tröstend an. Ohne es zu merken, lehnte sie sich an ihn. „Was?"

„Aus welchem Teil Irlands stammen Sie?"

„Cork."

„Kleine Welt." Er führte sie in die Eingangshalle. „Mein Vater auch. Welches Zimmer?"

„Zweiundzwanzig."

„Genau neben meinem."

„Ich habe dem Mann am Empfang tausend Pesos gegeben."

Weil die Fahrstühle klein und brütend heiß wie Backöfen waren, nahm er die Treppe. „Sie sind eine überraschende Frau, Dr. Fitzpatrick."

„Das sind die meisten Frauen, weil wir immer noch in einer Männerwelt leben."

Diesbezüglich hatte er seine Zweifel. „Schlüssel?"

Sie steckte die Hand in die Tasche, kämpfte ihr Schwächegefühl zurück. Sie würde nicht schlappmachen. Terence nahm ihr den Schlüssel ab. Bevor er aufschloss, schob er Gillian an die Wand des Ganges.

Sie schluckte, als sie sah, wie er ein Jagdmesser aus der Tasche zog. Seine Augen waren zusammengezogen, als er in den Raum trat und einige der wild verstreuten Sachen zur Seite schob.

„Oh nein!" Gillian stützte sich an den Türrahmen und sah sich um. Das war wirklich ganze Arbeit.

Ihre Koffer waren zerschnitten, und ihre Kleidungsstücke

waren überall verstreut. Die Matratze und die Polster des Sessels waren aufgeschlitzt, und große Flocken von weißem Füllmaterial übersäten den Boden. Die Schubladen der Kommode waren herausgerissen und ausgekippt worden.

Terence überprüfte das Bad. „Sie haben immer noch Ihre Beschatter, Doc. Packen Sie zusammen, was Sie brauchen. Wir unterhalten uns nebenan."

Schnell sammelte sie Hosen und Röcke und Blusen ein. „Ich habe noch Kosmetika und Toilettenartikel im Bad, die will ich schnell holen."

„Nicht mehr. Sie haben das meiste zerschlagen." Terence nahm wieder ihren Arm. Dieses Mal überprüfte er erst den Gang und ging dann schnell zur Nebentür. Er stützte Gillian gegen die Wand und öffnete die Tür. Seine Finger entspannten sich um den Messergriff, wenn auch nur leicht. Also, von ihm wussten sie nichts. Das war gut. Er machte Gillian ein Zeichen, hereinzukommen. Zweimal verschloss er die Tür und machte sich erst einmal an eine sorgfältige Durchsuchung des Raumes.

Es war eine alte Angewohnheit, die er sogar außerhalb des Dienstes befolgte, immer einige Kontrollzeichen zurückzulassen. Das Buch auf dem Nachttisch ragte noch einen halben Zentimeter über den Rand. Das Haar auf der Überdecke des Bettes lag noch an der alten Stelle. Er zog die Übergardinen vor. Dann setzte er sich aufs Bett und nahm den Telefonhörer. In perfektem Spanisch bestellte er Dinner und Kaffee. „Ich habe Ihnen ein Steak bestellt", meinte er, als er wieder auflegte. „Wir sind hier aber in Mexiko, ich würde also erst in einer Stunde damit rechnen. Setzen Sie sich."

Ihre Kleidungsstücke immer noch im Arm haltend, nahm sie im Sessel Platz.

„Hinter was sind die her?"

„Ich verstehe nicht."

„Sie haben Ihren Bruder. Warum will man Sie?"

„Vor ungefähr sechs Monaten habe ich mit Flynn am Projekt gearbeitet. Wir hatten den entscheidenden Durchbruch." Sie ließ den Kopf gegen das Polster sinken. „Wir glaubten, einen Weg gefunden zu haben, die einzelne Zelle zu immunisieren. Verstehen Sie, bei einer Verstrahlung ist die Zelle der eigentlich betroffene Teil. Strahlen dringen wie Kugeln ins Zellgewebe und verursachen Beschädigungen in den Zellen. Wir haben an einer Formel gearbeitet, die innerhalb der betroffenen Zelle Molekularveränderungen verhindert. Auf diese Art könnten wir ..."

„Wirklich faszinierend, Doc. Aber ich will wissen, warum sie hinter Ihnen her sind."

In ihrem schläfrigen Zustand hätte sie die Forschungsergebnisse fast preisgegeben. Sie setzte sich aufrecht hin. „Ich habe die Aufzeichnungen über diesen Teil des Projektes mitgenommen, zurück ins Institut, um noch eingehender daran zu arbeiten. Ohne sie kann Flynn das Experiment nicht so einfach rekonstruieren."

„Sie sind also das fehlende Teil des Puzzles, um es einmal so zu sagen?"

„Ich habe die Informationen." Sie nuschelte, während sie die Augen schloss.

„Sie wollen mir weismachen, Sie tragen das Zeug mit sich herum?" Der Himmel möge ihn vor Amateuren retten. „Haben sie es gekriegt?"

„Nein, sie haben es nicht gekriegt, und ja, ich habe es. Entschuldigen Sie mich", murmelte sie und schlief ein.

Einen Augenblick lang musterte Terence sie einfach nur.

Unter anderen Umständen hätte es ihn amüsiert, dass eine Frau, die er erst kurz kannte, mitten in der Unterhaltung im Sessel in seinem Hotelzimmer einschlief. Im Moment war sein Sinn für Humor nicht so ausgeprägt.

Sie war vor Erschöpfung blass wie der Tod. Ihr Haar war ein Feuerkranz, der Kraft und Leidenschaft verriet. Ihre Kleider lagen geballt in ihrem Schoß. Ihr Beutel war zerdrückt zwischen Hüfte und Sesselseite. Terence stand auf, nahm ihre Sachen und warf sie aufs Bett. Gillian rührte sich nicht.

Er stieß eine Haarbürste und eine antike gehämmerte Silberpuderdose zur Seite. Ein kleines Taschenwörterbuch verriet ihm, dass sie kein Spanisch verstand. Ihr Scheckbuch war mit klarer Handschrift sauber geführt. Ihr Passfoto war besser als die meisten, doch es hatte die Eigensinnigkeit nicht einfangen können, für die er schon Zeuge gewesen war. Auf dem Foto trug sie das Haar offen, eine wilde Lockenfülle, die ihr auf die Schultern fiel.

Er hatte schon immer eine Schwäche für lange Haarmähnen bei Frauen gehabt.

Sie war vor siebenundzwanzig Jahren in Cork geboren worden, im Mai, und hatte die irische Staatsbürgerschaft behalten, obwohl ihre Wohnanschrift eine New Yorker war.

Terence schob den Pass zur Seite und griff nach ihrer Brieftasche. Sie könnte eine neue gebrauchen, entschied er, als er sie aufschlug. Im Kniff war das Leder schon glatt und dünn abgewetzt. Ihre Fahrerlaubnis musste bald erneuert werden, und auf dem Foto hatte sie den gleichen ernsten Ausdruck wie auf dem im Pass. Sie hatte dreihundert Dollar in bar und zweitausend als Reiseschecks. Er fand eine zusammengefaltete Einkaufsliste in der Geldscheintasche und ein Parkticket.

Er sah sich ihre Fotos durch, die sie bei sich trug. Auf einem Schwarz-Weiß-Bild war ein Mann mit einer Frau abgebildet. Nach der Kleidung zu urteilen, war es in den späten Fünfzigern aufgenommen. Die Frisur der Frau war adrett wie der Kragen und die Manschetten ihrer Bluse, aber ihr Lächeln war von einer natürlichen Herzlichkeit. Der Mann, stämmig, mit einem vollen Gesicht, hatte einen Arm um die Frau gelegt, sah aber sehr streng aus.

Terence fand ein Foto von Gillian im Overall und T-Shirt, den Kopf lachend zurückgeworfen, den Arm um denselben Mann gelegt. Er mochte vielleicht zwanzig Jahre älter sein. Sie machte einen glücklichen Eindruck, mit sich selbst zufrieden, und sah überhaupt nicht wie eine Physikerin aus.

Auf dem nächsten Bild war ihr Bruder. Die Ähnlichkeit war frappierend. Sein Haar war von einem gedämpfteren Rot, fast Mahagoni, aber er hatte dieselben großen grünen Augen und den vollen Mund. Im Arm hielt er eine kleine Elfe von vielleicht drei Jahren, mit der verräterischen wilden Mähne roter Locken. Ihr Gesicht war rund und zufrieden. Neben dem Mundwinkel zeigte sich ein Grübchen.

Bevor er es selbst merkte, lächelte Terence und hielt das Foto näher ans Licht. Wenn ein Foto eine Geschichte erzählen könnte, würde er seinen letzten Cent dafür verwetten, dass das Kind eine Nervensäge war. Er hatte eine Schwäche für pfiffige Kinder, die den Glanz eines kleinen Wildfangs in den Augen hatten. Leise fluchend klappte er die Brieftasche zu.

Der Inhalt ihres Beutels hatte ihm einiges über sie verraten können, aber nirgends fand er Aufzeichnungen. Ein paar Telefongespräche würden die Lücken füllen, soweit es Dr. Gillian Fitzpatrick betraf. Er warf ihr wieder einen Blick zu, die immer noch im Sitzen schlief, dann warf er seufzend alles wieder zurück in den Beutel. Vielleicht musste er bis zum Morgen warten, um etwas aus ihr herauszubekommen.

Als es an der Tür klopfte, rührte sie sich nicht. Terence ließ den Kellner herein und schüttelte Gillian dann dreimal heftig. Außer einem Gemurmel erhielt er keine Reaktion. Fluchend legte er sie aufs Bett. Sie roch wie eine Wiese mit frisch erblühten Wildblumen.

Dann machte es sich Terence am Tisch bequem. Er goss sich die erste Tasse Kaffee ein und ließ sich sein Essen schmecken – und ihres.

2. Kapitel

Nach einem tiefen Zwölfstundenschlaf wachte Gillian auf. Es war dämmrig im Zimmer, doch langsam klärte sich ihr Kopf. Die Ereignisse des vergangenen Tages kamen zurück. Der nervenaufreibende Flug von Mexiko City nach Mérida. Die Angst und die Müdigkeit. Die frustrierende Suche von Hotel zu Hotel. Die schmutzige Cantina, wo sie den Mann gefunden hatte, von dem sie glauben musste, dass er ihren Bruder und ihre kleine Nichte retten würde.

Das war sein Zimmer. Das war sein Bett. Vorsichtig drehte sie den Kopf – und stöhnte unterdrückt auf. Er schlief neben ihr, und aller Wahrscheinlichkeit nach war er nackt wie am Tage, als er geboren wurde. Das Laken lag schräg über seinem nackten Rücken, vom Schulterblatt bis zur Taille. Sein Gesicht, im Schlaf etwas weniger bedrohlich, lag nur Zentimeter von ihrem. Das Gesicht eines Mannes, der einer Frau immer gefährlich war.

Und doch hatte sie die Nacht mit ihm verbracht und war sicher gewesen. Seufzend bewegte sie sich, um aufzustehen. Seine Hand schoss hoch, seine Augen öffneten sich. Gillian erstarrte. Vielleicht war sie nicht so sicher, wie sie gedacht hatte.

Sein Blick war klar und wachsam. Sein Griff war fest und fast schmerzhaft.

Er spürte, wie ihr Puls hochschoss. Ihr Haar war kaum zerzaust. Der Schlaf hatte die Schatten unter ihren Augen verblassen lassen, Augen, die ihn argwöhnisch anblickten.

„Sie haben geschlafen wie ein Stein." Dann gab er sie frei und rollte hinüber.

„Die Reise hat mich geschafft." Ihr Herz hämmerte, als wäre sie drei Treppen hochgerannt. Es war gefährlich, ihn anzusehen und dabei so nah zu sein. Benommen spürte sie seine sexuelle Anziehungskraft.

Unwillkürlich wanderte ihr Blick tiefer – über den kräftigen Hals, die breite Brust – und erstarrte. Direkt neben seinem Herzen zog sich eine rote Narbe durch seine braune Haut. Es sah aus, als wäre das Fleisch aufgerissen und wieder zusammengeklappt worden. Und zwar kürzlich.

„Das sieht … ernst aus."

„Es sieht wie eine Narbe aus." Seine Stimme verriet nichts, während sie weiter entsetzt die Wunde anstarrte. „Haben Sie Probleme mit Narben, Doc?"

„Nein." Sie zwang sich wegzusehen, zurück zu seinem Gesicht. Es war hart und ausdruckslos wie seine Stimme. Er ist ein gewalttätiger Mann, erinnerte sie sich, der nicht zimperlich im Einsatz seiner Mittel ist. Und das war genau, was sie brauchte. Sie stand auf und zog verlegen ihre Sachen glatt. „Vielen Dank, dass Sie mich hier schlafen ließen. Aber wir hätten doch bestimmt auch noch eine Liege organisieren können."

„Ich habe nie Probleme damit, mein Bett zu teilen." Er warf das Laken zur Seite und bemerkte ihr unwillkürliches Zusammenzucken. Das amüsierte ihn. Er trug einen fleischfarbenen Slip, der dem Schamgefühl oder der Einbildungskraft wenig Raum ließ. Ohne erkennbares Zeichen von Befangenheit stand Terence auf und schenkte Gillian ein langsames, etwas schiefes Lächeln. Es gefiel ihm, dass sie den Blick nicht abwandte. Was sich auch in ihrem Kopf abspielte, sie stand, wo sie war, und betrachtete ihn kühl.

Ihr Hals war trocken wie Staub geworden, und doch gelang ihr beiläufig eine anzügliche Bemerkung. „Sie könnten eine Dusche gebrauchen."

„Warum bestellen Sie uns nicht Frühstück, während ich mich an Ihren Rat halte?" Er ging zum Bad.

„Mr. O'Hara ..."

„Warum nicht Terence, Sweetheart?" Er blickte über die Schulter und lächelte wieder. „Immerhin haben wir gerade miteinander geschlafen."

Das Wasser lief im Bad, bevor es ihr gelang, die Luft wieder auszustoßen, die in ihren Lungen gefangen war.

Er hat das absichtlich gemacht, natürlich, sagte sie sich und setzte sich auf den Bettrand. Typisch für Männer von diesem Schlag, sich so stolzierend zur Schau zu stellen. Der Pfau hatte sein buntes Gefieder, der Löwe seine Mähne. Männer stolzierten wie die Gockel herum, um die Frauen zu beeindrucken. Aber wer hätte auch erraten können, dass der Mann so gebaut war?

Mit einem Kopfschütteln nahm Gillian den Telefonhörer ab. Es war ihr egal, wie er gebaut war, solange er ihr half.

Er hätte es vorgezogen, wenn sie nicht so zerbrechlich und verletzbar ausgesehen hätte. Terence duschte kalt, um den nur dreistündigen Schlaf auszugleichen. Sein Problem. Er seifte sich das Gesicht ein und rasierte sich unter der Dusche ohne Spiegel nach dem Gefühl. Der Nummer „Mädchen in Not" hatte er noch nie widerstehen können. Sie hätte ihn in Santo Domingo fast umgebracht und in Stockholm in den Hafen der Ehe. Er war sich nicht sicher, was schlimmer gewesen wäre.

Es half auch dem Teufel nicht, dass die hier schön war. Schöne Frauen hatten einen Vorteil, egal was die moderne

Philosophie über Intellekt sagte. Er konnte einen Verstand bewundern, aber er zog ihn gut verpackt vor.

Und dieses reizende Wesen brachte ihn wieder mitten in das Wespennest Hammer hinein, wo er doch nichts anderes wollte als ein paar alte Ruinen besichtigen und im Meer schnorcheln.

Hammer. Warum zum Teufel musste es Hammer sein? Er hatte geglaubt, er sei fertig mit dieser gewalttätigen Gruppe von Aussteigern. Es hatte ihn mehr als sechs Monate gekostet, die untersten Kommandoeinheiten der Gruppe zu infiltrieren.

Und dann war es außerhalb von Kairo geschehen. Der Mann, dem er zugeteilt war, hatte einige Waffengeschäfte in die eigene Tasche gemacht. Und dann hatte der frischgebackene Kleinunternehmer plötzlich in Panik Terence ein Loch in die Brust geblasen und ließ den vermeintlichen Toten liegen. Das Risiko, von Terence verraten zu werden, war ihm zu groß gewesen. Es war allgemein bekannt, dass der Mann, der die Macht und das Geld der Organisation besaß, privatem Unternehmergeist nicht gerade freundlich gesinnt war.

Wegen nichts, dachte Terence angewidert. Die Monate der Arbeit, die sorgfältige Planung, umsonst, weil ein halb verrückter Ägypter einen in Angstschweiß gebadeten Abzugsfinger hatte.

Terence war dem Tod so nahe gewesen, dass er nur noch den Wunsch hatte, sein Leben zu genießen. Sich zu betrinken, eine Frau im Arm zu halten, im weißen Sand zu liegen und in den blauen Himmel zu blicken.

Dann war sie gekommen.

Wissenschaftler. Er fuhr sich übers Kinn, fand es weich genug und ließ sich das Wasser auf den Kopf prasseln. Seit

Dr. Frankenstein brachten Wissenschaftler nur die Ordnung der Dinge durcheinander. Warum konnten sie nicht an einem Allheilmittel für die zwischenmenschliche Kälte arbeiten und die Zerstörung der Welt dem Militär überlassen?

Er drehte den Hahn zu und griff nach zwei riesigen Handtüchern. Zwei Anrufe gestern Abend hatten ihm genügend Informationen über Gillian Fitzpatrick geliefert. Hinsichtlich der Schweizer Schule hatte er sich allerdings geirrt. Es waren irische Nonnen gewesen, die ihr die Körperhaltung beigebracht hatten. Nach ihrer Ausbildung hatte sie für ihren Vater gearbeitet und dann eine Stellung am hochgeachteten Random-Frye-Institut in New York angenommen.

Sie war Single, obwohl es eine Verbindung zwischen ihr und einem Dr. Arthur Steward gab, dem Kopf der Forschungs- und Entwicklungsabteilung des Instituts. Vor drei Monaten hatte sie sechs Wochen in Irland verbracht, auf der Farm ihres Bruders.

Ein mit Berufsarbeit verbrachter Urlaub, entschied Terence, wenn sie währenddessen wirklich für Horizon gearbeitet hatte.

Es gab keinen Grund, ihr nicht zu glauben, keinen Grund, abzulehnen, worum sie gebeten hatte. Er würde Flynn Fitzpatrick finden und das kleine Mädchen mit dem Koboldgesicht. Und dabei würde er auch die Männer finden, die Charlie getötet hatten. Für die erste Sache bekam er hunderttausend und für die zweite ungeheure Befriedigung.

Das Handtuch bedeckte ihn mit der gleichen Offenheit wie der Slip.

„Dusche habe ich hinter mir, Jill."

„Gillian", sagte sie. Die Viertelstunde allein war eine große Hilfe gewesen, um ihre Fassung zurückzugewinnen. Da sie etwas von Terence O'Hara wollte, entschied sie sich, an ihn nicht als Mann, sondern als Werkzeug zu denken.

„Wie Sie wollen."

„Normalerweise will ich. Ich habe keine Zahnbürste."

„Benutzen Sie meine." Er fing ihren Blick im Spiegel auf und lächelte. „Tut mir leid, Doc, ich habe keine übrig. Nehmen Sie meine, oder lassen Sie es."

„Es ist unhygienisch."

„Ja, aber dann ist es das Küssen auch, wenn man es recht betrachtet."

Gillian nahm ihre Sachen und zog sich ohne Kommentar ins Bad zurück.

Sie fühlte sich fast menschlich, als sie wieder herauskam. Der Duft von Essen und Kaffee verursachte ihr ein sehr gesundes Gefühl im Magen. Terence aß schon, den Kopf über eine Zeitung gebeugt. Er machte sich nicht einmal die Mühe, aufzublicken, als sie sich setzte. Da der Hunger sie drängte, widmete sie sich ihrem eigenen Teller und ignorierte Terence auch.

Nach längerem Schweigen kommentierte er den Zeitungsartikel, den er gerade las. „Bei denen klingt es, als wären nur ein paar nette Plauderstündchen erforderlich, um den neuen SALT-Vertrag zu ratifizieren."

„Diplomatie ist in jeder Verhandlung unentbehrlich."

„Ja, aber ..." Er blickte auf. Er wusste genau, wie es sich anfühlte, eine harte Faust in den Solarplexus zu bekommen. Er wusste, wie sich der Körper zusammenzog, wie die Luft wegblieb und es im Kopf wirbelte. Bis jetzt hatte er nicht gewusst, dass es die gleiche Wirkung beim Anblick einer Frau gab.

Ihr Haar lockte sich feucht über die Schultern in der Farbe

von Flammen. Ihre Haut war Elfenbein mit einem Hauch von Rosa. Über den Becherrand sah sie ihn fragend mit ihren tiefgrünen Augen an, die an die Berge von Irland erinnerten.

Er dachte an Nixen. An Sirenen. An Verführung.

„Stimmt etwas nicht?" Sie war fast versucht, seinen Puls zu fühlen. Der Mann wirkte plötzlich ausgezählt.

„Was?"

„Sind Sie krank?" Nun streckte sie die Hand aus, doch er fuhr zurück, als hätte sie ihn gestochen.

„Nein, alles in Ordnung." Nein, ich bin kein Idiot, sagte er sich selbst, als er seinen Kaffeebecher hob. Sie ist keine Frau, erinnerte er sich, sie ist mein Ticket für ein frühes Zurückziehen aus dem Beruf und süße Rache. „Wir müssen einige Punkte klären. Wann haben die sich Ihren Bruder geschnappt?"

Die Erleichterung kam wie eine Flutwelle. „Sie werden mir helfen."

Er strich sich Butter auf seinen Toast. „Sie sagten, Sie geben mir hunderttausend."

Die Dankbarkeit in ihrem Blick verschwand. Die Wärme in ihrer Stimme kühlte sich ab. Es war ihm lieber so. „Das stimmt. Das Geld steckt in einem Treuhandfonds, der mir mit fünfundzwanzig überschrieben wurde."

„Gut. Also, wann haben sie Ihren Bruder geschnappt?"

„Vor sechs Tagen."

„Woher wissen Sie, wer ihn geschnappt hat und warum?"

Es macht nichts, dass er ein Söldner ist, sagte sie sich, wenn er nur meine Familie rettet. „Flynn hat ein Tonband zurückgelassen. Er hatte gerade einige Notizen auf Band gesprochen, als sie bei ihm eindrangen. Er ließ das Band laufen, und ich vermute, während des Kampfes hat es niemand bemerkt."

Die Kampfgeräusche waren deutlich auf dem Band zu hören, das Poltern und das Weinen ihrer Nichte. Sie musste schlucken, und das Frühstück schmeckte ihr plötzlich überhaupt nicht mehr. „Ein Mann sagte, er werde Caitlin töten, wenn sich Flynn nicht kooperativ verhalte. Flynn fragte, was sie von ihm wollten, und ihm wurde geantwortet, dass er jetzt für Hammer arbeite. Sie befahlen ihm, die Aufzeichnungen über das Horizon-Projekt zu holen. Flynn flehte sie an, das Kind aus dem Spiel zu lassen. Und einer der Männer meinte, sie seien nicht inhuman, es sei grausam, ein Kind von seinem Vater zu trennen. Und er lachte."

Terence konnte sehen, wie nahe ihr das ging. Um ihrer beider willen bot er ihr keinen Trost. „Wo ist das Band?"

„Flynns Haushälterin war auf dem Markt. Sie hat das Durcheinander im Laboratorium entdeckt, als sie zurückkam. Und sie hat die Polizei gerufen. Die hat sich mit mir in Verbindung gesetzt. Flynns Rekorder stellt sich automatisch ab, wenn das Band voll ist. Die Polizei hat sich darum nicht gekümmert. Ich schon." Sie faltete die Hände, während sich Terence eine Zigarette ansteckte. „Schließlich habe ich das Band Mr. Forrester gebracht. Es war weg, als ich ihn tot auffand."

„Und warum wissen sie von Ihrer Existenz?"

„Sie mussten nur Flynns Notizen lesen. Aus ihnen geht hervor, dass ich an dem Projekt mitgearbeitet habe."

„Die Männer auf dem Band, haben sie Englisch gesprochen, wissen Sie das?"

„Ja, mit Akzent, einem mediterranen, glaube ich. Mit Ausnahme von dem, der gelacht hat. Das klang slawisch, wenn ich mich recht erinnere."

„Hat jemand einen Namen benutzt?"

„Nein." Während sie tief Luft holte, fuhr sie sich mit beiden Händen durchs Haar. „Ich habe mir das Band Dutzende Male angehört, in der Hoffnung, dass mir irgendetwas auffällt. Sie haben nichts darüber gesagt, wohin sie ihn mitnehmen, nur den Grund."

„Okay." Terence kippte auf seinem Stuhl zurück und blies den Rauch zur Decke. „Ich denke, wir können sie aus ihrem Versteck hervorlocken."

„Wie?"

„Sie wollen Sie, nicht wahr? Oder die Aufzeichnungen." Er schwieg einen Moment, während er beobachtete, wie sie die Information verarbeitete. „Sie sagten, Sie hätten sie bei sich. Ich habe sie in Ihrem Beutel nicht gefunden."

Die Nachdenklichkeit in ihrem Blick ging in Entrüstung über. „Sie haben meine Sachen durchsucht?"

„Teil meines Jobs. Wo sind sie?"

Gillian erhob sich und trat ans Fenster. „Mr. Forrester hat sie zerstört."

„Sie haben mir gesagt, Sie hätten sie bei sich."

„Das habe ich auch." Sie drehte sich um und tippte sich an die Schläfe. „Genau hier. Mit einem wirklich fotografischen Gedächtnis kann man Worte sehen. Falls und wenn es notwendig sein sollte, kann ich die Aufzeichnungen wieder aufschreiben."

„Genau das werden Sie tun, Doc, allerdings mit Änderungen." Er zog die Augen zusammen und überdachte den Plan. Es könnte klappen, aber es hing von Gillian ab. „Wie steht es mit Ihrer Courage?"

Sie fuhr sich über die Lippen. „Ich hatte kaum Gelegenheit, sie zu testen. Aber wenn Sie damit meinen, mich als Köder zu benutzen, dann bin ich einverstanden."

„Ich will keine großen Opfer." Er zerdrückte seine Zigarette, bevor er sich erhob und zu ihr trat. „Vertrauen Sie
mir?"

Sie musterte ihn in dem harten grellen Licht der mexikanischen Sonne. Er war jetzt geschrubbt und rasiert und trotzdem nicht weniger gefährlich als der Mann, dem sie in der
Cantina begegnet war. „Ich weiß nicht."

„Dann sollten Sie es besser durchdenken, wirklich sorgfältig." Er hob ihr Kinn. „Denn wenn Sie am Leben bleiben
wollen, dann sollten Sie es."

Es war eine lange, schweigsam verlaufende Fahrt nach Uxmal. Terence hatte dafür gesorgt, dass jeder im Hotel mitbe-
kam, wohin sie fuhren. Er hatte Broschüren und Reiseführer
besorgt und sich beim Empfangsportier nach der Strecke er-
kundigt. Ganz und gar der begeisterte Tourist, der die be-
rühmten Ruinen von Uxmal besichtigen wollte.

Die Vegetation auf beiden Seiten der Straße war üppig.
Der überdachte Jeep hatte keine Klimaanlage, und Gillian,
die literweise Mineralwasser trank, fragte sich, ob sie die
Rückfahrt noch lebend überstehen würde.

„Ein näherer Ort hätte es nicht getan?"

„Uxmal ist der ideale Touristenort." Die Straße war gerade
und schmal. Terence blickte in den Rückspiegel. Sollten sie
verfolgt werden, dann waren es echte Profis. Er schob seine
Sonnenbrille hoch. „Und es ist nicht überlaufen, was unsere
Freunde abschrecken könnte. Außerdem bin ich sowieso
hier, um mir die Pyramiden im Puuc-Stil anzusehen."

„Ich hätte nicht gedacht, dass ein Mann wie Sie an alten
Kulturen und Pyramiden interessiert ist."

„Ich habe so meine Momente." Tatsächlich war er schon

immer an den Zeugnissen vergangener Epochen interessiert gewesen.

Selbst mit der dünnen hellen Bluse und der Hose, die sie trug, war die drückende Hitze kaum zu ertragen. Dazu kam, dass sich die Angst in ihrem Leib zusammenzog. „Was, wenn sie bewaffnet sind?"

Terence warf ihr einen grimmig amüsierten Blick zu. „Lassen Sie das meine Sorge sein. Sie bezahlen mich, damit ich mich um die Einzelheiten kümmere."

Gillian verfiel wieder in Schweigen. Ich muss verrückt sein, dachte sie, mein Leben und das meiner Familie einem Mann anzuvertrauen, der mehr an Geld als an Menschlichkeit interessiert ist. Sie nahm noch einen Schluck warmes Mineralwasser und versuchte sich damit zu trösten, was Charles Forrester über ihn gesagt hatte: „Er ist ein Außenseiter, bestimmt kein Mann, der als Mannschaftsspieler in Betracht käme. Wenn er es wäre, würde er mittlerweile in der Führungsspitze vom ISS sitzen. So gut ist er. Wenn Sie einen Mann wollen, der eine Nadel im Heuhaufen findet – und es Ihnen egal ist, ob das Heu dabei etwas zerwühlt wird –, ist er der Richtige."

„Es geht um das Leben meines Bruders, Mr. Forrester. Und das Leben eines kleinen Mädchens, nicht zu erwähnen die möglichen nuklearen Auswirkungen."

„Falls ich aus allen Agenten, mit denen ich gearbeitet habe, einen auswählen sollte, dem ich mein Leben anvertraue, dann Terence O'Hara."

Nun vertraute sie ihm ihr Leben an, einem Mann, den sie weniger als vierundzwanzig Stunden kannte. Er war ungehobelt und mehr als nur etwas grobkantig. Seit sie ihn kannte, hatte er ihr nicht ein Wort des Mitgefühls wegen ihrer Familie geboten, und er hatte nicht mehr als ein flüchtiges Interesse an einer Formel gezeigt, die die Machtbalance in der Welt für immer ändern könnte.

Und doch, da war eine ruhig unterstützende Art, wie er den Arm um ihre Taille gelegt hatte, als sie vor Müdigkeit geschwankt hatte.

„Wie lange sind Sie schon Agent?"

Er blickte sie wieder an und brach in Lachen aus. Sie hörte ihn das erste Mal lachen – kräftig, sorglos und viel anziehender, als ihr lieb war. „Honey, hier geht es nicht um James Bond. Ich arbeite in der Spionage – oder, wenn Sie den sauberen Begriff vorziehen, im Nachrichtendienst."

„Sie haben meine Frage nicht beantwortet."

„Zehn Jahre, mehr oder weniger."

„Warum?"

„Warum was?"

„Warum tun Sie diese Arbeit?"

Terence drückte den Zigarettenanzünder und ignorierte die kleine Stimme in seinem Kopf, die ihn daran erinnerte, dass er zu viel rauchte. „Das ist eine Frage, die ich mir kürzlich selbst gestellt habe. Warum Physik?"

Sie war nicht so dumm zu glauben, dass es ihn überhaupt interessierte. Die Frage lenkte einfach nur von ihm ab. „Familientradition, und es lag mir. Ich bin so gut wie in einem Labor geboren worden."

„Wir sind fast da. Sollen wir noch einmal alles in Ruhe durchgehen?"

Gillian holte tief Luft. Es war also so weit. „Nein."

Der Parkplatz war halb voll. Die Kamera über die Schulter gehängt, nahm Terence Gillians Hand. Ihr Widerstand bewirkte nur, dass er seinen Griff verstärkte.

„Versuchen Sie, etwas romantisch auszusehen. Wir haben ein Rendezvous."

„Sie verstehen, wenn ich es etwas schwierig finde, mit einem verklärten Blick herumzulaufen."

Er zog den Fremdenführer aus der Tasche. „Diese Kultstätte stammt übrigens aus dem sechsten und siebten Jahrhundert. Das ist tröstlich."

„Tröstlich?"

„Über tausend Jahre, und es ist uns noch nicht gelungen, sie zu zerstören. Lust auf einen Aufstieg?"

Sie blickte ihn an, konnte seine Augen hinter den dunklen Brillengläsern aber nicht sehen. „Ich denke schon."

Händchen haltend stiegen sie die großen Stufen der Wahrsagerpyramide hinauf. Obwohl Gillian Schweiß den Rücken heruntertropfte und ihr Herz in dumpfer Angst pochte, wurde sie von der Atmosphäre ergriffen. Uralte Steine, von uralten Händen bewegt, um uralte Götter zu ehren. Von oben konnte man über das blicken, was einmal die Kultstätte für viele Menschen gewesen war.

Für einen Moment gab sich Gillian ganz dem Zauber der Atmosphäre hin. Die Wissenschaftlerin in ihr hätte die Brauen hochgezogen. Doch ihre irischen Vorfahren hatten an Geister geglaubt. Dieser Ort war einmal voller Leben gewesen. Der Geist herrschte immer noch. Gillian schloss die Augen.

„Können Sie es fühlen?", murmelte sie.

„Was fühlen?", fragte er, obwohl er es wusste. Der Praktiker in ihm hatte nie ganz den Träumer überlagern können.

„Das Alter, die alten, alten Seelen. Leben und Tod. Blut und Tränen."

„Sie überraschen mich."

Sie öffnete die Augen, die jetzt noch grüner waren vor tiefer Emotion. „Zerstören Sie es nicht. Orte wie dieser verlieren nie ihre Macht. Man kann einen Stein schleifen, doch wenn man hier oben steht, ist er immer noch heilig."

„Ist es Ihre wissenschaftliche Meinung, Doktor?"

„Sie zerstören es wirklich."

Er wurde weicher, obwohl es für beide besser wäre, Abstand zu wahren. „Waren Sie schon einmal in Stonehenge?"

„Ja." Sie lächelte, und ihre Hand entspannte sich in seiner.

„Wenn Sie die Augen schließen und im Schatten eines Steines stehen, können Sie den Gesang hören. In Ägypten können Sie mit der Hand über den Stein einer Pyramide fahren und riechen das Blut der Sklaven und den Duft der Könige. Auf der Isle of Man gibt es Nixen mit Haaren wie Ihren."

Er fasste in ihr Haar, das voll und seidig war. Er stellte sich vor, dass es seine Haut erhitzte mit einer Art von Feuer, wie es Zauberer hervorbringen, ohne Streichhölzer und Hilfsmittel.

Sie konnte nichts tun, als ihn anzustarren. Obwohl seine Augen immer noch verborgen waren, klang seine Stimme weich, hypnotisch. Die Hand in ihrem Haar schien ihr ganzes Sein zu berühren, langsam, verführerisch. Der kleine Stachel des Begehrens, den sie heute früh gespürt hatte, wurde zu einer tiefen, drängenden Sehnsucht.

Sie lehnte sich an ihn. Ihre Körper berührten sich.

„Der Ausblick sollte es besser wert sein, Harry. Ich schwitze wie verrückt."

Gillian riss sich zurück, als wäre sie mit der Hand in der Ladenkasse überrascht worden, während ein Ehepaar mittleren Alters sich die letzten Stufen hinaufschleppte.

„Ein Haufen Steine." Die Frau nahm ihren Strohhut ab

und befächelte sich damit ihr errötetes Gesicht. „Warum haben wir bloß den ganzen Weg nach Mexiko machen müssen, nur um auf einen Haufen alter Felssteine zu steigen?"

Der Zauber des Ortes verflog.

„Junger Mann, könnten Sie ein Bild von meiner Frau und mir machen?"

Terence nahm die Kamera des korpulenten Mannes. Es war das wenigste, was er tun konnte, nachdem die beiden ihn vor einem Fehler bewahrt hatten. Wenn er weiter seine Gedanken von der anliegenden Aufgabe weg- und zu romantischen Empfindungen hinwandern ließ, bekam er nie seine Rache und Gillian nicht ihre Familie.

„Etwas näher zusammen", befahl er. Das Ehepaar lächelte breit und eingefroren, und er drückte auf den Auslöser.

„Nett von Ihnen." Der Mann nahm die Kamera zurück. „Soll ich auch eins von Ihnen und der Lady machen?"

„Warum nicht?" Eine typische Touristensituation. Er legte den Arm um Gillians Taille. Sie wurde steif wie ein Brett. „Lächeln, Honey."

Er war sich nicht sicher, aber er glaubte, eine für ihn wenig schmeichelhafte Bezeichnung zu hören.

Sie stiegen wieder hinunter. „Bleiben Sie dicht neben mir." Von der Pyramide oben hatte Terence drei Männer gesehen, die gemeinsam zu den Ruinen kamen und sich dann trennten.

Gillian biss die Zähne fest aufeinander und gehorchte, obwohl sie im Augenblick nichts lieber wollte, als größtmöglichen Abstand zwischen sie zu bringen. Es muss einfach die knallende Sonne sein, entschied sie, die mich so weich und schwindlig gemacht hat. Ganz sicher hatte es nichts mit echten Empfindungen zu tun. Hitzschlag, sagte sie sich. Hinzu kam die Tatsache, dass sie schon immer hochsensibel für

Atmosphärisches war. Daraus ergab sich die plausible Antwort, warum sie ihn fast geküsst hatte, ihn tatsächlich küssen wollte.

„Das ist nicht die beste Zeit für Tagträume." Er legte einen Arm um ihre Schulter und lenkte sie in den Innenhof des Palastes mit dem Namen Nonnenkloster.

Der Platz gefiel Terence. Er war zu allen vier Seiten von verschachtelten Gängen und Räumen begrenzt, die genügend Deckung boten.

„Es wird von Ihnen erwartet, dass Sie die kunstvollen Steinarbeiten bewundern."

Gillian schluckte einen kleinen Ball der Angst hinunter. „In den aus Stein gehauenen Bögen und Fassaden erkennt man die klassische Maya-Architektur. Dieser Puuc-Stil zeigt sich in der Art der Steinbearbeitung."

„Sehr gut", murmelte Terence. Er sah, wie einer der Männer in den Innenhof schlüpfte. Gut so, dachte Terence, sie suchen getrennt nach uns. Unerwartet drückte er Gillian gegen eine Säule und ließ die Hände ihren Körper hinabgleiten.

„Was machen …"

„Ich mache gerade einen unzüchtigen Vorschlag", sagte er leise, ganz nah an ihrem Ohr. „Verstanden?"

„Ja." Es war das Signal, doch sie war wie erstarrt. Sein Körper war hart und heiß, und aus Gründen, die sie nicht näher betrachten wollte, fühlte sie sich sicher.

„Ein sehr unzüchtiger Vorschlag, Gillian. Es hat etwas mit dir und mir zu tun. Wir beide nackt in einer riesigen Badewanne voll mit Schlagsahne."

„Das ist nicht unzüchtig, das ist bemitleidenswert." Sie holte tief Luft. „Du verdorbener Kerl, du." Sie holte aus und schlug ihm – etwas fester als notwendig – ins Gesicht. Dann schob sie ihn von sich und machte eine regelrechte Show daraus, ihr Haar und ihre Kleidung wieder in Ordnung zu bringen. „Nur weil ich einem Ausflug zugestimmt habe, musst du nicht denken, ich habe Lust zu deinen widerlichen Spielchen."

Mit zusammengekniffenen Augen fuhr sich Terence über die Wange. Sie hatte einen harten Schlag gelandet, doch das würden sie später besprechen. „Schön, Sweetheart. Dann sieh auch zu, wie du wieder zurück nach Mérida kommst. Ich habe Besseres zu tun, als meine Zeit mit einem zimperlichen Blümchen-rühr-mich-nicht-an ohne Fantasie zu vergeuden!" Und damit ließ er sie stehen. Er ging an dem Mann vorbei, der drei Meter entfernt stand und sich für einen Türbogen zu interessieren schien.

Gillian musste sich auf die Zunge beißen, um Terence nicht zurückzurufen. Er hatte sie gefragt, ob sie Schneid habe. Nun musste sie sich eingestehen, es war weniger als erhofft. Ihre Hände zitterten. Doch sie brauchte nicht lange zu warten.

„Alles in Ordnung, Miss?"

Das war sie. Sie hatte keine Mühe, die Stimme vom Tonband ihres Bruders wiederzuerkennen. Gillian drehte sich um und hoffte, ihre glänzenden Augen und unsichere Stimme würden als Zeichen von Entrüstung aufgefasst. „Ja, danke."

Er war dunkel und nicht viel größer als sie, mit olivfarbener Haut und einem überraschend freundlichen Gesicht. Sie zwang sich zu lächeln. „Ich fürchte, mein Begleiter war an Maya-Architektur weniger interessiert, als er vorgetäuscht hat."

„Vielleicht könnte ich Sie zurückfahren."

„Nein, das ist sehr freundlich von Ihnen, aber ..." Sie

brach ab, als sie den Druck eines Messers an ihrer Seite spürte, direkt unterhalb der Taille.

„So wäre es das Beste, Dr. Fitzpatrick."

Sie brauchte Entsetzen nicht vorzutäuschen, doch selbst als ihr Verstand drohte einzufrieren, erinnerte sich Gillian an ihre Instruktionen. Hinhalten. So lange wie möglich hinhalten, um Terence Zeit zu verschaffen. „Ich ... ich verstehe nicht."

„Es wird sich alles aufklären. Ihr Bruder schickt seine besten Wünsche."

„Flynn." Ungeachtet des Messers packte Gillian das Hemd des Mannes. „Sie haben Flynn und Caitlin. Sagen Sie mir, dass es ihnen gut geht. Bitte."

„Beide sind in guter Verfassung und bleiben es, wenn er vernünftig ist." Mit einem Druck des Messers schob er Gillian vor sich her. „Und im Augenblick sind wir an gewissen Aufzeichnungen besonders interessiert."

„Ich gebe sie Ihnen. Ich habe sie hier bei mir." Sie packte den Riemen ihres Beutels. „Bitte, tun Sie mir oder meiner Familie nichts."

„Es ist zu Ihrem Vorteil, dass Sie kooperativer als Ihr Bruder sind."

„Wo ist Flynn? Bitte, sagen Sie es mir."

„Sie werden früh genug mit ihm zusammen sein."

Terence fand den zweiten Mann hinter dem sogenannten Gouverneurspalast. Er schlenderte heran und presste blitzschnell das Gesicht des Mannes gegen einen der kunstvoll bearbeiteten Steine.

„Faszinierendes Zeug, nicht wahr?" Er zog den rechten Arm des Mannes auf den Rücken. „Wenn Sie den Arm weiterhin benutzen wollen, dann seien Sie schön freundlich. Wo haltet ihr Flynn Fitzpatrick versteckt?"

„Ich kenne keinen Flynn Fitzpatrick."

Terence zog den Arm des Mannes etwas höher. „Sie verschwenden meine Zeit." Nach einem schnellen Blick herum zog Terence sein Jagdmesser hervor und drückte die Klinge dorthin, wo das Ohr mit dem Kopf verwachsen war. „Schon einmal etwas von van Gogh gehört? Der hat sich allerdings selbst das Ohr abgeschnitten. Also, noch einmal – wo ist Flynn Fitzpatrick?"

„Es wurde uns nicht gesagt, wohin er gebracht worden ist." Die Klinge kniff ins Fleisch. „Ich schwöre es. Wir hatten nur die Anweisung, ihn und die Kleine zum Flughafen zu bringen. Dann wurden wir zurück zu seiner Schwester geschickt."

„Und die Instruktionen für sie?"

„Ein Privatflugzeug auf dem Flughafen von Cancun. Der Zielflughafen wurde uns nicht gesagt."

„Wer hat Forrester umgebracht?"

„Abdul."

Weil die Zeit drängte, musste sich Terence die Lust verkneifen, den Mann leiden zu lassen. „Schlaf gut", sagte er einfach und rammte seinen Kopf gegen den Stein.

Wo war Terence? Gillian näherte sich einem kleinen weißen Wagen. Wenn er nicht bald kam, waren sie und die gefälschten Notizen unterwegs nach … Sie wusste nicht einmal, auf welches Ziel sie sich zubewegten.

„Bitte, sagen Sie mir, wohin Sie mich bringen." Sie stolperte, und das Messer schnitt durch den Baumwollstoff ihrer Bluse ins Fleisch. „Ich fühle mich ganz schwach. Ich brauche einen Moment." Als sie sich schwer gegen die Kühlerhaube des Wagens lehnte, entspannte sich der Mann ausreichend, um das Messer von ihrer Seite wegzuziehen.

„Sie können sich im Wagen ausruhen."

„Mir wird schlecht."

Er stieß einen wütenden Laut aus und zog sie an den Haaren hoch.

Terences Faust schickte ihn einen Meter weiter auf den Boden. „Sie mag etwas von einer Hexe haben", meinte er gefährlich ruhig, „aber ich ertrage es nicht, wenn eine Frau misshandelt wird. Sieh, Honey, ich wollte dich nur nackt. Nichts Brutales."

Gillian ließ ihren Beutel fallen und lief weg.

„Das ist keine Frau für Sie." Terence warf dem Mann, aus dessen Mund Blut floss, ein Grinsen zu. „Mehr Glück beim nächsten Mal."

Der Mann fluchte. Terence verstand genügend Arabisch, um es ungefähr einordnen zu können. Der Araber zog ein Messer, doch Terence war bereit. Den Blick fest auf die Waffe gerichtet, hob er beide Hände und wich zurück.

„Hören Sie, wenn Sie sie so unbedingt wollen, dann gehört sie Ihnen. Eine Frau ist wie die andere. Meine Meinung." Der Mann spuckte aus, und Terence beugte sich, um seinen Schuh abzuwischen. Mit einer 45er Automatik richtete er sich wieder auf. „Abdul, nicht wahr?" Das halb amüsierte Glänzen in seinem Blick wurde hart. „Um deine Freunde habe ich mich schon gekümmert. Und dir verpasse ich nur deswegen kein Loch in den Kopf, weil du deinem Boss von mir eine Botschaft überbringen sollst. Sag ihm, Il Gatto wird ihm einen Besuch abstatten." Terence sah das schnelle Weiten der dunklen Augen und grinste. „Du kennst den Namen. Das ist gut.

Und noch ein kleiner Rat: Bring deine Angelegenheiten in Ordnung. Viel Zeit hast du nicht mehr dazu."

Er wartete, bis der Mann hinterm Steuer saß und weggefahren war, bevor er den Revolver senkte und zurück in das Halfter an seiner Wade steckte. Er wirbelte herum, als er Schritte hinter sich hörte.

Gillian hatte diesen Blick schon einmal gesehen – als sie ihm erzählt hatte, dass Forrester ermordet worden war. Sie glaubte, sie hätte den Blick wieder gesehen, als ihr Kopf am Haar hochgerissen wurde. Aber selbst jetzt, obwohl sie ihn zum dritten Mal sah, zog eine Gänsehaut über ihren Körper.

„Ich dachte, ich hätte dir gesagt, du sollst in der Nähe von Menschen bleiben."

„Ich …" Sie hob ihren Beutel auf. Es würde lächerlich klingen, wenn sie sagte, sie war in der Nähe geblieben für den Fall, dass er Hilfe brauchte. „Ich wusste nicht, dass du eine Pistole hast."

„Meinst du, ich kann deinen Bruder mit nettem Plaudern und einem charmanten Lächeln herausholen?"

„Nein." Sie konnte jetzt seinem Blick begegnen. Sie hatte ihn nicht gemocht, aber wenigstens hatte sie den lebensmüden, etwas dreckigen Mann verstanden, den sie zuerst kennengelernt hatte. Den frechen und schlagfertigen Mann, mit dem sie gefrühstückt hatte, hatte sie etwas gemocht, doch auch verstanden. Aber diesen … diesen Fremden mit dem harten Blick, in dem der Tod geschrieben stand, den verstand sie überhaupt nicht. „Hast du … die anderen beiden Männer, hast du …"

„Sie getötet?" Er sprach es ganz einfach aus, während er ihren Arm nahm und sie zum Jeep zurückführte. Er hatte sowohl Angst als auch Abscheu in ihrem Blick bemerkt.

209

„Nein, manchmal ist es besser, Menschen am Leben zu lassen. Viel habe ich übrigens aus ihnen nicht herausbekommen. Sie haben deinen Bruder und das Kind am Flughafen abgesetzt und sind dann zu dir geschickt worden. Sie wussten nicht, wo er gefangen gehalten wird."

„Woher weißt du, dass sie die Wahrheit gesagt haben?"

„Weil diese Burschen das Ende der Nahrungskette sind. Sie haben nicht genug Köpfchen, um zu lügen, vor allem wenn sie wissen, dass man kleine Stücke von ihrem Körper schneidet."

Sie wurde wieder mutlos. „Wie sollen wir ihn bloß finden?"

„Ich habe einige Hinweise. Und es heißt ich, nicht wir. Sobald ich ein sicheres Haus für dich finde, tauchst du unter."

„Da irrst du dich." Vor dem Jeep blieb sie stehen. Ihr Gesicht war in Schweiß gebadet, aber es war nicht mehr blass.

„Darüber reden wir später. Im Augenblick will ich einen Drink."

„Und solange du für mich arbeitest, trinkst du mäßig."

Er fluchte vor sich hin, aber besser gelaunt, als sie erwartete. „Nenne mir auch nur einen Iren, den du kennst, der mäßig trinkt."

„Dich, zum Beispiel." Sie drehte sich um, als er wieder fluchte, sie packte und ihre Bluse aus dem Hosenbund zog. „Hey, was zum Teufel soll das?"

„Du blutest." Der Schnitt auf der Hüfte war nicht tief, aber ziemlich lang. Blut hatte sich in ihre Bluse gesaugt. Für einen Augenblick – und ein Augenblick war oft zu lang – vernebelte rot glühende Wut seinen Verstand.

Sie beugte sich vor, um die Wunde zu betrachten. „Ich bin gestolpert. Er gab mir einen Stoß, wahrscheinlich, um mich anzutreiben. Das ist nichts Ernsthaftes. Blutet kaum noch."

„Halt den Mund." Terence trug sie in den Jeep und riss das Handschuhfach auf. „Verdammt, ich habe dir gesagt, du sollst kein Risiko eingehen." Er holte etwas aus dem Erste-Hilfe-Kasten.

„Ich … Himmel, das tut mehr weh als der Stich! Hör auf, daran herumzupfuschen!"

„Ich säubere sie nur, und du hältst den Mund." Er arbeitete ruhig und nicht zu sanft, bis die Wunde gesäubert und bepflastert war.

„Glückwunsch, Doktor", sagte sie trocken und lächelte nur, als er seinen wütenden Blick hob. „Ich hätte nie erwartet, dass ein Mann wie du durch den Anblick von ein paar Blutstropfen aus der Fassung gebracht wird. Tatsächlich wäre ich Wetten eingegangen, dass …"

Gillian wurde schnell und restlos zum Schweigen gebracht. Sein Mund presste sich auf ihren. Verwirrt rührte sie sich nicht, während er ihren Hals hochstrich bis in ihr Haar. Das war das Versprechen oder die Drohung, wovon sie eine flüchtige Ahnung oben auf der Pyramide bekommen hatte.

Sein Mund, hart und hungrig, war nicht sanft überzeugend, sondern fest, unverhohlen besessen. Die Unabhängigkeit, die ein ihr innewohnender Teil war, hätte protestieren können, doch das Begehren, die Lust, das Entzücken überlagerten sie und gewannen.

Er wusste nicht, warum zum Teufel er das angefangen hatte. Es schien, dass sein Mund auf ihrem lag, bevor er überhaupt daran gedacht hatte. Es war einfach geschehen. Er hatte Angst bekommen, als er ihr Blut gesehen hatte. Und er war es nicht gewöhnt, Angst zu haben – nicht um einen anderen. Er hatte sie streicheln und beruhigen wollen und hatte

die Narrheit mit rauen Händen und Befehlen zurückge-
drängt.

Aber verdammt, warum küsste er sie? Dann öffnete sie
den Mund, und er fragte nicht länger.

Sie schmeckte, wie sie roch, nach Wiesen und Wildblumen
und frühem Sonnenlicht auf kühlem Morgentau. Da war
nichts Exotisches, alles war weich und klar. Heim … Warum
war es, dass sie nach Heim schmeckte, ihn sich nach Gebor-
genheit – ebenso wie nach ihr – sehnen ließ?

Was er oben auf der Pyramide gefühlt hatte, kam hundert-
fach zurück. Faszination, Süße, Verwirrung. Diese Gefühle
deckte er mit harter Leidenschaft zu, weil er die verstand.

Sie hob eine Hand an sein Gesicht. Das Echo ihres Herz-
schlags hallte in ihrem Kopf, sie konnte sonst nichts hören.
Sein Kuss war fordernd hart, sie konnte sonst nichts fühlen.
So abrupt, wie er zu ihr gekommen war, zog er sich wieder
zurück. Gillian blinzelte, bis sich ihr Blickfeld wieder klärte.

Ich muss sie loswerden, und zwar schnell, dachte Terence,
während er unsicher die Hände in die Taschen steckte. „Ich
habe dir doch gesagt, du sollst den Mund halten", sagte er
barsch und ging um den Jeep.

Gillian öffnete den Mund, schloss ihn aber gleich wieder.
Vielleicht sollte sie seinen Rat annehmen, bis sie wieder klar
denken konnte.

3. Kapitel

„Mach dich nützlich und packe, okay, Sweetheart?", warf Terence Gillian hin, die am Fenster stand, und wählte eine Nummer.

„Ich heiße Gillian."

„Klar. Also, wirf das Zeug in den Koffer. Wir fahren ab, sobald … Rory? Wie zum Teufel geht's dir? Hier ist Colin."

Gillian zog die Brauen hoch. Mitten im Satz war er von seinem trägen, breiten Amerikanisch in eine musikalische irische Sprechweise übergegangen.

„Aye. Nein, ich bin gut in Schuss. Klar doch. Wie geht's Bridget? Nicht schon wieder. Rory, plant ihr beiden, Irland allein zu bevölkern?" Während er lauschte, machte er für Gillian ein Zeichen zum Schrank hinüber. Mit mehr Lärm als Anmut riss sie die Kleider heraus.

„Ich bin froh, es zu hören. Nein, ich weiß nicht, wann ich zurückkomme. Nein, keine Probleme. Nichts, worüber sich zu sprechen lohnt. Aber ich wollte dich fragen, ob du mir einen Gefallen tun könntest." Er beobachtete Gillian, die seine Kleidungsstücke in den Koffer warf, und nahm einen Schluck Bier. „Danke. Ich interessiere mich für ein Privatflugzeug, das den Flughafen von Cork vor zehn Tagen verlassen hat. Schnüffle etwas herum, ob du den Zielort ausfindig machen kannst. Wenn das nicht geht, dann stell fest, für wie viele Meilen sie Treibstoff getankt haben. Wichtig genug", fuhr er nach einer Pause fort, „aber nichts, wofür du irgendein Risiko eingehen sollst … Nein." Dieses Mal lachte er. „Hat nichts mit der IRA zu tun. Ist eher persönlich. Ich melde mich bei dir. Küsse Bridget von mir, aber lasse es auch dabei. Ich will nicht für das nächste Baby verantwortlich sein."

Er legte auf und blickte auf die zerknüllten Sachen in seinem Koffer. „Gute Arbeit."

„Und was sollte das alles … Colin?"

„Ich suche deinen Bruder."

„Warum der Akzent und der falsche Name? Für mich klang es, als wäre der Mann dein Freund."

„Das ist er." Terence ging hinüber, um die Sachen aus dem Bad zusammenzuräumen.

„Wenn er dein Freund ist", beharrte Gillian und folgte ihm, „warum sagst du ihm nicht, wer du bist?"

Terence blickte auf und sah sein eigenes Spiegelbild. Sein Gesicht, seine Augen. Warum erkannte er sich so oft selbst nicht? „Bei der Arbeit benutze ich meinen Namen nicht."

„Du bist im Hotel als Terence O'Hara gemeldet."

„Ich bin im Urlaub."

„Wenn er dein Freund ist, warum lügst du ihn an?"

Er packte sein Rasierzeug zusammen. „Vor einigen Jahren ist er in eine schlimme Situation geraten. Waffenschmuggel."

„Das hast du mit der IRA gemeint?"

„Weißt du, Doc, du stellst zu viele Fragen."

„Ich vertraue dir so vieles an, ich frage."

Er zog den Reißverschluss des Necessaires mit einer ungeduldigen Bewegung zu. „Ich hatte einen Auftrag, als er mir über den Weg gelaufen ist, und ich habe den Namen Colin Sweeney benutzt."

„Er muss ein sehr guter Freund sein, wenn er einwilligt, dir einen solchen Gefallen zu tun, ohne Fragen zu stellen."

Terence hatte sein Leben gerettet, doch daran wollte er nicht denken. Er hatte Leben gerettet, und er hatte Leben genommen. Auch daran wollte er jetzt nicht denken. „Stimmt. Können wir jetzt zu Ende packen und verschwinden, bevor uns jemand einen Besuch abstattet?"

„Ich habe noch eine Frage."

Er lachte auf. „Überrascht mich das?"

„Wie war der Name, den du dem Mann vorhin genannt hast?"

„Nur ein alter Spitzname aus Italien."

„Warum hast du ihn ihm genannt?"

„Weil ich wollte, dass der, der die Befehle erteilt, weiß, wer zu ihm kommt." Er stopfte den Rest seiner Sachen in den Koffer und ließ ihn zuschnappen. „Gehen wir."

„Was bedeutet er?"

Er ging zur Tür und öffnete sie, bevor er sich zu ihr umdrehte. Da war ein Ausdruck in seinen Augen, der sie erschreckte und faszinierte. „Katze. Einfach Katze."

Oft hatte Terence sich vorgestellt, nach Hause zurückzukehren: Der verlorene Sohn wird gefeiert, Blaskapelle inbegriffen. Aber das war das theatralische Blut in ihm.

Da waren seine Schwestern. Zu den merkwürdigsten Zeiten dachte er an sie. Sie waren jetzt erwachsene Frauen, doch er erinnerte sich an sie, wie er sie zum ersten Mal gesehen hatte. Drei schrumpelige Kinder, in einem überraschenden Rutsch geboren, hinter der Glaswand des Säuglingszimmers. Von ihrer Geburt an bis zu dem Zeitpunkt, als er den Daumen auf dem Highway ausstreckte, waren sie zusammen herumgereist.

Die O'Haras hatten nie den riesigen Erfolg, von dem sein

Vater geträumt hatte, doch sie waren über die Runden gekommen. Das war ausschließlich das Verdienst seiner geschäftstüchtigen Mutter. Sie verstand sich auf den Trick, aus fünf Dollar zehn zu machen.

Es war Molly gewesen, dessen war er sich sicher, die vor zwölf Jahren hundert Dollar in Fünfern und Zehnern in die Tasche seines Koffers gesteckt hatte. Sie hatte gewusst, dass er ging. Sie hatte nicht geweint oder gebettelt, sie hatte getan, was in ihrer Macht stand, um es ihm einfacher zu machen. Das war ihre Art.

Aber Dad ... Terence schloss die Augen, als das Flugzeug in Turbulenzen geriet. Dad hatte ihm nie, würde ihm nie vergeben, nicht weil er ohne ein Wort gegangen war, sondern weil er gegangen war.

Er hatte nie Terences Bedürfnis verstanden, etwas Eigenes zu machen, nach etwas anderem zu suchen als dem nächsten Publikum, dem nächsten Engagement.

Einmal war Terence zurückgekommen. Mit zusammengebissenen Zähnen hatte Frank ihn eisig in der winzigen Garderobe, die er sich mit Molly teilte, begrüßt. Terence hatte gewusst, durch seinen Besuch sah sein Vater seine Umgebung als das, was es war: ein düsterer Raum in einem zweitklassigen Club. „Ich habe dir gesagt, als du gegangen bist – es wartet kein gemästetes Kalb auf dich."

„Ich habe keins erwartet." Aber er hatte etwas Verständnis erhofft. „Mom hat Geburtstag, und da dachte ich ... Ich wollte sie sehen." Und dich – aber er konnte es nicht sagen.

„Und dann wieder fortrennen, damit sie noch mehr Tränen vergießen kann?"

„Sie hat verstanden, warum ich gegangen bin."

„Du hast ihr das Herz gebrochen." Und meins. „Du wirst

sie nicht wieder verletzen. Entweder bist du ein Sohn für sie, oder du bist keiner."

„Entweder der Sohn, wie du ihn haben willst, oder keiner", verbesserte Terence. „Dir war es doch immer egal, was ich brauche oder fühle oder was ich bin."

„Du weißt nicht, was mir egal ist." Frank schluckte den Kloß aus Verbitterung und Scham herunter. „Das letzte Mal, als ich dich sah, hast du mir gesagt, was ich für dich getan habe, wäre nicht gut genug. Solche Worte vergisst ein Mann von seinem Sohn nicht."

Er war damals dreiundzwanzig Jahre alt. Er hatte mit einer Hure in Bangkok geschlafen und hatte sich in Athen mit Ouzo volllaufen lassen, er hatte acht Stichwunden an der rechten Schulter von einem Mann, den er im Dienst für sein Land getötet hatte. Doch in diesem Moment fühlte er sich wie ein Kind, das ungerecht und ohne Anlass ausgescholten wird.

„Ich vermute, das ist das Einzige von dem, was ich jemals gesagt habe und du wirklich gehört hast. Hier hat sich nichts verändert. Es wird sich auch nie ändern."

„Du hast deinen Weg gewählt, Terence." Sein Sohn hatte keine Ahnung, dass Frank nichts mehr wollte, als die Arme auszubreiten und das zurückzunehmen, von dem er glaubte, es für immer verloren zu haben. Er hatte Angst, dass sich Terence nur abwenden würde. „Nun musst du das Beste daraus machen. Hab wenigstens dieses Mal den Anstand, deiner Mutter und deinen Schwestern Auf Wiedersehen zu sagen."

Es war Frank gewesen, der sich abwandte – weil die Tränen ihm den Blick verschwimmen ließen. Terence war aus der Garderobe gegangen und nie zurückgekommen …

Jetzt öffnete Terence die Augen, um zu entdecken, dass

Gillian ihn ruhig beobachtete. Sie trug auf seine Veranlassung hin eine schwarze Kurzhaarperücke. Aber sie hatte aufgehört, sich darüber zu beklagen – und über die Hornbrille und das langweilige dunkle Kleid. Es war ausgestopft, um sie älter und schlampig aussehen zu lassen. Nur Terence konnte nicht ganz vergessen, was sich darunter verbarg. Sonst aber würde niemand die Frau, die neben ihm saß, mit der attraktiven Dr. Gillian Fitzpatrick verwechseln.

„Probleme?"

„Ich wollte dich gerade dasselbe fragen. Du brütest während des ganzen Fluges vor dich hin."

Er zog eine Zigarette heraus und spielte mit ihr. „Ich weiß nicht, wovon du sprichst."

„Ich spreche von der Tatsache, dass du mir den Kopf abreißen willst, wenn ich dich nur anzusprechen wage. Was ist also los?"

„Mit mir ist alles in Ordnung", stieß er zwischen den Zähnen hervor. „Und nun halt den Mund."

Gillian beherrschte sich und nippte an dem Weißwein, der ihr serviert worden war – mit einem mitleidigen Blick von der Stewardess, dachte sie widerwillig. „Natürlich stimmt etwas nicht. Und wenn es ein Problem gibt – ein Problem, über das ich besorgt sein sollte –, dann wäre ich dir sehr dankbar, wenn du es mir sagen würdest."

Er trommelte mit einem Finger auf die Armstütze zwischen ihnen. „Bist du immer so ein Quälgeist?"

„Wenn es wichtig ist. Menschenleben stehen auf dem Spiel, Leben, die alles für mich bedeuten. Wenn du wegen etwas besorgt bist, dann muss ich es wissen."

„Es ist persönlich." In der Hoffnung, es dabei belassen zu können, drückte er seinen Sitz zurück und schloss die Augen.

„Jetzt ist nichts persönlich. Wie man sich fühlt, beeinträchtigt die Leistung."

Er öffnete ein Auge. „Du wärst die erste Frau, die sich beschwert, Schwester."

Sie errötete, gab aber nicht auf. „Ich betrachte mich als deine Arbeitgeberin, und als die lehne ich es ab, dass du Geheimnisse vor mir hast."

Er fluchte. „Ich war schon lange nicht mehr in den Staaten. Auch ich habe Erinnerungen, und sie sind meine private Angelegenheit."

„Tut mir leid." Sie holte tief Luft. „Ich bin nicht mehr in der Lage, an etwas anderes als Flynn und Caitlin zu denken. Es ist mir nie in den Sinn gekommen, dass das bei dir anders sein könnte." Er schien nicht ein Mann tiefer Gefühle oder echter Empfindungen zu sein. Aber sie erinnerte sich an den Schmerz in seinem Blick, als sie über Forrester erzählt hatte. „Chicago, ist das eine besondere Stadt für dich?"

„Ich habe da mit zwölf und wieder mit sechzehn gespielt."

„Gespielt?"

„Nichts." Er schüttelte den Kopf und versuchte sich zu entspannen. „Ich habe dort vor einigen Jahren ein paar Tage mit Charlie verbracht. Das Letzte, was ich von den Staaten gesehen habe, war der O'Hara-Flughafen."

„Nun wird es das Erste sein, was du wiedersiehst." Sie hatte ein Magazin im Schoß, doch statt es zu öffnen, fuhr sie nur mit dem Daumen an den Rändern entlang. „Ich kenne von Amerika nur New York. Flynn hatte Caitlin vor zwei Jahren auf einen Besuch mitgebracht, nach dem Tod ihrer Mutter. Die beiden waren zwei verlassene Seelen. Wir haben uns das Empire State Building und das Rockefeller Center angesehen und im Plaza Tee getrunken. Flynn hat ihr einen kleinen Aufziehhund von einem Straßenverkäufer gekauft. Sie hat jede Nacht mit dem Hund geschlafen." Die Emotion kam so schnell, dass sie nichts tun konnte, um sie zurückzuhalten. Sie presste beide Hände vor das Gesicht. „Und sie ist erst sechs."

Seit einer Ewigkeit hatte er keine Frau mehr getröstet. „Sei unbesorgt." Seine Stimme war weich, als er den Arm um sie legte. „Sie werden ihr ganz bestimmt nichts tun. Sie brauchen doch die Mitarbeit deines Bruders."

„Aber was fügen sie ihr innerlich zu? Welche Angst muss sie ausstehen? Die Dunkelheit … sie hat Angst davor. Ob sie ihr Licht geben?"

„Sicher tun sie das." Er strich ihr mit der Hand übers Haar, so wie seine Stimme über ihre Ängste strich. „Es geht ihr bestimmt gut, Gillian."

Tränen standen ihr in den Augen. „Es tut mir leid. Das ist das Letzte, was ich will, mich zur Heulsuse machen."

„Mach nur." Beruhigend streichelte er ihre Schulter. „Mir macht es nichts aus."

„Wir holen sie raus, nicht wahr?"

In diesem Spiel gab es keine Versprechungen. Er wusste das besser als die meisten. Doch sie blickte ihn jetzt mit überfließenden Augen und einem solchen verzweifelten Vertrauen an, dass er keine Wahl hatte. „Sicher. Hat Charlie dir nicht gesagt, ich sei der Beste?"

„Das hat er." Sie stieß einen kleinen Seufzer aus. Die Selbstbeherrschung war wieder da, auch wenn sie sich nicht so fest im Griff hatte, wie ihr lieb wäre. Sie musste jetzt einfach an etwas anderes denken. „Erzähl mir von deiner Familie. Hast du Brüder?"

„Nein." Er zog seinen Arm weg. „Schwestern."

„Wie viele?"

„Drei."

„Das muss das Leben interessant gemacht haben."

„Sie waren okay." Er verzog die Lippen, als er sich eine Zigarette anzündete. „Carrie war ein Biest."

„Jede Familie hat eins", begann sie. Dann zündete es bei ihr, und sie richtete sich auf. „Carrie O'Hara? Carrie O'Hara ist deine Schwester? Ich habe ihre Filme gesehen. Sie ist wunderbar!"

Der Stolz kam, tiefer, als er erwartet hatte. „Sie ist okay. Sie neigt zum Dramatischen."

„Sie ist eine der schönsten Frauen, die ich je gesehen habe."

„Und sie weiß es."

„Dann ist Maddy O'Hara auch deine Schwester." Mehr als verblüfft, schüttelte Gillian den Kopf. „Ich habe sie vor einigen Monaten am Broadway gesehen. Sie ist sehr talentiert. Die Bühne erstrahlt einfach, wenn sie auftritt, und das Publikum rast vor Begeisterung."

So war es immer, dachte Terence.

„Und deine dritte Schwester?"

„Alana züchtet Pferde in Virginia." Er drückte seine Zigarette aus.

„Stimmt, ich habe etwas über sie gelesen. Sie hat kürzlich Dorian Crosby geheiratet, den Schriftsteller. In der Times war ein lobender Artikel über ihn. Natürlich, Drillinge. Deine Schwestern sind Drillinge."

„Ich dachte, Wissenschaftler seien zu beschäftigt damit, die Übel der Welt zu verursachen oder zu heilen, als dass sie Klatschspalten lesen."

Sie zog eine Braue hoch und entschied sich, nicht verärgert zu sein – zumindest bis ihre Neugier gestillt war. „Ich lebe nicht im wissenschaftlichen Elfenbeinturm. In dem Artikel stand, sie sind im Showbusiness groß geworden und im Land herumgezogen. Deine Eltern tun es immer noch. Ich kann mich nicht erinnern, dass du erwähnt worden bist."

„Ich bin schon lange weg von ihnen."

„Aber du bist mit ihnen herumgezogen?" Gefesselt von der Vorstellung, lächelte sie. „Hast du gesungen und getanzt und aus dem Koffer gelebt?"

„Weißt du, für einen Doktor neigst du gefährlich dazu, das Weltliche zu glorifizieren. Es ist wie im Zirkus. Vorn siehst du nur den Flitter und die Lichter. Hinter der Bühne versinkst du in Elefantendreck."

„Du bist also mit ihnen gereist." Gillian lächelte. „Hattest du eine Spezialität?"

„Der Himmel bewahre mich vor Flugreisen mit geschwätzigen Frauen." Er schloss heftig seinen Gurt.

Gillian klickte ihren eigenen Gurt zu. „Als Kind wollte ich Sängerin werden. Ich habe mich in Gedanken immer im Scheinwerferlicht gesehen." Mit einem kleinen Aufseufzen schob sie das Magazin zurück in die Sitztasche. „Bevor ich es selbst gemerkt habe, war ich die Laborassistentin meines Vaters."

Charlies Haus in Chicago lag hinter einer hohen Steinmauer versteckt und war ausgerüstet mit einem äußerst komplizierten Sicherheitssystem.

Auf der Fahrt vom Flughafen hierher, mit Umwegen, um mögliche Schatten zu entdecken, hatte Terence nicht gesprochen. Gillian hielt sich jetzt mit Fragen zurück. Es war die Trauer um einen Freund, die ihn schweigen ließ, und sie wusste, er musste damit auf seine eigene Art umgehen.

Die Bäume wurden fahl, ein Zeichen des Winters, doch sie hatten noch herbstlich eigensinnige Andeutungen von Farbe. Wind riss an den Blättern und stöhnte durch die Äste. Die Ulmen beschatten im Sommer die Zufahrt, dachte sie, und lassen das alte Ziegelhaus bestimmt noch imposanter und bodenständiger aussehen. Das Anwesen insgesamt machte keinen verlassenen Eindruck, es sah eher so aus, als warte es darauf, wieder belebt zu werden. Gillian dachte an den Mann, der ihr zugehört hatte, der ihr einen Brandy und einen Hoffnungsschimmer gegeben hatte.

„Mit diesem Haus war er ganz verrückt", murmelte Terence. Er stellte den Motor aus, blickte aber nur auf die zwei Stockwerke alter Ziegel und weißer Balken. „Immer wenn er weg war, hat er über seine Rückkehr gesprochen. Ich glaube, er wollte hier sterben." Er blieb noch einen Moment sitzen, dann stieß er die Tür auf. „Gehen wir."

Er hatte Schlüssel, die Charlie ihm vor einigen Jahren in die Hand gegeben hatte.

„Benutze sie eines Tages", hatte er gesagt. „Jeder muss ein Zuhause haben."

Aber er hatte sie nicht benutzt, bis jetzt. Der Schlüssel glitt ins Schloss und drehte sich mit einem leisen Klicken. Terence ging vor Gillian die Treppe hoch. Der Teppich war neu, seit er das letzte Mal hier gewesen war, aber die Tapete war dieselbe. Ebenso der Raum oben, den Charlie als Büro benutzt hatte. Ohne zu zögern, ging Terence an den Schreibtisch und drückte auf einen Knopf unter der zweiten Schublade. Eine unsichtbare Tür in der Vertäfelung öffnete sich.

„Noch ein Geheimgang?", fragte Gillian. Ihr Mut verblasste schnell.

„Arbeitszimmer", sagte Terence, während er hindurchtrat.

Oben an der gegenüberliegenden Wand hingen Uhren, alle in Betrieb, die die Zeit in jeder Zeitzone um den Globus herum angaben. Darunter stand eine leistungsfähige Computeranlage und gegenüber eine Funkausrüstung, mit der man mit jedem lokalen Discjockey bis hin zum Kreml Kontakt aufnehmen konnte. „Setz dich, Doc. Das kann eine Weile dauern."

Gillian zuckte nur ein wenig zusammen, als die Täfelung sich hinter ihnen wieder verschloss. „Was hast du vor?"

„Du willst das ISS nicht einschalten, aber ich will in ihren Computer hineinsehen."

„Meinst du, sie wissen, wohin Flynn gebracht worden ist?"

„Vielleicht, vielleicht nicht." Er schaltete den Terminal ein und setzte sich. „Aber bestimmt wissen sie, wo Hammers neues Hauptquartier ist." Er drückte einige Tasten. Der Rechner fragte nach seinem Code. Terence gab „Charlie" ein. „Okay, fangen wir an. Mal sehen, was dieses Baby uns liefern kann."

Er arbeitete still. Es war nur das Klappern der Tasten und das Piepen des Rechners zu hören. Gillian sah ihm zu, wie er es über die erste Sicherheitsstufe schaffte und in die nächste stieß.

Geduldig, stellte Gillian fest, mehr als überrascht, diese Eigenschaft bei ihm zu finden, während er einen Code knackte und langsam weiterdrang. Sie selbst erkannte allmählich Rhythmus in den Nummern und Symbolen, die auf dem Monitor auftauchten und aufblinkend auf Terences Befehl wieder verschwanden. Sie erahnte das System.

„So verdammt nah", stieß Terence aus, als er eine weitere Reihenfolge versuchte. „Das Problem ist, es gibt genügend Variablen, die mich hier eine Woche festhalten könnten."

„Vielleicht, wenn du …“

„Ich arbeite allein.“

„Ich wollte nur sagen, wenn …“

„Warum gehst du nicht hinunter in die Küche und kochst Kaffee, Sweetheart?“

Über den Ton zog sie die Augen zusammen, und die Wut zitterte ihr auf der Zungenspitze. „Nein.“ Sie wirbelte herum und betrachtete die geschlossene Täfelung. „Ich weiß nicht, wie ich rauskomme.“

„Der Knopf ist links. Einfach nur drücken.“

Sie öffnete wieder den Mund. Da ihr aber bewusst war, was möglicherweise herauskommen könnte, hielt sie ihn lieber. Typischer Dickschädel, egozentrisch männlich, entschied Gillian, als sie die Treppe hinuntermarschierte. Hatte sie nicht mit einem fast ihr ganzes Leben zusammengelebt, hatte sie nicht versucht, ihn zufriedenzustellen? Warum hatte das Schicksal sie in dieser Angelegenheit auf Leben und Tod wieder an einen Mann gekettet, der sich nichts aus ihrer Meinung machte?

Kaffee kochen, dachte Gillian, als sie die Küche gefunden hatte. Und wenn er sie noch einmal Sweetheart nannte, gab sie ihm, was Männer von seinem Schlag verdienten. Die Handfläche einer Frau mitten ins Gesicht.

Sie kochte Kaffee, zu erbost, um sich unbehaglich dabei zu fühlen, im Schrank eines Toten herumzustöbern.

Er hatte kein Recht, sie einfach so abzuschieben. Er hatte auch kein Recht, sie so zu küssen, wie er es getan hatte. Als wäre sie verschlungen worden, als wäre sie berauscht gewesen. Und doch war ihr Kopf klar gewesen, ihre Sinne scharf.

Wie es sich auch angefühlt hatte, wie es auch geendet hatte, nie würde sie wieder ganz dieselbe sein. Das konnte sie hier zugeben, allein, sich selbst gegenüber. Sie war eine zu praktische Frau, um sich zu betrügen. Ihre Gefühle waren vielleicht tiefer berührt, vielleicht empfänglicher, als sie es vorgezogen hätte, aber es waren ihre Gefühle, und sie würde sie nie verleugnen. Sie hatte den Kuss genossen. Und sie würde sich noch lange daran erinnern. Aber sie war auch eine Expertin in Sachen Selbstbeherrschung. Erfreulich oder nicht, sie würde es nicht noch einmal geschehen lassen.

Terence arbeitete immer noch, als sie zurückkam. Ohne Feierlichkeit knallte sie den Kaffeebecher neben ihn. Er nahm es mit einem Brummen zur Kenntnis. Gillian drehte im Raum eine Runde, befahl sich, den Mund zu halten. Doch dann schob sie gereizt die Hände in die Taschen.

„Zugriff Nummer 38537/BAKER. Tabularischer Einstiegscode fünf. Serie ARSS28." Gillian platzte mit der Reihe fast wie mit einer Obszönität hervor. „Und wenn du nicht zu dickköpfig bist, es zu versuchen, könnte es klappen. Wenn nicht, vertausche die Sequenzen."

Terence hob seinen Kaffee, froh darüber, dass sie ihn schwarz gelassen, überrascht, dass sie ihn so gut gemacht hatte. „Und wieso glaubst du, den Einstiegscode eines der kompliziertesten Computersysteme der Welt zu kennen?"

„Weil ich dich in der letzten Stunde beobachtet habe, und als Hobby hacke ich etwas."

„Du hackst etwas." Er trank wieder. „Einbrechen in die Konten einer guten Schweizer Bank?"

Langsam durchquerte sie den Raum, fast, wie Terence nicht ohne Bewunderung dachte, wie ein cooler und zu allem bereiter Revolverheld sich der entscheidenden Auseinandersetzung näherte. „Erinnerst du dich zufällig, dass es um meine Familie geht? Füge die Tatsache hinzu, dass ich dich bezahle. Und das wenigste, was du tun kannst, ist, meinen Vorschlag auszuprobieren."

Er gab die von ihr genannte Sequenz ein.

Kein Zugriff.

Mit nur der Andeutung eines selbstgefälligen Grinsens machte er eine Handbewegung zum Monitor.

„In Ordnung, dann stell die Zahlen um." Ungeduldig griff sie an ihm vorbei und drückte die Tasten selbst. Das Einzige, was Terence für einen Moment bemerkte, war, dass sein Shampoo bei ihr ganz anders roch.

LADE DATEI.

„Da wären wir also." Zufrieden mit sich selbst, beugte sich Gillian näher. „Es ist ganz ähnlich, wie für Blackjack ein System auszuarbeiten. Ein Professor und ich haben im letzten Semester damit herumgespielt."

„Erinnere mich, dass ich dich mitnehme, wenn ich nächstes Mal nach Monte Carlo fahre."

Sie waren einen Schritt weitergekommen. Lächelnd sah sie ihn an. „Was nun?"

Es war keine Spur von Bernsteinfarben oder Grau in ihren Augen. Sie waren rein grün und glänzend. Je länger sie sich ansahen, desto mehr veränderte sich ihr Ausdruck, füllte sich mit Bewusstsein, Erinnerung. „Sprichst du vom Computer?"

Sie schluckte. „Natürlich."

„War nur eine Nachfrage." Terence wandte sich ab und drückte die Tasten. Nach wenigen Sekunden tauchten Daten auf dem Monitor auf.

Terence wusste schon einiges über Hammer. Bevor er mit der verdeckten Arbeit begonnen hatte, war er gut informiert worden und hatte noch mehr während der Infiltration der Organisation erfahren. Er war kurz davor gewesen, den

Standort des neuen Hauptquartiers zu finden, als er angeschossen worden war.

Stirnrunzelnd betrachtete er den Monitor und fuhr sich mit dem Daumen über die Narbe. Schnell überflog er die ihm bekannten Grundinformationen.

„Husad", rief Gillian und klammerte sich an einen Namen, während Terence die Daten über den Monitor laufen ließ. „Ist das der Anführer?"

„Ja. Jamar Husad, politischer Desperado, selbst ernannter General und vollkommen wahnsinnig. Nun komm schon, Charlie", murmelte er zum Apparat, „gib mir etwas."

„Du siehst ja kaum hin."

„Das kenne ich schon alles."

„Woher denn?"

„Ich habe sechs Monate für sie gearbeitet", sagte er halb zu sich selbst.

„Du … hast was?" Sie trat einen Schritt zurück.

Verärgerung flackerte in seinem Blick auf, als er hochsah. „Entspann dich, Sweetheart, alles zum Guten der Sache. Ich habe die Gruppe unterwandert."

„Aber wenn du drin gewesen bist, dann solltest du doch wissen, wohin sie Flynn und Caitlin bringen könnten. Warum albern wir hier mit dem Computer herum, wenn …"

„Weil sie sich verändert haben. Sie waren gerade dabei, sich ein neues Hauptquartier zu errichten, als ich hinausbefördert wurde."

„Hinausbefördert?" Verwirrung ging in Entsetzen über. „Daher die Narbe. So wie sie aussieht, haben sie dich fast umgebracht." Sie brach ab und legte eine Hand auf seine Schulter. „Du bist von diesen Leuten fast umgebracht worden und hilfst mir trotzdem."

Er schüttelte ihre Hand ab. Er konnte es sich nicht erlauben, dass ihre Gefühle zu ihm weicher wurden. Dann konnten auch zu leicht seine Gefühle ihr gegenüber weicher werden. „Das hier ist eine reine Wertanlage: hunderttausend, mein Ticket ins Paradies."

Sie presste die Finger in die Handfläche. „Erwartest du, dass ich dir glaube, du tätest das nur wegen des Geldes?"

„Glaub, was du willst, aber behalt es für dich. Ich habe nie jemanden kennengelernt, der so viele Fragen stellt. Ich versuche mich zu konzentrieren. Ja, ja", murmelte er. „Ich weiß, dass sie in Kairo waren, das ist alt ... In Ordnung. Ich wusste, ich kann auf Charlie zählen." Terence lehnte sich zurück. „Neue Operationsbasis: Marokko."

4. Kapitel

Casablanca. Bogart und Bergman. Piraten und dunkle Geschäfte. Neblige Flughäfen und sonnenüberflutete Strände. Der Name beschwor Bilder von Gefahr und Romantik. Gillian war entschlossen, das Erste zu akzeptieren, das Zweite zu vermeiden.

Terence hatte zwei zusammengehörende Zimmer gebucht. Gillian ließ sich nichts anmerken, als er in fließendem Französisch mit dem Anmeldeportier sprach und als Monsieur Cabot bezeichnet wurde.

André Cabot war der Name in dem Pass, den er jetzt benutzte. Er trug einen konservativen dreiteiligen Anzug und Hochglanzschuhe. Das Haar war braun getönt. Er stand auch anders, stellte Gillian fest. Gerade, als hätte er einen Spazierstock verschluckt, als wäre er aus einer Militärakademie. Selbst seine Persönlichkeit hat sich geändert, dachte sie, während sie abseitsstand und ihn die Formalitäten machen ließ. Er war so mühelos in die Rolle des glatten, etwas ungeduldigen französischen Geschäftsmannes geschlüpft, dass sie fast glaubte, sie habe Terence O'Hara unterwegs verloren und jemand anderen aufgelesen.

Zum zweiten Mal hatte sie das Gefühl, als lege sie ihr Leben in die Hände eines Fremden.

Aber die Augen waren dieselben. Ein kleiner Schock durchfuhr sie, als er sich umdrehte und sie mit einer dunklen Eindringlichkeit anblickte, die sie kannte, aber an die sie sich immer noch gewöhnen musste.

Schweigend ließ sie sich von Terence zum Fahrstuhl führen. Gillian trug immer noch die Perücke, aber die Brille war weg und das langweilige Kleid durch ein elegantes seidenes ersetzt. Oben gab Terence dem Fahrstuhlführer Trinkgeld auf eine langsame, methodische Art, die verriet, dass er ein Mann war, der seine Francs zählte.

Sie erwartete, dass Cabot in dem Augenblick verschwinden würde, wenn die Tür geschlossen war, doch stattdessen sprach er in einem akzentreichen Englisch. „Bei dem Zimmerpreis müssten die Laken eigentlich aus Goldfäden gewebt sein."

„Was …"

„Sieh nach, ob die Bar aufgefüllt ist, Chérie." Er ging im Raum umher, überprüfte die Lampen, hob die Bilder von der Wand. Er drehte sich nur kurz zu ihr um, mit einem warnenden Blick. „Ich würde ein kleines Glas Vermouth vorziehen, bevor ich das Vergnügen habe, deinen entzückenden Körper zu entkleiden." Er schraubte das Mundstück vom Telefonhörer ab und befestigte es wieder nach kurzer Suche.

„Würdest du?" Sie verstand, er blieb in seiner Rolle, bis er sicher war, dass es keine Wanzen im Raum gab. Sie entschied sich, mitzuspielen, und öffnete die kleine Bar. „Ich bin mehr als glücklich, dir einen Drink bereiten zu dürfen, *Sweetheart*." Sie sah, wie sich seine Braue hob, während er das Bett überprüfte. „Aber was den Rest angeht, ich bin ein wenig müde nach dem Flug."

„Dann wollen wir sehen, wie wir deine Energien zurückholen." Terence nahm das Glas, das sie ihm eingegossen hatte. „Gehen wir ins Nebenzimmer."

Während er die gleiche Prozedur wie drüben durchging, setzte sich Gillian aufs Bett. „Es war ein langer Flug."

„Dann solltest du dich ausruhen. Lass mich dir helfen." Er hob einen Druck der Kathedrale von Sacre Cœur. Mit erfahrenen Bewegungen tastete er den Rahmen und die Rückseite ab.

Gillian schlüpfte aus ihren Schuhen und massierte sich die Fußspanne. „Du scheinst nur eine Sache im Kopf zu haben."

„Ein Mann wäre dumm, mehr als nur eine Sache im Kopf zu haben, wenn er erst einmal mit dir allein ist."

Gillian überlegte einen Moment. Vielleicht konnte sie sich an diesen André Cabot allmählich gewöhnen. „Wirklich?" Sie hob das Glas, das er abgestellt hatte, und nahm einen Schluck. „Warum?"

Er kam näher, um das Kopfende zu überprüfen. Er hielt einen Moment inne und blickte sie an. Dabei lächelte er anzüglich. „Weil du eine Haut hast wie eine weiße Rose, die noch weicher und wärmer wird, wenn ich sie berühre." Seine Hand streifte ihren Schenkel, ließ sie zusammenzucken. Terence untersuchte weiter die Matratze, ließ Gillian dabei aber nicht aus den Augen. „Weil dein Haar Feuer und Seide ist, und wenn ich dich küsse, *ma belle*, dann sind es auch deine Lippen."

Sie hielt den Atem an, als er eine Hand um ihren Hals legte. Er beugte sich näher. „Weil ich, wenn ich dich so berühre, fühlen kann, wie sehr du mich willst. Weil ich, wenn ich dich ansehe, erkenne, dass du Angst hast."

Sie konnte nicht wegsehen. Sie konnte nicht wegrücken. „Ich habe keine Angst vor dir." Aber sie war fasziniert.

„Nein? Das solltest du aber."

Sie bemerkte nicht, dass seine Stimme sich verändert hatte, wieder seine eigene geworden war, gerade bevor sein Mund sich über ihrem schloss. Es war dieselbe Hitze, dieselbe Kraft wie beim ersten Mal. War es nur einmal vorher gewesen? Ihr Körper wurde wie flüssig, glitt unter seinem aufs Bett. Ohne einen Gedanken an die Vernunft zu verlieren, ohne einen Gedanken an die Konsequenzen schlang sie die Arme um ihn.

Warum schien es so leicht? Sein Mund war hart und heiß, seine Hände alles andere als sanft. Und doch war es jetzt mit ihm so leicht, so natürlich, so vertraut. Sicher, sein Geschmack war ein Geschmack, den sie jetzt schon kannte. Wenn sie die Hände über seinen Rücken gleiten ließ, wusste sie, welche Muskeln sie finden würde. Wenn sie tief Luft holte und sein Duft sie ausfüllte, war ihr der vertraut.

Vielleicht kannte sie sein Gesicht erst seit ein paar Tagen. Aber da war etwas, das sie schon ihr ganzes Leben gekannt hatte.

Er musste verrückt sein. Es war, als wäre sie schon immer für ihn da gewesen. Würde immer da sein. Das Gefühl von ihrem Körper unter seinem war nicht wie das von irgendeiner anderen Frau. Es war wie das der einzigen Frau. Er wusste, wie ihr Aufstöhnen klingen würde, bevor es kam, wie ihre Finger sich auf seinem Gesicht anfühlten, bevor sie ihn berührte.

Er wusste und erwartete es, und doch erstaunte es ihn.

Er konnte fühlen, wie sein Puls hochschoss und durch seinen Körper hämmerte. Er konnte hören, wie er ganz verrückt ihren Namen murmelte, während er seinen Mund von ihrem löste und über ihr Gesicht und ihren Hals wandern ließ. Da war ein Verlangen, das wuchs zu einem Rausch in ihm, und es war überhaupt nicht wie die Leidenschaft, die er für andere Frauen empfunden hatte.

Er wollte alles von ihr, Verstand, Körper, Seele. Er wollte sie jetzt. Er wollte sie für ein Leben.

Es war dieser beängstigende Gedanke, der ihn innehalten ließ. Es gab keine Garantien für ein ganzes Leben, vor allem nicht in dem Spiel, das er gewählt hatte zu spielen. Er hatte gelernt, für den Augenblick zu leben.

Was immer es war, es musste aufhören.

Es schmerzte. Er hätte sich dafür hassen können, aber er rollte mit einer Sorglosigkeit von ihr, die sie still und sprachlos machte. „Das Zimmer ist sauber." Er nahm das Glas, um den Rest Vermouth auszutrinken. Und wünschte, es wäre Whisky.

Ihr Atem war unregelmäßig, und ihre Glieder waren zittrig. Sie konnte nichts dagegen tun, auch nicht gegen das ungesättigte Verlangen, das sich in ihr festkrallte. Aber sie konnte ihn hassen. Mit ganzem Herzen und ganzer Seele.

„Du Bastard."

„Du hast es herausgefordert, Sweetheart." Er zog eine Zigarette heraus und richtete seine Gedanken auf das, was vor ihnen lag, statt auf das, was nur einen Moment vorher unter ihm gelegen hatte. „Ich habe noch einige Sachen zu erledigen. Warum machst du nicht ein Schläfchen?"

Langsam kam sie vom Bett, mit einem wilden Blick. Sie war vorher schon gedemütigt worden. Sie war vorher schon zurückgestoßen worden. Beides wollte sie von ihm nicht mehr. „Fass mich nie mehr an. Ich muss mich mit deinem ungehobelten Verhalten abfinden, weil ich keine Wahl habe, aber darüber hinaus berühr mich nie wieder!"

Er war sich nicht sicher, warum er es tat. Wut konnte einen Mann zu einem falschen und leichtsinnigen Schritt verleiten. Er riss sie an sich, genoss sogar ihr wildes Ankämpfen gegen ihn, als er seinen Mund wieder auf ihren presste. Sie war jetzt ein ungebändigtes Feuer, heiß, lebendig und gefährlich. Er hatte eine Vorstellung, verschwommen und doch stark, sie aufs Bett zu ziehen und heißblütiges Temperament mit heißblütigem Temperament zu reizen. Bevor er einen zweiten Fehler machen konnte, ließ er sie los.

„Ich nehme keine Befehle an, Gillian. Vergiss das nicht."

Sie ballte die Hände zu Fäusten. Nur weil sie wusste, dass sie unterliegen würde, schlug sie nicht zu. „Es kommt die Zeit, da wirst du dafür zahlen."

„Vielleicht. Im Augenblick muss ich aber etwas erledigen. Bleib hier."

Als sich die Tür hinter ihm schloss, gönnte sie sich die kleine Befriedigung, ihm einen Fluch nachzuschicken.

Terence war nur eine Stunde weg. Casablanca hatte sich nicht sehr verändert. Die kleinen Geschäfte am Boulevard Hansali zogen immer noch die Touristen an. Im Hafen herrschte Betriebsamkeit auf europäischen Schiffen. Das arabische Viertel war immer noch von alten Schutzwällen umgeben. Sein Kontaktmann im Elendsviertel war erfreut, ihn wiederzusehen, und nach dem Austausch von einigen Dirham äußerst bereitwillig, das Gerücht vom Diebstahl einer Ladung amerikanischer Waffen in Umlauf zu bringen.

Terence kam ins Hotel zurück, zufrieden, dass der erste Schritt gemacht worden war, und bereit, den nächsten zu tun. Die Zimmer waren leer. Er geriet nicht in Panik, jedenfalls nicht zu Anfang.

Nachdem er seinen Revolver aus dem Halfter an der Wade genommen hatte, durchsuchte er beide Räume und Bäder. Die Balkontüren waren noch von innen verschlossen und die Vorhänge vorgezogen. Sie hatte Sachen aus ihrem Koffer genommen. Terence fand sie sauber in Schränke und Schubladen geordnet. Die Kosmetikartikel, die sie sich neu gekauft hatte, standen auf dem Bord im Bad. Da war Badesalz in der Farbe von Meeresschaum und ein kurzer Frotteemantel in einem etwas dunkleren Ton, der hinten an der Badezimmertür hing.

Ihre Tasche war weg und damit auch die Aufzeichnungen. Das Hämmern hinten an seinem Hals, langsam und gleichmäßig, verstärkte sich.

Wo zum Teufel war sie? Terence spürte die ersten Stiche der Panik. Er fuhr sich durchs Haar und bemühte sich, ruhig zu denken. Wenn sie sie hatten … wenn sie sie hatten, dann …

Wie konnte er ruhig denken, wenn er laufend das Bild vor sich sah, wie Abdul sie am Haar hochgezogen hatte! Wie konnte er ruhig denken, wenn er sich erinnerte, wie ihr Blut sich auf seinen Händen angefühlt hatte!

Als er einen Schlüssel im Schloss hörte, wirbelte er herum. Bevor sich der Türknauf drehte, stand er hinter der Tür, die Pistole gehoben, den Körper angespannt. Die Tür öffnete sich, er packte ein Handgelenk und riss Gillian in seine Arme.

„Verdammt, wo warst du? Alles in Ordnung?"

Sie nickte. „Ich war nur ein paar Minuten weg."

Und ein paar Minuten hatte seine Einbildungskraft in Höchstgeschwindigkeit gearbeitet. Terence verwünschte sich, dann sie. „Ich habe dir doch gesagt, du sollst hierbleiben. Was zum Teufel ist los mit dir?" Wütend auf sich selbst schob er sie weg. „Ich habe keine Zeit zum Babysitten, verdammt. Wenn ich einen Befehl gebe, dann befolgst du ihn."

„Ich habe dich beauftragt, meinen Bruder zu finden, nicht aber, in jeder freien Minute von dir angeschrien zu werden."

„Wenn du etwas Verstand zeigen würdest, müsste ich dich

nicht anschreien. Du bist schon einmal verletzt worden. Denk daran. Ich könnte das nächste Mal nicht dabei sein, um Schlimmeres zu verhindern."

„Du bist nicht mein Leibwächter. Außerdem, du warst derjenige, der gegangen ist, ohne mir zu sagen, wohin und für wie lange."

Er hatte nicht die Absicht, daran erinnert zu werden, warum er so abrupt gegangen war. „Hör zu, Schwester, du bist aus dem einzigen Grund hier, weil ich versuche, deinen Bruder zu finden. Du wärst von keinem großen Nutzen, wenn sie dich jetzt schon hätten."

„Niemand hat mich." Sie warf ihre Tasche aufs Bett. „Ich bin hier, oder nicht?"

Er hasste es, gegen Logik anzustreiten. „Ich habe dir gesagt, du sollst im Hotel bleiben. Wenn du nicht tun kannst, was dir gesagt wird, findest du dich auf dem ersten Flugzeug zurück nach New York wieder."

„Ich gehe, wohin ich will und wann ich will." Sie baute sich vor ihm auf. „Und nur zu deiner Information, ich war im Hotel. Kopfschmerzen, O'Hara. Ich habe unten Tabletten gekauft. Und wenn du mich jetzt entschuldigst, muss ich vielleicht nicht gleich alle auf einmal schlucken." Sie stürmte hinüber und knallte die Badezimmertür hinter sich zu, nicht ohne leise vor sich hin zu fluchen.

Frauen, dachte Terence, während er ins angrenzende Zimmer ging. Er zündete sich eine Zigarette an und stellte sich ans Fenster, um hinaus auf Casablanca zu blicken. Das letzte Mal, als er hier gewesen war, ging es um Schmuggel. Man hatte ihm fast die Kehle durchgeschnitten, aber das Glück war auf seiner Seite gewesen. Damals war er auch Cabot gewesen, der französische Geschäftsmann, der sich keine grauen Haare wegen eines dunklen, wenn nur Gewinn bringenden Geschäftes machte.

Seine Verkleidung würde halten. Das ISS hatte sie mit akribischer Genauigkeit aufgebaut. Seine Nerven würden halten, solange er sich daran erinnerte, dass die Frau nebenan für ihn nichts als ein Mittel zum Zweck war, um mit dieser Arbeit aufhören zu können.

Er hörte in Gillians Bad das Wasser laufen und sah auf seine Uhr. Er gab ihr eine Stunde, um sich abzureagieren. Dann mussten sie sich um ein Geschäft kümmern.

Gillians Wut hatte nicht die Eigenart, schnell aufzublitzen und wieder zu verschwinden. Im Augenblick genoss sie sie sogar. Sie gab ihr Energie und drängte ihre Angst zurück.

Bestimmt beabsichtigte Terence, sie hier im Zimmer eingeschlossen und einsam ihr Essen verzehren zu lassen. Sie sollte verdammt sein, wenn sie sich hier wie ein Mäuschen verkroch. Sie war sich vielleicht nicht sicher, was sie tun konnte, um bei Flynns und Caitlins Befreiung zu helfen, aber etwas musste es geben. Terence O'Hara musste die Tatsache akzeptieren, dass sie bei dieser Sache dabei war. Damit wollte sie sofort anfangen.

Sie öffnete die Verbindungstür und wäre fast in ihn hineingerannt.

„Ich wollte gerade nachsehen, ob du aufgehört hast mit dem Schmollen."

Sie hob das Kinn. „Ich schmolle nie."

„Natürlich. Aber da du offensichtlich damit aufgehört hast, können wir gehen."

Sie öffnete den Mund, dann schloss sie ihn wieder. Er hatte „wir" gesagt. „Wohin?"

„Einen Freund besuchen." Mit zusammengezogenen Brauen betrachtete er sie. „Das hast du angezogen? Willst du etwa so auf die Straße gehen?"

Unwillkürlich blickte sie an ihrem weiten Rock und der Bluse herab. „Was stimmt damit nicht?"

„Nichts, wenn du zum Tee ins Pfarrhaus gehen würdest." Er knöpfte einfach zwei Knöpfe ihrer Bluse auf und trat stirnrunzelnd zurück. „Schon etwas besser."

„Ich habe doch keine Lust, mich hier zu deinem Vorteil zur Schau zu stellen."

„Persönlich gebe ich verdammt nichts darauf, ob du Pappe trägst, aber du musst eine Rolle spielen. Hast du keine grellen Ohrringe?"

„Nein."

„Dann besorgen wir welche. Und einen dunkleren Lippenstift. Und kannst du nicht etwas mit deinen Augen machen?"

„Meinen Augen? Was stimmt nicht mit meinen Augen?" Die natürliche weibliche Eitelkeit kämpfte mit der Verwirrung, während Terence in ihr Bad ging.

„Cabots Frauen kommen nicht schnurstracks aus einem Kloster, wenn du weißt, was ich meine." Er kramte in ihren Kosmetikartikeln.

„Nein. Was genau bedeutet es?"

„Ich meine, du brauchst etwas mehr Farbe, etwas mehr Brustansatz und etwas weniger gute Kinderstube." Er nahm einen rauchgrünen Lidschatten, musterte ihn und hielt ihn ihr hin. „Hier, versuche es als Hure, machst du das?"

„Hure?" Das Wort kam mit wunderschöner irischer Entrüstung aus ihrem Mund. „Hure also? Glaubst du wirklich, ich male mich an, damit du mich zur Schau stellen kannst als … als …"

„Flittchen, das habe ich gemeint, ein nett aussehendes, hohlköpfiges Flittchen." Er nahm ihr Parfum und drückte auf den Sprühknopf. „Das ist Salonzeug. Ist das das einzige Parfum, das du hast?"

Sie biss so ihre Zähne zusammen, dass es schmerzte. „Was stimmt damit nicht?"

„Der Kerl, den ich sehen werde, erwartet, dass ich mit einer hübschen, hohlköpfigen und sehr sexy Frau reise. Das ist Cabots Stil."

Dieses Mal zog sie die Brauen zusammen. „Oh, ist es das?"

„Ja. Und du musst der Rolle entsprechen. Hast du nicht irgendetwas Enganliegendes?"

„Nein, ich habe nichts Enganliegendes." Sie machte einen Schmollmund, als sie sich umdrehte und im Spiegel betrachtete. „Ich habe diese Reise nicht für einen Geselligkeitstrip gehalten."

„Ich habe noch nie eine Frau erlebt, die nichts Enganliegendes hat."

Wenn Blicke wirklich töten könnten, wäre er jetzt wie ein Stein zu Boden gefallen. „Du hast nie diese eine erlebt."

Terence griff wieder nach ihrer Bluse. „Nun, vielleicht noch einen weiteren Knopf."

„Nein." Sie zog die Bluse zusammen. „Ich laufe nicht halb nackt herum, damit du dein Image aufrechterhalten kannst." Mit zusammengebissenen Zähnen riss sie ihm den Lidschatten aus der Hand. „Geh raus. Ich will nicht, dass du so um mich herumschwirrst."

„Fünf Minuten." Er steckte die Hände in die Taschen und schlenderte aus dem Bad.

Sie brauchte zehn, aber er entschied sich, nicht zu drängen. Die Wut hatte einen rosigen Hauch auf ihre Wangen gebracht, zu dem sie noch Rouge hinzugefügt hatte. Sie hatte Lidschatten und Eyeliner großzügig benutzt, sodass ihre Augen riesig waren wie Untertassen und einen schweren Schlafzimmerblick hatten.

„Billig genug für dich, Monsieur Cabot?"

„Es wird gehen", sagte er, schon an der Tür. „Na los schon, gehen wir."

Sie kam sich wie ein Idiot vor, und soweit es sie anging, sah sie auch so aus. Doch andererseits ließ Terence sie nicht allein im Hotel zurück. Sie holte tief Luft. Wenn sie schon eine Rolle spielen sollte, dann wollte sie sie auch gut spielen.

Als sie aus dem Hotel traten, hakte sich Gillian bei ihm ein, schmiegte sich an ihn und lächelte ihn an. „Soll ich verrückt nach dir sein?"

„Auf alle Fälle nach meinem Geld."

„Oh, du bist reich?"

„Steinreich."

Sie blickte über ihre Schulter, als sie in ein Taxi stieg. „Und warum habe ich dann keinen Schmuck?"

Kleine Neunmalkluge, dachte er und wünschte, er würde sie deswegen nicht mehr mögen. Er legte die Hand fest auf ihren Po. „Du hast ihn noch nicht verdient, Sweetheart."

Die Schminke konnte nicht das Feuer und die Herausforderung verbergen, die in ihren Blick traten. Terence nahm neben ihr Platz und nannte dem Fahrer die Adresse. „Sprichst du Französisch?", fragte er dann Gillian.

„Gerade genug, um zu wissen, was ich im Restaurant bestellen soll."

„Auch gut. Halt den Mund und überlass mir das Reden. Von dir erwartet man sowieso nicht, sehr helle zu sein."

Er sagte ihr für ihren Geschmack zu oft, dass sie den Mund

halten sollte. „Ich habe schon gemerkt, dass sich dein Frauengeschmack mit dem der Männermagazine deckt."

Sie fuhren aus dem Teil der Stadt heraus, der durch Hotels und große, moderne Geschäfte gekennzeichnet war. An den Hafen schloss sich die alte Medina an, die originale arabische Stadt, von Mauern umschlossen und labyrinthisch mit engen Gassen durchzogen. Zu jeder anderen Zeit hätte es sie fasziniert. Sie hätte sich gewünscht, auszusteigen und sich umzusehen, zu riechen und zu berühren. Nun war es nur ein Ort, wo ein Hinweis gefunden werden konnte.

Terence bezahlte den Fahrer. Gillian stieg aus und betrachtete die vielen kleinen Geschäfte und die Touristen, die von ihnen angezogen wurden. Der Charme war da, das Alter, die arabische Würze. Exotische Farben, offene Basare, Männer in Gewändern. Die Straße lag im Schatten, die Ladenfenster vollgestopft mit Souvenirs und Seide und einheimischem Kunsthandwerk. Die Frauen, die sie sah, waren hauptsächlich Europäerinnen, unverschleiert und in Hosen. Der Wind war mild und trug den Geruch des Wassers mit sich, von Gewürzen und stinkendem Müll.

„Es ist so anders." Sie hakte sich wieder bei Terence unter. „Man liest so viel über diese Orte, aber es ist nichts im Vergleich zur Wirklichkeit. Sie ist so ... exotisch."

Er dachte ans Armenviertel, wo er heute Nachmittag gewesen war, an die ohne Genehmigung hingebauten Hütten, das Elend, nur einen Steinwurf entfernt von reizenden Straßen und hübschen Läden. Ein Slum war ein Slum, in welchem Kulturkreis auch immer.

„Hier." Terence hielt vor einem Juweliergeschäft, das im Fenster Gold und Silber und glänzend polierte Edelsteine ausstellte. „Lächle und sieh dumm aus."

Gillian hob eine Braue. „Ich bin mir nicht sicher, ob ich so talentiert bin, aber ich tue mein Bestes."

Die Glocke über der Ladentür bimmelte, als sie eintraten. Der Mann hinter der Theke mit einem Gesicht wie eine verbrannte Mandel und fast weißem Haar blickte auf. Sofortiges Wiedererkennen zeigte sich in seinem Blick, bevor er mit einem Kunden weiter um ein Armband feilschte. Terence legte die Arme auf den Rücken und musterte die ausgestellten Waren.

Der Verkaufsraum war klein, vom Hinterzimmer durch einen Perlenvorhang abgeteilt. Musik spielte, die Gillian an Hirten denken ließ, die ihren Herden etwas vorspielten. Es roch angenehm nach Gewürzen – Nelken und Ingwer –, und ein Ventilator verteilte träge die Luft im Laden.

Der Boden war aus abgetretenem Holz. Obwohl die Juwelen glänzten, war das Glas der Schaukästen stumpf und voller Fingerabdrücke. Sich an ihre Rolle erinnernd, spielte Gillian mit Halsketten aus blauen und roten Steinen. Sie seufzte beim Gedanken daran, wie sehr sich Caitlin über eine solche Kette freuen würde.

„*Bon soir.*" Mit übereinandergelegten Händen wandte sich der Ladenbesitzer Terence zu. „Es ist lange her, alter Freund." Er sprach Französisch. „Ich hätte Sie nicht so bald wieder in meinem Laden erwartet."

„Ich kann schließlich nicht nach Casablanca kommen, ohne bei einem alten und wertvollen Freund vorbeizuschauen, al-Aziz."

Der Ladenbesitzer neigte den Kopf, fragte sich schon, ob er ein Geschäft machen könnte. „Sie sind geschäftlich hier?"

„Teils geschäftlich." Er zeigte auf Gillian. „Teils zum Vergnügen."

„Ihr Geschmack ist exzellent, wie immer."

„Sie ist hübsch", sagte Terence teilnahmslos. „Und nicht klug genug, um zu viele Fragen zu stellen."

„Sie wollen ihr ein Spielzeug kaufen?"

„Vielleicht. Ich habe aber auch etwas zu verkaufen."

Verärgert, aus der Unterhaltung ausgeschlossen zu sein, trat Gillian zu Terence. Sie legte einen Arm um seinen Hals, hoffte, die Pose sei sexy genug. „Ich hätte genauso gut im Hotel bleiben können, wenn du den ganzen Abend Französisch redest."

„Tausendmal Entschuldigung, Mademoiselle", sagte al-Aziz in präzisem Englisch.

„Kein Grund zur Entschuldigung." Terence gab Gillian einen leichten Klaps auf die Wange. „Also, Chérie, such dir irgendetwas Schönes aus."

Sie wollte ihm liebend gern ins Gesicht spucken, doch stattdessen sah sie Terence kokett an. „Oh André, irgendetwas?"

„Natürlich, was du willst."

Das zahle ich dir zurück, dachte Gillian und beugte sich über die Auslage wie ein Kind in einem Eissalon. Gut und teuer.

„Wir können freimütig miteinander reden, *mon ami*", fuhr Terence fort. Er lehnte sich an den Tresen und faltete die Hände auf dessen Glas. „Meine Begleiterin versteht kein Französisch. Ich nehme an, Sie haben … nun, noch gute Kontakte?"

„Ich darf mich so glücklich schätzen."

„Sie erinnern sich, vor einigen Jahren hatten wir ein Geschäft, das für beide Seiten einträglich war. Ich will Ihnen ein weiteres vorschlagen."

„Ich rede immer gern über Geschäfte."

„Ich habe eine vergleichbare Ladung. Sie stammt von unseren kapitalistischen Freunden. Meine Quellen verraten mir andererseits, dass sich hier in Marokko eine gewisse Organisation niedergelassen hat. Ich bin sicher, sie ist an dem interessiert, was ich anzubieten habe – natürlich zum gegenwärtigen Marktpreis."

„Natürlich."

„Sind Sie daran interessiert, das Geschäft zu vermitteln?"

„Für die übliche zehnprozentige Provision?"

„Natürlich."

„Möglich, dass ich Ihnen helfen kann. Zwei Tage. Wo kann ich Sie erreichen?"

„Ich erreiche Sie, al-Aziz." Terence lächelte und fuhr sich mit einer Fingerspitze übers Kinn. Es war ein für Cabot eigentümlicher Zug. „Da gibt es ein Gerücht, das ich interessant finde. Ein gewisser Wissenschaftler wird, sagen wir, von der Organisation beschäftigt. Wenn ich mehr Informationen über ihn hätte, könnte sich die Provision noch sehr beträchtlich steigern, vielleicht auf zwanzig Prozent."

Al-Aziz' Miene war ausdruckslos wie seine Stimme. „Gerüchte sind unzuverlässig."

„Aber leicht genug zu erhärten." Terence zog einen Geldclip hervor und daraus einige Scheine. Wie durch einen Zauber verschwanden sie in den Falten von al-Aziz' Gewand.

„Oh Darling, kann ich die haben?" Gillian packte Terences Arm und zog ihn hinüber zu einem Paar langer goldener Ohrringe, grell mit roten Steinen besetzt. „Zu Hause werden alle vor Neid sterben. Bitte, Darling, kann ich die haben?"

„Tausendachthundert Dirham", sagte der Ladenbesitzer

nach einem kurzen Blick mit zufriedenem Lächeln. „Für Sie und die Lady tausendsechshundert."

„Bitte, Sweetheart. Ich habe mich einfach in sie verliebt."

In seinem eigenen Spiel gefangen, nickte Terence al-Aziz zu. Unauffällig kniff er Gillian, während der Ladenbesitzer die Ohrringe aus dem Kästchen holte.

„Oh, ich trage sie gleich." Gillian legte sie an, während Terence weitere Scheine aus seinem Clip zog.

„Du hättest dir auch ein paar Glasperlenketten aussuchen können", meinte Terence, als sie wieder auf der Straße standen.

Gillian berührte einen der Ohrringe und ließ ihn baumeln. „Eine Frau wie ich gibt sich nicht mit Glasperlen zufrieden. Ich wollte die Rolle gut spielen."

„Ja." Bei ihr hatten die Ohrringe sogar etwas Stil. „Du hast es gut gemacht."

Gillian zog ihn am Arm zurück. „Warte einen Moment. Das Kompliment muss ich erst verarbeiten."

5. Kapitel

Wenigstens war sie nicht in einem Hotelzimmer eingesperrt. Gillian versuchte sich damit zu trösten, während sie in dem verräucherten und lärmenden Club saß. Sie trank ein Glas Wein und beobachtete das Leben um sich herum. Die meisten Gäste waren jung und zum größten Teil Europäer. Unter anderen Umständen hätte sie das Durcheinander und die unbeschwerte Partyatmosphäre sogar genießen können.

Sie beugte sich zu Terence vor. „Und jetzt erzähl mir, worüber ihr gesprochen habt und was jetzt weiter geschieht."

Er hatte den Club gewählt, weil es hier laut war und die Gäste mit sich selbst beschäftigt.

„Al-Aziz ist Geschäftsmann. Cabot auch." Terence knabberte an einer faden weichen Salzstange. „Ich habe ihm einen Vorschlag für ein lukratives Geschäft gemacht."

„Was hat das mit Flynn zu tun?"

„Ich habe al-Aziz' Interesse erregt. Mit etwas Glück wird er Hammers Interesse erregen. Wir haben uns in zwei Tagen wieder verabredet. Und dann werden wir klüger sein als jetzt."

„Du triffst dich mit diesen Leuten?" Sie hatte plötzlich entsetzliche Angst um ihn. „Aber sie kennen dich doch."

Terence nahm einen Schluck Whisky und fragte sich, wann er endlich wieder in einem Land sein würde, in dem anständige Drinks serviert wurden. „Abdul weiß, wer ich bin. Killer wie er sind normalerweise nicht bei Waffenverhandlungen dabei."

„Ja, aber … Waffen?" Ihre Stimme senkte sich zu einem Flüstern. „Du willst ihnen Waffen verkaufen?"

„Auf alle Fälle sollen sie es glauben."

„Das ist verrückt. Es muss einen besseren Weg geben."

„Sicher. Ich hätte in al-Aziz' Laden spazieren und ihm sagen können, du bist Dr. Gillian Fitzpatrick, deren Bruder von Hammer gekidnappt worden ist. Ich hätte an seine menschlichen Instinkte appellieren können. Bevor die Sonne morgen aufgeht, wärst du in derselben Lage wie dein Bruder jetzt. Und ich wäre tot."

Gillian runzelte die Stirn. Er schien sich seines Angriffsplanes so sicher zu sein. Sie wollte, sie brauchte nichts mehr, als ihm zu glauben. „Du hast al-Aziz vorher schon getroffen, nicht wahr? Er schien dich zu kennen."

Terence spürte ein Kribbeln zwischen den Schulterblättern. Er hätte es vorgezogen, mit dem Rücken an der Wand zu sitzen. „Wir hatten vorher bereits miteinander zu tun, wir sind sozusagen Geschäftsfreunde."

„Du hast ihn vorher schon benutzt, um Waffen zu verkaufen?"

„Das ISS hat ihn benutzt." Er zerbrach eine weitere Salzstange in zwei Hälften. „Vor einigen Jahren gab es Pläne für einen Coup, den das ISS unterstützen wollte. Anonym. Für Cabot fiel ein netter Profit ab, für al-Aziz eine Provision, und die Demokratie hat einen gewaltigen Schritt nach vorn gemacht."

Sie wusste, dass solche Dinge geschahen. Sie war in einem Land aufgewachsen, das durch Krieg geteilt war. Sie lebte in einem Land, in dem das Vertrauen durch geheime Geschäfte und politische Machenschaften hart strapaziert worden war. Aber weil es vorkam, war es nicht automatisch richtig. „Es ist nicht gerecht."

„So ist die wirkliche Welt", gab er zurück. „Und die ist größtenteils nicht gerecht."

„Machst du es darum?" Impulsiv beugte sie sich vor. „Um die Dinge wieder ins rechte Lot zu rücken?"

Es hatte eine Zeit gegeben – anscheinend vor einem ganzen Leben –, als er idealistisch genug gewesen war, um an so etwas zu glauben. Doch den Glauben hatte er irgendwo vor langer Zeit verloren. „Ich tue nur meinen Job, Gillian. Versuch nicht, einen Helden aus mir zu machen."

„Das ist mir nicht in den Sinn gekommen."

Schwer lag der Rauch von französischen und türkischen Tabaken in der Luft. Die Musik war leicht, der Alkohol gerade noch erträglich. Er fragte sich, wann ihm der Gedanke gekommen war, dass er zu viel Zeit an Orten wie diesem verbracht hatte. Fast hätte er laut gelacht. Er war sogar an einem Ort wie diesem geboren worden. Es gab Momente während des letzten Jahres, da hatte er gespürt, dass er herauswollte. Es war ein so drängendes Gefühl wie vor zwölf Jahren. Nur dass er diesmal nicht mehr einfach bloß den Daumen ausstrecken konnte.

„Terence?"

„Was?"

„Was wirst du tun, wenn du mit diesem Job aufhörst?"

„Da gibt es einen Ort auf den Kanarischen Inseln, wo man Früchte direkt vom Baum pflücken und in einer Hängematte mit einer schönen Frau schlafen kann. Das Wasser ist klar wie Glas, und die Fische springen einem in den Schoß." Er nahm einen großen Schluck. „Mit hunderttausend Dollar bin ich da ein König."

„Wenn du nicht vor Langeweile stirbst."

„Ich hatte genug Aufregung, die für die nächsten dreißig

oder vierzig Jahre reicht." Er stieß sein Glas an ihres. „Ich werde mich amüsieren."

„André!"

Terence drehte sich auf seinem Stuhl um und fand seinen Mund in einem langen, feuchten Kuss gefangen. Ungefähr in der Mitte des Kusses dämmerte es ihm. Er konnte sich nur an eine Frau erinnern, die nach Treibhausblumen roch und wie ein Vampir küsste.

„Desirée." Terence strich ihr über den nackten Arm, während sie sich in seinen Schoß kuschelte. „Immer noch in Casablanca?"

„Natürlich." Sie lachte kehlig und warf eine Mähne mitternachtschwarzer Haare zurück. „Ich bin jetzt eingestiegen hier im Club."

„Hochgekommen in der Welt."

„Aber ja." Sie hatte eine Haut wie eine Magnolie und ein Herz, das glücklich Gift verspritzen konnte. Trotz allem hatte Terence eine distanzierte Zuneigung für sie. „Ich habe Amir geheiratet. Er ist hinten, sonst hätte er dir schon die Kehle durchgeschnitten, weil du mich anfasst."

„Nichts hat sich geändert, wie ich sehe."

„Du auch nicht." Munter Gillian ignorierend, fuhr Desirée mit den Fingerspitzen über Terences Gesicht. „Oh André, ich habe wochenlang darauf gewartet, dass du zurückkommst."

„Stunden, wenn überhaupt."

„Bleibst du lange?"

„Ein paar Tage. Ich zeige meiner Freundin den Charme von Nordafrika."

Desirée blickte sich um, musterte Gillian von oben bis unten und übersah sie dann wieder geflissentlich. „Es hat eine Zeit gegeben, als mein Charme dir reichte."

„Dein Charme war für eine Armee ausreichend." Terence hob seinen Drink und hielt den Blick auf die Tür zum Hinterraum gerichtet. Er wusste, dass Desirée hinsichtlich Amir nicht übertrieb. „Ich hätte ein kleines Geschäft, *ma belle*. Lauschst du immer noch so gut an Schlüssellöchern, die in deiner Reichweite sind?"

„Für dich – und einen Preis."

„Flynn Fitzpatrick. Wissenschaftler. Ire mit einer kleinen Tochter. Wie viel wird es mich kosten herauszufinden, ob sie noch in Casablanca sind?"

„Für einen lieben alten Freund – fünftausend Francs."

Terence schob sie von seinem Schoß, bevor er den Geldclip hervorholte. „Hier ist die Hälfte. Als Ansporn."

Sie beugte sich herunter und schob das Geld in einen Schuh. „Es ist immer wieder ein Vergnügen, dich zu sehen, André."

„Und dich, Chérie." Er erhob sich und streifte mit den Lippen ihren Handrücken. „Grüße Amir nicht von mir."

Lachend schlängelte sich Desirée durch die Menge.

„Du hast faszinierende Freunde", bemerkte Gillian.

„Ja. Gehen wir."

Gillian drängte sich hinter ihm aus dem verräucherten Club in die klare Abendluft. „Worüber habt ihr gesprochen?"

„Nur Erinnerungen an alte Zeiten."

Sie zog eine Braue hoch. „Ich bin sicher, sie waren mehr als überwältigend."

Unwillkürlich musste er lächeln. Desirée hatte ein schwarzes Herz … aber welche Fantasie! „Sie hatten ihren Reiz."

Gillian schwieg einen Moment, kämpfte mit sich. Schließlich gab sie auf. „Diese aufgedonnerte Frau ist dein Typ?"

Terence wusste genug über Frauen, um zu wissen, wann Lachen gefährlich war. Stattdessen hüstelte er. „Sagen wir einfach, sie ist ein Typ."

„Ich bezweifle, dass noch viel von ihr übrig bleibt, wenn man ihr erst einmal die drei Make-up-Schichten abkratzt."

„Du brauchst nicht eifersüchtig zu sein, Sweetheart. Wir sind alte Freunde."

„Eifersüchtig?" Sie ließ es klingen wie einen Witz und verachtete sich, weil es keiner war. „Ich bin doch nicht auf eine Frau eifersüchtig, mit der du … mit der …"

„Komm schon, spuck's aus."

Sie schüttelte seinen Arm ab, den er um ihre Schulter gelegt hatte. „Vergiss es. Wofür hast du sie bezahlt?"

„Um einige Informationen auszugraben."

„Wie sollte so eine Frau in der Lage sein, an Informationen zu kommen?"

Terence blickte auf sie herunter, sah, dass sie es ernst meinte, und schüttelte nur den Kopf. „Diplomatie", sagte er.

Gillian konnte nicht schlafen.

Sie war in Afrika, einem Kontinent, von dem sie bisher nur gelesen hatte. Im Süden lag die Sahara. Sie war nur Schritte vom Atlantik entfernt, aber auf dieser Seite der Welt war er einfach ein anderer Ozean. Selbst die Sterne waren fremd.

Die Fremdheit machte ihr nichts aus. Während ihrer Kindheit hatte sie oft davon geträumt, in ferne Länder zu reisen, aber sie hatte sich mit Büchern zufriedengegeben. Ihre Entscheidung, in die Staaten zu gehen, hatte sie aus dem Wunsch heraus getroffen, etwas Neues zu sehen, selbstständig zu sein, wie es nie möglich gewesen wäre, wenn sie in Irland bei ihrem Vater geblieben wäre. Sie war nach Amerika gegangen, um ihre eigenen Ziele zu verfolgen, ihr eigenes Leben zu leben. Nun war ihr Vater krank und ihr Bruder verschwunden.

Gillian zog den Bademantel über und ging auf den Balkon. Und sie war hier in Afrika mit einem Mann, der mit einem Schlag ihre Identität verändert hatte.

Mit einem Seufzer lehnte sich Gillian ans Geländer und blickte hinaus auf die Lichter und Schatten von Casablanca. Er hatte gesagt, er denke nicht daran, irgendetwas zu verbessern, er verrichte nur seinen Job. Warum nahm sie ihm das nicht ab? Es schien doch zu seinem Stil zu passen. Aber es passte nicht zu ihren Gefühlen für ihn.

Fast vom ersten Augenblick an hatte sie sich von ihm angezogen und abgestoßen gefühlt. Da war etwas in seinen Augen – wenn auch selten –, das ihr verriet, er konnte freundlich und fähig zum Mitleid sein. Da war die Art, wie er sie angesehen hatte, oben auf der Wahrsagerpyramide. Ein Teil von ihm war ein Träumer, ein Teil ein eiskalter Realist. Es schien unmöglich, beide unter einen Hut zu bringen.

Was er war, was er machte, verunsicherte sie. Ihr ganzes Leben hatte sie an richtig und falsch, gut und schlecht geglaubt. Bis sie ihn getroffen hatte, hatte sie nicht gewusst, wie viele Schattierungen dazwischen es geben konnte. Und sie hätte nicht im Traum daran gedacht, von einem Mann angezogen zu werden, der in diesen Schattierungen zu Hause war.

Aber es war eine Tatsache, eine unumstößliche Tatsache, dass sie von ihm angezogen wurde, ihm vertraute und glaubte. Sie konnte ihre Gefühle nicht in ein Labor tragen, sie auseinandernehmen, sie analysieren. Zum ersten Mal in ihrem Leben stand sie vor einem Problem, das nicht mit Logik oder experimenteller Untersuchung zu lösen war. Und der Name des Problems war Terence O'Hara.

Sie war eifersüchtig gewesen, wahnsinnig eifersüchtig, als diese Frau im Club über Terence hergefallen war. Als sie intim auf Französisch mit ihm geflüstert und ihn gestreichelt hatte, hätte Gillian sie am liebsten bei den gelackten Haaren gepackt und fortgeschleift. Das lag eigentlich nicht in ihrer Natur. Oder sie hatte es bisher nicht gewusst.

Natürlich kannte sie Eifersucht. Aber was sie heute Abend empfunden hatte, war heiß und gewalttätig gewesen und kaum zu beherrschen. Dabei war sie nicht auf das exotische Aussehen der Frau oder ihren geschmeidigen Körper eifersüchtig gewesen, sondern darauf, wie sie Terence umschlungen und geküsst hatte, als wollte sie ihn bei lebendigem Leib verschlingen.

Und er schien es genossen zu haben.

Gillian verschränkte die Arme über der Brust und blickte hinaus auf die Lichter der Stadt. Sie mochte Eifersucht ebenso wenig wie Verwirrung. Terence O'Hara bedeutete offensichtlich beides.

Sie zuckte bei einem kratzenden Laut zusammen und wirbelte herum. Ein Streichholz flackerte auf.

Terence stand im Schatten. Sie fragte sich, wie lange er sie schon von dort beobachtet hatte.

„Ich habe nicht gewusst, dass du hier bist." Und sie hätte es nicht, erkannte sie, wenn er es nicht gewollt hätte. „Ich konnte nicht schlafen."

„Zeitveränderungen bringen den Körperrhythmus ganz durcheinander."

„Ja, das ist es wohl." Sie legte die Finger wieder fest ums Geländer und wünschte, es wäre so einfach. „Ich dachte, du seist daran gewöhnt."

„Ich mag die Nacht." Das stimmte, aber er war nur auf den

Balkon gekommen, weil er unruhig war und an sie denken musste.

„Manchmal gehe ich aufs Dach meines Hauses. Es ist die einzige Art, wie man in New York die Sterne sehen kann." Sie sah zum Himmel hoch. „In Irland musste man einfach nur aus dem Haus treten." Mit einem Kopfschütteln sah sie wieder auf die Stadt. „Hast du es je vermisst?"

„Was vermisst?"

„Dein Zuhause."

Er zog an seiner Zigarette, und sein Gesicht war für einen Moment in rotes Licht getaucht. „Ich habe dir doch gesagt, ich habe keins."

Sie ging an die gegenüberliegende Seite des Balkons. „Einfach nur die Kanarischen Inseln? Wie lang kann man von Früchten und Fischen leben?"

„Lang genug."

Obwohl es sich in der Nacht abkühlte, trug er nur eine weite Jogginghose. Gillian erinnerte sich ganz genau an den wilden Rausch, als sie an diesen Körper gedrückt wurde. Und an die verwirrende Leere, wieder weggeschoben zu werden. Nein, Gefühle konnten nicht analysiert werden, aber sie konnte versuchen, deren Quelle zu untersuchen.

„Ich frage mich, was es ist, wovor du wegläufst."

„Worauf ich zulaufe." Terence schnippte die Zigarette über den Balkon auf die Straße unten. „Zu einem Leben in Luxus, Sweetheart. Kokosmilch und halb nackte Frauen."

„Ich glaube nicht, dass dir das reicht. Dafür hast du dich immer zu sehr eingesetzt."

„Stimmt." Unbewusst rieb er über die Narbe auf seiner Brust. „Was bleibt, gehört mir." Ihr Duft war wieder so frisch. Der Wind trug ihn zu ihm.

„Weißt du, Mr. Forrester hat gemeint, wenn du dich mehr an die Regeln hieltest, wärst du in einer Führungsposition des ISS."

„Charlie hatte Größenwahn."

„Er war mächtig stolz auf dich."

„Er hat mich angeworben und ausgebildet. Er wollte sich wohl damit brüsten, dass er gute Arbeit geleistet hat."

„Ich glaube, es war mehr als das. Du gefielst ihm, wie du warst und was er aus dir gemacht hat. Ich weiß, du warst ihm tief verbunden und hast dich auf diese Geschichte nicht nur wegen des Geldes, sondern seinetwegen eingelassen. Die Gründe sollten mir gleichgültig sein, aber sie sind es nicht. Terence?"

Er wollte sie jetzt nicht ansehen, da das Mondlicht auf sie fiel und ihr Duft in der Luft hing. Er hielt den Blick auf die Straße unten gerichtet. „Ja?"

„Wenn ich Flynn und Caitlin wieder zurückhabe, werde ich es dir nie zurückzahlen können. Aber du sollst wissen, was auch immer geschieht, ich bin dir von Herzen dankbar."

„Es ist ein Job", stieß er zwischen zusammengebissenen Zähnen hervor, weil ihre leise, warme Stimme ihn in Versuchung führte, genau das zu vergessen. „Mach aus mir nicht irgendeinen Ritter auf einem weißen Schlachtross, Gillian."

„Nein, das bist du nicht, aber ich glaube, ich fange an zu verstehen, wer du bist, Terence." Sie ging zu den Balkontüren. „Gute Nacht." Weil sie nicht erwartet hatte, dass er antwortete, schloss sie die Türen hinter sich.

„Aber wie kannst du von mir erwarten, dass ich wie eine Touristin durch die Geschäfte ziehe?"

Terence zog Gillian zu einem anderen Schaufenster. „Weil

du heute nichts als eine Touristin bist. Zeige etwas Begeisterung, okay?"

„Mein Bruder und meine Nichte sind Gefangene. Ich fürchte, es fällt mir schwer, Begeisterung für einen Haufen Tongeschirr oder einen Berg bunter Stoffe zu zeigen."

„Unverfälschte nordafrikanische Kunst."

„Wir vergeuden nur Zeit."

„Irgendwelche Vorschläge?" Untergehakt bummelten sie weiter. Gestreifte Sonnenschirme beschatteten die Waren, die draußen auf Tischen ausgebreitet waren. „Soll ich dort, wo dein Bruder gefangen gehalten wird, einbrechen, mit rauchenden Revolvern und vielleicht einem Messer zwischen den Zähnen?"

Er schaffte es wunderbar, dass sie sich wie eine Idiotin vorkam.

„Setzen wir uns doch." Er wählte einen schattigen Tisch auf der Terrasse eines kleinen Cafés. „Warum erzählst du mir nicht, welche Laus dir über die Leber gelaufen ist?"

Gillian stieß ihre Sonnenbrille noch fester auf die Nase. „Oh, es könnte etwas mit der Tatsache zu tun haben, dass Flynn und Caitlin gekidnappt worden sind. Aber vielleicht bin ich auch einfach nur mit dem falschen Fuß aufgestanden."

„Sarkasmus steht dir nicht." Er bestellte zwei Kaffee, dann streckte er die Beine aus.

Sie blickte auf ihre Hände. Die Sonne spiegelte sich im Goldband ihrer Uhr wider. Gillian betrachtete das Lichtspiel, bis der Kaffee serviert wurde. „Ich konnte nicht schlafen. Ich habe einfach nur dagelegen und konnte dieses Gefühl nicht abschütteln: Etwas stimmte nicht, war entsetzlich falsch, und ich würde zu spät kommen, um es richtig machen zu können." Sie blickte zu ihm auf, ganz sicher, sie würde ihn verachten, wenn er über sie lachte.

„Du hast in den letzten Tagen viel durchgemacht. Es wäre nicht normal, wie ein Baby zu schlafen." Er legte eine Hand auf ihre und zog sie sofort wieder zurück.

Die Berührung war schnell gewesen, und doch schien er sich darüber zu ärgern. Sie glaubte ihn zu verstehen und lächelte. „Freundlich zu sein bereitet dir Unbehagen."

„Ich bin nicht freundlich." Er zündete sich eine Zigarette an.

„Doch, du bist es." Ein wenig entspannter, griff Gillian nach ihrer Tasse. „Du würdest es vorziehen, es nicht zu sein, aber es ist schwer, seine Natur zu ändern." Der Kaffee war heiß und stark, genau was sie brauchte. „Welchen Namen du auch benutzt, unter der Oberfläche bist du ein freundlicher Mensch."

„Du kennst mich nicht." Er zog den Rauch in die Lungen.

„Als Wissenschaftlerin bin ich darauf trainiert zu beobachten, zu analysieren, zu kategorisieren, Hypothesen aufzustellen. Möchtest du gern meine Hypothese über dich hören?"

„Nein."

Die Spannung, die sich während der Nacht in ihr eingeschlossen hatte, löste sich. „Du bist ein Mensch, der nach Abenteuer und Aufregung sucht und zweifellos schon mehr gefunden hat, als er erwartet hat. Ich würde sagen, du glaubst genug an Freiheit und Menschenrechte, um dafür zu kämpfen. Und du bist desillusioniert, und du hast fast dein Leben verloren. Ich bin mir nicht sicher, was dich mehr stört. Ich glaube nicht, dass du gelogen hast, als du mir gesagt hast, du seist müde, Terence. Aber du lügst jedes Mal, wenn du vortäuschst, du machst dir aus nichts und niemandem etwas."

Sie war dem Kern nahe gekommen, zu nahe. Er hatte gelernt, dass das Leben viel angenehmer war, wenn man Distanz wahrte. Als er sprach, geschah es mit dem einzigen Ziel, die Distanz wiederherzustellen. „Was ich bin, ist ein trainierter Lügner, ein Dieb, ein Betrüger und Killer. Da gibt es nichts Schönes oder Glänzendes oder Idealistisches. Ich befolge nur Befehle."

„Ich denke, es geht weniger darum, was du tust, als darum, warum du es tust. Und da du das selbst nicht weißt, fantasierst du darüber, dich auf eine kleine Insel zurückzuziehen, wo du nicht darüber nachdenken musst."

Terence drückte seine Zigarette aus. „Du sagtest Physikerin, nicht Psychiaterin?"

„Es ist ganz einfach eine Angelegenheit der Logik. Ich bin ein sehr logischer Mensch." Sie stellte die Tasse zurück auf die Untertasse. „Dann ist es eine Angelegenheit deines Verhaltens mir gegenüber. Offensichtlich fühlst du dich von mir angezogen."

„Ist das so?"

Sie lächelte, sie fühlte sich immer sicherer, wenn die Dinge klar ausgesprochen wurden. „Ich denke, es wäre lächerlich zu verleugnen, dass eine körperliche Anziehung existiert. Trotzdem ist dein Verhalten widersprüchlich. Immer wenn du dich von der Anziehungskraft leiten lässt, ziehst du dich sofort wieder verärgert und frustriert zurück."

Er wollte nicht, dass sein Verhalten wie ein einbalsamierter Frosch auseinandergenommen wurde. Er beugte sich vor. „Du kannst froh sein, dass ich mich zurückgezogen habe."

Über dem kleinen runden Tisch waren sich ihre Gesichter sehr nahe. Ihr Herz begann zu hämmern, aber sie fand die

Empfindung eher einzigartig als unerfreulich. „Weil du ein gefährlicher Mann bist?"

„Ich bin der gefährlichste Mann, dem du je begegnet bist."

„Meine Familie ist entführt worden. Ich habe einen Mann sterben sehen und hatte ein Messer im Rücken. Es gibt wenig, was du tun könntest, um mir Angst einzujagen." Äußerlich ganz ruhig, hob sie ihre Tasse. Doch ihr Herz schlug ihr in der Kehle.

„Du irrst dich. Trink deinen Kaffee", fügte er mit einem vollkommen anderen Tonfall hinzu, der sie gehorchen ließ, während er zur Kamera griff.

„Was ist?"

„Al-Aziz hat einen Besucher."

Ein Mann, der aus einem schwarzen Wagen knapp zwanzig Meter entfernt stieg, füllte den Sucher aus. Terence erkannte das Gesicht. Kendesa war die rechte Hand des Generals, ein Mann von Bildung und Intelligenz, eine wichtige Kraft gegen den Fanatismus des Generals.

„Du kennst ihn?"

Aus einer alten Gewohnheit heraus machte Terence immer zwei Bilder. „Ja."

„Was bedeutet das?"

„Dass sie den Köder geschluckt haben."

Gillian befeuchtete ihre Lippen und kämpfte um Ruhe. „Was machen wir jetzt?"

Terence zündete sich eine weitere Zigarette an. „Wir warten."

Al-Aziz' Besucher blieb zwanzig Minuten. Als er aus dem Laden trat, sprang Terence hoch und saß mit Gillian in einem Taxi, als Kendesa in seinen Wagen stieg. „Verfolgen Sie den

Wagen", sagte er dem Fahrer und zog Geldscheine heraus. „Und schön Abstand halten."

Der Fahrer steckte das Geld ein, bevor er den Motor startete. Gillian griff nach Terences Hand und hielt sie fest.

„Er weiß, wo Flynn ist, nicht wahr?"

„Er weiß es."

„Was tun wir?"

„Nichts."

„Aber wenn er …"

„Wir wollen einfach sehen, wohin er fährt." Weil ihre Hand eiskalt war, hielt er sie fest.

Der schwarze Wagen hielt vor einem der exklusiveren Hotels im Geschäftsbezirk. Terence wartete, bis Kendesa im Hotel verschwunden war. „Warte hier."

„Aber ich will …"

„Warte hier", wiederholte er in seinem strengen Befehlston, und dann war er weg.

Die Minuten verstrichen, und aus Angst wurde Ärger. Gerade wollte sie Terence nachgehen, als er zurückkam und dem Fahrer den Namen ihres Hotels gab.

„Und?"

„Er ist heute Morgen im Hotel abgestiegen und hat offengelassen, wie lange er bleibt."

„Willst du nicht hingehen und ihn zur Rede stellen, wo Flynn ist?"

Terence würdigte sie keines Blickes. „Klar, ich gehe in sein Zimmer, verprügle ihn und seine drei Wachen und hole die Wahrheit aus ihnen heraus. Dann marschiere ich dorthin, wo dein Bruder festgehalten wird, und haue ihn allein heraus."

„Ist es nicht das, wofür ich dich bezahle?"

„Du bezahlst mich, ihn herauszubekommen – in einem

Stück." Das Taxi fuhr los. „Lass es uns auf meine Art spielen."

Da sie wusste, dass sie sich auf ihr Temperament nicht verlassen konnte, schwieg Gillian, bis sie in ihren Zimmern waren.

„Wenn du einen Plan hast, denke ich, dann ist es Zeit, mich einzuweihen."

Terence ignorierte sie und ging zum Bett hinüber, wo er an etwas herumfummelte, das Gillian für ein tragbares Radio gehalten hatte.

„Jetzt ist kaum die Zeit, um Musik zu hören." Als er weiterhin schwieg, stürmte sie hinüber zu ihm. „Terence, ich will wissen, was du vorhast. Ich weigere mich, im Unklaren gehalten zu werden, während du herumsitzt und Radio hörst. Ich will wissen …"

„Halt den Mund, okay?" Als er das Band zurückspulte, kamen die Stimmen kaum hörbar auf Arabisch. „Verdammt." Er drehte an der Lautstärke und lauschte gespannt.

„Was ist das?"

„Unsere Freunde sprechen fast außerhalb der Reichweite der Wanze, die ich gestern eingeschmuggelt habe."

„Du … ich habe nicht gesehen, dass du etwas eingeschmuggelt hast."

„Das stärkt gewaltig mein Selbstvertrauen." Er spulte das Band wieder zum Anfang zurück.

„Ich kann mir keinen Ort denken, an dem du das versteckt haben könntest."

„Ich habe es offen herumliegen lassen. Wenn man Dinge versteckt, werden sie viel schneller gefunden. Jemals Poe gelesen? Und nun sei ruhig."

Die Stimmen waren kaum zu unterscheiden, aber er erkannte die von al-Aziz. Er verstand die Begrüßungsfloskeln, aber von da an konnte er nur ein paar Fetzen übersetzen. Er hörte den Namen Cabot und verstand, dass sie über Geld verhandelten.

„Was sagen sie?", fragte Gillian, als er das Band wieder abstellte.

„Ich verstehe nicht genügend Arabisch, um mir einen Reim darauf machen zu können."

„Oh." Sie fuhr sich enttäuscht mit beiden Händen übers Gesicht und setzte sich neben ihn aufs Bett.

Terence steckte die Kassette in seine Tasche. „Wir brauchen einen Übersetzer."

Ihre Hände fielen in ihren Schoß. „Du kennst jemanden, der uns helfen kann?"

„Fast jeder ist bereit zu helfen, wenn der Preis stimmt." Er blickte auf seine Uhr. „Der Club sollte jetzt ziemlich ruhig sein. Ich denke, ich besuche Desirée."

„Ich komme mit."

Er wollte ablehnen, dann entschied er sich anders. „Auch gut, falls Amir in der Nähe ist. Wenn du mir am Hals hängst, dann kommt er nicht auf den Gedanken, ich wollte versuchen, die Fantasie seiner Frau zu reizen. Oder etwas anderes."

„Wie froh bin ich doch, wenn ich nützlich sein kann. Findest du nicht auch?"

Sie fanden Desirée in der Wohnung über dem Club. Obwohl es fast Mittag war, öffnete sie die Tür mit schweren Augenlidern und einem leichten Morgenmantel, der aufreizend von einer Schulter rutschte. Ihr Blick erhellte sich beträchtlich beim Anblick von Terence.

„André. Was für eine nette Überraschung." Sie erkannte

Gillian, schmollte kurz, dann trat sie zurück und ließ beide eintreten. „Normalerweise hast du mich allein besucht", sagte sie auf Französisch.

„Normalerweise warst du ein Single." Terence blickte sich in dem dämmrigen Raum um, der voll mit flauschigen Kissen und Nippes aus Porzellan war und mit Möbeln vollgestopft. Besitz war schon immer wichtig gewesen für Desirée. Offensichtlich konnte sie ihn sich jetzt leisten. „Du bist aufgestiegen, Chérie."

„Wir suchen uns alle unseren Weg im Leben." Sie ging zum Tisch und nahm sich eine Zigarette aus dem Zigarettenhalter. „Wenn du wegen der Information gekommen bist, du hast mir nicht viel Zeit gelassen." Sie hielt die Zigarette im Mund und wartete, bis Terence zu ihr kam und ihr Feuer gab.

„Tatsächlich bin ich wegen eines anderen Geschäfts gekommen." Sie roch nach Parfum, das noch von der letzten Nacht an ihr haftete. „Ist dein Mann da?"

Sie zog ihre Brauen hoch, während sie einen Blick in Gillians Richtung warf. „Du warst doch noch nie für Gruppenspiele, oder hat sich das geändert?"

„Überhaupt keine Spiele." Er nahm ihr die Zigarette ab und zog selbst daran. „Amir. Ist er da?"

„Er hat Geschäfte. Er ist ein beschäftigter Mann."

„Dein Arabisch war immer ausgezeichnet, Desirée." Terence zog das Band aus der Tasche. „Zweitausend Francs für eine Übersetzung von diesem Band und eine Erinnerungslücke sofort danach."

Desirée nahm das Band und drehte es in ihrer Handfläche. „Zweitausend für die Übersetzung und drei weitere für den Erinnerungsverlust." Sie lächelte ihn an. „Eine Frau muss für ihren Lebensunterhalt sorgen, wo sie kann."

Es hatte eine Zeit gegeben, als er es genoss, mit ihr zu verhandeln. Diese Zeit war vorbei. „Abgemacht."

„Bar, Darling." Sie hielt ihre Hand hin. „Jetzt."

Terence gab ihr das Geld, und sie ging hinüber zur Anlage. „Amir liebt diese Spielzeuge." Desirée steckte das Band in den Rekorder, schaltete ein und stellte die Lautstärke ein. Sofort veränderte sich ihre Miene, und sie stellte die Anlage wieder ab. „Du hast mir nichts von Kendesa erzählt."

„Du hast nicht gefragt." Terence setzte sich und machte Gillian ein Zeichen, ebenfalls Platz zu nehmen. „Das Geschäft ist abgemacht, Desirée. Spiel es auf meine Art, und dein Name wird nie erwähnt werden."

„Du hältst dich in sehr schlechter Gesellschaft auf, André. Sehr schlechter." Aber das Geld war noch in ihrer Hand. Nach kurzer Überlegung steckte sie es in die Tasche, dann spulte sie das Band zurück. „Kendesa grüßt diesen widerlichen al-Aziz. Er fragt, ob die Geschäfte gut laufen." Sie lauschte wieder und stellte die Maschine ab. „Sie reden über dich, den Franzosen Cabot, der einen interessanten geschäftlichen Vorschlag für Kendesas Organisation hat. Al-Aziz willigt devot ein, als Verbindungsmann aufzutreten."

Sie stellte den Apparat wieder an, dann wiederholte sich der Vorgang des Zuhörens, Abstellens und Übersetzens. „Kendesa ist sehr an deinem Produkt interessiert. Seine Quellen haben bestätigt, dass du im Besitz einer Ladung amerikanischer Waffen bist, die für den Mittleren Osten bestimmt waren. Eine Ladung von dem Umfang und der Qualität ist für Kendesas Chef von Interesse. Und du ebenfalls."

Sie stellte den Apparat wieder an und zündete sich eine Zigarette an, während die zwei Stimmen durch die Lautsprecher murmelten. „Dein Ruf ist befriedigend, aber Kendesa ist vorsichtig. Doch dein Angebot ist verlockend. Kendesa hat zugestimmt, dass al-Aziz ein Treffen arrangiert. Sie sprechen über die Provision. Al-Aziz fragt nach diesem Fitzpatrick, er erzählt Kendesa, er habe Gerüchte gehört. Kendesa sagt, er solle auf sein Geschäft und seine Zunge aufpassen.“

Desirée stellte das Gerät ab. „Verrate mir, André, bist du interessiert an Waffen oder an diesem Iren?“

„Ich bin am größten Profit interessiert.“ Er erhob sich und nahm ihr das Band ab. „Und dein Gedächtnis, Desirée?“

Sie spielte mit den Banknoten in ihrer Tasche. „Völlig leer.“ Sie lächelte und strich ihm über die Brust. „Komm heute Abend auf einen Drink zurück. Allein.“

Terence legte eine Hand unter ihr Kinn und küsste sie. „Amir ist ein großer, eifersüchtiger Mann, der sehr talentiert mit Messern umgeht. Lass uns einfach die Vergangenheit in Ehren halten.“

„Es war eine sehr interessante.“ Sie seufzte und beobachtete, wie er zur Tür ging. „André, der Ire war in Casablanca.“

Er blieb stehen, krallte die Hand um Gillians Arm, bevor sie sprechen konnte. „Und jetzt?“

„Er ist nach Osten gebracht worden, in die Berge. Das ist alles, was ich weiß.“

„Da war ein Kind.“

„Ein Mädchen. Sie ist bei ihm. Soll ich mich noch weiter umhören?“

„Du hast genug gefragt.“ Er zog einige Banknoten aus der Tasche und legte sie auf den Tisch neben der Tür. „Vergiss das, Desirée, und genieß dein Leben.“

Als er gegangen war, überlegte Desirée, dann ging sie zum Telefon.

„Er war hier", sagte Gillian, hin und her gerissen vor Erleichterung und erneutem Entsetzen. „Sie waren beide hier. Es muss einen Weg geben herauszufinden, wohin sie gebracht worden sind. Oh Himmel, sie waren so nah."

„Nicht so voreilig. Die Berge im Osten, das ist nicht einfach eine Adresse auf dem Land."

„Aber es ist ein weiterer Schritt. Was tun wir jetzt?"

„Wir essen etwas. Und wir warten auf Kendesas nächste Schritte."

6. Kapitel

„Ich will mitkommen." Terence zog den Knoten der verhass-
ten Krawatte hoch.

„Kommt nicht infrage."

„Du hast mir nicht einmal einen Grund genannt." Gillian
baute sich hinter ihm auf und betrachtete mürrisch ihr Spiegelbild. Terence sah so glatt aus, Welten von dem Mann entfernt, den sie in der Cantina gefunden hatte. Sie fragte sich,
welche dramatische Wendung ihr Leben genommen haben
musste, dass sie den rauen, unrasierten und etwas schmutzigen Mann diesem weltmännischen und parfümierten vorzog.

„Ich muss dir keine Gründe geben, nur Ergebnisse."

Wenigstens das hatte sich nicht geändert. „Ich habe dir von
Anfang an gesagt, dass ich bei jedem Schritt dabei sein will."

„Du wirst diesen Schritt verpassen, Sweetheart." Terence
überprüfte den Sitz der goldenen Manschettenknöpfe. Dann
drehte er sich um und gab ihr einen freundschaftlichen Klaps
auf die Wange.

„Du siehst aus wie ein Viehbroker."

„Keine Veranlassung für Beleidigungen." Terence nahm
seinen Aktenkoffer, in dem die Listen steckten, mit deren
Aufstellung er den größten Teil der Nacht beschäftigt gewesen war.

„Du triffst Kendesa, und ich denke, ich sollte dabei sein."

„Es ist ein Geschäftstreffen – dunkle Geschäfte. Wenn ich

eine Frau zu einem Treffen mitnehme, wo ich über den Verkauf von Waffen an Terroristen verhandle, wird sich Kendesa wundern, warum. Wundert er sich ausreichend, überprüft er dich. Überprüft er dich ausreichend, stellt er fest, meine Frau ist die Schwester von Hammers wertvollstem Besitz." Er wischte über einen Schmutzfleck auf dem Schuh.

Weil sie kein Argument dagegen hatte, wurde Gillian wütend. „Ich bin nicht deine Frau."

„Besser, sie denken es …"

„Lieber würde ich bis zum Hals im heißen Sand stecken."

Er blickte zu ihr hinüber. Sie stand am Fenster, fauchend und umwerfend. „Ich werde mir das merken."

Als er darauf die Tür öffnete, wollte sie ihm eine Beleidigung ins Gesicht schleudern. „Sei vorsichtig", sagte sie stattdessen und hasste sich dafür.

Er blieb wieder stehen. „Sorge. Ich bin gerührt." Mit einem kleinen Auflachen trat er auf den Gang. „Bleib auf dem Zimmer, Doc."

Kaum hatte er die Tür hinter sich geschlossen, war Terence O'Hara verschwunden. Er hatte eine gewisse Zuneigung für seine Deckfiguren. Sonst wäre es auch zu schwierig, sie überzeugend zu spielen. André Cabot war pedantisch und oft pompös, aber bei Frauen hatte er einen exzellenten Geschmack und außerordentliches Glück. Für Terence hob das Cabots schlechte Seiten wieder auf.

Und doch, Cabots Charme kam bei Gillian offensichtlich nicht so gut an. Also mag sie keine Franzosen, entschied Terence, als er sich in ein Taxi setzte. Wahrscheinlich zog sie schwerfällige Wissenschaftler vor, wie diesen Arthur Steward. Der Mann war fünfzehn Jahre älter als sie und mehr an weißen Mäusen als an Romantik interessiert. Terence hatte sich gesagt, es sei ganz normal, das übliche Vorgehen, dass er ihn überprüft hatte. Nichts Persönliches.

Terence erinnerte sich daran, dass Cabot an nichts anderem Interesse hatte, als Profit zu machen. An Gillian hätte er keinen zweiten Gedanken mehr verschwendet, wenn sie außerhalb seiner Sichtweite war. Das Problem war, Terence O'Hara dachte insgesamt zu viel an sie.

Sie war ihm immer noch ein Rätsel, und das war er bei einer Frau nicht gewöhnt. Sie war verwundbar und leidenschaftlich, verängstigt und entschlossen. Sie war logisch und hatte doch genug von einer Träumerin, um die Atmosphäre der Maya-Ruinen zu fühlen. Sie sprach leicht, fast klinisch darüber, dass er von ihr angezogen wurde. Aber da war Feuer gewesen, heiß und sprühend, als er sie geküsst hatte.

Es stimmte – sie zog ihn an. Was sie nicht wusste, was er sich selbst nicht einmal erklären konnte, war, dass er Angst hatte. Was würde geschehen, wenn er seinem Begehren folgte?

Das Taxi hielt am Bordstein. Terence zählte die Scheine, wie Cabot es machen würde, sorgfältig und fügte widerstrebend ein minimales Trinkgeld hinzu.

Er war auf die Minute pünktlich, noch ein Charakterzug von Cabot. Der Fahrstuhl brachte ihn in die oberste Etage.

Auf das erste Klopfen hin wurde die Tür von einem stämmigen Wachposten geöffnet, der sich offensichtlich unbequem in seinem schwarzen Westernanzug fühlte. „Ihre Waffe, Monsieur", sagte er in gesetztem Französisch.

Terence griff in seine Jacke und holte eine 25er Automatik hervor. Cabot trug lieber kleine Waffen, um sein Jackett nicht zu ruinieren.

Kendesa kam auf ihn zu. Er war ein eindrucksvoller Mann,

der seine Leidenschaften – sollte er welche haben – tief in sich verschlossen hielt. Er war eher klein, von gepflegter und konservativer Erscheinungsweise. Er machte fast den Eindruck eines Nachrichtenmoderators und bewegte sich mit der ruhigen Abgemessenheit eines Berufssoldaten. Er war ein Mann, der Vertrauen und Mäßigung ausstrahlte, doch in den letzten achtzehn Monaten war er verantwortlich gewesen für die Exekution von drei politischen Geiseln.

„Monsieur Cabot." Kendesa bot ihm seine Hand. „Es ist eine Freude, Sie kennenzulernen."

„Monsieur. Geschäfte sind immer meine Freude."

Mit einem höflich interessierten Lächeln nahm Kendesa Platz. „Unser beiderseitiger Freund hat angedeutet, Sie hätten einige Waren, die für mich von Interesse sein könnten. Wein? Ich denke, er findet Ihre Zustimmung." Kendesa goss zwei Gläser ein. Terence ließ ihn zuerst trinken.

„Kürzlich habe ich militärische Waren erworben, die für Ihre Organisation sehr nützlich sein könnten." Terence nippte am Wein. Er war leicht und trocken. Wie Cabot ihn vorzog. Er lächelte. Kendesa hatte seine Hausaufgaben gemacht.

„Meine Quellen verraten mir, dass diese Waren für die Zionisten gedacht waren."

Terence hob eine Schulter, erfreut, dass das Geld, das er im Elendsviertel gelassen hatte, eine kluge Investition gewesen war. „Ich bin Geschäftsmann, Monsieur. Ich kenne keine Politik, nur die Profitspanne. Die Waren könnten auch noch dahin geliefert werden, wohin sie von den Amerikanern ursprünglich bestimmt waren. Alles eine Frage des Preises."

„Sie sind direkt." Kendesa tippte mit einem Finger an die Seite seines Glases. „Die Vereinigten Staaten haben nicht offen zugegeben, dass diese Waren … konfisziert worden sind. Tatsächlich ist es schwer zu beweisen, dass sie überhaupt je existiert haben."

„Solche Dinge sind peinlich. Ich für meinen Teil ziehe es vor, wenn das ganze Geschäft ruhig bleibt, bis die letzten Transaktionen komplett sind." Er öffnete seinen Aktenkoffer. „Das ist eine Liste mit den Waffen, die ich und meine Teilhaber liefern können. Ich kann Ihnen versichern, Topqualität. Ich habe sie selbst geprüft."

Kendesa nahm die Papiere, beobachtete Terence aber weiter. „Ihr Ruf in diesen Angelegenheiten ist unerreichbar."

„*Merci.*"

Kendesa hob leicht die Brauen, während er die Liste überflog. Terence hatte sie unwiderstehlich gemacht. „Diese ganz besondere Waffe, die TS-35. Meine Quellen sagen mir, dass sie noch gar nicht fertig gebaut worden ist."

„Doch, und vor fünf Wochen getestet." Terence wusste, dass die Neuigkeit sowieso in den nächsten Wochen bekannt gegeben würde. „Eine wunderbare Arbeit. Sehr leicht und kompakt. Auf gewissen Gebieten sind die Amerikaner wirklich unschlagbar." Er zog ein anderes Papier hervor. „Meine Geschäftspartner und ich haben uns auf einen Preis geeinigt. Die Lieferung wird natürlich arrangiert."

„Die Summe scheint hoch zu sein."

„Die Unkosten. Inflation." Er spreizte die Hände in einer typisch gallischen Geste. „Sie verstehen."

„Und ich bin ein vorsichtiger Mann, Sie verstehen. Bevor Verhandlungen eingeleitet werden können, wäre es notwendig, einen Teil Ihres Produkts zu untersuchen."

„Natürlich. Das kann ich selbst in die Wege leiten, wenn Sie wollen." Nachdenklich strich er sich mit einer Fingerspitze übers Kinn. „Es wird mich einige Tage kosten, alles entsprechend vorzubereiten. Ich ziehe es vor, es an einem Ort zu machen, den Sie gesichert haben. In der gegenwärtigen Atmosphäre sind Transaktionen dieser Art sehr delikat."

„Der General hat sein Quartier im Osten. Sie werden uns Proben bringen, in einer Woche. Das Hauptquartier liegt östlich von Sefrou, von dort aus wird für Ihre Weiterfahrt gesorgt."

„Ich werde mich mit meinen Geschäftspartnern in Verbindung setzen, aber ich sehe mit diesen Arrangements keine Probleme. Also, eine Woche." Terence erhob sich.

Auch Kendesa stand auf. „Eine Frage in einer anderen Angelegenheit, Monsieur. Sie haben Fragen gestellt zu einem Wissenschaftler, der sich kürzlich unserer Organisation angeschlossen hat. Ich möchte wissen, aus welchem Interesse."

„Profit. Es sind verschiedene Gruppierungen an Dr. Fitzpatrick und seinen besonderen Geschicklichkeiten interessiert. Das Horizon-Projekt, wenn es erst einmal abgeschlossen ist, könnte ein lukratives Geschäft werden."

„Wir sind nicht nur am Geld interessiert."

„Ich schon." Terence lächelte. „Sie sollten daran denken, was dieser Wissenschaftler wert ist, wenn Sie ihn dazu überreden könnten, das Projekt zu vollenden. Die Waffen, über die wir gerade verhandeln, wären im Vergleich dazu nur Spielzeuge." Er faltete die Hände, und das Gold an seinen Handgelenken blitzte. „Wenn Ihre Organisation den richtigen Partner findet, könnten Sie nicht nur reich sein, sondern politisch so einflussreich wie eine Supermacht."

Das hatte Kendesa auch schon überlegt. „Wirklich interessant."

„Nur Spekulation, Monsieur, es sei denn, Sie können den Mann wirklich davon überzeugen, für Sie zu produzieren."

Das fegte Kendesa leicht zur Seite. Er war ein Mann, der an Kooperation – oder Unterwerfung – gewöhnt war. „Das ist nur eine Frage der Zeit. Ich werde mit dem General darüber auch sprechen." Kendesa begleitete ihn zur Tür. „Ich möchte Ihnen raten, Monsieur Cabot, in der Wahl Ihrer Begleitung vorsichtiger zu sein."

„Ich verstehe nicht?"

„Ich spreche von der Französin, Desirée. Sie dachte, ein größerer Profit könnte durch Erpressung gemacht werden. Sie hat sich geirrt."

Terence zog kaum eine Braue hoch, aber er spürte eine Eiseskälte in seinem Magen. „Sie ist so gierig, wie sie schön ist."

„Und nun ist sie tot. Guten Nachmittag, Monsieur."

Terence deutete eine Verbeugung an. Er blieb der Franzose Cabot, bis er in seinem Hotelzimmer war. Dann ließ er die Wut hervorbrechen und schlug die Faust gegen die Wand.

„Verdammt soll die Frau sein!" Hätte sie sich nicht mit dem leicht verdienten Geld zufriedengeben können, das er ihr gegeben hatte? Sie hatte sich selbst umgebracht. Er konnte sich sagen, dass sie sich selbst umgebracht hatte, und doch spürte er das Gewicht der Verantwortung für ein weiteres Leben.

Einen Moment schloss er die Augen und dachte an die Insel. Leichte Brisen, warme Früchte, wärmere Frauen. In der Minute, in der er das Geld in seinen Händen hielte, wäre er schon weg.

Terence ging zur Whiskyflasche auf der Kommode, goss sich einen doppelten ein und spülte den Geschmack von Kendesas Wein aus seinem Mund. Es half nichts. Er knallte das Glas zurück und ging hinüber in den zweiten Raum, um Gillian zu erklären, dass sie einen Schritt weiter waren.

Gillian saß auf dem Bett, den Rücken sehr gerade, die Hände im Schoß gefaltet. Sie blickte sich nicht zu ihm um, als er eintrat, sondern starrte weiter aus dem Fenster zu einem Stückchen Himmel hinauf.

„Immer noch schmollen?" Der Whisky hatte nicht geholfen, vielleicht half ihm ein Wutanfall von ihr. „Deine Launen werden langweilig." Er riss seine Krawatte ab und warf sie in die ungefähre Richtung des Sessels. „Komm, lass das lieber sein, es sei denn, du willst nicht hören, was ich über deinen Bruder herausgefunden habe."

Sie sah ihn an, aber es war keine Anklage oder Wut in ihrem Blick. Nicht, was er erwartet hatte, sondern Kummer und Schmerz.

„Was ist los?"

„Ich habe meinen Vater angerufen." Ihre Stimme war ruhig, kaum mehr als ein Flüstern, aber fest. Es war der Ton, der ihn zurückhielt, sie darüber auszuschimpfen, dass sie ein ungesichertes Telefon benutzt hatte. „Ich dachte, er sollte wissen, was wir herausgefunden haben. Ich wollte ihm etwas Hoffnung geben, etwas Trost." Sie schloss die Augen und wartete darauf, dass sich ihre Kraft wieder aufbaute. „Ich habe seine Krankenschwester erreicht. Sie bleibt im Haus, sieht nach dem Rechten. Er ist vor drei Tagen gestorben." Sie löste die Finger und verschränkte sie wieder. „Vor drei Tagen. Ich habe es nicht gewusst. Ich war nicht da. Sie haben ihn heute Morgen beerdigt."

Schweigend kam er zu ihr, setzte sich neben sie, legte einen Arm um sie. Sie lehnte sich an ihn. Die Tränen kamen nicht. Sie fragte sich, warum sie sich so kalt und taub fühlte, wo doch heißer Kummer ihr Erleichterung gebracht hätte.

„Er war ganz allein, als er starb. Niemand sollte allein sterben, Terence."

„Du hast gesagt, er war krank."

„Er musste sterben. Er wusste es, und er wollte wirklich nicht so weiterleben, wie es für ihn gekommen war. Schwach und kraftlos. Seine ganze Arbeit, sein ganzer Scharfsinn konnte ihm nicht helfen. Er wollte nur eins: dass ich Flynn nach Hause bringe, bevor er stirbt. Nun ist es zu spät."

„Du wirst Flynn immer noch nach Hause bringen."

„Er hat Flynn so geliebt. Ich war eine Enttäuschung für ihn, aber Flynn war alles, was er wollte. Die Sorge der letzten Tage hat seinen Zustand noch verschlimmert. Ich wollte, dass er ruhig stirbt, Terence. Selbst nach allem, ich wollte, dass er einen leichten Tod hat."

„Du hast alles getan, was du konntest. Du hast gemacht, was er wollte."

„Ich habe nie getan, was er wollte." Ihre Wangen waren heiß und feucht jetzt, aber sie hatte es nicht bemerkt. „Er hat es mir nie vergeben, dass ich nach Amerika gegangen bin, ihn verlassen habe. Er hat es nie verstanden, dass ich atmen musste, nach einem eigenen Leben suchen musste. Er hat nur verstanden, dass ich wegging, ihn zurückstieß und seine Pläne, die er mit mir hatte. Ich habe ihn geliebt." In ihrer Stimme fing sich das erste Schluchzen. „Aber ich konnte mich ihm nie verständlich machen. Und ich werde es nie mehr können. Ich habe mich nicht einmal verabschieden können. Nicht einmal das."

Sie wehrte nicht ab, als er sie an sich zog, sie wiegte, sie streichelte, sie beruhigte. Er sprach nicht, hielt sie nur, während die Tränen kamen, schnell und heftig. Er verstand Kummer, dessen Wut und Schmerz, und er wusste, es waren nicht die Worte, die beides eindämmten. Es war die Zeit. Er zog sie an sich und legte sich mit ihr ruhig hin, während sie die ersten Schmerzen hinausweinte.

Er verstand ihr Schuldgefühl. Er und Gillian waren so unterschiedlich wie Tag und Nacht, aber er hatte das Gleiche erlebt. Auch er hatte einen Vater gehabt, der Pläne gemacht hatte, der nicht verstehen konnte und nicht vergeben hatte. Und er wusste, Schuldgefühl machte Kummer nur noch schmerzhafter.

Er streifte mit den Lippen über ihre Schläfe und hielt sie fest.

Als sie ruhig geworden war, fuhr er fort, über ihr Haar zu streicheln. Das Tageslicht kam noch grell durchs Fenster. Er wollte die Vorhänge vorziehen und richtete sich auf. Gillian verstärkte ihren Griff.

„Geh nicht", murmelte sie. „Ich will nicht allein sein."

„Ich schließe die Vorhänge. Vielleicht kannst du schlafen."

„Bleib einfach noch etwas bei mir." Sie fuhr sich mit der Hand übers Gesicht und wischte die Tränen weg. Emotionale Ausbrüche waren etwas, zu dem sie immer neigte, und auch das hatte ihr Vater nie verstanden. „Er war ein harter Mann, mein Vater, besonders nachdem meine Mutter gestorben war. Sie wusste, wie man ihn nehmen musste. Ich konnte es nicht." Sie holte tief Luft und schloss wieder die Augen. „Flynn und Caitlin sind die einzigen Angehörigen, die mir noch geblieben sind. Ich muss sie finden, Terence. Sie müssen in Sicherheit kommen."

„Ich habe eine ziemlich gute Vorstellung davon, wo sie sind."

Ihr ganzes Vertrauen, alle ihre Hoffnungen konzentrierten sich jetzt auf ihn. „Erzähl es mir."

Er gab ihr eine kurze Zusammenfassung seines Treffens mit Kendesa, verschwieg aber Desirée. Das belastete immer noch sein Gewissen. Gillian hörte zu, den Kopf an seiner Schulter, die Hand an seiner Brust. Während er sprach, brach etwas auf, das er vor langer Zeit verschlossen hatte. Er konnte sich nicht erklären, warum er sich stärker fühlte, wenn er sie im Arm hatte. Er konnte sich nicht erklären, warum er in sich einen Frieden spürte, wenn er hier mit ihr lag und ihr Haar an seiner Wange spürte – obwohl er doch wusste, was die nächsten Tage bringen würden.

„Du glaubst, Flynn und Caitlin halten sich bei General Husad auf?"

„Darauf gehe ich jede Wette ein."

„Und in einer Woche triffst du dich mit ihm."

„Das ist der Plan."

„Aber er erwartet, dass du Waffen hast. Was geschieht, wenn du keine hast?"

„Wer sagt, dass ich keine haben werde?"

Jetzt zog sie langsam den Kopf zurück, um ihm in die Augen zu blicken. „Terence, ich verstehe nicht. Du hast keine Waffen. Wie willst du ihnen Muster davon bringen, wenn du keine hast?"

„Ich muss eben einkaufen gehen."

„Ich glaube kaum, dass du sie hier im Warenhaus bekommen wirst."

„Aber auf dem Schwarzmarkt, und ich habe Beziehungen." Für einen Moment hing das Schweigen in der Luft. „Gillian, es ist Zeit, das ISS einzuschalten."

„Warum? Warum jetzt?"

„Die Kontakte sind hergestellt. Und wenn jetzt etwas schiefläuft, brauchen sie die Informationen, um einschreiten zu können."

Sie war still für eine lange Zeit. „Du meinst, wenn du getötet wirst."

„Wenn ich ausfalle, wird zu viel Zeit vergeudet, zu deinem Bruder vorzudringen. Wenn wir jetzt Rückendeckung vom ISS haben, ist die Operationsbasis größer."

„Warum sollten sie dir etwas tun? Du verkaufst ihnen die Waffen, die sie haben wollen."

Er dachte an Desirée. „Die Waffen sind eine Sache, Horizon eine andere. Diese Leute sind keine Geschäftsleute, die haben nicht einmal die Rechtschaffenheit einer Straßenbande aus Manhattan. Wenn sie meinen, sie sollten mich aus dem Weg räumen, dann tun sie es. Es ist wie ein Würfelspiel, wie sie sich verhalten. Du willst doch das Leben deines Bruders nicht für ein Würfelspiel riskieren."

Noch wollte sie seines riskieren. Es kam ihr jetzt in den Sinn, als sie so nahe lagen, ohne Leidenschaft, ohne Ärger, dass sie mittlerweile ebenso besorgt um ihn war wie um ihre Familie. Er war nicht nur einfach ein Instrument, um Flynn und Caitlin zu befreien, sondern ein Mann, der sie anzog, der sie wütend machte, der sie erregte.

Sie setzte sich auf. Sie wollte jetzt mehr. Sie wollte nicht mehr tröstend und beruhigend von ihm gehalten werden, sondern leidenschaftlich. „Ich will auch nicht, dass dir etwas zustößt." Sie sagte es schnell, wusste, es war töricht und sinnlos.

Sein Blick verschärfte sich. Bevor sie sich wegdrehen konnte, umfasste er ihr Kinn. „Warum?"

„Weil … ich fühle mich verantwortlich."

Es war nicht klug weiterzudrängen, aber er war nicht immer klug. „Warum noch?"

„Weil ich allein wäre und mich fast an dich gewöhnt habe

und …" Sie hob eine Hand an seine Wange. „Und da ist noch das", sagte sie leise und legte ihre Lippen auf seine.

Das Licht war immer noch so hell, aber es schien Gillian, als werde der Raum dämmrig, als würden die Farben weicher, als drehe sich die Welt und ließe sie schwindlig und aufgedreht zurück. Sie presste sich an Terence, ahnte schon den nächsten Sturz dieser Achterbahn voraus.

Sie war so warm und süß wie jede Fantasie. Sie war wirklich und voller Leben. Seine Vernunft stellte sich gegen die Kraft des Begehrens. Terence hielt sich zurück. Wenn man etwas zu sehr wollte und brauchte, stieg auch das Risiko, es zu verlieren.

Aber ihre Hände waren so weich, so besänftigend. Seine eigenen lagen in ihrem Haar, zogen sie näher, obwohl er sich sagte, dass es für sie beide falsch sei. Ihr Duft war eine stille Versprechung, lullte ihn ein in den Glauben, er könne sie haben und behalten. Die Sehnsucht, sie zu berühren, sie zu spüren, war kaum erträglich.

Er musste sich daran erinnern, dass es kein Versprechen gab, weder von ihr noch für sie. Es konnte keines geben.

Als er sich entzog, griff sie nach ihm. Terence hielt sie zurück. „Du hörst mir jetzt zu. Das hier ist falsch. Du weißt es, und ich weiß es auch."

„Nein, ich weiß es nicht."

„Dann bist du ein Idiot."

„Du willst mich nicht?"

Er fluchte, einmal, dann wieder. „Natürlich will ich dich. Warum sollte ich nicht? Du bist wunderschön. Du hast Mumm und Köpfchen. Du bist alles, was ich je gewollt habe."

„Dann, warum …?"

Er zog sie vom Bett weg vor den Spiegel. „Sieh dich an! Du bist eine anständige, gut erzogene Frau. Eine Physikerin. Du stammst aus einer angesehenen Familie, bist auf gute Schulen gegangen und hast alles getan, was dir gesagt wurde." Sie wollte sich ihm entreißen, doch er hielt sie fest. „Sieh jetzt mich an, Gillian." Er schüttelte sie einmal, bis sie den Kopf hob und ihr Blick im Spiegel auf seinen traf. „Ich habe den größten Teil meines Lebens in schäbigen Clubs verbracht. Ich bin nie mehr als ein paar Tage im Jahr auf eine richtige Schule gegangen. Ich habe es nie gelernt, nach Regeln zu spielen. Ich habe nie irgendetwas besessen, und ich bin nie lange bei einer Frau geblieben. Willst du wissen, wie viele Menschen ich in zwölf Jahren getötet habe? Willst du wissen, auf wie viele Arten man das machen kann?"

„Hör auf!" Sie riss sich frei. „Du willst mir Angst einjagen, aber es klappt nicht."

„Dann bist du wirklich ein Idiot."

„Vielleicht bin ich es, aber wenigstens ein ehrlicher." Gillian holte Luft. „Warum gibst du nicht einfach zu, dass du keine Verbindlichkeit willst? Du willst nichts für mich empfinden."

Er zog eine Zigarette heraus. „Das ist richtig."

„Aber du tust es." Sie warf den Kopf zurück und sah ihn herausfordernd an. „Du empfindest etwas, und du bist derjenige, der Angst hat."

Ein Punkt für sie, dachte er, während er den Rauch ausblies. Aber er wollte verdammt sein, wenn er sie das wissen ließ. „Wir wollen etwas klarstellen, Sweetheart. Ich habe nicht die Zeit für Kerzenschein und Blumen, was du willst. Wir haben ein Ziel, und das liegt in den Bergen östlich von hier. Konzentrieren wir uns darauf."

„Du kannst nicht immer wegrennen."

„Wenn ich anhalte, würdest du den Himmel anflehen, dass ich weiterlaufe. Ich habe noch einiges zu erledigen." Er ging hinaus.

Gillian tat etwas, was sie seit Jahren nicht mehr getan hatte: Sie nahm den nächsten erreichbaren Gegenstand und schleuderte ihn mit aller Wucht gegen die Tür.

7. Kapitel

„Nach Ihrer Dienstzeit, Agent O'Hara, müssten Sie wissen, dass es so etwas wie Verfahrensbestimmungen gibt."

Captain Addison saß verärgert in Terences Zimmer und trank Kaffee. Es war seine Aufgabe, Operationen in diesem Teil der Welt zu überwachen und zu koordinieren. Unter diesen besonderen Umständen war ihm befohlen worden, die Angelegenheit direkt von Mann zu Mann zu klären. Ein Bruch der Routine war nichts, was ihn erfreute.

Er wollte gerade Urlaub in London machen, als ihn der Anruf erreichte. Nun war er in diesem verdammten Marokko, mitten in einer Geschichte, die ihn für unbestimmte Zeit von seinem Urlaub abhielt.

„Sie haben, wie ich annehme, stichhaltige Erklärungen?"

„Ich war im Urlaub, Captain." Terence zog an seiner Zigarette. Typen wie Addison amüsierten ihn mehr, als dass sie ihn verärgerten. „Meine private Zeit. Ich dachte, das ISS könnte daran interessiert sein, über was ich gestolpert bin."

„Gestolpert", wiederholte Addison. Er schob seine rahmenlose Brille hoch auf die Nase und warf Terence einen sehr kalten und sehr klaren Blick zu. „Wir wissen doch beide, dass Sie nicht gestolpert sind, Agent O'Hara. Sie haben eigenmächtig gehandelt, ohne Billigung des ISS."

„Die Frau kam zu mir." Terence machte sich nicht die Mühe, irgendeinen Nachdruck in seine Erklärung zu legen. Er wusste sehr gut, Männer wie Addison ließen Untergebene gern schwitzen. „Ich bin einer interessanten Geschichte nachgegangen und kam zu noch interessanteren Informationen."

„Das korrekte Verfahren wäre gewesen, das ISS in dem Moment zu informieren, als Dr. Fitzpatrick sich mit Ihnen in Verbindung setzte." Addison faltete seine Hände. Er war seit fünf Jahren geschieden, doch er trug immer noch seinen goldenen Ehering. Er hatte sich daran gewöhnt. „Ihre Akte weist einen hohen Anteil von Regelverletzungen auf."

„Bin ich gefeuert?"

Als Mann von Gewohnheit und Ordnung brachte Addison Terences unbekümmerte Arroganz in Rage. Aber auch er hatte seine Befehle. „Glücklicherweise – oder unglücklicherweise, das hängt ganz vom Blickwinkel ab – weist Ihre Akte auch einen hohen Anteil von Erfolgen auf. Um offen zu sein, O'Hara, das Horizon-Projekt und Dr. Fitzpatrick und seine Tochter haben Vorrang vor persönlichen Gefühlen."

Terence war die wichtige Information nicht entgangen. Er hatte auch nichts anderes erwartet. „Also bin ich nicht gefeuert."

„Sie behalten Ihre Tarnung als André Cabot bei, halten sich von jetzt an aber an die Vorschriften. Sie werden regelmäßig – und zwar mir persönlich – berichten." Auch das konnte seine Laune nicht verbessern. „Wir haben es arrangiert, dass Ihnen eine Lattenkiste mit amerikanischen Waffen in vier Tagen nach Sefrou geliefert wird. Ihr Kontaktmann dort ist Agent Breintz. Wenn Sie erst einmal den Aufenthaltsort von Dr. Fitzpatrick herausgefunden haben und die Situation einschätzen können, bekommen Sie weitere Befehle. Wenn Sie sich in Husads Lager befinden, gilt Code blau."

Auch das hatte er erwartet. Code blau bedeutete, wenn er aufflog, zerstörte das ISS seine Akten, seine Identität – dann hatte ein Terence O'Hara nie existiert.

„Ich brauche eine TS-35 in der Kiste."

„Eine …" Sorgfältig legte Addison seine Hände auf die Sessellehnen. „Sie haben ihnen von der TS-35 erzählt?"

„In einem Monat weiß die ganze Welt davon – falls nicht schon längst. Wenn ich es Husad jetzt unter die Nase halte, könnte er in mir einen nützlichen Verbündeten sehen."

„Vielleicht sind es Wahnsinnige, aber es sind keine Dummköpfe. Wenn sie einen Prototyp haben, brauchen sie nicht lange, um die Waffe nachzubauen."

„Wenn wir Fitzpatrick nicht herausbekommen und das Horizon-Projekt sichern, ist die TS-35 nicht mehr als ein Pusterohr wert."

Addison erhob sich und ging zum Fenster. Er mochte es nicht. Er mochte O'Hara nicht. Er mochte es nicht, wenn man seine Pläne durchkreuzte. Aber er hätte seine Position nicht erreicht, wenn er nicht wüsste, wann und wie er die Karten ausspielen musste. „Ich werde es arrangieren. Aber die Waffe wird zurückgebracht oder zerstört."

„Verstanden."

Mit einem Nicken drehte sich Addison wieder um. „Nun zu dieser Frau." Er warf einen Blick auf die Verbindungstür zu Gillians Zimmer. „Da Agent Forrester es für richtig hielt, ihr von Ihnen zu erzählen, und sie nun die Operation kennt, muss sie aus der Schusslinie."

Terence hob die Kaffeekanne und goss sich eine Tasse ein. „Viel Glück."

„Ihr Humor entzieht sich mir, O'Hara. Ich möchte jetzt mit ihr sprechen."

Mit einem Schulterzucken erhob sich Terence und ging zur Tür. Er steckte den Kopf hinein. „Du bist dran." Sein Grinsen konnte er nicht unterdrücken.

Gillian schluckte, wischte sich die feuchten Hände an der Hose ab, dann trat sie ins andere Zimmer.

„Dr. Fitzpatrick." Mit dem ersten sympathischen Lächeln, das Terence je bei ihm gesehen hatte, kam Addison auf sie zu und reichte ihr die Hand. „Ich bin Captain Addison. Setzen Sie sich. Kann ich Ihnen eine Tasse Kaffee anbieten?"

„Ja, danke." Gillian setzte sich, den Rücken kerzengerade, das Kinn erhoben, während Terence es sich im Sessel neben ihr bequem machte.

„Sahne, Doktor?"

„Nein, bitte schwarz."

Addison reichte ihr eine Tasse und setzte sich entspannt zurück. Gillian fürchtete schon, er wollte mit ihr übers Wetter reden. „Dr. Fitzpatrick, Sie müssen wissen, wie besorgt das ISS um das Wohlergehen Ihrer Familie ist. Unser Ziel ist, überall Freiheit und Menschenrechte zu sichern. Ein Mann wie Ihr Bruder ist von großer Bedeutung für uns."

„Mein Bruder ist von noch größerer Bedeutung für mich."

„Selbstredend." Er lächelte wieder, fast onkelhaft. „Obwohl wir glauben, dass Sie und Agent O'Hara impulsiv gehandelt haben, denken wir, dass wir diese Impulse zu unserem Vorteil nutzen können."

Gillian blickte zu Terence hinüber, erkannte an der trägen Art, wie er die Schultern hob, dass er keine Hilfe war. Sie sah wieder zurück zu Addison. „Meinem Bruder und Caitlin gilt meine ganze Sorge, und entsprechend habe ich gehandelt, Captain."

„Natürlich, natürlich. Ich kann Ihnen versichern, wir tun

auch alles, um Ihren Bruder schnell zu befreien. Bis dahin möchten wir, dass Sie mit mir zurückkehren und sich dem Schutz des ISS unterstellen."

„Nein."

„Wie bitte?"

„Ich weiß Ihr Angebot zu schätzen, Captain, aber ich bleibe bei Agent O'Hara."

Addison legte die Arme auf den Tisch. „Dr. Fitzpatrick, für Ihre eigene Sicherheit, für die Sicherheit dieser Operation muss ich darauf bestehen, dass Sie sich unter den Schutz des ISS stellen."

„Mein Bruder und meine Nichte sind in den Bergen östlich von hier. Ich werde nicht herumsitzen und warten. Ich bin ganz zuversichtlich, dass Agent O'Hara mich beschützen kann, wenn Schutz erforderlich ist. Und was die Sicherheit der Operation angeht, ich war schon vor Ihnen einbezogen, ohne Sicherheitsproblem, Captain."

„Meine Befehle sind, Sie mitzunehmen."

„Ihre Befehle gehen mich nichts an, Captain." Da war ein Ton in ihrer Stimme, selten benutzt, aber wirkungsvoll, der ihr geholfen hatte, ihre Spitzenposition im Institut zu sichern. „Ich bin weder dem ISS noch sonst jemandem verpflichtet – nur meiner Familie."

„Dr. Fitzpatrick, ich verstehe vollkommen Ihre emotionale Betroffenheit, aber es ist einfach nicht möglich …"

„Es ist möglich, es sei denn, das ISS kidnappt freie Bürger."

Addison setzte sich zurück und versuchte eine andere Taktik. „Agent O'Hara ist bestens ausgebildet, sicherlich einer unserer Besten." Terence zog leicht eine Braue hoch. Er wusste genau, welche Überwindung Addison das gekostet hatte. „Und er muss sich ganz auf die Operation konzentrieren."

„Fahr mit ihm, Gillian." Terence sagte es ruhig und brach ein sich selbst gegebenes Versprechen, als er eine Hand über ihre legte. „Von jetzt an könnte es hässlich werden. Viel hässlicher, als ich es dir zumuten will."

„Ich gehe mit dir." Sie drehte ihre Hand um, sodass sich ihre Handflächen trafen. „Das ist ein Versprechen."

Er zog seine Hand wieder zurück, erhob sich und trat ans Fenster, wo er sich eine Zigarette ansteckte. Was zum Teufel hatte er getan, dass Gillian ihm derart tief vertraute? „Ich habe dir schon gesagt, ich kann nicht Babysitter für dich spielen."

„Und ich habe dir gesagt, ich kann auf mich allein aufpassen." Sie wandte sich wieder an Addison. „Ich bin hier schon als Cabots Frau eingeführt. Es ist ganz selbstverständlich, dass Cabot seine Frau mit nach Sefrou nimmt. Falls Sie nicht beabsichtigen, mich gewaltsam mitzuschleppen, was, das versichere ich Ihnen, hässliche Publizität nach sich ziehen würde, gehe ich mit ihm."

Addison hatte Widerstand nicht erwartet. In den Akten war Gillian als ernste Wissenschaftlerin geführt, als eine Frau, die unauffällig lebte und die Gesetze befolgte. „Ich kann Sie nicht gewaltsam mitnehmen, Dr. Fitzpatrick. Aber eine Frage – was geschieht, wenn Sie enttarnt und zu Husad gebracht werden?"

„Dann versuche ich, ihn zu töten." Sie sagte es leidenschaftslos. Und es war der Mangel an Leidenschaft, die ruhige, einfache Antwort, weshalb sich Terence vom Fenster abwandte und Gillian anstarrte. „Ich werde ihm nie mein Wissen über Horizon geben. Einer von uns muss also sterben."

Addison nahm seine Brille ab und polierte sie mit einem weißen Taschentuch. „Ich bewundere Ihren Mut, Doktor, und ich weiß Ihre Gefühle zu schätzen. Agent O'Hara wird aber in den nächsten Tagen alle Hände voll zu tun haben. Vielleicht mehr, als ihm lieb sein wird."

„Sie hält durch", sagte Terence vom Fenster.

Addison schob die Brille zurück. „Sie ist eine Zivilistin."

„Sie hält durch", wiederholte Terence und sah Gillian fest an. „Ich kann sie gebrauchen. Cabot reist immer mit seiner Frau."

„Dann können wir eine andere Agentin bestimmen."

„Gillian ist schon eingeführt. Sie wird mit oder ohne Einwilligung des ISS gehen, also machen wir das Beste daraus."

„Also gut. Ich kann Sie nicht hindern, ich kann aber auch nicht zustimmen. Ich hoffe, Sie bedauern Ihren Entschluss nicht, Doktor."

„Ich werde ihn nicht bedauern."

„Die Aufzeichnungen. Da Sie sich weigern, mit mir zurückzufahren, muss ich darauf bestehen, dass Sie mir Ihre Aufzeichnungen über Horizon geben."

„Natürlich, ich habe sie allerdings …"

„Sehr technisch abgefasst", unterbrach Terence sie mit einem kühlen Blick. „Wahrscheinlich können Sie nicht viel damit anfangen."

„Aber unsere Wissenschaftler. Geben Sie sie mir?"

„Natürlich."

„Sie sind für sie verantwortlich", sagte Addison leise, als Gillian den Raum verließ. „Ich will keine zivilen Opfer."

„Ich kümmere mich um sie."

Gillian kehrte mit den sauber gefalteten Papieren zurück. „Das ist alles über den Bereich, an dem ich gearbeitet habe."

„Danke." Addison nahm sie und legte sie in seinen Aktenkoffer. Er drehte das Kombinationsschloss, bevor er sich wieder aufrichtete. „Wenn Sie Ihre Meinung ändern, brauchen Sie nur O'Hara zu bitten, uns zu kontaktieren."

„Ich werde meine Meinung nicht ändern."

„Dann auf Wiedersehen, Doktor." In Terences Richtung nickte er knapp. „Berichte im Sechsstundenintervall."

Nachdem sich die Tür hinter Addison geschlossen hatte, setzte sich Gillian auf den Rand des Bettes. „Was für ein unangenehmer Mann. Hast du oft mit ihm zu tun?"

„Nein, zum Glück nicht."

Sie wartete, bis Terence den Raum zweimal abgeschritten hatte, ehe sie wieder sprach. „Ich habe einige Fragen."

„Sollte ich jetzt überrascht sein?"

„Könntest du dich setzen?" Sie machte eine Handbewegung zum Sessel. „Dorthin. Dann besteht nicht die Gefahr, dass du mich zufällig berührst."

Er warf ihr einen ruhigen Blick zu. „Ich berühre nie zufällig."

„Nun, dann wäre das geklärt." Sie wartete. Unruhig und gereizt nahm er Platz. „Warum hast du deine Meinung geändert?"

„Worüber?"

„Mich mitzunehmen."

„Addison zuzustimmen ging mir gegen den Strich."

Gillian faltete die Hände und sprach mit der Geduld einer Sonntagsschullehrerin. „Ich glaube, ich habe ein Recht auf eine ehrliche Antwort."

„Die ist ehrlich genug." Er zündete sich eine Zigarette an. „Und ich habe gemeint, was ich gesagt habe. Ich denke, du bist okay."

„Dein Kompliment macht mich sprachlos. Und warum wolltest du nicht, dass Addison von der Abänderung der Aufzeichnungen erfährt?"

„Weil die richtigen in deinem Kopf sind. Ich denke, dort sollten sie auch bleiben."

„Er ist der Vorgesetzte. Bist du nicht verpflichtet, aufrichtig zu ihm zu sein?"

„Zuerst gehe ich nach meinem Bauch. Dann gehe ich nach den Regeln. Gegenfrage: Warum willst du nicht, dass Hammer die Formel bekommt?"

„Das ist eine lächerliche Frage. Eine Gruppe von Terroristen, angeführt von einem Verrückten. Es wäre eine nukleare Katastrophe, wenn die das Serum hätten." Als er sie einfach nur ansah, fuhr sie fort: „Du willst doch wohl nicht das ISS mit einer der radikalsten Organisationen vergleichen? Das ISS soll internationale Gesetze sichern, Leben retten, Demokratien schützen." Sie stand auf und ging auf und ab. „Dir muss ich doch nicht sagen, was sie repräsentieren. Du bist einer von ihnen."

„Ja, ich bin einer von ihnen. Warst du nicht diejenige, die gesagt hat, es sei eine Organisation, die von Menschen geführt wird, einige gut, einige schlecht?"

„Ja." Sie konnte nicht sagen, warum ihre Stimmung immer gereizter wurde. Es war dämmrig im Raum, ein angenehm weiches Licht. „Und ich glaube immer noch, wenn ich gleich zu Anfang zu ihnen gegangen wäre, wäre zuerst das Projekt gekommen und erst an zweiter Stelle mein Bruder und meine Nichte. Das Treffen mit Captain Addison hat nicht dazu beigetragen, meine Meinung zu ändern. Andererseits ist das Projekt unter ihrer Aufsicht begonnen worden, und es hat immer die Absicht bestanden, es zu übergeben, wenn es fertig ist. Mein Vater hat an das System geglaubt."

„Und du?"

„Meine Familie kommt zuerst. Wenn sie in Sicherheit ist, machen wir weiter."

„Das Projekt beenden und es dem ISS übergeben?"

„Ja, natürlich." Etwas blasser drehte sie sich zu ihm um. „Dafür hat mein Vater viele Jahre lang gearbeitet. Worauf willst du eigentlich hinaus, Terence?"

„Absichten sind eine Sache, tatsächliches Verhalten eine andere. Denk darüber nach, Gillian. Ein Serum, das vor Verstrahlungen schützt. Nenne es, wie du willst, ein Wunder, einen Schutzschild, einen wissenschaftlichen Durchbruch. Wenn es erst einmal erprobt ist, wie viel leichter kann dann jemand befehlen, den Knopf zu drücken?"

„Nein." Sie verschränkte fest die Arme vor der Brust. „Horizon dient der Verteidigung und kann Millionen von Leben retten. Mein Vater … niemand von uns hat je beabsichtigt, dass es zu zerstörerischen Zwecken eingesetzt werden kann."

„Glaubst du, dass die Wissenschaftler, die an dem Manhattan-Projekt beteiligt waren, je Hiroshima erwartet haben? Oder vielleicht doch. Sie hätten wissen müssen, dass sie ganz eifrig damit beschäftigt gewesen waren, eine Bombe zu konstruieren – im Namen des wissenschaftlichen Durchbruchs."

„Wir konstruieren ein Verteidigungsmittel, keine Waffe." Sie drehte sich wieder zu Terence um. Das Licht, das hinter ihr durchs Fenster kam, war in ein klares Rosa übergegangen. „Horizon bedeutet Sicherheit, dass das Leben weitergeht, sollte dieser Knopf einmal gedrückt werden. Horizon ist ein Versprechen ans Leben, nicht eine Bedrohung."

„Wer entscheidet, wer das Serum bekommt, Gillian?"

Sie befeuchtete sich die Lippen. „Ich weiß nicht, was du meinst."

„Hast du vor, jeden damit zu impfen? Das ist nicht praktisch, wahrscheinlich nicht einmal durchführbar. Vielleicht sollten wir nur die Länder nehmen, deren politische Grundsätze sich mit unseren decken. Sollen wir es auch den Alten und Kranken geben? Es wird teuer. Wer zahlt? Der Steuerzahler? Will der auch diese Schutzimpfung für Kriminelle bezahlen? Gehen wir ins Gefängnis, verpassen dem Massenmörder einen Schuss in den Arm? Wie wählen wir aus?"

„Es muss nicht auf diese Art laufen."

„Es muss nicht, aber normalerweise ist es so, nicht wahr? Die Welt ist nicht perfekt, Doc. Sie wird es nie werden."

Sie wollte glauben, dass es doch so war. Langsam ging sie zu ihm. „Was hat dich desillusioniert, Terence? Was hat dich dazu gebracht, nicht mehr daran zu glauben, dass das, was du tust, die Sachlage nicht ändern könnte?"

„Weil es so ist. Oh, vielleicht kann es das für eine Weile, vielleicht hier und da, doch auf lange Sicht bedeutet alles einen Dreck." Er wollte nach einer neuen Zigarette greifen, stieß aber die Packung zur Seite. „Ich schäme mich nicht wegen dem, was ich getan habe, aber das bedeutet nicht, dass ich stolz darauf bin. Ich bin einfach nur müde, ich habe es satt."

Sie saß ihm gegenüber, nicht länger ihrer eigenen Gedanken sicher, ihrer eigenen Ziele. „Ich bin Wissenschaftlerin, Terence. Soweit es Horizon angeht, war mein Einfluss nicht groß. Ich weiß aber, die Vision meines Vaters war, mit seiner Arbeit etwas Gutes auf Dauer hervorzubringen. Vielleicht den Frieden, den wir angeblich alle wollen und zu dessen Sicherung wir doch so wenig tun."

„Du bekommst keinen Frieden durch ein Serum, Doc."

„Nein, vielleicht nicht. Einige der Fragen, die du gestellt hast, habe ich mir selbst gestellt, aber ich bin dabei nicht sehr weit gekommen. Vielleicht habe ich in meinem Leben nicht genug getan, um desillusioniert zu sein." Sie schloss für einen Moment die Augen, weil nichts klar schien, und vor allem nicht ihr Leben. „Ich weiß nicht genug von dem, was du tust – getan hast –, um es zu verstehen. Ich muss es in gutem Glauben nehmen. Ich glaube, dass du auf weite Sicht einiges zum Guten geändert hast. Du hast noch mehr von einem Träumer, als du zugeben willst. Du kannst nicht die Welt verändern – niemand kann es von uns –, aber kleine Teile davon." Sie wollte ihm die Hand hinstrecken, doch sie hatte Angst vor seiner Zurückweisung. „Diese letzten Tage mit dir waren für mich von großer Bedeutung."

Er wollte glauben. Aber er hatte Angst davor. „Du romantisierst wieder, Doc."

„Nein, ich bin so ehrlich, wie es mir überhaupt möglich ist. So logisch, wie die Situation es erfordert. Du hast Einfluss auf mich ausgeübt, auf die Art, wie ich denke, die Art, wie ich fühle, die Art, wie ich handle." Sie presste die Lippen aufeinander. Hatte er überhaupt eine Vorstellung davon, wie schwer es für sie war, sich auf diese Weise bis auf die nackte Haut zu entblößen? Sie räusperte sich, redete sich ein, dass es ihr nichts ausmachte. Sie setzte alles auf eine Karte. „Ich habe mich vorher noch nie einem Mann aufgedrängt."

„Ist es das, was du tust?" Er nahm eine Zigarette, spielte aber nur mit ihr. Er wollte sich lässig geben, sogar amüsiert, doch die schmerzende Sehnsucht breitete sich aus.

„Für jeden anderen wäre es offensichtlich." Sie musste aufstehen, sich bewegen. Warum kam es ihr so vor, als müsste sie in ihrem Leben immer um Zuneigung feilschen und betteln? „Ich habe dich nicht um ein Versprechen gebeten." Obwohl sie es wollte. „Ich habe dich nicht um Liebes- oder Treuegelübde gebeten." Aber sie würde ihm eines geben, wenn er fragte. „Ich habe dich nur gebeten, ehrlich zu sein, um … um …"

„Mit dir zu schlafen?" Die Zigarette zerbrach zwischen seinen Fingern, und Terence ließ die Teile in den Aschenbecher fallen. „Ich habe dir schon dargelegt, warum das nicht drin ist."

„Du hast mir einen Haufen dummer Sprüche über unsere Unterschiede gegeben. Ich will dich nicht als Zwilling." Sie holte tief Luft. „Ich will dich als Liebhaber."

Begehren und Sehnsucht setzte sich in ihm so fest, dass er eine bewusste Anstrengung machen musste, um aufzustehen und zu ihr zu gehen. Ich mache es schnell, versprach er sich, ich mache es grausam und löse es für uns.

„Eine schnelle und hemmungslose Balgerei zwischen den Laken? Unkomplizierter Sex ohne die netten Worte? Willst du das?"

Die Farbe wich ihr aus dem Gesicht, doch ihr Blick blieb fest. „Ich erwarte keine netten Worte von dir."

„Das ist gut, weil ich keine habe." Er krallte die Finger in den Ausschnitt ihrer Bluse und zog sie näher. Sie zitterte. Gut. Ihre Angst machte es leichter. „Ein Streifzug für eine Nacht durchs Paradies ist nicht dein Stil, Doc."

„Was heißt das schon? Du hast gesagt, du willst mich."

„Ja, und vielleicht bereitet es mir ein prickelndes Vergnügen, dir zu zeigen, was das Leben so alles bietet. Aber du bist die anständige Brave, Sweetheart. Wenn ich je an ein Haus in einer netten Nachbarschaft denke, dann rufe ich dich an. In der Zwischenzeit bist du einfach nicht mein Typ. Tut mir leid, dich enttäuschen zu müssen.“

Es war, wie Terence beabsichtigt hatte, ein heftiger Schlag. Gillian wich zurück, drehte sich um und wollte in ihr Zimmer flüchten. Sie hörte, wie er sich ein Glas eingoss.

Wie immer, dachte sie in einer plötzlich aufflammenden Wut. Ihr ganzes Leben lang hatte sie diese Art von beiläufiger Kritik ohne Gemurre angenommen. Sie war damit aufgewachsen, hatte es allmählich erwartet. Aber jetzt bin ich eine erwachsene Frau, dachte sie aufsässig, als sie sich wieder umdrehte. Es war an der Zeit, sich nicht mehr zu ducken und wegzugehen.

Terence nippte an seinem warmen Whisky und stärkte sich für ihren Wutausbruch. Er hätte es vorgezogen, wenn sie einfach in ihr Zimmer gegangen wäre und die Tür zugeknallt hätte. Aber wenn sie es brauchte, dann sollte sie eben noch ihr Pulver verschießen. Er hob das Glas ein zweites Mal – und hustete.

„Was zum Teufel machst du da?“

Ruhig knöpfte sich Gillian weiter ihre Bluse auf. „Dir beweisen, dass du dich irrst.“

„Hör auf.“ Sie ließ die Bluse auf den Boden fallen, dann griff sie nach den Haken ihrer Hose. „Verdammt, Gillian. Zieh deine Bluse an und verschwinde.“

Sie trat aus ihrer Hose. „Nervös?“

Ihr Bodystocking war schlicht weiß, ohne Spitze, ohne Kinkerlitzchen. Ihre Schenkel waren sehr lang. Trotz des Whiskys wurde ihm der Mund trocken wie Staub. „Ich bin nicht in der Stimmung für deine Experimente.“ Mit feuchten Händen suchte er nach einer Zigarette.

„Eindeutig nervös.“ Sie warf ihr Haar zurück. Ein BH-Träger fiel ihr von der Schulter, als sie auf Terence zukam.

„Du machst einen Fehler.“

„Wahrscheinlich." Sie stand vor ihm, und das letzte Licht des Tages fiel über ihr Haar und ihr Gesicht. „Aber es ist mein Fehler."

Wenn er jemals etwas Schöneres gesehen hatte, so konnte er sich nicht daran erinnern. Wenn er je etwas fiebriger begehrt hatte, so hatte er es schon lange vergessen. Aber er wusste, er hatte noch nie mehr Angst vor jemandem gehabt als vor dieser entzückenden, halb nackten Frau mit Augen wie Jade und Haaren wie Feuer.

„Ich werde dich nicht anrühren." Er hob sein Glas und leerte es auf einen Zug. Seine Hand zitterte. Es war alles, was sie brauchte, um ihr Selbstbewusstsein zu stärken.

„Also gut, dann rühre ich dich an."

Sie hatte keine Erfahrung, die sie führte. Sie verließ sich einfach auf ihren Instinkt und ihr Begehren.

Ihre Hände waren sicherer als seine, als sie über seine Brust strich und ihm dabei fest in die Augen sah. Sie genoss das Gefühl seiner Muskeln, als sie über seine Schultern strich. Um seinen Mund erreichen zu können, musste sie sich auf die Zehenspitzen stellen. Ihre Lippen spielten weich und schmeichelnd über seine. Sie presste sich an ihn und fühlte das Hämmern seines Herzens.

Er hielt seinen Körper versteift, als erwarte er ein Durchbrennen der Sicherung. Einmal ertappte er sich dabei, wie er nach ihr griff, aber er ließ die Hände wieder fallen. Er dachte, er kenne sie gut genug, um zu wissen, dass sie gedemütigt gehen würde, wenn er überhaupt nicht reagierte. Womit er nicht gerechnet hatte: Auch sie hatte allmählich gelernt, ihn zu verstehen.

Ihre Lippen streiften über seine, und dabei knöpfte sie sein Hemd auf, sodass sie über seine Haut streichen konnte.

Eine geschulte Verführerin hätte es nicht besser machen können.

„Ich will dich, Terence." Mit den Lippen zog sie eine Spur von seinem Kinn hinunter zu seinem Hals. „Ich wollte dich von Anfang an, obwohl ich versucht habe, mich dagegen zu wehren." Sie schlang die Arme um seine Taille, ließ ihre Hände dann seinen Rücken hochgleiten. „Liebe mich."

Er legte die Hände auf ihre Schultern, bevor sie ihn wieder küssen konnte. Er wusste, wenn er ein zweites Mal ihre Lippen auf seinen fühlte, dann war es mit seiner Vernunft vorbei. „Das ist kein Spiel, das du gewinnen kannst." Seine Stimme war schwer, die Worte brannten in seiner Kehle. „Geh, Gillian, bevor es zu spät ist."

Der Raum war schon dunkel. Der Mond musste jeden Augenblick aufgehen. Er konnte nur den Glanz ihrer Augen sehen.

Er glaubte ans Schicksal, und vielleicht war es allein das, wovor er Angst hatte. Gillian war so unentrinnbar wie das Schicksal, so schwer greifbar wie die Träume. Und jetzt, gerade jetzt, schlang sie sich um ihn wie ein Versprechen.

Mit all dem Feuer, all der Kraft und all der Wut, die er zurückgehalten hatte, presste er seinen Mund auf ihren. Er hatte es ihnen beiden ersparen wollen. Nun lag es am Schicksal und am Glück.

Er ließ die Hände über sie streifen. Das dünne Material rutschte unter seinen Handflächen. Erregend. Stoff rieb sich an Stoff. Gillians Haut war wie Creme, weiß und glatt. Fasziniert ließ er die Finger unter den weichen Stoff ihres Bodystockings gleiten und fand die Hitze. Unwillkürlich grub sie die Nägel in seinen Rücken. Er presste sie an sich und erregte sie, bis ihr die Knie schwach wurden.

„Das ist erst der Anfang", sagte er, als er sie aufs Bett legte. „Heute Nacht werde ich mit dir alles machen, was ich mir vorgestellt habe, als ich dich das erste Mal sah." Auf der weißen Decke breitete sich ihr Haar wie ein Flammenfächer aus. Das erste Mondlicht drang herein, mit einer Brise, die schwach nach Meer roch. „Ich bringe dich an Orte, wo du noch nie gewesen bist. Orte, von denen du morgen vielleicht wünschst, du wärst nie dort gewesen."

Sie glaubte ihm. Erregt, verängstigt griff sie nach ihm. „Zeige sie mir."

Gillian hatte nicht gewusst, dass jemand so küssen konnte. Vorher hatte Terence ihr Leidenschaft, Temperament und Beherrschtheit gezeigt. Nun zeigte er eine einfühlsame und verzehrende Geschicklichkeit. Er kitzelte und quälte und erregte und provozierte mit Zunge und Zähnen. Und sie antwortete mit einer Hingabe, die sie bei sich noch nie erfahren hatte. Sie war schon tiefer im Sinnesrausch als jemals zuvor.

Dann begann er, sie zu streicheln.

Er hatte die Hände eines Musikers, und er wusste, wie er auf einer Frau spielen musste. Mit den Fingerspitzen glitt er federleicht über sie, drückte, presste, strich ganz langsam über sie, bis sie unter ihm atemlos war. Ihr Gemurmel war leise, dann drängend, dann rasend. Sie griff nach ihm, hielt ihn mit einer Kraft, die aus dem Augenblick geboren war. Sie zerrte am Verschluss seiner Hose, bereit, ihn ganz zu nehmen, bereit, das Glück zurückzugeben, von dem sie glaubte, dass es nicht höher klettern konnte. Und dann fanden seine Finger ein neues Geheimnis. Ihr Körper spannte sich an, zitterte, entspannte sich.

Nein, an diesem Ort war sie vorher nicht gewesen. Es war dunkel, und die Luft war dick und süß. Ihre Arme waren schwer, ihr Kopf so leicht. Sie spürte den Weg, den seine Lippen ihren Hals hinunterwanderten, bis zu dem dünnen Stoff auf ihren Brüsten. Er steckte die Zunge darunter und ließ sie über ihre Brustspitzen kreisen. Sie konnte nur stöhnen.

Mit den Zähnen zog er langsam den Träger herunter, während er mit den Händen die Zauberarbeit fortsetzte. Gillian war, wie er sie wollte, schwach vor Lust, berauscht von Leidenschaft. Er schmeckte sie überall. Süß. Selbst als ihre Haut heiß und feucht wurde, so süß.

Das Mondlicht wurde heller, die Leidenschaft dunkler.

Er zog den Stoff weiter und weiter hinunter und folgte mit dem Mund. Er konnte sie erzittern lassen. Und er tat es. Er konnte sie aufstöhnen lassen. Und er tat es. Er ließ sie still vor Entzücken seufzen, in schwindliger Lust murmeln, und dann trieb er sie zurück in die Verzweiflung.

Gillian griff nach ihm. Sie rollten herum, gefangen in einer Begierde, die kurz vor der Erfüllung stand. Wieder kämpfte sie damit, ihn auszuziehen, und dieses Mal hinderte er sie nicht. Ihre Bewegungen waren schnell. Als sie beide nackt waren, bewegte er sich schneller.

Er stieß in sie, und sie schrie erstickt auf. Halb von Sinnen griff sie in sein Haar und zog seinen Mund auf ihren. Er nahm sie hart und schnell, und sie fand seinen Rhythmus. Sie fühlte, wie er an ihrem Mund ihren Namen formte, hörte das plötzliche Zittern seines Atems, als sich Emotionen mit Leidenschaft vereinigten.

Dann vergrub er aufstöhnend sein Gesicht in ihrem Haar, und sie nahmen sich gegenseitig.

8. Kapitel

Es war ein Fehler gewesen, bei ihr zu bleiben. Die Nacht bei ihr zu schlafen. Neben ihr morgens aufzuwachen. Terence hatte gewusst, als sie in der Nacht umschlungen lagen, dass er bezahlen musste. Man musste immer für seine Fehler bezahlen.

Das Problem war, es fühlte sich so verdammt gut an.

Im Schlaf war Gillian so warm, so weich, so biegsam, wie sie in ihrer Leidenschaft gewesen war. Ihr Kopf lag an seine Schulter geschmiegt, als gehöre er dahin. Ihre Hand, in eine weiche Faust geballt, lag über seinem Herzen, als wenn ein Anspruch abgesteckt wäre. Er wünschte, es wäre so. Es besser zu wissen war nicht leicht. Aber es war eben so.

Merkwürdig und unbehaglich war nur, dass das Verlangen nicht gestillt war. Er brauchte sie immer noch, er sehnte sich immer noch nach ihr, so heftig und verzehrend wie gestern Abend, als er sie zum ersten Mal berührt hatte.

Er wollte sie an sich ziehen, sie langsam wecken, erotisch, und mit ihr zurückwirbeln in die Welt der wachen Sinne. Er wollte sie ganz nah an sich ziehen, ihr übers Haar streichen, sich von ruhiger Erregung erfüllen lassen und mit ihr durch den Morgen dösen.

Er konnte beides nicht. Obwohl sich Terence nicht für nobel hielt, dachte er an Gillian. Er war ein Mann, der seinen Job machte, so wie er es gewählt hatte. Er lebte, wie er arbeitete, und kannte keine Fesseln, niemandem gegenüber.

Gillian war eine Frau, für die Haus und Heim und Familie zuerst kam. Mit ihr verbanden sich weiße Holzzäune und Blumengärten. Jemand, der nie ein Zuhause hatte, der sich entschieden hatte, nie eines zu haben, konnte einer solchen Frau nur das Leben schwer machen.

Aber es fühlte sich so gut an, wenn sie sich an ihn schmiegte.

Er zog sich heftiger zurück, als er eigentlich wollte. Als sie sich bewegte und etwas murmelte, erhob er sich, um seine Jogginghose anzuziehen. Er musste sich nicht umdrehen, um zu wissen, dass Gillian wach war und ihn beobachtete.

„Schlaf noch etwas", sagte er. „Ich habe noch etwas zu erledigen."

Gillian zog die Decke hoch und setzte sich auf. Sie war halb wach oder glaubte es zumindest. Vielleicht hatte sie geträumt, dass er ihr übers Haar gestreichelt hatte. „Ich komme mit."

„Gut erzogene Ladies gehören da nicht hin, wohin ich gehe."

Merkwürdig, wie schnell Kälte kommen konnte. Sie hatte halb träumend gelegen, warm und sicher. Nun war sie kalt und allein. Ihre Finger verkrallten sich in die Decke, doch ihre Stimme war ruhig. „Ich dachte, wir arbeiten zusammen, oder habe ich mich getäuscht?"

„Wenn es passt, Sweetheart."

„Wenn es wem passt?"

„Mir." Er griff nach einer Zigarette, bevor er sich zu ihr umdrehte. Es war genau, wie er gedacht hatte. Sie sah jetzt viel zu schön aus mit ihrer blassen Haut, dem prächtigen Haar und den dunklen schweren Augen. „Du wärst im Weg."

„Offensichtlich bin ich das schon." Sie kämpfte die Demütigung zurück, während sie die Decke zur Seite warf und aufsammelte, was sie von ihren Kleidungsstücken finden konnte. Sie presste sie an sich und sah Terence an. Ich sage, was ich zu sagen habe, versprach sie sich. Zu oft in der Vergangenheit hatte sie gefühlsmäßige Schläge mit gesenktem Kopf hingenommen. Nicht mehr.

„Ich weiß nicht, wovor du Angst hast, O'Hara, außer vor dir und deinen eigenen Gefühlen, aber es besteht kein Grund, sich so zu verhalten."

„Ich tue nur, was sein muss." Er zog an seiner Zigarette. Sie schmeckte bitter wie seine Gedanken. „Ich dusche jetzt. Wenn du Frühstück bestellst, für mich Kaffee."

„Es ist in Ordnung zu bedauern, was geschehen ist. Das ist dein Recht." Sie würde nicht weinen. Das versprach sie sich. „Aber es ist nicht in Ordnung, deswegen grausam zu sein. Hast du gemeint, ich erwarte Schwüre ewiger Liebe? Glaubst du, du sollst auf die Knie fallen und mir erzählen, ich hätte dein Leben verändert? Ich bin nicht die Närrin, für die du mich hältst."

„Ich habe dich nie für eine Närrin gehalten."

„Das ist gut, weil ich keine bin." Es war befriedigend, stellte sie fest, sehr befriedigend, zurückzuschlagen. „Ich erwarte dieses Verhalten nicht von dir. Aber ich habe auch nicht erwartet, dass du mich behandelst, als hättest du mich gekauft und dafür bezahlt und könntest mich morgens in die Ecke werfen. Das habe ich nicht erwartet, Terence. Vielleicht hätte ich es erwarten müssen."

Schnell ging sie hinüber in ihr Zimmer, warf ihre zerknüllten Sachen hin und verschwand in der Dusche. Sie würde nicht um ihn weinen. Nein, keine Träne würde sie vergeuden. Sie stellte die Dusche fast kochend ein. Das brauchte sie jetzt, um wieder warm zu werden, um seinen Duft von ihrer Haut zu waschen, seinen Geschmack aus ihrem Mund. Dann ginge es ihr wieder gut.

Und sie war doch eine Närrin. Ein Riesenidiot. Gillian presste die Hände auf ihre Augen, während das Wasser über sie strömte. Verdammt sollten er und sie sein! Wer sonst als eine Närrin verliebte sich in einen Mann, der nichts zurückgeben konnte?

Der Vorhang wurde zurückgerissen. Gillian hob den Kopf und betrachtete Terence mit einem kühlen, desinteressierten Blick. Sie wollte verdammt sein, wenn sie ihn sehen ließ, wie verletzt sie war. „Ich bin im Augenblick beschäftigt."

„Lass uns etwas klarstellen. Nur weil ich heute Morgen kein Süßholz geraspelt habe, heißt das noch lange nicht, dass ich dich für jemanden halte, den ich auf der Straße aufgabeln kann."

Gillian griff nach der Seife und rieb sie in langsamen Kreisen über ihre Schulter. Er war also wütend. Auch das war befriedigend. „Ich glaube, es ist für mich viel besser, wenn ich einen Dreck darum gebe, was du denkst. Du lässt das Wasser auf den Boden fließen." Sie riss den Vorhang zurück – der noch nicht einmal ruhig hing, bevor er wieder aufgerissen wurde.

Sein Blick kochte vor Wut, doch seine Stimme war dazu zu ruhig. „Schlag nie eine Tür vor meiner Nase zu."

Merkwürdig, dass ihr jetzt zum Lachen zumute war. „Es ist keine Tür, leider, die wäre wirksamer. Aber der Vorhang muss eben reichen." Sie zog ihn wieder zu. Terence riss ihn mit einem wütenden Ruck von der Stange. Während die kleinen Metallhaken an der Stange klirrten, warf sich Gillian das nasse Haar aus den Augen. „Wirklich, glänzend. Wenn du damit fertig bist, deine Laune an einem unschuldigen Objekt auszulassen, kannst du gehen."

Er stieß den abgerissenen Vorhang zur Seite. „Was zum Teufel willst du?"

„Im Augenblick mir in Ruhe das Haar waschen." Absichtlich steckte sie den Kopf unter den Strahl. Sie stieß einen kleinen Schrei aus, als sie zurückgerissen wurde. Er stand jetzt mit ihr in der Duschwanne, die Baumwollhose klebte an seinen Schenkeln. Das Wasser sprang von ihnen beiden ab auf die Kacheln.

„Ich habe keine Zeit für dieses Getue. Ich muss einen Job machen, wie du weißt. Reinigen wir die Atmosphäre, damit ich mich darauf konzentrieren kann."

„Gut. Die Atmosphäre ist klar." Sie klatschte die Seife zurück in den Halter.

„Es gibt nichts, wofür ich mich schuldig fühlen sollte." Er trat näher, und der Strahl traf seine Brust. „Du hast dich mir selbst an den Hals geworfen."

Mit einer Hand schob Gillian das Haar aus dem Gesicht. Der Dampf stieg auf und füllte den Raum. „Stimmt, das habe ich getan. Du hast wie ein Tiger gekämpft, aber ich habe dich aufs Kreuz gelegt." Sie stieß ihm gegen die Brust. „Mach dich lieber aus dem Staub, bevor ich dich wieder bezwinge."

„Du neunmalkluge kleine ..." Er machte eine Bewegung auf sie zu – da wurde die Luft aus ihm geschlagen, als ihre Faust Kontakt mit seinem Magen machte. Das Wasser prasselte auf sie beide nieder, und sie sahen sich gleichermaßen überrascht an. Ganz plötzlich brach Gillian in Lachen aus.

„Verdammt, was ist daran so lustig?"

„Nichts." Sie prustete. „Nichts, nur dass du wie ein verdammter Narr aussiehst und ich mich wie einer fühle." Immer noch lachend, hielt sie ihr Gesicht in den Wasserstrahl. „Troll dich schon, O'Hara, bevor ich ernstlich böse werde."

Für einen Moment hielt er sich gekrümmt, verblüfft, von ihr überrascht worden zu sein. Er machte Fehler. Dann, weil seine Wut verraucht war, legte er ihr eine Hand auf die Schulter und drehte sie wieder zu sich um. „Du hast einen verdammt harten Schlag, Doc."

Es mochte ihre Einbildungskraft oder Wunschdenken sein, aber sie dachte, er sprach von mehr als ihrer Faust. „Danke für das Kompliment."

„Das Wasser ist viel zu heiß."

„Ich bin in der Stimmung danach."

Er berührte ihre Wange, fuhr mit dem Daumen über die kleinen Sommersprossen. Sie fragte sich, ob er wusste, dass er sich entschuldigte. „Soll ich dir den Rücken waschen?"

„Nein."

Er legte die Arme um sie. „Dann kannst du meinen waschen."

„Terence." In einer kleinen Defensivbewegung hob sie die Hände. „Das ist keine Antwort."

„Es ist die einzige, die ich habe." Er senkte den Kopf und streifte mit den Lippen über ihre. „Ich will dich. Ist es das, was du hören willst?"

Wenn es nur so einfach wäre. Sie seufzte und schmiegte ihre Wange an seine. „Letzte Nacht war etwas Besonderes. Ich kann akzeptieren, dass es für dich nichts bedeutet, aber ich kann es mir nicht leisten, tiefer hineingezogen zu werden, weil es nämlich für mich etwas bedeutet hat."

Er schwieg einen Moment, doch er wusste, die Worte mussten gesagt werden. „Es hat mir auch etwas bedeutet, Gillian." Mit beiden Händen umfasste er ihr Gesicht, sodass

er sie ansehen konnte, als er es riskierte. „Es hat mir verdammt viel bedeutet."

Ihr Herz zog sich zusammen. „Und das macht alles für
dich so schwer."

„Schwer für mich, vielleicht unmöglich für dich." Er
wollte die Hände sinken lassen, doch sie hielt sie fest. „Ich
bin nicht gut für dich."

„Nein, das bist du nicht." Sie lächelte, als sie seine Arme
um sich zog. „Aber Schokolade ist auch nicht gut für mich,
und auch da kann ich nie widerstehen."

Terence war sich nicht sicher, ob es klug war, Gillian mit ins
Elendsviertel zu nehmen. Doch sie sollte sehen, wie tief er in
seinem Job sinken musste und mit welcher Art von Menschen er zu tun hatte. Sie sollte wissen, auf was sie sich mit
ihm einließ.

Erst als Terence sicher war, dass er den Schatten von Kendesa und vom ISS abgeschüttelt hatte, steuerte er auf die Hütten und die Verwahrlosung des Elendsviertels zu.

Er kannte sich hier aus, wie er sich in so vielen Slums und
Gettos auskannte. In dem Labyrinth enger Gassen lungerten
arbeitslose Männer herum. Doch niemand belästigte sie. Terence ging nicht wie ein Tourist, der sich verlaufen hatte oder
neugierig auf der Suche nach Schnappschüssen in diesem Teil
von Casablanca war.

Es stank. Es war mehr als ein Geruch von Schweiß, Tieren
und Fäulnis. Es war auch der Geruch von Wut und Hass.
Gillian hatte Armut in Irland gesehen, sie hatte die Obdach-
losen und Elenden in New York erlebt, aber noch nie solches
Elend und solche Verwahrlosung.

Da gab es Blut, frisch vergossen. Da gab es Krankheit, die

auf den Ausbruch wartete. Und da gab es Tod, leichter verstanden als das Leben. Sie sah Männer, die sie mit einem harten Blick aus schwarzen Augen beobachteten. Verschleierte Frauen blickten nie auf.

Terence näherte sich einem Verschlag. Er konnte als nichts anderes bezeichnet werden, obwohl er Glas in den Fenstern hatte und die Andeutung eines Gemüsegartens davor. Ein dürrer Hund fletschte die Zähne, zog sich aber zurück, als Terence unbeirrt weiterging.

Terence klopfte an die Tür, nachdem er sich noch einmal sorgfältig umgesehen hatte. Eine kleine Frau mit schwarzem Kleid und Schleier öffnete. Sie sah Terence, und Angst zeigte sich in ihrem Blick.

„Guten Morgen. Ich möchte mit Ihrem Mann sprechen." Sein Arabisch war mehr als holprig, doch es reichte. Gillian beobachtete, wie der Blick der Frau hierhin und dorthin schoss, bevor sie die Tür weiter aufschob und den Weg frei machte.

So verkommen und schmutzig es draußen war, das Innere der Hütte war blitzsauber. Mitten im Zimmer hockte ein kleiner Junge, der eine Stoffwindel trug. Er lächelte Terence und Gillian an und schlug mit einem Holzlöffel auf den Boden.

Hastig hob die Frau das Kind auf und verschwand durch die Hintertür.

Gillian hob den Holzlöffel auf. „Warum hat sie Angst vor dir?"

„Weil sie klüger ist als du. Setz dich, Doc, und mach einen gelangweilten Eindruck. Es dürfte nicht zu lange dauern."

Den Löffel immer noch in der Hand, setzte sich Gillian auf einen Stuhl. „Warum sind wir hier?"

„Weil Bakir etwas für mich hat."

Bakir war ein Wiesel. Er war dünn, hatte ein schmales Gesicht mit kleinen schwarzen Augen. Wenn er lächelte, strahlten seine Zähne weiß und scharf. Er trug einen grauen Umhang. Gillian empfand sofort einen unkontrollierbaren Abscheu vor ihm.

„Ah, alter Freund. Ich habe Sie erst morgen erwartet."

„Manchmal ist das Unerwartete vorzuziehen."

Obwohl sie Englisch sprachen – Terence täuschte keinen französischen Akzent vor –, sagte Gillian nichts. Sie wünschte nur lebhaft, dass sie zurückgeblieben wäre. Die Hütte machte keinen sauberen und harmlosen Eindruck mehr, jetzt, wo Bakir eingetreten war.

„Sie haben es eilig, unser Geschäft abzuschließen?"

„Haben Sie die Waren, Bakir? Ich habe heute noch andere Angelegenheiten zu erledigen."

„Natürlich, natürlich, Sie sind ein beschäftigter Mann." Er warf Gillian einen Blick zu und sagte dann mit einem Grinsen etwas auf Arabisch. Terences Blick wurde hart wie Granit. Seine Entgegnung war nur ein Gemurmel, doch was er auch gesagt hatte, es reichte, um Bakir erbleichen und sich verbeugen zu lassen. Er schob einen Tisch zur Seite und nahm dann einige Bodenplanken heraus.

Gemeinsam hob er mit Terence eine große Holzkiste aus dem Versteck und öffnete sie. Gillians Finger versteiften sich, als Terence das erste Gewehr hervorholte.

Es war schwarz und eingeölt. Terence untersuchte es in der Art eines Mannes, der sich auf Waffen verstand. Schweigend prüfte er alle.

Jedes Mal, wenn er ein neues Gewehr aus der Kiste nahm, machte Gillians Herz einen Satz. Er sah so natürlich mit einer

Waffe in der Hand aus. Dieselben Hände, die Gillian vor kurzer Zeit gespürt hatte, die sie liebkost und erregt hatten. Sie konnte das alles kaum glauben.

Schließlich nickte Terence. „Sie schaffen die Ladung nach Sefrou. Hier ist die Adresse." Er gab Bakir ein Stück Papier. „Schaffen Sie sie morgen dorthin."

Er griff in seine Jacke nach dem mit ISS-Geld prall gefüllten Briefumschlag und fragte sich dabei, wie Addison reagieren würde, wenn er erfuhr, wofür er es ausgab.

Der Umschlag verschwand in den Falten von Bakirs Mantel. „Wie Sie wünschen. Es mag Sie interessieren, dass Belohnungen für Informationen über Il Gatto geboten werden."

„Kümmern Sie sich um die Lieferung, Bakir, und erinnern Sie sich daran, was mit dem geschieht, von dem sich herumspricht, dass er mit Il Gatto Geschäfte macht."

Bakir lächelte nur. „Mein Geschäft ist ausgezeichnet."

„Ich verstehe nicht." Gillian blieb dicht an Terences Seite, als sie die enge Straße hinuntergingen. „Woher hast du das Geld?"

„Vom Steuerzahler." Er sah sich aufmerksam nach links und rechts um.

„Aber ich dachte, Captain Addison will die Waffen besorgen."

„Tut er." Er nahm ihren Arm und zog sie um eine Ecke.

„Also, wenn Addison die Waffen besorgt, die du Husad zeigst, warum hast du diesen Mann für weitere bezahlt? Das begreife ich nicht."

„Reserve. Sollte die Geschichte nicht auf Addisons Art laufen, kann ich deinen Bruder nicht mit einer Pistole und einem charmanten Lächeln herausholen."

Gillian spürte, wie sich der Druck in ihrem Magen verstärkte. „Ich verstehe."

„Geh weiter, Sweetheart", sagte er, als sie zögerte. „Das hier ist nicht die Gegend für Schaufensterbummel."

„Terence, welchen Nutzen haben diese Waffen für dich, für einen Mann allein?"

Ein Mann in einem schmutzigen weißen Mantel stolperte auf sie zu. Er hatte nur Zeit, nach Gillian zu greifen und mit einem betrunkenen Lallen etwas zu murmeln, als Terence sein Schnappmesser auch schon draußen hatte. Die Sonne blitzte in der Stahlklinge, und Terence stieß eine ruhige Warnung aus. Immer noch grinsend, hob der Mann beide Hände und schwankte aus dem Weg.

„Nicht zurücksehen", befahl Terence und zog Gillian weiter.

„Wollte er Geld?"

Er hatte schon lange aufgehört, sich über ihre Naivität zu wundern. Sie ist zu gut für mich, dachte er. Viel zu gut. „Für den Anfang", antwortete er einfach.

„Das ist eine schreckliche Gegend."

„Es gibt schlimmere."

Sie sah ihn an, als sich ihr Herzschlag wieder beruhigt hatte. „Du weißt, wie du dich in dieser Gegend verhalten musst, aber deshalb bist du nicht wie dieser Mann in der Hütte."

„Wir beide sichern uns unseren Lebensunterhalt."

Sie bogen um die Mauern und kamen ins Geschäftsviertel. „Weißt du, ich denke, du willst mich glauben lassen, du wärst wie er. Das wäre angenehmer für dich."

„Vielleicht. Trinken wir hier einen Kaffee."

„Terence. Bin ich es nur, oder bekämpfst du jeden, der dir zu nahekommt?"

Er wusste nicht, wie er ihr antworten sollte. Schlimmer, er war sich nicht sicher, ob er zu tief nach einer wirklichen Antwort graben durfte. „Ich hatte das Gefühl, wir waren uns letzte Nacht ziemlich nah."

Sie begegnete ruhig seinem Blick. „Ja, das waren wir, aber du bist damit immer noch nicht fertiggeworden."

„Ich habe viel im Kopf, Doc." Er zog einen Stuhl hervor und setzte sich. Nach kurzem Zögern nahm Gillian neben ihm Platz.

„Ich auch. Mehr als ich verarbeiten kann." Nachdem Terence ihnen Kaffee bestellt hatte, fuhr sie fort: „Ich habe noch eine Frage."

„Sweetheart, das ist nichts Neues."

Sie legte eine Hand auf seine, bevor er sich eine Zigarette anzünden konnte. „Dieser Mann, Bakir, er hat dich nicht als Cabot gekannt."

„Nein."

„Ist er ein Agent?"

Terence lachte, wartete aber, bis der Kaffee serviert war, bevor er wieder sprach. „Nein, Doc, er ist eine Schlange."

„Er weiß, wer du bist. Warum sollte er die Waffen liefern, statt einfach das Geld zu behalten und dich an Husad zu verraten?"

„Weil er weiß, wenn Husad mich nicht erwischt, komme ich zurück und schneide ihm die Kehle durch. Ein hohes Risiko."

Gillian starrte in ihren Kaffee. Er war schwarz und dick. Sie wusste, wenn sie ihn trank, würde er die Kälte in ihr vertreiben. Aber sie trank noch nicht. „Ich wurde dazu erzogen, das Leben zu respektieren", sagte sie ruhig. „Jedes Leben. In meiner Arbeit habe ich versucht zu bewahren, weiterzuentwickeln, nicht zu zerstören. Ich habe in meinem Leben absichtlich niemanden verletzt. Nicht weil ich eine Heilige bin, sondern weil ich nie eine Wahl treffen musste." Sie legte beide Hände um ihre Tasse, hob sie aber immer noch nicht, während sie Terence ansah. „Als Captain Addison mich gefragt hat, was ich machen würde, wenn Husad mich bekommt, habe ich die Wahrheit gesagt. In meinem Herzen weiß ich, ich könnte ein Leben nehmen. Und das macht mir Angst."

„Du wirst es nicht überprüfen müssen." Er legte kurz eine Hand auf ihre.

„Ich hoffe es. Weil ich nicht weiß, ob ich später damit leben könnte. Ich glaube, ich will damit sagen, so unterschiedlich sind wir beide gar nicht."

Er sah weg von ihr, weil er zu gern glauben wollte, dass sie recht hatte. „Wette nicht darauf."

„Ich habe schon", murmelte sie und trank ihren Kaffee.

9. Kapitel

Hier in Sefrou war sie Flynn einen Schritt näher. Doch die Angst, es sei schon zu spät, war ein dunkles Geheimnis, das Gillian in ihrem Herzen vergraben hielt.

Denn würde sie sich in Tränen auflösen und ihren Emotionen freien Lauf lassen, könnte sie Flynn nicht helfen. Fast jede Nacht waren da jedoch abscheuliche, oft gewalttätige Albträume. Bisher hatte sie sie vor Terence verbergen können. Wenigstens dafür war sie dankbar. Er sollte nicht wissen, dass sie schwach genug war, um durch Träume in kalten Angstschweiß gebadet zu werden. Er musste sie für stark halten. Sonst änderte er vielleicht seine Meinung und schickte sie doch noch weg.

Merkwürdig, wie gut sie ihn mittlerweile kannte. In der Stille des Hotelzimmers beobachtete Gillian unten einen kleinen Wagen, der sich durch die Straßen schlängelte. Sie hatte Terence verstehen gelernt, obwohl er ihr mit Worten wenig sagte. Oft stellte sie sich vor, sie wären sich gesellschaftlich in New York begegnet, unter normalen, vielleicht langweiligen Umständen. Eine Dinnereinladung, eine Cocktailparty. Sie wusste, sie wären auch unter anderen Umständen Liebende geworden, auch wenn es dann langsamer und mit größerer Vorsicht geschehen wäre.

Schicksal. Darüber hatte sie früher nie wirklich nachgedacht. Nun glaubte sie, wie Terence auch, dass einige Dinge einfach vorherbestimmt waren. Sie waren beide füreinander bestimmt. Sie fragte sich, wie lange er noch gegen seine Gefühle ankämpfen würde, Gefühle, die sie immer in ihm spürte, wenn er sie hielt. Worte der Zuneigung kamen nicht leicht von einem Mann, der absichtlich die Türen in seinem Leben verschlossen hatte. Sie war sicher, der Grund dafür hatte etwas mit seiner Familie zu tun.

Sie war so verliebt. Seufzend lehnte sie sich ans Fensterbrett. Ihr ganzes Leben lang hatte sie auf dieses Gefühl gewartet, wenn das Herz hämmerte und der Verstand ins Trudeln geriet, wenn alles viel lebendiger und strahlender erschien. Sicher, sie hatte nie erwartet, diese Liebe in der größten Krise ihres Lebens zu erfahren. Trotzdem, das Gefühl war da, riesig und deutlich und wunderschön.

Gillian wusste, sie musste warten, um es mit Terence zu teilen. Doch die Zeit würde kommen, in der sie davon freimütig sprechen durfte, lachen und sich in ihre Gefühle versenken konnte. Sie hatte nicht ihr ganzes Leben auf die Liebe gewartet, um der Lust beraubt zu werden, sie auch auszudrücken. Aber sie konnte warten.

Ihre Zeit mit Terence würde kommen, daran glaubte sie fest. Was in den letzten Wochen geschehen war, hatte sie gelehrt, das Glück mit beiden Händen zu packen und es zu bewahren.

Aber wie wünschte sie, dass er jetzt zurückkam. Wie hasste sie es, allein gelassen zu werden.

Weil sich ihre Nerven wieder anspannten, suchte Gillian nach einer Ablenkung. Ihre Sachen hatte sie schon ausgepackt und verstaut. Terences Koffer stand offen, unausgepackt. Da sie nichts Besseres zu tun hatte, nahm sie seine Sachen heraus, legte sie zusammen und packte sie weg.

In den Kleidungsstücken hing sein Duft. Da gab es alles,

von Baumwolle zu Seide, von Billigstqualität bis Designer-garderobe. Wie viele Männer trägt er im Koffer herum, fragte sie sich. Ob er jemals nachdenken und sich ins Gedächtnis rufen musste, wer er wirklich war?

Dann fand sie die Flöte, sorgfältig in Filz eingeschlagen neben einem maßgeschneiderten Hemd aus Satin-Piqué. Die Flöte war poliert, sah aber alt und viel benutzt aus. Probe-weise hob Gillian sie an den Mund und blies. Der Ton kam klar und hell. Sie lächelte.

Er stammte aus einer Familie, die ihren Lebensunterhalt mit Musik verdient hatte. Das hatte er nicht hinter sich gelas-sen, nicht ganz, wie sehr er es auch vortäuschte. Sie stellte sich vor, dass er spielte, wenn er allein und einsam an einem fremden Ort war. Wahrscheinlich erinnerte es ihn an seine Kindheit, an sein Zuhause, die Familie, obwohl er behaup-tete, kein Zuhause mehr zu haben.

Sie legte die Finger auf die Löcher, hob dann wahllos zwei und freute sich über den Ton, der kam, als sie ins Mundstück blies. Sie hatte schon immer eine ganz besondere Neigung zu Musik gehabt. Doch ihr Vater hatte das Physikstudium für wichtiger gehalten als Klavierstunden, die sie so gern genom-men hätte. Sie fragte sich, ob Terence ihr eines Tages eine richtige Melodie beibringen würde, etwas Sentimentales aus Irland.

Sie legte die Flöte aufs Bett, schlug sie aber nicht wieder ein. Es waren auch Bücher im Koffer. Yeats und Shaw und Wilde. Gillian blätterte in ihnen herum. Terence trug diese Autoren und Waffen mit sich herum. Sie hatte diese wider-sprüchliche Kombination schon lange gespürt, jetzt sah sie den Beweis. Und tatsächlich, sie hatte sich in die vielen Seiten des Rätsels Terence O'Hara verliebt.

Ihre Nervosität und ihre Angst waren vergessen. Leise summend legte Gillian die letzten Hemden weg. Als sie den Koffer schließen wollte, bemerkte sie in einer Seitentasche ein Notizbuch. Ohne nachzudenken, zog sie es heraus und legte es auf den Rand der Kommode. Sie stellte den Koffer in den Schrank neben ihren und ging dann zurück ans Fenster. Dabei stieß sie an das Notizbuch auf der Kommode, und es fiel zu Boden. Die Worte und Noten erregten ihre Aufmerksamkeit, als sie sich beugte, um es aufzuheben.

Bewegt setzte sie sich aufs Bett und las. Ihre Hand lag auf der Flöte.

Es war schon einige Jahre her, seit Terence mit Breintz gearbeitet hatte. Vor fünf oder sechs Jahren in Sri Lanka. Dann hatten sie sich, wie es in ihrem Beruf üblich war, aus den Augen verloren. Nach außen hin hatte sich Breintz verändert. Das Haar war dünner geworden, das Gesicht voller. Tiefe Falten lagen unter seinen Augen und gaben ihm das Aussehen eines trägen Bassethundes. Im Ohr trug er einen Saphirstecker, und bekleidet war er mit dem Baumwollumhang der Wüstenbewohner.

Nach einstündiger Diskussion war Terence beruhigt. Innerlich war Breintz immer noch derselbe scharfsichtige Agent, den er von früher kannte.

„Es wurde entschieden, die Waffen nicht auf dem üblichen Weg hierherschaffen zu lassen. Es ist zu gefährlich. Ich habe meine Kontakte benutzt. Sie kommen mit einem Privatflugzeug und werden auf einer Landebahn ein paar Meilen östlich von hier entladen."

Terence nickte. In der dämmrigen Nische hinten in dem fast leeren Restaurant genoss er eine von Breintz' türkischen

Zigaretten. Über dem aromatischen Tabakgeruch lag der von gegrilltem Fleisch. „Und sobald die Ladung da ist, gehe ich wie besprochen vor. Die ganze Geschichte sollte in einer Woche über die Bühne sein."

„Wenn die Götter zustimmen."

„Immer noch abergläubisch?"

Breintz verzog eher nachsichtig als humorvoll die Lippen. „Wir halten schließlich alle an dem fest, was sich bewährt hat." In drei Stößen stieß er den Rauch aus und beobachtete, wie sich die Ringe formten und langsam wieder auflösten. „Deshalb glaube ich auch nicht an Ratschläge, sondern an Tatsachen."

„Gut." Terence nickte.

„Dann will ich dir diese Tatsachen geben, obwohl du sie sicherlich schon kennst. Ich arbeite jetzt im vierten Jahr in diesem belagerten Teil der Welt mit Terroristen. Einige sind fanatisch religiös, einige ehrgeizig, einige einfach durch Hass geblendet. Wenn diese Grundhaltungen mit völliger Missachtung des menschlichen Lebens zusammenfallen, werden sie gefährlich und, wie wir oft genug festgestellt haben, unkontrollierbar. Bei Hammer kommt noch hinzu, dass die Organisation von einem Verrückten angeführt wird. Husad ist ein Verrückter. Wenn er den Betrug bemerkt, wird er dich auf irgendeine unerfreuliche Art töten. Wenn er deinen Betrug nicht bemerkt, wird er dich trotzdem töten."

Terence zog wieder an der türkischen Zigarette. „Du hast recht, ich wusste es schon. Ich werde den Wissenschaftler und das Kind herausholen. Dann werde ich Husad töten."

„Mordversuche sind schon vorher gescheitert, zur Enttäuschung vieler."

„Dieser eine nicht."

318

Breintz spreizte seine Hände. „Ich stehe dir voll und ganz zur Verfügung.“

Mit einem letzten Nicken erhob sich Terence. „Wir bleiben in Verbindung.“

Terence wusste, bei jedem Einsatz für das ISS konnte er sein Leben verlieren. Dabei war es ihm nicht gleichgültig, ob er tot oder lebendig war. Terence hatte immer eine ganz klare Vorliebe fürs Leben gehabt. Er kannte ganz einfach die Risiken. Gerade in den letzten Tagen war es ihm noch wichtiger geworden, am Leben zu bleiben.

Er hatte seinen Standpunkt über die Aussichtslosigkeit ihrer Beziehung nicht geändert. Doch er hatte akzeptiert, dass er mehr Zeit mit Gillian wollte. Er wollte ihr Lachen hören, er wollte beobachten, wie sie sich entspannte, er wollte – was er sich allerdings kaum eingestehen konnte –, dass sie sich um ihn mit derselben Tiefe und Hingabe sorgte wie um ihre Familie.

Es war dumm. Ganz sicher war es falsch für sie. Aber das war es, was er wollte. In sein Verlangen nach ihr mischte sich eine quälende Sehnsucht, mehr zu geben als das, wonach gefragt worden war, mehr zu nehmen, als gegeben worden war, Versprechungen zu machen und zu akzeptieren.

Terence öffnete die Tür des Hotelzimmers und blieb verblüfft, dann wütend stehen.

Gillian blickte auf, mit feuchten Augen und strahlendem Lächeln. „Terence, ich bin so froh, dass du wieder da bist. Diese Songs sind so schön. Ich habe sie alle zweimal gelesen und konnte mich immer noch nicht entscheiden, welcher mir am besten gefällt. Du musst sie mir vorspielen, damit ich …“

„Was zum Teufel gräbst du in meinen Sachen herum?“

Der Ton überraschte sie. Sie starrte ihn einfach nur an, das

Notizbuch lag in ihrem Schoß. Er kam zu ihr und entriss es ihr, da spürte sie die volle Kraft seiner Wut. Sie duckte sich nicht. Sie blieb einfach bewegungslos sitzen.

„Ist dir vielleicht der Gedanke gekommen, dass ich – auch wenn ich für dich arbeite und mit dir schlafe – trotzdem ein Recht auf meine Privatsphäre habe?"

Sie wurde sehr blass. „Es tut mir leid", brachte sie schließlich hervor. „Du warst so lange weg, und da wollte ich deine Sachen auspacken. Dabei sind mir die Flöte und das Notizbuch in die Hände gefallen."

„Und du bist nicht auf den Gedanken gekommen, dass das, was im Notizbuch steht, privat sein könnte?" Er stand da mit dem Buch in der Hand, so verlegen, wie er noch nie in seinem Leben gewesen war. Was er geschrieben hatte, war direkt aus seinem Herzen gekommen. Und er hatte nicht beabsichtigt, es jemals mit einem anderen zu teilen.

„Entschuldigung." Ihr Ton war jetzt formell und steif. Sie machte sich nicht die Mühe, ihm zu erklären, wie das Notizbuch hingefallen war, da er offensichtlich nicht an Erklärungen interessiert war. „Natürlich. Ich hatte kein Recht, in deinen Sachen herumzuwühlen."

Er hatte auf einen Streit gehofft. Eine gute Schreierei, damit konnte er besser umgehen als mit seiner Verlegenheit. Nun machte ihn ihre ruhige Entschuldigung nur noch verlegener, und er fühlte sich einem Trottel gefährlich nahe. Er öffnete eine Schublade, warf das Notizbuch hinein und knallte sie wieder zu. „Wenn du dich das nächste Mal langweilst, lies ein Buch."

Sie erhob sich. Sie hatte sich so unschuldig an den Worten gefreut, die zu schreiben dieser Mann fähig war. Nun wurde sie dafür bestraft, dass sie den geheimsten Teil von ihm entdeckt hatte. Aber es war schließlich sein Geheimnis, und sie hatte sich hineingedrängt. „Ich kann nur wiederholen, es tut mir leid."

Nein, sie würde nicht mit ihm streiten, erkannte Terence, während er hinüberging und die Flöte in Filz einschlug. Es war zu viel Verletztheit in ihrem Blick, Verletztheit wegen ihm, weil er so unverhältnismäßig hart über ihr unschuldiges Verhalten gewesen war. „Vergiss es." Er legte die Flöte in die Schublade neben das Notizbuch und schloss beides weg. „Es läuft alles nach Plan. Morgen, spätestens übermorgen wird Kendesa mit mir Kontakt aufnehmen."

„Ich verstehe. Dann ist bald alles vorbei."

„Ja." Aus Gründen, die er nicht verstand, wollte er sich entschuldigen, wollte sie halten und ihr sagen, dass es ihm leidtue, sich wie ein Trampel verhalten zu haben. Er steckte die Hände in die Taschen. „Gehen wir zum Lunch hinunter?"

„Ich möchte mich lieber hinlegen. Ich bin eher angespannt als hungrig." Tatsächlich wollte sie ganz einfach allein sein.

„In Ordnung." Sie war sehr blass. Er hätte ihr gern die Wange gestreichelt. „Ich bleibe nicht lange."

Sie wartete, bis er weg war, bevor sie sich aufs Bett legte. Sich zu einer Kugel zusammenzurollen schien irgendwie zu helfen. Es konzentrierte die Verletztheit in einem Punkt, mit dem leichter umzugehen war. Sie würde nicht weinen. Sie hielt die Augen geschlossen und bemühte sich ganz fest, sich auf nichts zu konzentrieren. Sie würde ihre Emotionen nicht wild ausschlagen lassen, so wie damals, als sie jung war und ihren Vater überraschen wollte.

Sie hatte sein Büro aufgeräumt, das Holz gewienert und das Glas poliert. Er war auch so wütend gewesen wie vorhin Terence. Sie seufzte und bemühte sich, die Erinnerung aus ihrem Kopf zu streichen. Wütend, weil sie in seine Privatsphäre eingedrungen war, seine persönlichen Dinge berührt hatte.

Sean Brady Fitzpatrick war ein harter Mann gewesen, und ihn zu lieben war eine lange Übung in Frustration gewesen. Gillian seufzte wieder. Offensichtlich lernte sie langsam.

Er hatte nichts gegessen. Auch den Whisky trank er nicht aus, den er bestellt hatte. Noch nie hatte er sich wegen einer Frau so entsetzlich gefühlt, obwohl sie eindeutig einen Fehler gemacht hatte. Diese Songs waren für niemanden als ihn bestimmt. In ihnen hatte er von seinen innersten Gedanken und Gefühlen geschrieben, von Träumen, deren Vorhandensein er niemals zugab. Terence war sich nicht sicher, ob er damit umgehen konnte, dass Gillian wusste, was in ihm war, wonach er sich in einsamen Nächten sehnte.

Er hätte sie nicht verletzen sollen. Nur der Dumme oder der Herzlose verletzt einen Wehrlosen.

Sie schlief, als er zurück ins Zimmer kam. Er hatte gehofft, seine Entschuldigung schnell und schmerzlos hinter sich bringen zu können. Sie lag fest zusammengerollt auf dem Bett, als wollte sie einen weiteren Schlag abwehren. Mit einem Fluch auf den Lippen zog er ihr die Decke hoch. Gillian bewegte sich leicht im Schlaf.

„Caitlin.“

Obwohl sie den Namen des kleinen Mädchens murmelte, hörte Terence die Furcht heraus. Unsicher setzte er sich auf den Bettrand und strich ihr übers Haar. „In ein paar Tagen ist alles in Ordnung, Gillian.“

Sie zitterte, und Schweißperlen standen auf ihrer Stirn. Dann riss sie die Augen mit einem Ausdruck tiefsten Entsetzens weit auf. Terence hielt sie fest. „Alles in Ordnung, Doc?"

„Ja, ja." Aber sie konnte das Zittern nicht ganz unterdrücken. „Es tut mir leid."

„Du musst dich nicht dafür entschuldigen, einen Albtraum zu haben." Er empfand eine Verlegenheit, die er noch nie bei Frauen erlebt hatte. Er zog sie an sich. „Entspann dich einfach. Warum erzählst du mir nicht davon? Normalerweise hilft das."

Sie wollte den Kopf an seine Schulter lehnen. Sie wollte, dass er sie hielt, sie wirklich hielt, ihr etwas Süßes und Närrisches zumurmelte, bis das entsetzliche Gefühl vorbei war. Ich will ein Wunder, sagte sie sich selbst. Als Wissenschaftlerin wusste sie, dass die Wunder in der Welt ausgegangen waren.

„Es war einfach nur ein Traum, unerfreulich, das ist alles. Wie die anderen."

Er legte eine Hand unter ihr Kinn und hob ihr Gesicht. „Hattest du die ganze Zeit Albträume?"

„Es ist nicht überraschend. Das Unterbewusste …"

„Warum hast du mir nichts davon erzählt?"

„Du wärst nur ärgerlich geworden, so wie jetzt. Und ich wäre nur in Verlegenheit geraten, so wie jetzt. Lass mich einfach allein, okay? Geh und lass mich in Ruhe."

Es hatte eine Zeit gegeben, die noch nicht so lange zurücklag, da wäre er dem gern nachgekommen. Jetzt strich er ihr immer wieder über den Rücken und sprach beruhigend auf sie ein, bis ihre Atemzüge gleichmäßiger wurden. Dann drückte er sie zurück aufs Bett, legte sich neben sie und hielt sie fest. Er spürte mehr Überraschung als Widerstand.

„Ich denke, du solltest wissen, dass ich keine Superfrau erwarte. Ich weiß, was du durchmachst. Selbst jemand, der so stark ist wie du, muss seinen Gefühlen gelegentlich freien Lauf lassen."

Sie schlang die Arme um ihn. „Ich brauche dich." Ihr Körper nahm die Wärme von seinem auf, und langsam löste sich die Spannung. „Ich habe mich so bemüht, keine Angst zu haben und zu glauben, dass wirklich alles gut werden wird. Aber diese Träume ... sie töten alles in einem."

„Wenn du das nächste Mal einen Traum hast, erinnere dich, ich bin direkt hier."

Sie konnte fast an Wunder glauben, als er zärtlich durch ihr Haar strich, seine Lippen weich an ihrer Schläfe. „Ich habe auch Angst, dich zu verlieren." Sie hob das Gesicht und sah ihn an.

„Ich habe härtere Kaliber als das hier überstanden." Er berührte ihre Stirn mit den Lippen, erkannte, wie tröstend es sein konnte, Trost zu spenden. „Außerdem muss ich meinen Rückzug aus dem Berufsleben absichern."

Sie verzog leicht die Lippen. „Die Kanarischen Inseln?"

„Ja." Merkwürdig, er konnte sich die Palmen und das ruhige Wasser nicht vorstellen.

Sie berührte mit einer Hand sein Gesicht. „Wenn das hier vorbei ist, wäre ich ein lästiger Eindringling, wenn ich dich dort für ein paar Tage besuchte?"

„Etwas Gesellschaft könnte mir gefallen. Die richtige Gesellschaft." Er drückte ihren Kopf wieder in seine Schulterbeuge. Das Glas auf dem Tisch neben ihnen vibrierte gegen das Holz. Wasser spritzte über den Rand. Unter ihnen zitterte das Bett.

„Was ..."

„Erdstöße." Er verstärkte seinen Griff. „Nicht stark. Marokko ist anfällig für Erdbeben."

Als die Vibration aufhörte, stieß Gillian die Luft aus, die sie angehalten hatte. „Ich kann dir wissenschaftliche Daten über Erdbeben geben, über Erdkrusten, geologische Verwerfungen." Sie atmete ruhiger, als die Welt sicher blieb. „Aber selbst erlebt habe ich so etwas noch nicht."

„Gillian."

„Ja?"

„Ich, äh, wegen vorhin, ich hätte nicht so hart reagieren sollen."

„Ich habe nicht nachgedacht, bevor ich gehandelt habe. Das ist immer ein Fehler."

„Nicht immer. Auf alle Fälle habe ich wegen einer Kleinigkeit übertrieben reagiert."

„Deine Songs sind keine Kleinigkeit." Sie mochte es, wie er die Hand unter ihr Haar legte und über ihren Nacken strich. Als die Erde gezittert hatte, hatte er Gillian ganz fest gehalten. Es war in ihm ein Bedürfnis zu beschützen. Sie fragte sich, wie lange er dazu brauchte, um es zu erkennen. „Ich weiß, du warst verärgert, weil ich sie mir angesehen habe. Aber ich bedaure es nicht. Sie sind so schön."

„Sie sind nur ... Wirklich?"

Sie blickte auf ihn nieder. Wie schön war es, wie rührend, zu entdecken, dass auch er Selbstzweifel hatte und das Bedürfnis nach Bestätigung. „Ich habe wirkliche Empfindsamkeit gesehen. Ein wirkliches Geschenk, so die Dinge zu sehen und zu fühlen. Nachdem ich diese Songs gelesen habe, habe ich mich dem Mann, der sie geschrieben hat, näher gefühlt."

Unbehaglich bewegte er die Schultern. „Du machst aus mir jemanden, der ich nicht bin."

„Nein. Ich akzeptiere nur, dass es mehr als nur eine Seite von dir gibt." Sie küsste ihn weich.

Sie rührte ihn zu sehr, zu tief. Terence schob sie wieder weg von sich, obwohl er wusste, dass sie die letzte Grenze überschritten hatten. „Ich werde dich enttäuschen."

„Wie, wenn ich bereit bin, dich zu nehmen, wie du bist?"

„Ich denke, es hat keinen Sinn, dich daran zu erinnern, dass du einen Fehler machst?"

„Überhaupt keinen", antwortete sie, gerade als ihre Lippen seine berührten.

So hatte er sie noch nie geküsst, weich, ruhig, als hätte er ein ganzes Leben, um es zu genießen. Die Leidenschaft und kenntnisreiche Geschicklichkeit, die sie erregten und überwältigten, waren eingedämmt. Stattdessen gab er ihr die Zuneigung, von der sie immer geträumt, aber nie erwartet hatte, sie jemals zu bekommen. Sie fragte sich, ob er selbst wusste, wie schön das Geschenk war oder wie verzweifelt sie es gerade jetzt brauchte. Sie seufzte aus Dankbarkeit und Glück.

Er zog sie langsam aus, genoss die Gefühle, die er endlich freigab. Starke, feste Gefühle, denen er nicht entfliehen konnte, die ihn mit gelassener Ruhe erfüllten.

Er konnte lieben, und er liebte, er konnte Liebe geben und empfangen, sie schmecken, auskosten, sie speichern. Für diesen Augenblick konnte er glauben, die Liebe zu dieser Frau könne er halten, bewahren, sie würde ewig dauern.

Aus Notwendigkeit hatte die Gegenwart für ihn gezählt. Er konnte es sich nicht erlauben, in Monaten oder Jahren zu denken. Und selbst jetzt, wo Gillian warm und bereitwillig in seinen Armen lag, strich er jeden Gedanken an morgen.

Seine Hände waren die Hände eines Künstlers. Geschickt, ja, aber einfühlsam. Sie hatte nicht gewusst, dass ein Mann eine Frau mit einer solchen Zurückhaltung lieben und doch fast unerträglich ihre Sinne reizen konnte. Sein Körper war ihr jetzt vertraut. Als sie ihn auszog, wusste sie, wie sie ihn berühren, wo sie ihn streicheln, wann sie die zärtliche Berührung andauern lassen musste. Es war für sie eine abenteuerliche Entdeckung, wie sie ihn erregen konnte, wie sich durch ihre Zärtlichkeiten sein Körper anspannte, seine Muskeln sich zusammenzogen.

Und es war höchst erregend zu spüren, dass in seiner Leidenschaft etwas Neues lag. Sie schwelgte darin. Sinnliche Leidenschaft nahm solche faszinierenden und wundersamen Wendungen, wenn sie mit Emotion durchsetzt war. Seine Lippen an ihren, sprach er ihren Namen aus. Er murmelte zärtliche, ruhige Versprechen.

Er liebte sie. Sie wollte lachen und es im Triumph hinausschreien, aber sie wusste, die Worte mussten von ihm kommen, zu seiner Zeit, auf seine Art.

Diese Zurückhaltung. Sie hatte nicht geahnt, dass er so geduldig auf eine Frau eingehen konnte. Auf sie. Und sie spürte, wie sie unter seinen Händen erblühte. Alles, was sie hatte, alles, was sie fühlte, alles, was sie zu fühlen hoffte, war sein.

Diese Großzügigkeit. Er hatte nicht gewusst, dass eine Frau so viel davon besitzen konnte. Er hatte nicht erwartet, dass es ihm überhaupt einmal so freizügig angeboten werden könnte. Was er zu geben hatte, was in ihm lebte, war für sie. Nur für sie.

Sie gaben und nahmen und verstanden beide, gewisse Wunder waren möglich.

Das Licht kroch um die Ecke, doch es konnte die Schatten im Raum nicht vertreiben. Terence hatte sich noch nie so behaglich und entspannt mit einem anderen Menschen gefühlt. Sie hatten geschlafen – eigentlich nur Minuten –, aber er fühlte sich erfrischt und voller neuer Energien. Er rollte sich auf den Bauch, schlang einen Arm um Gillian und dachte, das Beste, was er mit seiner Energie machen konnte, war, sie wieder zu lieben.

„Erinnerst du dich noch daran, als wir beide unter der Dusche standen und du deinen Wutausbruch hattest?"

Träge rollte sie sich halb auf ihn, die Wange auf seinem Rücken. „Ich hatte keinen Wutanfall. Ich war allerdings berechtigt verärgert."

„Wie auch immer, das Ergebnis war dasselbe." Er schloss mit einem Seufzer die Augen, während sie unten an seinem Nacken anfing, seine Muskeln zu kneten. „Ich habe gerade nur daran gedacht, wie toll du dich angefühlt hast, ganz heiß und nackt, und dass du wütend genug warst, um mir das Gesicht zu zerkratzen."

„Oh? Hast du Pläne, mich wieder wütend zu machen?"

„Möglich. Etwas tiefer, Doc. Ja." Er seufzte, während ihre Finger seinen Rücken hinunterkneteten. „Da ist die Stelle."

„Ich könnte überredet werden, eine Dusche zu nehmen." Sie presste die Lippen auf sein Schulterblatt und folgte dann mit ihnen dem Weg ihrer Hände.

„Ich glaube nicht, dass es allzu viel Überredungsarbeit erfordert."

„Du bist ganz schön von dir eingenommen. Vielleicht sollte ich …" Sie brach ab, als sie eine neue Entdeckung machte. „Terence, warum hast du einen Käfer auf deinem Hintern eintätowiert?"

Er öffnete ein Auge. „Ein Skorpion."

„Wie bitte?"

„Es ist ein Skorpion."

Gillian beugte sich vor. „Das Licht ist zwar schlecht, aber … Nein, das ist eindeutig ein Käfer. Ein zerquetschter

Käfer." Sie gab ihm einen schnellen freundschaftlichen Kuss. „Vertrau mir, ich bin Wissenschaftlerin."

„Es ist ein Skorpion. Symbol des schnellen Stichs."

Sie unterdrückte ein Lachen. „Ich verstehe. Trotzdem, meine Sicht ist zweifellos besser, als deine es sein kann. Lass dir versichern, dein sehr attraktives Hinterteil ist mit einem zerquetschten Käfer verziert."

„Es ist nur etwas unscharf", versicherte er ihr, ohne sich beleidigt zu fühlen, weil ihre Hände sich so gut anfühlten. „Der Tätowierungskünstler war betrunken."

Gillian setzte sich auf, ließ eine Hand auf seiner Hüfte ruhen. „Willst du damit sagen, dass du verrückt genug warst, diese empfindliche Stelle deines Körpers einem betrunkenen Tätowierungskünstler anzuvertrauen?"

Blitzschnell rollte sich Terence auf sie. „Ich war auch betrunken. Glaubst du etwa, ich würde jemanden mit einer Nadel in meine Nähe kommen lassen, wenn ich nüchtern bin?"

„Du bist verrückt."

„Ja. Und ich war zweiundzwanzig." Er begann den Geschmack ihrer Haut zu genießen. „Und musste ein gebrochenes Herz und eine verrenkte Schulter auskurieren."

„Du hattest ein gebrochenes Herz?" Neugierig hob sie das Gesicht. „War sie hübsch?"

„Prächtig", sagte er augenblicklich, obwohl er sich wirklich nicht mehr erinnerte. „Mit einem Körper, der fast so gut wie ihre Fantasie war." Seine Miene blieb ausdruckslos.

„Ist das die Wahrheit?"

„Auf alle Fälle hatte ich eine verrenkte Schulter."

„Hmm. Möchtest du noch eine?"

„Drohungen?" Vergnügt lächelte Terence zu ihr hinunter.

„Weißt du, Doc, du klingst verdächtig nach einer eifersüchtigen Frau."

Nun kam die Hitze in ihren Blick. „Ich weiß nicht, wovon du sprichst. Ich verschwende kaum irgendeine gesunde Eifersucht, die ich habe, auf Leute wie dich."

„Wirst du wieder berechtigt verärgert?"

„Und warum sollte ich nicht, wenn ich nackt im Bett mit einem Mann liege, der dumm genug ist, mir von einer anderen Frau zu erzählen?"

„Gut." Terence rollte sich aus dem Bett und legte sich Gillian einfach über die Schulter.

„Und was soll das wieder geben?"

„Du wirst wieder wütend, da gehen wir am besten unter die Dusche."

Lachend trug er sie ins Bad.

10. Kapitel

Am Abend, bevor sich Terence mit Husads Männern traf und in die Berge fuhr, war Gillian hin und her gerissen. Einerseits wusste sie, es war nötig, um das Versteck ihres Bruders und ihrer Nichte zu finden. Andererseits ging Terence das Risiko ein, getötet oder gefangen genommen zu werden. Was jetzt mit ihm geschah, es fiel unter ihre Verantwortung. Denn ohne ihr Eingreifen würde er sich in der mexikanischen Sonne aalen. Als sie ihm ihre Gefühle erklären wollte, wischte er sie mit einer kurzen Bemerkung zur Seite.

„Niemand ist jemals für mich verantwortlich, Sweetheart. Es wäre dumm, wenn du jetzt damit anfangen würdest."

Also verschwieg sie ihre Ängste.

Sie liebten sich, und es war eine ruhige Verrücktheit, eine gefesselte Verzweiflung. Es könnte das letzte Mal sein. Sie wollte ihn um Versprechen anbetteln, aber sie begnügte sich mit dem Mondlicht und rauen Zärtlichkeiten. Er wollte von ihr Versprechungen hören, aber er begnügte sich mit ihrer Wärme und Großzügigkeit.

Sie konnte keine Ahnung haben, welche Risiken damit verbunden waren, nur mit einer Lüge bewaffnet in die Höhle des Löwen zu gehen. Obwohl er wusste, eine Lüge konnte manchmal so tödlich sein wie eine Waffe. Doch er hätte eine 45er vorgezogen. Er ging in Husads Hauptquartier, und er würde mit Flynn und Caitlin Fitzpatrick zurückkommen. Oder er würde nicht zurückkommen.

Terence lauschte auf Gillians ruhige Atemzüge. In einem Tag, vielleicht zwei, war alles vorbei. Dann konnte sie zurückkehren nach New York, in ihr Leben, in ihr Institut. Dann war ihre Welt wieder heil und in Ordnung.

Er strich ihr übers Haar, aber leicht, er wollte berühren, nicht wecken. Sie glaubte wirklich, sie könnte die Welt mit Vernunft und Logik und Wissenschaft verändern. Er ließ die seidigen Strähnen ihres Haares durch seine Finger gleiten. Vielleicht war es gut, dass sie es tat, dass sie sich weigerte, der harten Wirklichkeit ins Gesicht zu sehen, in der sich nie etwas wirklich änderte. Die Grausamkeit dieser Tatsache würde ihr etwas stehlen, so wie es bei ihm gewesen war. Er wollte sich an sie so erinnern, wie sie war: stark, naiv, voller Hoffnung.

Er wusste nicht, wie er ihr sagen konnte, was sie ihm bedeutete, und wie es sein könnte, wenn er anders wäre. So zog er die Hand weg und ließ sie schlafen.

Aber sie war wach. Er war unruhig und in seine eigenen Gedanken verloren. Darum blieb sie ruhig liegen. Es war etwas so rührend Zärtliches in der Art, wie er sie berührte, wenn er glaubte, dass sie es nicht bemerkte.

Dann hörte sie, wie er den Telefonhörer abnahm. Er riss ein Streichholz an. „Hier O'Hara, Nummer 83n72n13. Stellen Sie diesen Anruf über Paris nach New York durch, Code drei, Phase zwölf."

Er musste den Anruf machen, obwohl er wusste, dass es gegen die Bestimmung war, wenn er in einer Operation steckte. Aber er wusste, es bestand keine Gefahr, denn von Paris an würde der Anruf zerhackt werden, sollte jemand abhören.

Nun konnte er nur hoffen, dass sie zu Hause war.

„Hallo."

„Maddy." Der Klang ihrer Stimme ließ ihn im Dunkeln lächeln. „Keinen Auftritt heute Abend?"

„Terence? Terence!" Ihr schnelles, ansteckendes Lachen sprudelte über Ozeane und Meilen. „Wie geht es dir? Wo bist du? Es gibt so viel, was ich dir erzählen muss. Bist du in New York?"

„Nein, ich bin nicht in den Staaten. Mir geht es gut. Wie geht's dem Star vom Broadway?"

„Toll. Ich weiß nicht, was die ein Jahr ohne mich machen."

„Ein Jahr? Gehst du mit Roy auf Reisen?"

„Nein … Ich weiß nicht, vielleicht. Terence, ich bekomme ein Baby." Ihre Aufregung zischte direkt durch die Leitung. „In sechs und einem halben Monat. Tatsächlich machen sie gerade einige Tests, weil es den Anschein hat, als bekomme ich mehr als eins."

Ein Baby. Er dachte an die dünne, langbeinige Rothaarige mit der unglaublichen Energie. Beim letzten Mal war sie noch ein Teenager gewesen. Und jetzt … ein Kind.

„Und du bist okay?" Und er wünschte, inniger, als er es je gewünscht hatte, dass er sich mit eigenen Augen überzeugen könnte.

„Mir ging's nie besser. Oh Terence, ich wünschte, du könntest kommen und Roy kennenlernen. Er ist toll, so aufrecht und beständig. Ich weiß gar nicht, wie er es mit mir aushält. Und Alana, sie bekommt jetzt bald ihr Kind. Du solltest sie sehen. Es ist unfassbar, wie zufrieden sie ist, seit sie Dorian geheiratet hat. Die Jungen schießen nur so in die Höhe. Hast du die Fotos bekommen, die sie dir vor einiger Zeit geschickt hat?"

„Ja." Er hatte sie bekommen und die Gesichter der Söhne

seiner Schwester betrachtet, dann die Fotos zerstört. Wenn ihm etwas zustieß, durfte er nichts zurücklassen, was zu seiner Familie führte. „Nette Jungs. Der Kleine sieht aus wie ein Herzensbrecher."

„Weil er wie du aussieht."

Sie konnte nicht wissen, wie die Bemerkung ihn erschütterte. Für einen Moment schloss Terence die Augen und brachte das Gesicht vom Foto in seine Erinnerung zurück. Maddy hatte recht, natürlich. Familienbande mochten dünn sein, fast unsichtbar, aber sie waren sehr stark.

„Hast du etwas von Carrie gehört?"

„Das ist überhaupt die große Neuigkeit." Maddy zögerte es dramatisch hinaus. „Die große Schwester heiratet."

„Was?" Viel hatte ihn noch nicht aus dem Gleichgewicht werfen können, doch Terence hustete fast über den Rauch, den er gerade in seine Lunge gezogen hatte. Da waren Gerüchte gewesen, natürlich. Es gab immer Gerüchte. Aber er hatte sie nicht geglaubt. „Sagst du das noch einmal?"

„Ich sagte, Carrie, Femme fatale, Bühnen- und Filmstar, hat ihr passendes Gegenstück gefunden. Sie heiratet in ein paar Wochen. Wir wollten dich informieren, aber wir wussten nicht, wie wir mit dir in Verbindung treten können."

„Ja, ich war …", er warf einen Blick hinüber, wo Gillian ruhig im Bett lag, „ich hatte Verpflichtungen."

„Wie auch immer, sie wagt den Schritt wirklich. Es soll die schillerndste Hochzeit seit den Windsors werden."

„Also, Carrie heiratet. Den Burschen möchte ich kennenlernen", fügte er halb für sich hinzu.

„Für sie ist er ideal. Hart und zäh und wirklich zynisch genug, um Carrie auf dem Boden zu halten. Und, Terence, sie ist absolut verrückt nach ihm. Es gab da einen Drehbuchautor, der eine Wahnvorstellung ihr gegenüber entwickelt hat, richtig gefährlich. Wie auch immer, um es kurz zu machen, sie hat Kirk als so eine Art Bodyguard engagiert, und als die Sache geklärt war, machte sie Heiratspläne."

„Geht es ihr gut?"

„Gut, besser als gut. Terence, weißt du, wie viel es bedeuten würde, wenn du zur Hochzeit kommen könntest? Es ist schon so lange her."

„Ich würde dich wirklich gern wiedersehen, Kleines, alle von euch, aber du weißt, ich eigne mich einfach nicht dazu, den verlorenen Sohn zu spielen."

„Es muss nicht so sein. Die Sachen haben sich geändert. Wir alle haben uns geändert. Mom vermisst dich. Sie hat immer noch die kleine Spieldose, die du ihr aus Österreich geschickt hast. Und Dad …" Hier zögerte sie, weil der Boden schwankender wurde. „Dad würde alles geben, um dich wiederzusehen. Er kann es nur nicht zugeben – du weißt, er kann es nicht –, aber ich sehe es, jedes Mal wenn dein Name erwähnt wird. Terence, immer wenn es uns einmal gelingt zusammenzukommen, ist da dieses Loch. Du könntest es füllen."

„Mom und Dad gehen noch auf Tour?" Er kannte schon die Antwort, er wollte das Gespräch nur in eine andere Richtung lenken.

„Ja." Maddy unterdrückte einen Seufzer. Der Sohn war so dickköpfig wie der Vater. „Vielleicht kriegen sie sogar einen Fernsehauftritt. Volkstanz, traditionelle Musik. Dad schwebt im Himmel."

„Darauf möchte ich wetten. Geht … geht es ihm gut?"

„Ich schwöre, er wird jedes Jahr jünger. Wenn ich eine Wette abschließen sollte, würde ich sagen, Musik ist ein Jungbrunnen. Er kann immer noch einen Teenager in den Schatten tanzen. Komm und sieh es dir selbst an."

„Warten wir's ab. Hör zu, grüße Carrie und Alana. Und Mom."

„Das tue ich. Terence, ich liebe dich. Wir alle lieben dich."

„Ich weiß." Er zögerte. „Maddy?"

„Ja?"

„Hals- und Beinbruch." Er legte auf, ging aber lange nicht zurück ins Bett.

Am nächsten Morgen beobachtete Gillian, wie sich Terence Cabots konservativen Anzug anzog. Mit angespannten Nerven wartete sie, schweigend, während er sich die passende Krawatte aussuchte.

Welchen Unterschied macht es schon, wollte sie schreien und toben. Doch schweigend sah sie zu, wie er Cabots kleine Pistole in die Tasche steckte. Die Waffe kann ihm auch nicht helfen, dachte sie. Er nahm sie nur mit, weil Cabot sie mitnehmen würde. Was ihre Schutzfunktion anging, hätte sie ebenso gut mit Wasser gefüllt sein können.

Er drehte sich um, und der Mann, der sie in der Nacht so wild geliebt hatte, war André Cabot geworden. Er war schlank, aufgeputzt und kalt blickend. Jetzt war also der Augenblick gekommen.

Sie presste die Lippen aufeinander, hasste es, hilflos am Boden zu stehen, während alle, die sie liebte, auf einem Drahtseil balancierten. „Alles, was ich tun kann, ist also warten."

„Richtig." Er zögerte einen Moment. „Gillian, ich weiß, warten ist der schwerste Teil."

„Dann wird mir wenigstens erlaubt sein zu beten."

„Es könnte nicht schaden." Er nahm ihre beiden Hände. Die Dinge haben sich geändert, erkannte er, zu sehr und zu schnell. Zum ersten Mal seit zwölf Jahren war der Abschied schmerzhaft. „Ich hole sie heraus."

„Und dich." Ihr Griff wurde fester. „Versprichst du mir das?"

„Sicher." Oft waren Lügen notwendig. „Weißt du was? Wenn das erst vorbei ist, machen wir Urlaub. Ein paar Wochen, einen Monat. Du kannst dir aussuchen, wohin."

„Überallhin?"

„Sicher." Er beugte sich vor, um sie zu küssen, streifte aber nur mit den Lippen ihre Stirn. Er hatte Angst, wenn er sie hielt, wenn er sie wirklich küsste, war er nicht in der Lage, sich abzuwenden und zu gehen. Aber er erlaubte sich einen Augenblick, einen langen Augenblick, um ihr Gesicht in seinem Gedächtnis zu speichern – ihren Milchteint mit den versprenkelten Sommersprossen, die dunkelgrünen Augen, den Mund, der so süß, so leidenschaftlich sein konnte. „Überleg es dir, während ich weg bin." Er ließ sie los und griff nach seinem Aktenkoffer. „Du hast zwei ISS-Wachen, Doc, mach aber keine Besichtigungstour. Ich bleibe nicht länger als ein, zwei Tage weg."

„Ich warte."

Er ging zur Tür, und sie kämpfte damit, ein sich selbst gegebenes Versprechen zu halten. Sie hatte sich geschworen, sie würde es nicht sagen. Aber er ging. Gleich war er weg und …

„Terence?"

Er blieb stehen, drehte sich leicht ungeduldig um.

„Ich liebe dich."

Seine Miene veränderte sich, sein Blick verdunkelte, vertiefte sich. Für einen Herzschlag schien es, als käme er zu ihr. Dann wurde seine Miene ausdruckslos. Er öffnete die Tür und ging ohne ein weiteres Wort.

Sie hätte sich aufs Bett werfen und weinen können. Sie hätte alles Zerbrechliche im Zimmer herumwerfen und ausrasten können. Die Versuchung war riesig, beides zu machen. Doch sie blieb einfach stehen.

Jetzt waren die Räder in Bewegung gesetzt worden und konnten nicht mehr angehalten werden. Sie konnte beten, aber ansonsten konnte sie nichts tun. Immer wenn es schien, als gäbe es kein Morgen mehr, war es das Beste, Pläne für den nächsten Tag zu machen.

Sie ging zum Telefon und fragte nach der Nummer, die Terence gestern Nacht verlangt hatte. Ihr fotografisches Gedächtnis aufrufend, sagte Gillian der Person, die sich meldete, dasselbe, was Terence gesagt hatte. Mit hämmerndem Herzen wartete sie, dass jemand abnahm. Sie zuckte zusammen, als sich eine verschlafene und ärgerliche männliche Stimme meldete.

„Hallo, ich möchte gern mit Madeline O'Hara sprechen."

Es folgte ein Fluch und im Hintergrund das Gemurmel einer Frau. „Wissen Sie, wie spät es ist?"

„Nein." Gillian verdrehte die Augen und hätte fast gelacht. Terence war unterwegs zu Husad, und sie hatte nicht die leiseste Ahnung, wie spät es in New York war. „Es tut mir leid, ich bin im Ausland."

„Es ist Viertel nach vier, nachts", half ihr Roy. „Und meine Frau will schlafen. Ich übrigens auch."

„Es tut mir wirklich schrecklich leid. Ich bin eine Freundin ihres Bruders. Ich weiß nicht, ob ich noch einmal anrufen kann." Und Terence würde sie bestimmt umbringen, wenn er herausfand, dass sie es überhaupt versucht hatte. „Wenn ich nur einen Augenblick mit ihr sprechen könnte."

Es folgte Funkstille, dann murmelte jemand. Dann war die Verbindung so klar, dass Gillian die Bettfedern quietschen hören konnte. „Hallo? Ist alles in Ordnung mit Terence? Ist etwas geschehen?"

„Nein, es ist alles in Ordnung." Sie hoffte es. „Ich bin Gillian Fitzpatrick. Eine Freundin."

„Ist Terence in Irland?"

„Nein." Sie lächelte. „Miss O'Hara, also, ich denke, es ist das Beste, offen zu sein. Ich liebe Ihren Bruder, und ich denke, es wäre für ihn sehr gut, wenn er nach Hause käme. Ich dachte, Sie könnten mir helfen, es zu arrangieren."

Maddy lachte laut auf, schlang einen Arm um ihren sehr übel gelaunten Mann und entschied, Gillian Fitzpatrick sei vom Himmel geschickt worden. „Sagen Sie mir, was ich machen kann."

Terence saß schweigend im Wagen, der nach Osten fuhr. Sie waren tief in den Bergen, und die Fahrt war alles andere als bequem. In Cabots Art beklagte er sich darüber, ohne mit dem Fahrer ein Gespräch anzufangen. Terence hatte sich zurückgelehnt und prägte sich die Route so sorgfältig ein, als müsste er eine Karte zeichnen.

Terence blickte auf seine Uhr. Das Peilgerät darin sollte seinen Aufenthaltsort an Breintz übermitteln. Wenn sein Glück – und die ISS-Technologie – hielt, würden Husads Sicherheitsleute es nicht entdecken. Falls doch … Damit würde er sich beschäftigen, wenn es so weit war.

Es gab Zeiten, in denen es sich nicht auszahlte, zu weit nach vorn zu denken. Es beschwerte die Gegenwart, und es war immer der Augenblick, der gemeistert werden musste. Darum versuchte er auch, nicht an Gillian zu denken und an das, was sie gesagt hatte. Falls sie es so gemeint hatte.

Sie liebte ihn. Terence spürte, wie die Emotion sich in ihm breitmachte, warm und kräftig und kein bisschen beängstigend. Sie hatte es gemeint. Er hatte es in ihrem Blick gesehen, da und schon vorher.

Als sie es gesagt hatte, wollte er zu ihr gehen, sie hart und fest und endlos halten. Er wollte Versprechungen machen, obwohl er nicht wusste, ob sie zu halten waren. Er hatte es nicht gemacht, weil er sie liebte … was sie vielleicht nur schwer verstehen konnte.

Er hatte noch nie eine Frau geliebt, also kannte er nicht das Tauziehen zwischen dem Eigensüchtigen und dem Uneigensüchtigen. Ein Teil von ihm wollte nehmen, was sie so sorglos anbot. Ein anderer Teil von ihm fühlte, dass es falsch war, fast ein Frevel für einen Mann wie ihn, ihre reinen Gefühle zu nehmen, wo er doch schon lange vergessen hatte, wie er sie zurückgeben konnte.

Der Wagen fuhr über eine Erhebung, und vor ihnen erhob sich Husads Hauptquartier. Es war direkt in die Felssteine eines Berges gehauen, verschmolz fast mit der wilden Einsamkeit der Landschaft. Hier gab es kein kultiviertes Land, keinen Fluss, keine Ortschaft. Es war das Land für Gesetzlose und Aussteiger – und für die Hoffnungslosen.

Der Fahrer drückte in einen kleinen Kasten am Armaturenbrett einen Code, und nach wenigen Sekunden öffnete sich ein Tor im Felsen. Der Wagen fuhr direkt in den Berg.

Er war drinnen. Terence zupfte an seiner Manschette, nachdem er ausgestiegen war, und blickte sich um. Vor ihnen verlief ein endloser, schwach erleuchteter Tunnel, dessen Boden und Wände aus Felsgestein waren. Hinter ihnen ging das Tor wieder zu und schloss die Sonne und die Hitze aus. Er hörte das Geräusch einer sich öffnenden Tür und Schritte.

Es war Kendesa, der ihn begrüßte. „Wieder pünktlich. Ich vermute, die Fahrt war etwas beschwerlich."

Terence neigte den Kopf. „Geschäfte verursachen häufig körperliche Unannehmlichkeiten."

„Es tut mir leid. Vielleicht trinken Sie mit mir einen ausgezeichneten Chardonnay, bei dem Sie sich schnell wieder entspannen können."

„Meine Waffen?"

„Natürlich." Kendesa machte ein Zeichen. Zwei Männer schienen direkt aus der Felsenwand zu kommen. „Sie werden direkt zum General gebracht, wenn Sie keine Einwände haben."

„Ich würde gern einen Chardonnay genießen, bevor ich mich mit dem General treffe." Nach einigem Zögern nahm Terence die Einladung an.

„Ausgezeichnet." Kendesa machte eine einladende Handbewegung nach vorn. „Ich fürchte, ein Mann von Ihrem Geschmack wird es bei uns karg finden. Aber Sie verstehen, wir sind eine militärische Organisation und suchen nicht den Komfort, sondern die Revolution."

„Ich verstehe, obwohl ich für meinen Teil den Komfort vorziehe."

Er führte Terence in einen kleinen Raum, dessen Wände mit hellem Holz ausgekleidet waren. Auf dem Boden lag ein Teppich, und die Einrichtung war ziemlich sparsam, aber geschmackvoll.

„Wir haben selten Unterhaltung." Lächelnd zog Kendesa den Korken aus der Flasche. „Wenn der General erst breitere

Unterstützung findet, wird sich das ändern." Er goss zwei Gläser Wein ein. „Ich gestehe, ich werde die angenehmen Dinge und den Komfort genießen, die damit verbunden sind."

„Auf den Profit also", sagte Terence und hob sein Glas. „Weil Geld den größten Komfort bringt."

„Sie sind ein interessanter Mann, Cabot." Kendesa nippte an seinem Wein. In der letzten Zeit hatte er sehr gründlich Cabots Hintergrund untersuchen lassen. Und die Informationen hatten ihm sehr zugesagt. So ein Mann mit seinen Verbindungen wäre für eine Übergangsperiode sehr nützlich, davon war er überzeugt.

„Sie haben eine Stufe von Macht und Reichtum erreicht, von der die meisten Menschen nur träumen, und doch verlangt es Sie nach mehr."

„Ich werde auch mehr haben", gab Terence zurück.

„Das glaube ich. Sie werden verstehen, bevor ich Geschäfte mache, informiere ich mich genau über meinen Geschäftspartner."

Wieder nippte Terence nur am Wein. „Das übliche Vorgehen."

„In der Tat. Was mich fasziniert, Cabot, obwohl Sie so viel Macht erworben haben, sind Sie fast unbekannt geblieben."

„Ich ziehe es vor, im Hintergrund zu agieren."

„Klug. Es gibt einige, sogar in unserer Organisation, die den General für fehlende Zurückhaltung kritisieren. Lautlose Macht ist etwas Nützliches."

„Der General ist politisch. Ich nicht." Terence trank wieder und fragte sich, worauf Kendesa hinauswollte.

„Wir sind alle politisch, selbst wenn die Politik das Geld ist. Sie haben Interesse an Horizon ausgedrückt."

„Das habe ich.“

„Darüber würde ich gern eingehender mit Ihnen sprechen. Sie sind am Profit aus Horizon interessiert, ich an der Macht.“

„Und der General?“

Kendesa hob wieder sein Glas an den Mund. „Er ist an der Revolution interessiert.“

„Vielleicht könnte man mit einer Art von Partnerschaft alle drei Ziele erreichen.“

Kendesa musterte Terence, ohne ein Wort zu sprechen. Schließlich brach er das Schweigen „Vielleicht.“

Dumpf klopfte es an die Tür. „Der General ist fertig.“

Kendesa stellte sein Glas ab. „Ich werde Sie selbst zu ihm bringen.“

Gillian fühlte sich, als warte sie seit Tagen, obwohl es sich erst um eine Angelegenheit von Stunden handelte. Um sich abzulenken, dachte sie an ihr Gespräch mit Maddy und daran, dass sie Terence zurück in die Staaten bringen würde. Damit gab sie ihm das zurück, was auch er ihr zurückgeben wollte – die Familie. In wenigen Tagen war es so weit.

Und was dann?

Die Kanarischen Inseln, dachte sie und hätte fast laut gelacht. Was Terence wohl sagen würde, wenn er wüsste, dass sie ihm nicht von den Fersen weichen wollte, selbst wenn er beabsichtigte, sich die nächsten fünfzig Jahre vor der Welt zu verstecken.

Sie würde ihn nicht mehr verlieren, nicht an Husad, nicht an den ISS oder an seine eigene Dickköpfigkeit. Wenn er in einer Hängematte leben wollte, dann würde es eine Hängematte für zwei sein.

Nur um etwas zu tun zu haben, bestellte sie den Zimmerservice. Anschließend fragte sie sich, wie sie jetzt überhaupt etwas essen sollte. Sie wollte die Bestellung gerade wieder streichen lassen, als es klopfte.

Die Erfahrung hatte sie Vorsicht gelehrt, obwohl sie bewacht wurde. Sie blickte durch den Türspion und sah einen uniformierten Kellner. Darauf öffnete sie und blickte lustlos auf das Tablett.

„Stellen Sie es einfach dahin." Dabei machte sie eine entsprechende Handbewegung, weil sie sich nicht sicher war, ob er Englisch sprach. Aber eine Rechnung war eine Rechnung, in jeder Sprache. Gillian beugte sich vor, um zu unterschreiben.

Sie fühlte den Stich in ihrem Arm und riss ihn zurück. Die Droge wirkte schnell, und Gillian schwankte, als sie noch nach dem Messer auf dem Tablett greifen wollte. Die Welt wurde grau, löste sich dann in Schwarz auf, bevor Gillian überhaupt irgendetwas denken konnte.

11. Kapitel

General Husad liebte auch schöne Dinge, trotz der Einfachheit seines Hauptquartiers. Ein militärisches Unternehmen erforderte ein gewisses Ambiente. Das Leben eines Soldaten konnte kein angenehmes sein, sonst ging die Disziplin verloren. Das glaubte er, selbst wenn er in Seide gekleidet war und Smaragde bewunderte.

Er war ein kleiner, hagerer Mann in den besten Jahren, mit einer faszinierenden Stimme und einem Glanz im Blick, den einige als Zeichen des Genies, andere als den des Wahnsinns werteten. Er hatte das Gesicht eines Falken und silbriges Haar, das glatt nach hinten gekämmt war. Der Titel General war selbst verliehen, ebenso die Medaillen an seiner Brust.

Sein Büro war nicht karg. Der riesige Schreibtisch aus polierter Eiche beherrschte von der Mitte her den Raum. Im Kreis darum standen dick gepolsterte Sofas und Sessel, an den Wänden Bücherregale und Vitrinen.

Mit einer zur Schau gestellten Gleichgültigkeit sah sich Terence um. Keine Fenster, dachte er, und nur eine Tür.

„Monsieur Cabot." Husad streckte eine Hand mit der Wärme eines Autoverkäufers aus, der seine monatliche Quote noch nicht erreicht hat. „Willkommen."

„General." Terence nahm die Hand und blickte ihm ins Gesicht. Die Augen waren schwarz und voll mit merkwürdigen Lichtern. Eindeutig verrückt.

Terence setzte sich mit gespielter Gelassenheit, während

der General mit auf dem Rücken gefalteten Händen auf und ab schritt. Das Geräusch seiner glänzend polierten Schuhe wurde vom Teppich verschluckt.

„Die Revolution braucht beides, Verbündete und Waffen", begann er. „Wir führen einen heiligen Krieg fürs Volk. Einen Krieg, der von uns verlangt, die Unwürdigen und Ungläubigen zu vernichten. Vielen haben wir schon Zerstörung gebracht, die sich uns entgegenstellten." Er drehte sich zu Terence um, den Kopf hoch, den Blick sprühend. „Aber wir müssen weitermachen. Es ist unsere heilige Pflicht, die Unterdrücker der Welt zu stürzen. Viele werden für die gerechte Sache den Heldentod sterben. Doch wir werden siegen."

Terence hörte seinem zehnminütigen Monolog zu, in dem im Grunde gar nichts ausgesagt wurde.

„Ihre Mission, General, wenn Sie mir verzeihen, interessiert mich nur, soweit sie meine Geschäftspartner und mich betrifft. Ich bin ausschließlich Geschäftsmann." Terence faltete die Hände. „Sie benötigen Waffen, und ich kann sie liefern."

Husad ging zum Schreibtisch, bückte sich und hob die TS-35 hoch. „Dieser Waffe gilt mein besonderes Interesse."

Die TS-35 war leicht. Selbst auf einem Gewaltmarsch konnte ein Soldat sie so leicht wie seine Essensration tragen. Husad brachte sie in Anschlag und zielte plötzlich direkt auf Terences Stirn. Jeder Muskel verspannte sich in Terence.

„Die Amerikaner sprechen immer vom Frieden und machen solche ausgezeichneten Waffen." Husad sprach jetzt fast verträumt. „Uns bezeichnet man als Verrückte, weil wir vom Krieg sprechen. Diese Waffe ist für Krieger gemacht. Für den heiligen Krieg, den gerechten Krieg."

Terence fühlte, wie ihm der kalte Schweiß den Rücken herabrann. Hier zu sterben, jetzt, wäre blödsinnig, erbärmlich. „Bei allem Respekt, General Husad, die Waffe ist nicht Ihre, bis sie bezahlt worden ist."

Für einen Moment spannte sich der Finger am Abzug an. Dann senkte Husad mit einem charmanten Lächeln die Waffe. „Natürlich. Wir sind Krieger, aber wir sind ehrlich. Wir nehmen die Ladung, Monsieur Cabot, erwarten aber, dass Sie im Preis um eine halbe Million Francs runtergehen, im Namen der Freundschaft."

Terences Hände waren feucht, als er nach einer Zigarette griff. Um des Überlebens willen wollte er zustimmen und es hinter sich bringen und weitermachen mit dem, weswegen er gekommen war. Aber der Mann Cabot würde nicht so leicht zustimmen. Das erwarteten weder Husad noch Kendesa.

„Im Namen der Angemessenheit, General, wir können den Preis höchstens um eine Viertelmillion senken."

Die Waffe lag jetzt auf Husads Schreibtisch, und er strich über sie wie ein Kind über sein Spielzeug. „Abgemacht. Sie werden nach Sefrou zurückfahren. In drei Tagen erhalten wir die ganze Lieferung, von Ihnen persönlich."

„Es wird mir eine Freude sein." Terence erhob sich.

„Mir wurde gesagt, Sie haben Interesse an unserem Gast." Husad lächelte. „Persönliches Interesse?"

„Geschäft ist immer persönlich für mich, General."

„Vielleicht wären Sie daran interessiert, den Doktor kennenzulernen. Kendesa führt Sie zu ihm."

„Natürlich, General."

Sie verließen das Zimmer des Generals, und Kendesa führte Terence zu einer Tür, vor der zwei bewaffnete Posten standen.

Kein Forschungs- und Entwicklungslabor konnte besser

ausgerüstet sein. Terence sah sich erst um und nahm sofort die beiden Überwachungskameras wahr, bevor er einen großen Teil seiner Aufmerksamkeit auf Gillians Bruder richtete.

Es war der Mann von dem Foto, aber er war dünner, älter geworden. Die Strapazen hatten Linien in sein Gesicht und Schatten unter die Augen gebracht.

Flynn hatte vorm Mikroskop gesessen und stand jetzt auf. Den Hass in seinem Blick registrierte Terence mit Erleichterung. Er hatte sich also nicht aufgegeben. Wenn ein Mensch genug Kraft zum Hassen hatte, dann auch genug zur Flucht.

„Dr. Fitzpatrick, läuft die Arbeit gut heute?"

„Ich habe seit zwei Tagen meine Tochter nicht gesehen."

„Darüber haben wir ausführlich gesprochen, Doktor."

„Ich arbeite." Flynns irischer Akzent enthielt einen scharfen Unterton. „Mir wurde versprochen, dass man ihr nichts tut und ich sie täglich sehen kann, wenn ich mitarbeite."

„Ich fürchte, der General hat das Gefühl, Sie arbeiten zu langsam. Wenn es einen Fortschritt gibt, bringen wir Ihnen Ihre Tochter. Jetzt will ich Ihnen Monsieur Cabot vorstellen. Er ist an Ihrer Arbeit interessiert."

Flynn blickte Terence hasserfüllt an. „Scheren Sie sich zum Teufel."

Terence wollte ihm gratulieren, konnte aber nur steif nicken. „Ihre Arbeit hier wird Ihren Namen in die Geschichtsbücher bringen, Dr. Fitzpatrick." Terence sah sich um, augenscheinlich am Labor interessiert, während er einen zweiten Ausgang suchte. „Faszinierend. Das Serum wird ungeahnte Gewinne bringen."

„Ihr Geld wird Ihnen wenig nützen, wenn ein Verrückter die Welt zerstört hat."

Terence lächelte. „Ihr Serum wird denen Macht und Profit

348

sichern, die klug genug sind, es zu verdienen. Gibt es Fortschritte?", fragte er Kendesa.

Kendesa lächelte und beobachtete Terence aufmerksam. „Das fehlende Glied ist Fitzpatricks Schwester. Sie hat gewisse Notizen in ihrem Besitz, die den Abschluss dieser Arbeit beschleunigen. Sie wird Ihnen Gesellschaft leisten, Doktor."

Terence blieb die Luft weg. Bevor er ein Wort hervorbrachte, stürzte Flynn auf sie zu.

„Gillian? Was haben Sie mit ihr gemacht?"

Kendesa hatte schon seine Pistole gezogen. „Beruhigen Sie sich, Doktor. Sie ist unverletzt." Neugierig lächelte er Terence an. „Haben Sie gewusst, Monsieur, dass Sie mit der Schwester des guten Doktors gereist sind?"

„Ich?" Er konnte es auf zwei Arten spielen. Aber wenn er nach dem Instinkt vorging und angriff, wäre Flynn Fitzpatrick tot. „Ich fürchte, Sie irren sich."

„Die Frau, die Sie mit nach Casablanca gebracht haben, war Dr. Gillian Fitzpatrick."

„Die Frau, die ich mit nach Casablanca gebracht habe, war ein kleines Flittchen, das ich in Paris aufgegabelt habe. Attraktiv, amüsant und eher mäßig intelligent."

„Intelligenter, als Sie wissen, Monsieur. Sie sind benutzt worden."

Dieses eine Mal segnete Terence den ISS für die bombensichere Tarnung. „Sie irren sich." Es klang Wut aus seiner Stimme.

„Nein, ich bedaure, Sie sind es, der sich irrt. Die Frau hat Sie sich absichtlich ausgesucht, in der Hoffnung, Sie würden sie in die Nähe ihres Bruders führen. Ich nehme an, sie hat ihre Rolle gut gespielt."

„Sehr gut – sollte die Information korrekt sein."

„Sehr korrekt. Vor einiger Zeit hat sie sich in Mexiko der Hilfe eines Mannes versichert. Wir nehmen an, er hat ihr den Rat gegeben, welchen Weg sie einschlagen soll. Kennen Sie den Namen Il Gatto, Cabot?"

Terence zog eine Zigarette heraus. „Ich kenne ihn."

„Er will sich am General rächen und hat Sie und die Frau als Mittel dazu benutzt."

„Wer ist er?"

„Ich bedaure, ich weiß es noch nicht. Der General hat vorschnell drei Männer exekutieren lassen, die ihn hätten identifizieren können. Aber die Frau weiß es und wird es uns sagen."

„Wo ist sie?" Terence blies einen Rauchstrom aus. „Ich nehme es nicht hin, die Schachfigur einer Frau zu sein."

„Auf dem Weg hierher, wenn sie nicht schon da ist. Sie sind willkommen, mit ihr zu sprechen, wenn Sie zurückkehren. Wenn wir erst einmal ihre Aufzeichnungen haben und sie Il Gatto identifiziert hat, liefere ich sie Ihnen vielleicht als Zeichen meines guten Willens aus."

„Bastard." Flynn hob eine Faust, doch Terence hielt schnell seinen Arm fest.

„Ihre Schwester gehört mir, Doktor." Er schob ihn zur Seite. „Ich habe genug gesehen", sagte er dann knapp und ging zur Tür.

„Bringen Sie mir Caitlin, Sie Hurensohn", schrie Flynn.

„Vielleicht morgen, Doktor", entgegnete Kendesa ruhig. „Dann wäre die ganze Familie vereint." Ruhig verließ er hinter Terence das Labor. Es freute ihn, den weltmännischen Cabot mit gerupften Federn zu sehen.

„Es gibt keinen Grund zur Verlegenheit, mein Freund. Die

Frau, unter der Führung Il Gattos, war eine formidable Feindin für unsere Sache."

Terence sah ihn an. „Ich will mich nicht zum Narren machen lassen. Wenn ich in drei Tagen zurückkomme, will ich sie. Der Preis für die Lieferung kann um eine weitere Viertelmillion Francs gesenkt werden."

Kendesa hob eine Braue. „Der Preis für Ihren Stolz ist hoch."

„Und ich will sie unverletzt." Terence zog sein Jackett zurecht und schien sich wieder unter Kontrolle zu bringen. „Ich nehme an, das Kind lebt."

„Sie ist oben. Wir geben ihr Beruhigungsmittel. Diese Iren, voller Leidenschaft."

„In der Tat." Terence ging auf den Wagen zu.

„Cabot." Kendesa ließ eine Hand auf dem Türgriff des Wagens ruhen. „Beunruhigt Sie Il Gatto?"

Terence blickte direkt in Kendesas Augen. „Ich habe das Gefühl, er hat mehr Interesse an Ihnen. Vielleicht sollten Sie Augen im Rücken haben, *mon ami*. Katzen schlagen schnell zu."

Terence setzte sich auf den Rücksitz, und zum ersten Mal seit Jahren betete er.

Sie hielt durch. Sie war stark. Sie war tapferer, als sie sein sollte. Er würde zu ihr zurückkommen und sie herausholen, egal was gemacht oder was geopfert werden musste.

Aber der kalte Schweiß, in den er gebadet war, erinnerte Terence, wie es war, um etwas anderes mehr zu fürchten als um das eigene Leben.

Als der Reifen platzte, wurde er an die Seite des Wagens geworfen. Fluchend richtete er sich wieder auf. Der Fahrer stieg aus, um sich den kaputten Reifen anzusehen, und fiel wie ein Stein zu Boden.

Terence zog seine Pistole heraus. Er roch einen Hinterhalt. Vorsichtig stieg er aus. Hinter einem Felsstein erhob sich Breintz. Terence steckte die Pistole wieder in die Tasche. „Sie haben Gillian."

„Ich weiß. Eine der Wachen hat noch lang genug gelebt, um mich zu informieren." Behände sprang Breintz vom Felsen. „Laut Befehl hast du zwölf Stunden, um die Fitzpatricks herauszuholen. Dann geht Hammers Hauptquartier in die Luft." Breintz beugte sich zum am Boden liegenden Fahrer, nahm dessen Mütze und drückte sie sich auf den Kopf. „Passt genau."

Terence trainierte seine Atmung, bis sich sein Kopf klärte. „Du fährst. Wir können die Wachen am Zaun überwältigen und ihre Waffen benutzen. Die Anlage ist einfach genug. Wir holen Fitzpatrick, ich finde Gillian und das Kind."

„Einverstanden." Breintz machte eine Bewegung, ihm zu folgen. Mit der Behändigkeit einer Ziege kletterte er über die Felssteine. Terence sah die Kiste, die er von Bakir gekauft hatte. Breintz lächelte nur. „Ich habe vorher mit dir gearbeitet. Und das hier ist mein Land. Meine Kontakte sind ausgezeichnet."

Terence riss sich Cabots Wildseidenjackett herunter und warf es in den Schmutz. „Ich habe vergessen, wie gut du bist."

„Alter Freund, ich bin sogar noch besser." Er setzte sich im Schneidersitz auf den Boden. „Wir warten bis zur Dunkelheit."

„Du hast nicht den Befehl, mit mir hineinzugehen."

„Nein." Breintz schloss die Augen und ließ sich in Meditation sinken. „Charles Forrester war ein guter Mann."

„Danke."

Er wünschte, er könnte die gleiche Art von innerer Gelassenheit finden. Terence setzte sich neben ihn und wartete auf den Sonnenuntergang.

Langsam erwachte Gillian aus grauem Nebel, benommen und mit hämmerndem Herzen. Sie hörte ein leises Schluchzen, sie fühlte Wärme, die ihr über den Arm strich. Instinktiv griff sie danach.

„Tante Gillian, bitte, wach auf. Bitte, Tante Gillian, ich habe solche Angst."

Sie öffnete die Augen und sah sie.

„Ich dachte, du bist tot." Caitlin, mit verquollenen und roten Augen, vergrub ihr Gesicht in Gillians Haar. „Sie haben dich aufs Bett geworfen, und du lagst so still, da dachte ich, du bist tot."

„Baby." Die Droge war stark gewesen und hatte wütende Kopfschmerzen und Übelkeit zurückgelassen. Gillian berührte Caitlins Gesicht. „Oh Baby. Du bist es." Sie zog das Kind an sich und wiegte es. „Oh Caitlin, kleiner Darling, armes Lämmchen, wie viel Angst musst du gehabt haben, so allein hier."

„Bist du gekommen, um uns nach Hause zu bringen? Bitte, ich will nach Hause."

„Bald", murmelte Gillian. „Wo ist dein Dad, Caitlin?"

„Sie halten ihn unten, in einem Labor."

„Geht es ihm gut? Sei tapfer jetzt, Darling."

„Er sieht krank aus." Sie wischte sich mit den Händen über die nassen Wangen. „Einmal hat er geweint."

„Es ist alles in Ordnung. Es wird alles gut. Da ist ein ..." Sie hielt inne, als sie sich daran erinnerte, wie Terence ihre Hotelzimmer nach Mikrofonen abgesucht hatte. Sie durfte seinen Namen nicht erwähnen. „Es gibt sicher einen Weg hinaus. Wir müssen einfach geduldig sein." Dann hob sie einen Finger an die Lippen, deutete dem Kind damit an, ruhig zu sein. Vorsichtig durchsuchte sie den Raum.

Sie wusste, es war mehr Glück als Geschicklichkeit, das sie auf die richtige Spur brachte. Als sie das Mikrofon fand, war ihr erster Instinkt, es zu zerstören. Doch sie zwang sich, kühl zu denken. Sie ließ das Mikrofon unberührt und kletterte zurück auf das schmale Bett.

„Ich habe in Mexiko einen Mann kennengelernt." Wer auch immer zuhörte, wusste das schon. „Er sagte, er hilft uns. Er hat einen spaßigen Namen, Caitlin. Il Gatto. Das heißt Katze."

„Sieht er aus wie eine Katze?"

„Nein." Gillian lächelte vor sich hin. „Aber er denkt wie eine. Wenn ich morgen nicht Kontakt mit ihm aufnehme, kommt er uns nach."

„Und bringt uns nach Hause?"

„Ja, Darling." Gillian hob Caitlins Lid und untersuchte ihre Pupille. Drogen. Die Wut stieg in ihr auf und überwältigte sie fast. „Gehst du jemals hinaus?"

„Nein. Es gibt auch keine Fenster."

Caitlin zuckte zusammen, als die Tür geöffnet wurde und ein Mann mit einem Gewehr über der Schulter ein Tablett hereintrug. Er stellte es auf den Bettrand und ging wieder.

„Einmal habe ich ihn gebissen", sagte Caitlin mit einer Spur ihres alten Temperaments. „Er hat mich geschlagen."

„Er wird dich nicht wieder schlagen." Gillian blickte aufs Tablett. Es gab Reis mit etwas gewürfeltem Fleisch und zwei Gläser Milch. Sie schnüffelte daran. „Hast du gut gegessen?"

„Das Essen schmeckt nicht, aber ich habe Hunger. Immer wenn ich esse, werde ich schläfrig."

„Du musst essen, Darling." Aber sie schüttelte den Kopf, als sie das Tablett hob. „Es hilft dir, deine Kräfte zu wahren." Gillian kippte das Essen beider Teller unter das Bett. „Und du musst auch schlafen." Sie sah sich nach einem geeigneten Ort um und goss die Milch in einen Haufen schmutziger Wäsche in der Ecke. Mit aufgerissenen Augen beobachtete Caitlin sie. „Komm, Baby, versuche, noch etwas zu essen."

Als Caitlin die Hand an den Mund presste und kicherte, hätte Gillian bei dem Anblick fast geweint.

„So ist es gut. Nun trink deine Milch." Verschworen grinsend kletterte Gillian wieder ins Bett.

Ein versteckter Schalk erleuchtete Caitlins Blick. „Ich mag aber keine Milch."

„Es ist gut für deine Knochen. Du willst doch keine weichen Knochen, oder?" Gillian knuddelte sie. Sie legte den Mund ans Ohr des Mädchens und flüsterte: „Sie haben dir etwas ins Essen getan, damit du einschläfst. Du musst so tun, als ob du müde wirst, damit sie nicht merken, dass wir ihnen einen Streich spielen."

Caitlin nickte. Und Gillian wiegte das Kind in ihren Armen und starrte in die Dunkelheit.

Der Sonnenuntergang kam in strahlenden Farben. Die Berge wurden in Pink und der Sand in Gold getaucht. Breintz zog die Uniform des Fahrers an, nachdem er den Reifen repariert und Terence die Waffen auf den Boden des Wagens geladen hatte.

Sie arbeiteten jetzt schweigend. Alles war gesagt worden. Als die Sonne hinter den hohen Gipfeln untertauchte, streckte sich Terence auf dem Boden hinten im Wagen aus, und Breintz setzte sich hinters Steuer.

Beim Tor des Lagers drückte Breintz auf Terences Anweisungen hin den Code, worauf sich die Zufahrt öffnete. Hinter ihnen schloss sich das Tor wieder. Breintz senkte den Kopf, um sein Gesicht zu verbergen, als sich ein Wachposten näherte. „Du hast es aber schnell geschafft", sagte er, bevor ihn Breintz lautlos zum Schweigen brachte. Terence sprang mit einem hastigen Satz aus dem Wagen und schlug den Weg zum Labor ein.

Fünfzig Meter weiter wurden sie kurz aufgehalten. Doch auch die beiden Wachposten wurden schnell zum Schweigen gebracht. Als sie sich dem Labor näherten, hielt sich Terence verborgen zurück, während Breintz weiterging und leicht wankte.

„Eine Zigarette", fragte er auf Arabisch und etwas lallend. „Was nützt Wein ohne Tabak?"

Die Wachposten grinsten und ließen sich ablenken. Blitzschnell und ohne dass ein Schuss abgefeuert wurde, wurden sie überwältigt.

Tief Luft holend, öffnete Terence die Tür. „Arbeiten Sie weiter", sagte er leise zu Flynn, der aufblickte. „Bleiben Sie mit dem Rücken zu den Kameras."

„Sie!" Da war ein Blick in seinen Augen, der Terence verriet, dass Flynn nahe dran war, die Beherrschung zu verlieren.

„Um Himmels willen, wenn Sie wollen, dass Ihre Tochter rauskommt, arbeiten Sie weiter. Die Überwacher dürfen nichts Ungewöhnliches bemerken. Nehmen Sie das verdammte Reagenzglas, und tun Sie damit etwas Wissenschaftliches. Ich bin vom ISS."

Flynn griff nach dem Reagenzglas, drohte es mit seinem Griff aber zu zerdrücken. „Sie sind ein Schwein."

„Vielleicht. Aber ich bin hier, um Sie und das Kind und Ihre Schwester herauszuholen. Arbeiten Sie weiter. Tun Sie einfach, was ich sage, tun Sie es langsam und richtig."

Etwas in seinem Ton ließ Flynn gehorchen. „Ich dachte, Sie seien Franzose."

„Ich bin Ire, wie Sie, Fitzpatrick." Terence grinste und verfiel in den irischen Akzent seines Pseudonyms Colin. „Und bei allen Heiligen, wir kommen hier raus und jagen den ganzen Laden zur Hölle."

Vielleicht war es einfach Verzweiflung, doch Flynn ging darauf ein. „Wenn wir es tun, geht die erste Flasche auf mich."

„Nun bewegen Sie sich so weit wie möglich nach links, zum Rand des Kamerawinkels. Nehmen Sie die Papiere dort."

Flynn gehorchte. Mit dem Rücken zur Kamera betrachtete er die Papiere, als überprüfe er seine Berechnungen.

„Ich zerstöre jetzt die Kamera. Sie rennen dann sofort hinaus." Mit einem Schuss schaltete Terence die Kamera aus. Als Flynn durch die Tür kam, drückte Terence ihm ein Gewehr in die Hand. „Können Sie es benutzen?"

„Mit Vergnügen."

Gillian hörte, wie sich die Tür öffnete, und lag stumm und still neben Caitlin, die in einen natürlichen Schlaf gefallen war. Gillian packte die jämmerliche Waffe. Mit halb offenen Augen sah sie den Mann, der sich über sie beugte. Sie hielt die Luft an und holte aus. Die Ecke des Tellers traf mit voller Wucht die Nase. Sofort hob sie den zweiten Teller und holte wieder aus. Der Mann schrie auf, und der Kolben seines Ge-

357

wehrs stieß ihr in die Seite, als er es in Anschlag bringen wollte. Und dann kämpfte sie um ihr Leben.

Durch eine rote Woge von Angst und Wut hörte sie, wie Caitlin zu wimmern anfing. Bei diesem Laut kämpfte Gillian wie eine Verrückte, um dem Mann das Gewehr zu entreißen. Und dann explodierte es mit dem entsetzlichsten Geräusch, das sie jemals gehört hatte. Und sie hielt das Gewehr, und der Mann lag zu ihren Füßen.

„Tante Gillian!" Caitlin umklammerte Gillians Beine. „Ist er tot? Der böse Mann, ist er tot?"

„Ich …" Sie schwankte. „Wir müssen weg. Wir müssen sofort weg."

Dann hörte sie die Schüsse, die näher und näher kamen. Sie schob das Kind hinter sich und hob das Gewehr wieder. Ihre Hände waren rutschig vor Schweiß.

Alarm wurde ausgegeben, als sie den zweiten Stock erreichten. Breintz und Flynn nahmen Position hinter Pfeilern oben an der Treppe, um die Verfolger aufzuhalten, während Terence die Türen aufbrach. Dann sah er eine, die schon offen war. Zweimal holte er tief Luft, bevor er eintrat, bereit zu schießen. Gillians Kugel streifte seine linke Schulter.

„Gütiger Himmel, Doc, willst du mich erschießen?"

„Terence!" Sie senkte das Gewehr und sprang vor. „Oh Terence."

„Schnell." Er zog sie und das Kind hinaus.

„Flynn!", rief Gillian schluchzend.

„Dad!" Caitlin flog auf ihren Vater zu.

„Familienvereinigung später", sagte Terence. „Breintz!" Er schoss hinunter in den ersten Stock, um dem Agenten Feuerschutz zu geben. „Ich halte sie beschäftigt." Er nahm die Uzi von der Schulter, die er einer der Wachen abgenommen hatte. „Bring die drei raus. In fünfzehn Minuten jagst du den Laden in die Luft."

„Ich würde es vorziehen, dich wiederzusehen."

„Ja. Ich auch. Beeilt euch." Terence wischte sich den Schweiß unter den Augen weg. Er stürmte zurück zur Treppe und ließ die Kugeln nur so fliegen.

Gillian erkannte, was er vorhatte. Schnell küsste sie Flynn. „Ich muss bei ihm bleiben. Geht schnell." Dann rannte sie hinter Terence her.

Er schickte eine Serie von Explosionen ab. Er war fast unten, als er das Geräusch hinter sich hörte und sich umdrehte. Es war zu spät, um sie zurückzuschicken. Er packte ihren Arm und zerrte sie mit sich.

Sie hatten beträchtlichen Schaden verursacht, wie Terence mit Befriedigung sah. Und noch mehr Verwirrung. Der General war draußen und feuerte die TS-35 ab. Er fügte seinem Hauptquartier nur weitere Beschädigungen zu und erhöhte die Anzahl der Opfer unter seinen Männern, denen er befahl, standzuhalten und die Armee der Eindringlinge zurückzuschlagen. Der unerwartete Angriff schien ihm den letzten Rest geistiger Gesundheit genommen zu haben. Terence hob das Gewehr, doch bevor er den Abzug ziehen konnte, fiel der General zu Boden.

„Idiot." Kendesa stand über ihm. „Deine Zeit ist abgelaufen." Er beugte sich und nahm die amerikanische Waffe. Dann schrie er den durcheinanderlaufenden Soldaten Befehle zu.

Wieder hob Terence das Gewehr, dieses Mal zielte er auf Kendesa. Bevor er abdrücken konnte, hatte der General seine Pistole aus dem Halfter gezogen. „Verräter." Er keuchte, während er feuerte. Kendesa taumelte zurück, fiel aber nicht. Wieder zielte Terence.

Dieses Mal griff der Himmel ein.

Der Boden schwankte. Terences erster Gedanke war, dass Breintz die Sprengladung zu früh gezündet hatte. Er packte Gillians Hand und rannte. Wieder wurde der Boden heftig erschüttert.

„Erdbeben." Terence schnappte nach Luft. „Wir schaffen es nicht mehr zum Tor. Aber es muss mehr als einen Weg hinausgeben." Wieder ließ er sich von seinem Instinkt leiten und rannte zum Büro des Generals. „Er wird einen Fluchtweg haben", sagte er, als er das Schloss der Tür aufschoss. Er zog Gillian hinein und machte sich sofort auf die Suche nach einem verborgenen Mechanismus am Bücherregal. Aus großer Höhe hörte er Steine fallen. Etwas brannte, und das Feuer war nah. Mit beiden Händen schob er die Bücher zur Seite. Und dann fand er ihn. Die Holztäfelung schwang auf.

Der Gang dahinter war schmal und wurde von unterirdischen Beben erschüttert. Aber er war unbewacht. Sekunden später waren sie draußen in der Nacht.

Hinter ihnen wurde ein Gebäude auseinandergerissen, riesige Steinbrocken rollten mit einem schier unmöglichen Lärm herunter. Dann wurde der Krach mit der ersten Explosion noch lauter. Der ganze Berg stürzte in sich zusammen.

Es schien Gillian, als rannten sie meilenweit. Und dann erhob sich wie ein Schatten Breintz von einem Felsen.

„So treffen wir uns also wieder."

„Sieht so aus." Terence zog Gillian über die Felsen.

Mit der ihm üblichen Ruhe reichte Breintz Terence das Fernrohr. Terence hielt es in die Richtung, aus der sie gekommen waren. „Nicht viel übrig." Terence senkte das Glas. „Hammer ist zerstört." Er blickte hinüber zu Gillian, die ihre

Familie um sich versammelte. Caitlin flüsterte ihrem Vater etwas ins Ohr und kam dann herüber zu Terence.

„Mein Dad sagt, du hast uns gerettet."

„So ungefähr." Sie war dünner als auf dem Foto, aber ihre Augen waren zu riesig für ihr blasses Gesicht. Unfähig zu widerstehen, griff Terence ihr in die zerzausten roten Locken.

„Kann ich dich in den Arm nehmen?"

Verlegen zuckte er mit der Schulter. „Ja, sicher."

Sie knuddelte sich an ihn und kicherte. „Du riechst. Aber wahrscheinlich rieche ich auch."

„Ein wenig."

Als sie einen nassen Kuss auf seine Wange drückte, hielt er sie, dabei schweifte sein Blick zu Gillian.

„Wir können im Leben nur ganz wenig verändern", sagte er leise zu ihr. „Aber es lohnt sich."

12. Kapitel

„Nach allem, was wir durchgemacht haben, verstehe ich nicht, wie du wegen dieser Sache nervös sein kannst."

„Sei nicht lächerlich. Ich bin nicht nervös." Terence zog wieder am Knoten seiner Krawatte. Was ihn anging, so war Cabot tot, und die Krawatten sollten mit ihm verschwunden sein. „Ich weiß nicht, warum zum Teufel ich mich von dir dazu habe überreden lassen."

Sie hatten sich am Flughafen von Los Angeles einen Mietwagen genommen. „Weil du mir versprochen hast, ich kann mir aussuchen, wohin wir fahren. Und ich will zur Hochzeit deiner Schwester."

„Ein ganz mieser Trick, Doc."

„Ein Mann muss zu seinem Wort stehen." Gillian lachte, als er über sie fluchte. „Oh Terence, nicht sauer sein. Es ist ein wunderbarer Tag. Alles ist glücklich überstanden, und Flynn und Caitlin fahren zurück nach Irland. Der Einzige, der sich nicht im Geringsten gefreut hat, war Addison, weil Flynn sich weigert, das Horizon-Projekt noch einmal zu rekonstruieren."

Terence lachte kurz auf. Vielleicht hatte er sich in Wissenschaftlern getäuscht – oder wenigstens in einigen. Fitzpatrick hatte Addison hart gegenübergestanden und sich durch keine Angebote, Bestechungen oder Drohungen erweichen lassen. Gillian hatte den gleichen Standpunkt eingenommen. Damit war Horizon endgültig vorbei.

„Addison hat auch herumgemurrt wegen einer Kiste Waffen, einschließlich seiner geliebten TS-35."

„Ich denke, am meisten hat ihn geärgert, dass er einen seiner besten Agenten verloren hat."

Terence zog eine Braue hoch. „Ich glaube nicht, dass er das so sieht."

„Hat er aber, mir gegenüber." Sie fuhr sich mit einer Hand über den Rock ihres Kleides. Sie hatte sich in die tiefgrüne Seide verliebt. Es war raffinierter, als es sonst ihr Stil war, aber schließlich fuhren sie auch zu Carrie O'Haras Hochzeit. „Ich sollte dich sogar überreden, an Bord zu bleiben, wie er es ausdrückte. Oh, sieh nur, wie groß die Palmen sind. In New York ist es wahrscheinlich kalt und nieselig."

„Ich vermute, du vermisst es?"

„Was vermissen?" Sie sah ihn an. „New York? Ehrlich, ich habe überhaupt nicht daran gedacht. Im Institut denken wahrscheinlich alle, ich sei vom Rand der Erde heruntergefallen." Zufrieden seufzte sie. „Gewissermaßen bin ich das auch."

„Und Arthur Steward?"

„Der liebe alte Arthur." Gillian lächelte. Es überraschte oder verärgerte sie nicht einmal, dass er von Arthur wusste. Immerhin wusste sie von seinem zerquetschten Käfer. „Ich schicke ihm eine Postkarte."

„Du bist doch in ein paar Tagen zurück."

„Ich weiß nicht." Ohne Terence würde sie nicht nach New York oder sonst wohin fahren. Er wusste es bloß noch nicht. „Was ist mit dir? Fliegst du schnurstracks zu diesen Inseln?"

Wieso konnte sie ihn so leicht und schnell verunsichern, wenn sie auf diese Art lächelte? „Zuerst habe ich in Chicago etwas zu erledigen." Er schwieg einen Moment, weil er es selbst noch nicht verarbeitet hatte. „Aus irgendeinem Grund hat Charlie mir sein Haus hinterlassen."

Sie lächelte wieder, strahlend. „Dann hast du also doch endlich ein Zuhause."

Sie waren jetzt in Beverly Hills mit seinen Villen und gepflegten Grundstücken. Von solcher Umgebung hatte sein Vater immer geträumt. Die O'Haras haben es zu etwas gebracht, dachte er. Wenigstens einige von ihnen. Er zerrte wieder an der Krawatte. „Hör zu, Doc, das hier ist eine blöde Idee. Wir fahren zum Flughafen zurück und nehmen einen Flug nach Neuseeland. Dort ist es wunderbar."

Und das andere Ende der Welt. „Ein Versprechen ist ein Versprechen."

„Ich will Carrie oder den anderen doch nicht den Tag verderben."

„Natürlich nicht. Darum fährst du ja hin."

„Du verstehst nicht, Gillian. Mein Vater hat mir nie verziehen, dass ich fortgegangen bin. Er hat mich nie verstanden. Für ihn musste ich eine Rolle in seinem Traum einnehmen. Die O'Hara-Familie im strahlenden Scheinwerferlicht. Broadway, Vegas, Carnegie Hall."

Sie schwieg lange. Dann sprach sie ruhig, ohne ihn anzusehen. „Mein Vater hat mir nie vergeben, hat mich nie verstanden. Ich war immer anders, als er mich wollte. Hat dein Vater dich geliebt, Terence?"

„Sicher hat er, es war nur ..."

„Mein Vater hat mich nicht geliebt."

„Gillian ..."

„Nein, hör mir zu. Es gibt einen Unterschied zwischen Liebe und Verpflichtung, zwischen wirklicher Zuneigung und Erwartung. Er hat mich nicht geliebt, und ich kann das akzeptieren. Ich kann allerdings nicht akzeptieren, dass ich keinen Frieden mit ihm geschlossen habe. Nun ist es zu spät." Sie sah ihn mit einem glänzenden Blick an. „Mach nicht den gleichen Fehler, Terence. Ich versichere dir, du wirst ihn bedauern."

„Das hier könnte der größte Fehler sein, den du je gemacht hast", sagte er, als er vor den Toren hielt, die Carries Anwesen sicherten.

„Ich riskiere es."

„Du bist eine dickköpfige Frau, Doc."

„Ich weiß." Sie berührte sein Gesicht. „Für mich steht so viel auf dem Spiel wie für dich."

Er wollte sie nach einer Erklärung fragen, aber ein Wachposten klopfte an die Scheibe. „Sie sind früh, Sir", sagte er, als Terence das Fenster herunterließ. „Kann ich Ihre Einladung sehen?"

Daran hatte sie nicht gedacht, erkannte Gillian erschreckt. Aber bevor sie etwas sagen konnte, zog Terence eine Marke hervor. „McAllister, Special Security."

Die Erkennungsmarke sah offiziell aus, weil sie es war. Der Wachposten verglich das verschweißte Foto mit Terence und nickte. „Fahren Sie, Sir." Fast hätte er salutiert.

Terence fuhr langsam die lange Zufahrt hinauf.

„McAllister?"

Terence ließ die Erkennungskarte in seine Tasche gleiten. „Alte Gewohnheiten sterben schwer. Gütiger Himmel, was für ein Haus." Es war riesig und weiß und elegant, mit weiten Parkanlagen. Er dachte an die engen Hotelzimmer, die sie sich früher teilen mussten, an das Essen, das sein Vater auf Kochplatten heiß gemacht hatte, an die stickigen Umkleidekabinen, an das Publikum, das genauso häufig gepfiffen hatte wie applaudiert. Und an das Lachen. Und an die Musik.

„Es ist wunderschön", murmelte Gillian vor sich hin. „Wie ein Gemälde."

„Sie hat immer gesagt, sie schafft es." Der Stolz kam durch, stärker, als er erwartet hatte. „Das kleine Biest hat es tatsächlich durchgezogen."

„Wie ein echter Bruder gesprochen." Gillian lachte. Ein uniformierter Mann half ihr aus dem Wagen, und plötzlich war sie genauso nervös wie Terence. Sie war kaum auf Hollywoodstars vorbereitet. Und seine Familie könnte ihm verübeln …

Die Eingangstür wurde auf- und fast aus den Angeln gerissen. Eine Frau mit einer wilden Mähne roter Locken und einem raffinierten saphirblauen Kleid raste die Stufen hinunter. Mit etwas, das gefährlich an einen Kriegsschrei erinnerte, warf sie sich in Terences Arme.

„Du bist hier! Du bist wirklich hier!" Mit Armen wie im Würgegriff um seinen Hals und mit Küssen überhäuft, konnte Terence nicht viel mehr tun, als den Duft und das Gefühl in sich aufzunehmen. „Ich wusste, du kommst. Ich konnte es nicht glauben, aber ich wusste es. Und hier bist du."

„Maddy." Weil er Luft holen musste und sie ansehen wollte, zog Terence sie an den Schultern zurück. Tränen standen ihr in den Augen, aber sie strahlte ihr verschmitztes Koboldlächeln. Und das Lächeln war genau, wie er sich erinnerte. „Hallo."

„Selber hallo." Sie zog ihm ein Taschentuch aus der Tasche, putzte sich laut die Nase, dann lachte sie. „Carrie bringt mich um, wenn meine Nase rot ist." Sie prustete wieder ins Taschentuch. „Wie sehe ich aus?"

„Umwerfend." Mit dem Lachen waren sie sich wieder nah. Er hielt sie und wünschte, es würde mit allen so leicht sein.

„Bleibst du dieses Mal?", fragte sie mit einem Schluchzer.

„Ja." Er strich mit der Wange über ihr Haar. „Ich bleibe dieses Mal." Über ihren Kopf hin beobachtete er Gillian.

„Ich kann es nicht erwarten, dich vorzuführen." Strahlend zog sich Maddy zurück, dann sah sie Gillian. „Hallo."

„Maddy, das ist Gillian Fitzpatrick."

Immer noch schniefend, drehte sich Maddy um. „Ich bin so froh, Sie kennenzulernen." Gillian fand sich in einer überschwänglichen Umarmung wieder. „Ich bin begeistert." Sie zwinkerte, dann drückte sie Gillian wieder an sich. „Ihr seht großartig aus, ihr beide, einfach großartig." Sie umfasste beide in der Taille und ging mit ihnen ins Haus. „Ich kann es nicht erwarten, dir Roy vorzustellen. Da ist er ja."

Durch die Eingangshalle kam ein hochgewachsener Mann, dessen Haar um Schattierungen dunkler als Terences und konservativer geschnitten war. Er sah aus, als wäre er im Smoking geboren. Das also war Roy Valentine von Valentine Records. Reich, aus gutem Haus und geradlinig. Das genaue Gegenteil der unkonventionellen Maddy.

„Roy, das ist Terence." Maddy gab Terence noch einen schnellen Kuss, dann stürmte sie zu ihrem Mann. „Ich habe dir gesagt, dass er kommen wird."

„Das hast du." Roy legte beschützend einen Arm um Maddy und schätzte den Bruder ein, so wie der Bruder den Ehemann einschätzte. „Maddy hat sich darauf gefreut, Sie wiederzusehen."

„Oh, sei nicht so steif, Roy. Wir müssen das gemästete Kalb schlachten."

Roy sah den Ausdruck auf Terences Gesicht und lächelte. „Ich habe das Gefühl, Terence zieht einen Drink vor." Mit einem äußerst charmanten Lächeln sah er Gillian an. „Hallo."

„Oh, Entschuldigung", schaltete sich Maddy ein. „Das ist Gillian. Wir sollten hineingehen und uns setzen. Ich hole alle. Hier herrscht ein mittelschweres Chaos."

Um diese Einschätzung zu beweisen, rasten zwei Jungen die Halle hinunter.

„Ich werde es Mom sagen!"

„Ich werde es ihr zuerst sagen!"

„Wow!" Maddy packte einen Arm von jedem, bevor sie wieder verschwinden konnten. „Langsam, langsam. Eure netten kleinen Smokings sind schmutzig, bevor die Hochzeit anfängt."

„Er hat gesagt, ich sehe wie ein total Verrückter aus", sagte der Kleinere der beiden.

„Er hat mich getreten", entgegnete der Ältere.

„Ich habe versucht, ihn zu treten, habe ihn aber verpasst." Er blickte zu seinem Bruder, in der Hoffnung auf eine weitere Chance.

„Treten ist nicht erlaubt. Und, Chris, du siehst nicht wie ein total Verrückter aus. Du siehst sehr gut aus. Und könnt ihr euch jetzt lang genug vertragen, um euren Onkel kennenzulernen?"

„Was für ein Onkel?" Ben, der Ältere, blickte misstrauisch auf.

„Den einen, den ihr noch nicht kennengelernt habt. Terence, das ist Ben, und das ist Chris. Alanas Jungen."

Terence war sich nicht sicher, ob er Hände schütteln sollte, niederknien oder aus der Entfernung winken. Bevor er sich entscheiden konnte, trat Chris vor und musterte ihn von oben bis unten neugierig.

„Du bist der, der weggegangen ist. Mom sagte, du bist in Japan gewesen."

Hinknien schien natürlich zu sein. „Ja, ich war da."

Ben schaltete sich ein, der nicht mehr zurückstehen wollte. Er schob Chris aus dem Weg. „Ich mag das Raumschiff, das du mir geschickt hast."

„Freut mich, dass es dir gefällt." Terence wollte dem Jungen das Haar zerzausen, glaubte aber, dass das noch zu früh sei.

„Er lässt mich damit nur spielen, wenn ich bettle und bettle", warf Chris ein.

„Weil du ein totaler Verrückter bist."

„Bin ich nicht." Chris ließ einen Schwall von Beleidigungen heraus, hielt aber schnell den Mund, als er den Klang der Schritte erkannte.

„Probleme?", fragte Dorian milde, als er in die Halle trat.

„Dad, wir haben noch einen anderen Onkel, und er ist hier." Erfreut darüber, der Erste zu sein, packte Chris Terences Hand und zog ihn vor. „Das ist Onkel Terence. Das ist mein Dad. Wir haben unseren Namen in Crosby umändern lassen und so."

Das also war der Bruder, von dem niemand viel wusste. „Freut mich, dass Sie es schaffen konnten. Alana zeigt den Jungen auf Bens Globus immer, wo Sie gewesen sind. Sie sind herumgekommen."

„Etwas." Terence freute sich, seinen Schwager kennenzulernen, doch er war vor dem Journalisten auf der Hut.

„Hey, Mom, rate mal, wer da ist!", rief Chris.

Alana kam in einem tiefrosa Kleid aus der Richtung der Küche. Trotz ihrer fortgeschrittenen Schwangerschaft hatte sie noch den anmutigen Gang der Tänzerin. Offen fiel ihr das honigblonde Haar auf die Schultern. „Die Lieferanten haben mich beauftragt, ich soll gewissen gierigen kleinen Fingern sagen, dass sie von den kalten Platten wegbleiben. Ich frage mich, wen sie wohl meinen." Sie lächelte ihren Mann an. Und dann sah sie an ihm vorbei und erkannte Terence.

„Oh." Ihre Augen füllten sich mit Tränen, als sie die Arme öffnete. „Oh Terence."

„Mom weint", murmelte Ben, während er beobachtete, wie seine Mutter von dem Mann gehalten wurde, von dem er bisher nur gehört hatte.

„Weil sie glücklich ist." Dorian legte ihm eine Hand auf die Schulter.

„Eine solche Überraschung. Eine solch wunderbare Überraschung."

Terence wischte ihr eine Träne von der Wange. „Maddy hat sich schon mein Taschentuch genommen."

„Macht nichts. Wie bist du hierhergekommen? Woher kommst du? Ich habe so viele Fragen. Nimm mich noch einmal in den Arm."

„Das ist Gillian", verkündete Maddy, obwohl sich Gillian ganz zurückgezogen hatte. „Sie hat ihn hergebracht." Terence zog eine Augenbraue hoch, und Maddy schmunzelte. „Ich meine, er hat sie hergebracht."

„Wie auch immer, hallo." Alana küsste Gillian auf beide Wangen. „Ich freue mich, dass ihr hier seid, alle beide. Und ich kann es nicht erwarten, Carries Gesicht zu sehen."

„Warum warten?" Lachend hakte sich Maddy bei Terence unter. „Sie ist oben und macht sich noch schöner."

„Nichts hat sich verändert", kommentierte Terence.

„Nicht viel. Komm. Gillian, Sie auch. Carrie will euch bestimmt kennenlernen."

„Vielleicht sollte ich …"

„Seien Sie nicht albern." Alana schnitt ihren Protest ab

und nahm ihre Hand. „So etwas kommt nur einmal im Leben vor."

Mit dem ihr üblichen Spürsinn für Dramatik klopfte Maddy an Carries Tür.

„Ich will niemanden sehen, es sei denn, er hat eine Flasche Champagner."

„Das hier ist besser." Maddy öffnete die Tür und steckte ihren Kopf hinein. „Alana und ich haben dir nämlich ein Hochzeitsgeschenk gebracht."

„Im Augenblick würde ich Champagner vorziehen. Ich bin ein nervliches Wrack."

„Das hier wird dich auf andere Gedanken bringen." Mit Schwung riss Maddy die Tür weit auf.

Carrie saß an ihrem Frisiertisch in einer langen weißen Robe, das silberblonde Haar raffiniert aufgesteckt. Sie sah Terence im Spiegel und drehte sich ganz langsam um.

„Schau, schau", sagte sie mit ihrer dunklen, lockenden Stimme, „wen haben wir denn da?" Sie erhob sich, um ihn anzusehen.

Sie war genauso schön, wie er sich erinnerte. Vielleicht schöner. Und war zweifellos noch immer eine ganz harte Nuss. „Du siehst wirklich gut aus, Kleines."

„Ich weiß." Sie neigte den Kopf. „Du siehst nicht schlecht aus. Vielleicht etwas ungehobelt."

Er steckte die Hände in die Taschen. „Nettes Häuschen."

„Uns gefällt es." Dann stieß sie einen tiefen Atemzug aus. „Bastard. Da geht mein Make-up dahin." Er traf sie auf halbem Weg und schwang sie in einem großen Kreis herum. „Ich bin so froh, dass du hier bist, und ich hasse dich, dass du mich zum Weinen bringst, damit ich wie eine Hexe auf meiner eigenen Hochzeit aussehe."

„Eine Hexe?" Er schob sie etwas von sich. „Riesenchance."

„Terence." Sie strich das Haar aus seiner Stirn. „Wir haben immer gewusst, dass du eines Tages kommst, aber du hättest dir keinen besseren Tag aussuchen können. Himmel, hast du kein Taschentuch?"

„Maddy hat es genommen."

„Typisch." Sie benutzte ihren Handrücken.

„Das ist Gillian." Maddy schob sie einfach ins Zimmer.

„Oh?" Immer auf der Hut, hob Carrie eine Braue. „Wie geht es Ihnen?"

„Ich will Sie nicht stören." Bei dem irischen Akzent zog Carrie die Braue noch höher, und ein Lächeln trat in ihre Augen.

„Sie ist mit Terence da", warf Alana ein.

„Wirklich? Also, ist das nicht großartig? Ausgezeichneter Geschmack, Terence." Sie drückte Gillian beide Hände. „Champagner steht jetzt eindeutig auf der Tagesordnung, da gibt es keinen Zweifel."

„Ich hole ihn."

„Um Himmels willen, Alana, in deinem Zustand kannst du nicht die Treppen hoch- und runterrennen. Ihr geht jetzt alle nach unten ins Wohnzimmer. Ich komme nach, sobald ich mein Gesicht wieder hergerichtet habe." Sie legte eine Hand auf Terences Arm. „Bleib, bitte."

„Sicher." Er suchte Gillians Blick, doch sie war schon von seinen Schwestern hinausgezogen worden.

„Wir haben dich vermisst", sagte Carrie, als sie allein waren. „Ist alles in Ordnung?"

„Sicher, warum?"

Mit ihren Händen in seinen setzte sich Carrie mit ihm

aufs Bett. „Ich glaube, ich habe mir immer vorgestellt, du kommst im absoluten Triumph nach Hause oder im absoluten Elend."

Er musste lachen. „Tut mir leid, keins von beidem."

„Ich werde nicht fragen, was du gemacht hast, aber ich muss fragen, ob du bleibst."

„Ich weiß nicht." Er dachte an Gillian. „Ich wünschte, ich wüsste es."

„In Ordnung. Heute bist du hier. Ich hasse es, gefühlsduselig zu sein, aber ich kann dir gar nicht sagen, wie viel es für mich bedeutet."

„Wenn du wieder anfängst zu weinen, siehst du aus wie eine Hexe."

„Ich weiß. Du warst schon immer …"

„Carrie, Roy sagt, du brauchst mich. Ich habe mich bemüht, deinen Vater davon abzuhalten, mit dem …" Molly blieb mitten in der Tür stehen.

Terence dachte, er sei darauf vorbereitet, seine Mutter wiederzusehen. Sie sah älter aus, aber nicht alt. Verändert, aber irgendwie gleich. Sie hatte ihn ausgeschimpft und ihn getröstet, sie hatte ihn bestraft und ihn besänftigt. Was immer erforderlich war. Er fühlte sich wie zwölf Jahre alt, als er dastand und sie ansah.

„Mom."

Sie wollte nicht in Tränen ausbrechen. Das wäre eine törichte Sache, bevor sie überhaupt ein Wort gesagt hatte. Mit der Kraft, die sie die Jahre unterwegs hatte aushalten lassen, holte sie tief Luft. „Lass mich dich ansehen." Er war dünn, aber das war er immer gewesen. Wie sein Vater. So sehr wie sein Vater. „Es ist gut, dich wiederzusehen." Sie nahm den nächsten Schritt und schloss ihn in die Arme. „Oh Terence, wie gut ist es, dich wiederzuhaben. Ich bin so froh, dass du hier bei uns bist."

Sie roch wie immer. Sie schien kleiner jetzt, zerbrechlicher, aber sie roch wie früher. Er vergrub sein Gesicht in ihrem Haar. „Ich habe dich vermisst, Mom. Es tut mir leid."

„Kein Bedauern." Sie sagte es fast heftig. „Kein Bedauern und keine Fragen." Sie zog sich etwas zurück, um ihn anzulächeln. „Wenigstens nicht jetzt. Ich werde mit meinem Sohn auf der Hochzeit meiner Tochter tanzen." Sie streckte Carrie eine Hand hin. Einige Gebete wurden erhört.

„Molly! Im Namen von allem, was heilig ist, warum bist du weggelaufen? Diese sogenannten Musiker kennen keine einzige irische Melodie."

Molly spürte, wie sich Terence versteifte. „Wiederhole keine Fehler", sagte sie mit einer Strenge, an die er sich sehr gut erinnerte.

„Was ist los mit dem Mädchen, dass sie einen Haufen Idioten anheuert? Molly, wo zum Teufel bist du?"

Er stürmte ins Zimmer, so wie er durchs Leben stürmte. Seiner selbst sicher und immer im Begriff zu tanzen. Es war selten für Frank O'Haras Füße, dass sie stockten, doch als er seinen Sohn sah, taten sie es.

„Ich muss mich um den Champagner kümmern", sagte Carrie schnell. „Mom, da ist jemand, den ich dir vorstellen will. Komm."

Molly blieb an der Tür stehen und sah ihren Mann fest an. „Ich habe dich mein ganzes Leben geliebt", sagte sie ruhig. „Enttäusche mich jetzt nicht, Frank."

Frank räusperte sich, als sich die Tür schloss. Ein Mann sollte sich nicht seinem eigenen Sohn gegenüber verlegen fühlen. Aber er konnte es nicht ändern. „Wir wussten nicht, dass du kommst."

„Ich wusste es selbst nicht."

„Immer noch frei und ungebunden, Terence?"

Sein Rücken versteifte sich. „Es scheint so."

„Das ist es, was du immer wolltest." Es war nicht das, was er sagen wollte, aber die Worte kamen heraus, bevor er sie kontrollieren konnte.

„Du hast nie gewusst, was ich wollte." Verdammt, warum musste es eine Wiederholungsvorstellung werden? „Du wolltest es nie wissen. Ich sollte dein Ebenbild sein, und das konnte ich nicht."

„Das ist nicht wahr. Ich wollte nie, dass du jemand anderer als du selbst bist."

„Solange es deinen Maßstäben entsprach." Terence wollte hinausgehen, doch dann erinnerte er sich daran, was Gillian gesagt hatte. Er musste Frieden schließen oder es wenigstens versuchen. Er hielt an, immer noch von seinem Vater weit entfernt, und fuhr sich mit einer Hand durchs Haar. „Ich kann mich nicht entschuldigen, und ich werde mich nicht dafür entschuldigen, wer ich bin, oder für das, was ich getan habe. Aber es tut mir leid, dass ich dich enttäuscht habe."

„Warte eine Minute." Frank hob eine Hand. Einen Augenblick vorher hatte er Angst gehabt, er würde Terence wieder verlieren und dann für immer. Er hatte Jahre des Bedauerns hinter sich. „Wer sagt, dass ich enttäuscht war? Ich habe nie gesagt, dass ich enttäuscht war. Ich war wütend und verletzt, aber du hast mich nie enttäuscht. Ich will nicht, dass du das sagst."

„Was willst du, dass ich sage?"

„Du hast deine Rede gehabt, vor zwölf Jahren. Nun habe ich meine." Er streckte das Kinn vor. Er trug auch einen Smoking, aber bei ihm sah er wie ein Bühnenkostüm aus. Terence hätte seinen letzten Cent darauf verwettet, dass Steppeisen unter seinen Schuhsohlen waren. Er hoffte, sie waren da.

„In Ordnung, aber bevor du es tust, sollst du wissen, dass ich nicht gekommen bin, um Carries Hochzeit zu verderben. Wenn es nicht anders geht, würde ich gern für einen Tag Waffenstillstand schließen."

Die ruhige Kraft überraschte Frank. Sein Junge war erwachsen. Stolz und Bedauern zogen ihn in gegensätzliche Richtungen. „Es ist kein Krieg, den ich mit dir will, Terence. Es war nie so." Frank fuhr sich durchs Haar mit einer Geste, die Terence überraschte, weil sie eine seiner eigenen Angewohnheiten war. „Ich ... ich brauche dich." Er stolperte über die Worte, dann räusperte er sich. „Du warst mein Erster, und ich brauchte es, dass du stolz auf mich warst, zu mir hochsahst, als hätte ich alle Antworten. Und als du deine eigenen finden wolltest, da wollte ich nicht zuhören. Zu wissen, dass ich ein Versager für dich war ..."

„Nein." Terence wurde blass und machte den ersten Schritt nach vorn. „Das warst du nie."

Die alte Wunde blieb, schwärend, scheinbar ohne Aussicht auf Heilung. „Ich habe euch – allen von euch nie das gegeben, was ich versprochen habe."

„Wir brauchten es nicht, Dad."

Aber Frank schüttelte den Kopf. „Die Bestimmung eines Mannes ist es, seine Familie zu versorgen, seinem Sohn ein Vermächtnis zu hinterlassen. Der Himmel weiß, ich habe deiner Mutter nie auch nur die Hälfte von dem gegeben, was sie verdient. Die Versprechungen waren zu groß. Als du gegangen bist, als du gesagt hast, was du sagen musstest, musste ich verbittert sein. Denn sonst hätte ich es nicht ertragen zu wissen, dass ich nicht der Vater war, den du wolltest."

„Du warst immer der Vater, den ich wollte. Ich dachte ..." Terence stieß einen langen Atemzug aus, aber seine Stimme wurde nicht fester. „Ich dachte, du wolltest nicht, dass ich zurückkomme."

„Es gab nicht einen Tag, an dem ich das nicht wollte, aber ich wusste nicht, wie ich es dir sagen konnte. Verdammt, ich wusste ja nicht einmal, wo du dich herumgetrieben hast. Ich habe dich vertrieben, Terence. Ich weiß das. Nun kommst du als Mann zurück, und ich habe diese ganzen Jahre verloren."

„Es gibt noch viele. Für uns beide."

Frank legte seine Hände auf die breiten Schultern seines Sohnes. „Wenn du gehst, will ich nicht, dass es im Ärger geschieht. Und du sollst wissen, wenn ich dich so ansehe, dass ich stolz darauf bin, was du aus dir gemacht hast."

„Ich liebe dich, Dad." Zum ersten Mal seit zwölf Jahren umarmte er seinen Vater. „Ich will bleiben." Er schloss die Augen, weil die Worte eine solche kolossale Erleichterung brachten. „Ich brauche dich. Ich brauche euch alle. Es hat zu lange gedauert, es herauszufinden."

„Ach Terence, ich habe dich vermisst." Frank zog sein Taschentuch heraus und blies heftig hinein. „Das verdammte Mädchen sollte hier eine Flasche aufbewahren."

„Wir finden eine, Dad." Terence blickte in die feuchten blauen Augen seines Vaters. „Ich war immer stolz auf dich. Was du mir gegeben hast, war das Beste – ganz bestimmt. Ich musste einfach nur herausfinden, was ich damit allein anfangen konnte."

„Dieses Mal, Junge, schlachten wir das gemästete Kalb."
Er legte einen Arm um Terences Schultern. „Und wir nehmen den Drink, du und ich. Und wenn dieser Rummel vorbei ist, dann riskiere ich sogar den Zorn deiner Mutter und
betrinke mich ein wenig. Ein Mann hat das Recht zu feiern,
wenn er einen Sohn bekommen hat."

„Abgemacht."

Franks feuchte Augen blitzten. „Das ist mein Junge. Hast
dich einfach aus dem Staub gemacht, was? Und du hast all die
Orte gesehen, die du sehen wolltest?"

„Mehr als ich sehen wollte", sagte Terence und lächelte.
„Ich habe sogar ein- oder zweimal für mein Essen gesungen."

„Natürlich hast du das getan." Frischer Stolz brach durch.
„Du bist ein O'Hara, nicht wahr?" Frank schlug Terence auf
den Rücken. „Hattest immer eine bessere Stimme als Füße,
aber egal. Ich erwarte, dass du Geschichten zu erzählen hast."
Er zwinkerte, als sie hinausgingen. „Fang mit den Frauen
an."

Das hatte sich auch nicht geändert. Obwohl er es nicht
erwartet hatte, machte es ihn froh. „Das wird ein Weilchen
dauern."

„Wir haben Zeit." Er hatte seinen Sohn zurück. „Viel
Zeit."

Sie waren halb die Treppe hinunter, als Terence einen weiteren im Smoking steckenden Mann sah. „Ich überprüfe es",
sagte er ins Telefon, mit dem Rücken zur Treppe.

„Kirk, mein Sohn." Franks Lautstärke hätte das Dach he-
runterbringen können. „Ich möchte dir gerne meinen Sohn
vorstellen, Terence."

Kirk drehte sich um. Er und Terence starrten sich an. Der
Schock des Erkennens kam, ohne dass sie ihn zeigten. „Nett,

Sie kennenzulernen." Kirk streckte die Hand aus. „Ich bin sicher, Carrie ist begeistert, dass Sie hier sind."

„Es ist interessant, alle meine Schwager in einem Rundum-schlag kennenzulernen."

„Wir brauchen einen Drink", verkündete Frank. „Die Gäste werden in dieses schöne Haus hereinströmen, ehe wir uns versehen." Und er würde seine Familie vorführen. Seine ganze Familie.

„Gieß mir einen Doppelten ein." Terence schlug seinem Vater auf die Schulter. „Ich komme sofort nach."

„Wir machen es erst einmal schnell. Ich muss die Musiker noch hinbiegen."

„Kleine Welt", kommentierte Kirk, als sie allein waren.

Terence schüttelte den Kopf und musterte den Mann, der einmal, bei seiner Anfangszeit im ISS, sein Partner gewesen war. „Es ist schon lange her."

„Afghanistan – wie viel? – acht, zehn Jahre?"

„Kommt ungefähr hin. Und du wirst heute also Carrie heiraten."

„Komme der Teufel oder ein Hurrikan."

„Weiß sie, was du tust?"

„Ich tue es nicht mehr." Kirk zog seine Zigaretten heraus und bot eine an. „Ich habe mich selbstständig gemacht. Du?"

„Gerade zurückgezogen." Terence zog seine Streichhölzer hervor. „Ich will verdammt sein."

„Weißt du, ich bin doch sehr überrascht, dass ich es nicht zusammengebracht habe, O'Hara."

„Wir haben in der Operation keine Namen benutzt, keine echten."

„Ja, aber die Sache ist, du siehst ihr ähnlicher als eine ihrer Schwestern."

Terence stieß einen langen Rauchstrom aus und lachte. „Wenn du die nächsten sechs Monate nicht auf der Couch schlafen willst, dann würde ich das ihr gegenüber nicht erwähnen."

Die O'Haras überwältigten sie. Gillian hatte nie jemanden wie sie kennengelernt. Sie saß bei der Familie, als Carrie im warmen kalifornischen Winter unter einem weißen Seidenbaldachin getraut wurde und fünfhundert Gäste zusahen. Der Champagner floss in Strömen, es gab Meere von Blumen und ausreichend Tränen, um darin zu schwimmen.

Für Stunden war sie in dem Wirbelstrudel der Familie gefangen, bis ihr der Kopf schwindelte und sie sich ein ruhiges Plätzchen suchte, um alles erst einmal sacken zu lassen. Unauffällig schlüpfte sie in den Salon, wo die Musik nur noch gedämpft herüberkam und sie die Füße hochlegen konnte.

„Weggeschlichen?"

Sie schnappte nach Luft. „Du hast mich zu Tode erschreckt." Sie entspannte sich wieder, als Terence sich neben sie setzte. „Du solltest dich hinter Menschen nicht anschleichen."

„Das habe ich jahrelang gemacht." Er streckte seine Beine aus. „Schmerzende Füße?", fragte er mit einem Blick auf ihre ausgezogenen Schuhe.

„Ich fühle mich, als hätte ich meine Zehen abgetanzt. Wird denn dein Vater niemals müde?"

„Nicht dass ich es je bemerkt hätte." Himmel, es war so gut, wieder bei der Familie zu sein.

Gillian schmiegte sich in die Kissen. „Er mag mich."

„Natürlich. Du bist Irin. Dann ist da noch die Tatsache, dass du einen leidlich hinreichenden Schwof hinbekommst."

„Leidlich hinreichend?" Sie setzte sich wieder gerade auf. „Ich will dir einmal sagen, O'Hara, dein Vater hat gesagt, ich könnte mit ihm und deiner Mutter, wann immer ich will, auf Tour gehen."

„Packst du deine Koffer?"

Seufzend setzte sie sich wieder zurück. „Ich glaube nicht, dass ich es mit einem von ihnen aufnehmen könnte. Sie sind alle wunderbar. Jeder Einzelne. Danke, dass du mich hergebracht hast."

„Ich denke, wir haben bereits schon herausgefunden, wer wen hergebracht hat." Er hob ihre Hand und küsste ihre Handfläche, womit er sie sprachlos machte. „Danke, Gillian."

„Ich liebe dich. Ich wollte einfach nur, dass du glücklich bist."

„Das hast du schon einmal gesagt." Er erhob sich und ging ans Fenster. Von hier konnte er die Tische sehen, die mit Essen und Wein beladen waren, und die Hunderte von Menschen, die herumflanierten und tanzten.

„Dass ich will, dass du glücklich bist?"

„Dass du mich liebst."

„Habe ich das?" Sehr beiläufig betrachtete sie ihre Nägel. „Ist das nicht interessant? Soweit ich mich erinnere, hast du da nicht einmal reagiert."

„Ich hatte andere Dinge im Kopf."

„Oh, ja, meinen Bruder und Caitlin retten. Da steht übrigens noch etwas aus." Sie griff in ihre Tasche und zog ein Papier heraus. Sie stand auf und reichte es ihm. „Die hunderttausend Dollar, auf die wir uns geeinigt haben." Als er sich nicht rührte, drückte sie ihm den Scheck in die Hand. „Ehrlich, er ist gedeckt."

Er wollte ihr den Scheck in ihren reizenden Mund stopfen. „Fein."

„Unser Geschäft ist beendet. Du hast dein Geld, um dich zurückzuziehen, ein Haus, deine Familie." Sie wandte sich ab. „Was machst du jetzt also, Terence? Direkt auf die Inseln?"

„Vielleicht." Er zerknüllte den Scheck und stopfte ihn sich in die Tasche. „Ich habe nachgedacht."

„Also, das ist eine gute Neuigkeit."

„Pass auf, was du sagst. Noch besser, du hältst einfach den Mund." Er packte sie bei den Schultern und küsste sie heftig. So wie schon lange nicht mehr, dachte Gillian.

Die Tür wurde geöffnet. Alana machte einen Schritt, dann blieb sie stehen. „Oh, entschuldigt mich." Ebenso schnell war sie wieder weg.

Terence fluchte leise. „Vielleicht liebst du mich. Und vielleicht bist du ganz einfach blöd."

„Vielleicht." Sie wandte sich ab.

Bevor sie weggehen konnte, hatte er sie wieder an sich gezogen. „Wende dich nicht ab von mir."

Sie sah ihn ruhig und offen an. „Ich bin nicht diejenige, die sich abwendet, Terence."

Sie hatte ihn. Und, verdammt, seine Handflächen waren wieder feucht. „Hör zu, ich weiß nicht, wie sehr du an New York gebunden bist, an den Ort, wo du arbeitest. Ich könnte das Haus verkaufen, wenn es nicht passt."

Sie spürte ein Lachen in sich aufsteigen, schluckte es aber vorsichtig hinunter. „Was nicht passt?"

„Nicht passt, verdammt, Gillian. Ich will …"

Dieses Mal war es Maddy, die durch die Tür und halb ins Zimmer stürmte. „Oh, hi." Über Terences Miene verdrehte sie die Augen. „Du hast mich nicht gesehen", sagte sie, als sie sich zurückzog. „Ich bin nie hereingekommen. Ich war nie hier. Und jetzt bin ich weg." Und sie war es.

„Manche Sachen ändern sich nie", murmelte Terence. „Mit den dreien um mich herum hatte ich in meinem ganzen Leben nie auch nur eine Minute Privatzeit."

„Terence." Gillian legte eine Hand auf seine Wange. „Wolltest du mich damit fragen, ob ich dich heirate?"

„Ich möchte mich da gern auf meine eigene Art durchwursteln, wenn du nichts dagegen hast."

„Aber sicher." Sehr ernst setzte sie sich aufs Fensterbrett. „Bitte, fahr fort."

Meinte sie etwa, einer ihrer langen, ruhigen Blicke würde es ihm leichter machen? Er könnte es aufschreiben, wie er sich fühlte, er könnte es in Musik fassen. Dann würden die Worte kommen. Aber jetzt, gerade jetzt, war er der Sprache nicht mächtig.

„Gillian, ich denke, du machst wirklich einen Riesenfehler, aber wenn du so entschlossen bist, könnten wir es versuchen. Ich habe einige Ideen, was ich machen könnte, jetzt, wo das ISS Geschichte ist."

Seine Hände waren wieder in den Taschen, weil er nicht wusste, was er sonst mit ihnen anstellen sollte. „Vielleicht könnte ich einige meiner Songs herausbringen – aber das ist wirklich nicht der Punkt", fuhr er fort, bevor sie sprechen konnte. „Der Punkt ist, ob du damit fertig wirst, ob du bereit dazu bist. Weißt du, für dich gibt es eigentlich keinen Grund, dich mit mir in solche Verwicklungen zu bringen."

„Dieses Mal hältst du den Mund."

„Warte eine Minute …"

„Halt einfach den Mund und komm her." Mit einem

mürrischen Gesicht kam er. „Setz dich." Sie machte eine Handbewegung zum Platz neben sich. Sie wartete, bis er saß, dann nahm sie seine Hände. „Und nun sage ich dir ganz genau, was der Punkt ist. Ich liebe dich, Terence, aus ganzem Herzen, und ich will nichts mehr, als mein Leben mit dir zu teilen. Es spielt keine Rolle, wo. Arbeit finde ich überall. Wichtig ist, dass du zufrieden bist, dass du dich nicht unterdrückt fühlst."

Es gab niemanden wie sie. Er wünschte, er hätte die richtigen Worte, gerade jetzt, zärtliche Worte.

„Ich habe dir gesagt, als wir uns das erste Mal trafen, dass ich müde bin. Das ist die Wahrheit. Ich brauche keine Gipfel mehr zu erklimmen, Gillian. Ich weiß schon, was oben ist. Ich werde wahrscheinlich ein lausiger Ehemann sein, aber ich gebe dir das Beste, was ich habe."

„Ich weiß." Sie nahm sein Gesicht in ihre Hände und küsste ihn. „Warum willst du mich heiraten, Terence?"

„Ich liebe dich." Es war viel leichter, es zu sagen, als er gedacht hatte. „Ich liebe dich, Gillian, und ich habe eine verdammt lange Zeit gewartet, mir ein Zuhause zu schaffen."

Sie ließ den Kopf an seine Schulter sinken. „Wir werden es uns gemeinsam schaffen."